Esther Seligson (Ciudad de México, 1941-2010)
escribió novela, cuento, poesía, minificción,
aforismo, ensayo y crítica teatral, además de
traducir a autores como Emmanuel Lévinas,
Edmond Jabès y Emil Cioran. Es autora, entre otras
obras, de las novelas *Otros son los sueños* (1973)
y *La morada en el tiempo* (1981), de los libros de
poesía *Rescoldos* (2000) y *Simiente* (2004), de los
ensayos *La fugacidad como método de escritura* (1989)
y *Apuntes sobre E. M. Cioran* (2003) y de las memorias
Todo aquí es polvo (2010).

CUENTOS REUNIDOS

MALPASO

MÉXICO

ESTHER SELIGSON

CUENTOS REUNIDOS

PRÓLOGO DE SANDRA LORENZANO
SELECCIÓN Y EPÍLOGO DE GENEY BELTRÁN FÉLIX

MALPASO

BARCELONA   MÉXICO   BUENOS AIRES   NUEVA YORK

LA CICATRIZ DE LA MEMORIA

> ... esa inalterable presencia ausente que des-
> grana dolorosa en la cicatriz de la memoria.
>
> ESTHER SELIGSON, *Sed de mar*

1

Esther Seligson se mueve en los espacios luminosos y dolientes del tiempo que fluye, y desde ahí —desde lo perdido y lo siempre por venir— crea un mundo. Su mundo. Los sueños, el deseo y la búsqueda insaciable de una libertad que, aun sabiéndose herida, no abandona la marcha marcan sus letras.

¿Cómo hablar de Esther? ¿Desde dónde acercarse a su obra, diversa, inquietante, profunda, sugerente y transgresora a la vez? ¿Con qué palabras dar cuenta de los muy diversos caminos que recorrió a lo largo de la vida?

Quizá no haya mejor modo de hacerlo que escucharla a ella misma. Escuchar, por ejemplo, los versos que abren "A los pies de un Buda sonriente":

> Vengo de un largo
> trayecto de abandonos
> no soy la única
> lo sé no lo presumo
> pero son mis pies los míos
> quienes recorren y recorrieron
> el camino mis pies y no otros
> mi cansancio y fatiga
> intemperie de abrazos
> sin consuelo
> enmimismada

PRÓLOGO

¿Cómo dar cuenta de ese camino, de esas travesías, de esa fatiga? Tal vez los múltiples libros, poemas y ensayos que Esther escribió no sean sino un largo relato autobiográfico, un recorrido a lo largo del cual deseaba ir encontrando los dispersos fragmentos de sí misma. Trayecto hacia el origen de la palabra poética, búsqueda de lo esencial, ofrenda en el desierto, silencio de huesos pulidos por la arena.

Intentemos con ella un viaje, aunque sepamos que Esther, como el primer pájaro, es inaprensible, tal como lo escribe en el texto "La esfinge", de *Jardín de infancia*: "El pájaro, frente a Adam, no quiso recibir un nombre. Prefirió volar libre y morir de inmediato, apenas creado, libre también".

No demos entonces nombre a este viaje que no es lineal sino caleidoscópico: viaje en el que tiempos y espacios tienen fronteras porosas y límites difusos. El aquí y el ahora son solo un modo de concebir la memoria. "Se desdobla el viento en remolinos que enturbian la vista. Todo aquí es polvo", escribió Geney Beltrán Félix, y ella tomó esa frase para darle título a su último libro. Si todo aquí es polvo estamos ante el principio y el fin. La vida y su relato como espiral.

Me detengo un momento en esa imagen: la espiral. En una entrevista que le hizo Jacobo Sefami, Esther dijo: "La noción de la espiral implica que todo es Tiempo imbricado en el tiempo que se despliega en puntos temporoespaciales (ya no recuerdo quién supuso que yo literaturizaba la concepción bergsoniana), que la única Morada a construir sea la de la Palabra en el sentido jabesiano más estricto. Otro ámbito en el que el tiempo no existe, y en consecuencia, tampoco el espacio, es el ámbito del sueño, ámbito en el que se mueven absolutamente todos mis escritos".[1]

El sueño y el mito, entonces, como espacios fundacionales de la deslumbrante y entrañable palabra literaria de Seligson. Y la memoria ancestral, "con su identidad, sus miedos y esperanzas. (...) Somos

---

1. "Mi escritura se da por acumulación de vida vivida: respuestas a Jacobo Sefami", *Confabulario*, *El Universal*, 26 de febrero, 2015.

seres en permanente tránsito llevando a cuestas nuestro pasado, nuestro presente y nuestro futuro".[2]

Y en ese pasado hay un origen no solo mítico sino también íntimo, familiar: el nacimiento en la ciudad de México el 25 de octubre de 1941 ("Escorpión con ascendente en Leo", diría siempre Esther con orgullo de adivina, maga, hechicera, astróloga). Descendiente de judíos ortodoxos, una hermana acompaña su vida, Silvia, amada y cómplice. Con ella, una madre y un padre. La madre, llegada desde algún lugar de la Rusia zarista, tenía "un alma traviesa, perezosa y una insaciable curiosidad que por su misma indolencia dejó inconclusa en mil y una minuciosidades, como quien se la pasa garabateando itinerarios, planos, cartas, y ni se embarca, construye ni escribe".[3] A esa madre fiestera, alegre, amante del cine y de la música, pero también a la que le impidió dedicarse a la danza y a la que imponía límites incomprensibles a sus hijas, Esther escribió "En su desnuda pobreza", uno de los poemas más bellos del libro *Negro es su rostro*:

Sin ti es incomprensible,
demasiado vasto, Madre,
el ímpetu, la fisura,
la inocencia,
la fidelidad ¿cómo?
la duda incluso

Madero para la flor
cobijo en la piedra
sé mi lecho a la hora del crepúsculo
espuma para cubrir mis ojos
no me ahogue el temor al hundimiento
o venga a moverme
la visión de un recuerdo

2. *Ibidem.*
3. *Todo aquí es polvo*, México, Bruguera, 2010, p. 17.

el grito jubiloso de un niño
a orillas del mar

A orillas del mar
Madre
ahí recoge la ofrenda de mis huesos
ceniza púber
el mar que tanto amamos
niñas de largo cuerpo y voz delgada
—cuánto anhelo de crecer—
entonces, en verdad,
éramos libres de arrullar los sueños
locuaces
modelábamos castillos
entre la arena escurridiza
—¿quién no vivió su infancia imaginando?—
buganvilias en el cabello
para las noches de luna
en la boca el sabor de la naranja dulce

Frente a esta imagen, la del padre polaco es silenciosa, enfurruñada, como si la vida no hubiera sido lo que le habían prometido. Lejos de una tierra que no pudo olvidar, casado con una mujer a la que no amaba y a la que le reclamaba permanentemente ser la causa de su amargura, guardaba las huellas de un terrible dolor en la mirada, el dolor del niño del *shtetl* que lo ha perdido todo: patria, lengua, familia. Una sombra.

Esther heredará el desarraigo, el sentimiento del nómada en busca de hogar, el extrañamiento del transterrado. Vivió en París, en Lisboa, en Jerusalén, en el Tíbet. "Es bueno ser errante y peregrino —decía—. Sentirte extranjero en cada ciudad en la que vives te permite un contacto más emotivo."

Como muchos otros escritores judíos, sentía la marca del desarraigo, la llamada de un cierto misticismo, la búsqueda de lo sagrado. "Todo lo que veía, todo lo que respiraba, todo lo que miraba, tenía que ver con algo que podríamos llamar una ebriedad por lo sagrado", dijo alguna vez José Gordon. "Era una ebria de Dios, realmente la intoxicaba. Esa era la parte que verdaderamente la conectaba con la vida: el deseo de entender lo que está oculto."[4] De ahí su complicidad con Edmond Jabès, el extranjero en todas partes, el "místico ateo", cuya obra, fragmentaria, profunda, le fascinaba y a cuya traducción dedicó largos años. El poeta del desierto, el que se atreve a hablarle al dios ausente.

Como él, ella también podría haber dicho: "Soy de la raza del libro con que se construyen las moradas". Dueño de ninguna patria, dueño de todas las voces y de la mirada oblicua de la extranjería, Jabès supo que los libros, las palabras son la única morada posible, aquello que nos protege de la intemperie, aquello que nos da asideros ante el dolor, aquello que evita que el desgarramiento sea un grito permanente.

La familia la presionó para que estudiara química, y Esther cumplió yendo durante un tiempo a la Facultad de Química de la UNAM. Pronto decidió seguir su propia pasión por la literatura en la Facultad de Filosofía y Letras, donde estudió letras españolas y francesas. Esther buscaba permanentemente respuestas a sus infinitas preguntas, a su infinita sed de saber. "Yo soy como Antígona, de los que plantean las preguntas hasta el fin", dijo alguna vez. "Una rara raza de insumisas que hacen de la inconformidad una virtud vital e intelectual", agregó Fabienne Bradu sobre la cofradía de Esther Seligson.[5]

Ese afán de conocimiento la llevó a estudiar cultura judía en el Centre Universitaire d'Ètudes Juives de París y en el Mahon Pardes de Jerusalén. Así llegó también a la India y al Tíbet, a adentrarse en los caminos de la Cábala, el tarot, la astrología, la acupuntura, la cultura griega... Nada humano le era ajeno: lo racional y lo mágico eran parte del mundo que habitaba.

4. Citado en "Esther Seligson combinó la literatura con lo místico", *La Jornada*, 27 de octubre, 2016.
5. Fabienne Bradu, reseña de *Todo aquí es polvo*, *Letras Libres*, núm. 146, marzo de 2011.

PRÓLOGO

Alguna vez Esther dijo: "Yo no tengo obsesiones. Tengo pasiones". Le apasionaban la reflexión y la creación heterodoxa, marginal, subversiva. Basta recorrer sus páginas para descubrir quiénes son sus interlocutores. "Yo solo he traducido autores de los que me enamoro, escritores que han dicho lo que yo no puedo decir, que han expresado lo que yo siento y que yo no expreso", explicaba.[6] Emil Cioran fue uno de los principales (Esther fue su primera traductora al español). A él le dedicó un excepcional libro, *Apuntes sobre E. M. Cioran*. La fascinación por la locura, por lo insensato, por la ruptura, y el dolor de la imposibilidad, la unían al pensador rumano. Por eso también eligió entre sus interlocutores a Emmanuel Lévinas, a Vladimir Jankélévitch, a Fernando Pessoa, a Rainer Maria Rilke y a Marguerite Yourcenar. Todos los intereses y las búsquedas de Esther fueron siempre apasionados, fervorosos, y apuntaban a las dimensiones más profundas de la realidad. El mapa de sus viajes reales y simbólicos es de una riqueza poco frecuente en nuestra cultura: de la filosofía contemporánea al pensamiento medieval, de la Cábala al Talmud, de la astrología a la cosmogonía de la India, del budismo al mundo del teatro, de la docencia a la danza. Allí donde hubiera crítica, profundidad, riesgo, inteligencia, estaba este personaje maravilloso ampliando las fronteras de su patria íntima.

A los veinticuatro años comenzó a publicar en los *Cuadernos del viento* de Huberto Batis. Pronto inició sus colaboraciones también en la *Revista Mexicana de Literatura*, editada nada menos que por Juan García Ponce. A estas le siguieron incursiones más o menos constantes en diversos medios. Fue además becaria del Centro Mexicano de Escritores.

A los veintiocho años publicó su primer libro: *Tras la ventana un árbol* (1969), y a partir de ese momento descubrió que su hogar estaba en la escritura. Después del primero vinieron decenas de trabajos de narrativa, poesía y ensayo, así como artículos en revistas y periódicos. El teatro fue otro de los espacios convertidos por Esther en mora-

6. Adriana del Moral, "Esther Seligson: vencer al tiempo", *La Jornada Semanal*, 21 de febrero, 2010.

10

da y raíz. Durante treinta años dio clases en el Centro Universitario de Teatro de la UNAM, y fue una prestigiosa crítica teatral. Sus libros *El teatro, festín efímero* y *Para vivir el teatro* recopilan críticas, reseñas y entrevistas a diversos personajes del mundo teatral mexicano: directores, actores y dramaturgos.

Esther llevaba siempre consigo una libreta y dejaba en ella los trazos de su vida, de sus viajes, de su pensamiento. En uno de sus poemas se pregunta:

¿Cómo se arma un libro?
Igual que un barco,
le respondí a mi nieta,
requiere de muchas travesías
de algún naufragio
toca puertos seguros
una tempestad de tanto en tanto
marineros solidarios
paciencia inquebrantable
no separar la realidad del espejismo
el monstruo marino de las aves
las islas del continente
saber que nada es similar
creaturas diversas y hermanas
mucha plegaria por equipaje
y al timón la providencia

Al momento de su muerte, el 8 de febrero de 2010, había publicado dos novelas y diversos libros de ensayos, poesía y ficción breve. De manera póstuma se publicaron tres títulos que habían quedado inéditos: las memorias *Todo aquí es polvo*, el libro de varia invención *Escritos a mano* —poemas, relatos, aforismos y su diario de viaje al Tíbet— y el tomo de ensayos sobre literatura, teatro, pintura y política *Escritos a máquina*.

"Mi literatura siempre era un diálogo con mis propios sentimientos, con mis propias sensaciones, y dirigido generalmente a un interlocutor... Siempre me decía: cuándo voy a llegar a escribir algo que no sea a partir del dolor, a partir de la experiencia amorosa personal."[7] Tal vez sea *Simiente* (2004) el más doloroso de sus libros. Se trata de un libro de poemas dedicado a la memoria de su hijo Adrián Joskowicz Seligson, en el que incluyó también cartas y viñetas del propio Adrián. Lo escribió en Israel, frente al mar de Ashkelón; allí, ante la furia de la tormenta marina, gritaba para expresar "su propia furia". Adrián, que había nacido en 1966, se suicidó en el año 2000, tirándose por la ventana del departamento de Esther. Los ojos de ella guardarían para siempre el horror de esa imagen: un ángel volando hacia la muerte. El dolor hizo de esa imagen poesía. "Escribí *Simiente* en un estado de *mediumnidad* y alucinación de seis semanas. Era como un dictado."[8]

> A veces nos salamos el mar y yo
> muy de mañana en un llanto mutuo
> remojo los pies en su espuma fría
> y escucho la risa de Adrián que se revuelca
> me digo entonces que aún estoy cerca
> demasiado cerca
> que me ha anclado el dolor a la orilla
> a este cuerpo nunca suficientemente solo
> ligero lejano
> ay tan presente ("Días de polvo")

La escritura de Esther nace siempre de la más profunda de las búsquedas, conjugando el rigor intelectual con una anhelante necesidad de caminos y hallazgos espirituales. Esto se percibe en todos y cada uno de los cuentos de esta antología. En ella podemos ver la coherencia de

7. Miguel Ángel Quemáin, "Esther Seligson, la escritura revelada", México, INBA, 2008.
8. Angélica Abelleyra, "*Simiente*: un escrito de tormenta. Entrevista con Esther Seligson", *La Jornada Semanal*, 2 de mayo, 2004.

su recorrido creativo y vital, sus deslumbramientos poéticos y filosóficos, sus pasiones espirituales. Lo lírico y lo narrativo se alimentan aquí del amor a las palabras, con las que recupera un intimismo denso y rico. Lo emocional es la materia esencial de los relatos, recuperado fundamentalmente por medio de los sentidos.

Hay elementos que se repiten a lo largo de todos los textos a pesar de las diferentes épocas en que fueron escritos. Entre ellos destaco la presencia del tiempo como uno de los grandes personajes. En el fondo, la escritura es siempre un intento por fijar lo fugaz. Desde el cuento que abre el volumen, "Evocaciones", dedicado a su padre, hasta el penúltimo incluido, "La mendiga de São Domingos", se percibe ansiedad ante el tiempo que fluye, ante lo inasible del instante. Allí están también, una y otra vez, el mar, como espejo de ese movimiento constante, como patria y lejanía a la vez; los cuerpos que buscan espacios de libertad; el amor y el desamor (pocas páginas más poéticamente desgarradoras en la literatura mexicana que las de *Sed de mar*); el encuentro erótico como trascendencia. Y en esas texturas densas y ricas que las palabras van creando los mundos pasan de lo real a lo onírico, de lo cotidiano a un cierto extrañamiento que roza lo fantástico, porque hay un universo más allá de lo visible que solo la escritura permite descubrir.

La memoria íntima y familiar se cruza con lo mítico. Ifigenia, Antígona, Penélope: las mujeres como raíz desde la cual emprender el vuelo. Reescritura de tradiciones. Esther buscaba su propio rostro en las raíces del pensamiento, en el humus en el que se asientan reflexión y emoción.

Otro camino posible de lectura lo marcan los epígrafes, las palabras de sus cómplices más entrañables: Pedro Salinas, Alejandra Pizarnik, Rainer Maria Rilke, Xavier Villaurrutia, Elías Canetti, Edmond Jabès, Martin Buber, José Gorostiza, Enriqueta Ochoa, Doris Lessing, Gaston Bachelard, Cesare Pavese, Francisco de Quevedo, entre otros (y la Biblia, claro). Esos nombres van dibujando una cartografía literaria y afectiva que nos lleva a su universo más profundo: el universo de las afinidades electivas, de las voces de otros que se integran a la propia respiración, a la propia piel.

Prosa poética, siempre sabia, ya sea desde el desgarramiento o desde el placer. Pero también lo trepidante de lo cotidiano aparece en ciertos relatos y se cruza con la sonrisa de la ironía y el humor. De pronto, hay guiños "metanarrativos": reflexiones o incluso confesiones sobre la propia escritura. ¿O cómo leer si no una frase como esta: "De lo que leía, escuchaba, o descubría en alguna estampa, en una clase, en un paseo, tomaba la palabra, el color, la sensación, la figura necesarios al mundo que se iba tejiendo poco a poco en su cuaderno" ("Un viento de hojas secas")? Y permanentemente los juegos de la luz: "Y es que a ti solo se llega por tu luz" ("Luz de dos"). Esther: de la luz a la luz.

2

Como me sucede cada vez que vuelvo a sus páginas, lamento no haberle dicho a Esther en persona cuánto admiré y sigo admirando su trabajo delicado, sutil, siempre incisivo, siempre inteligente, sensible y de una absoluta coherencia ética. Me hubiera gustado haberme sentado con ella en el piso, descalza, en el "taller de sacerdotisas" del que habla Angélica Abelleyra en una crónica entrañable,[9] a escucharla hablar de la vida y de la muerte, de los misterios de lo sagrado, de la fuerza de los cuerpos. Me hubiera gustado ser su alumna, su amiga, como lo fue David Olguín: "Alguna vez me enseñaste que en Met y Emet una letra solamente convierte a la muerte en vida. Así, podemos pensar que tu búsqueda fue de luz en el río de las metamorfosis interminables, aun cuando la diosa fortuna te cobrara cuentas imposibles de saldar".[10]

Quisiera cerrar estas páginas —que tal vez tengan menos de presentación que de homenaje— con el fragmento final de *Todo aquí es polvo*, trazo que une con amorosas puntadas a Met y Emet:

9. Angélica Abelleyra, "Esther Seligson, la alquimista", *Cambio de luces*, *Artes e Historia México*.
10. David Olguín, "Soltar el amor", *Revista de la Universidad de México*, núm. 132, junio de 2011.

Me habría gustado que mis cenizas fueran dispersadas en el Tajo, desde Toledo, para enlazar mis amores y acompañar su trayecto río abajo, fleco líquido entre las grietas de los riscos, caballo desbocado espumeando por los belfos, cascada liquen, vellón asperjado de estrellas y soles, corimbo de olas... La muerte ha de ser entrar en un mar infinitamente poroso, azul zafiro brillante, translúcido...

Ojalá así sea realmente, querida Esther. Ojalá tu sabiduría y tu sensibilidad nos acompañen hoy desde ese azul eterno. Nosotros seguiremos leyéndote, aprendiendo de tu irreverencia, de tu rebeldía ante los cánones anquilosados de nuestra sociedad, de tu hambre insaciable de palabras, de ideas, de tu búsqueda de los caminos más profundos del conocimiento y la poesía, de tu *inalterable presencia ausente que se desgrana dolorosa en la cicatriz de la memoria.*

SANDRA LORENZANO

De
Tras la ventana un árbol
(1969)

EVOCACIONES

Me dijiste una vez que habías nacido en un pueblo junto al mar, no precisamente a orillas de la playa, sino que estaba situado un poco más adentro, enclavado en las rocas grises, entre altos peñascos y vertiginosos acantilados. Era un pueblo seco con casas húmedas a través de cuyos muros entraba siempre el aire, seco porque era color de barro duro, húmedas porque el moho sudaba la sal contra las paredes, y dentro, las gentes tenían un poco ese tinte cenizo, ese aspecto agrietado por el cansancio del continuo embate de las olas. Casi nunca salías de tu casa —concha tercamente impenetrable—. Ahí, todo el año sopla el viento, nunca se cansa de golpear los guijarros de las calles empinadas, los sombreros de ala ancha, los vestidos y los árboles. Muy pocas veces llueve, y si no fuera por ese olor salobre, por esa sensación de náufrago que se resiente en las noches al contemplar el cielo, por el sonido intermitente y ronco del oleaje, uno se creería suspendido en plena sierra temblorosa, en un valle huracanado, o simplemente enterrado en el desierto-torbellino. Yo sé que tú tenías miedo, que espiabas cada gesto, cada paso, cada ir y venir del viento, sé que nunca dejaste de oírlo amenazador, siempre a punto de derribar la casa y llevarte lejos, lejos donde nadie pudiera escuchar tus gritos. Sé también que te asustaba el mar, que te embrujaba su ininterrumpido eco, que a veces ansiabas sumergirte en él, vaciarte en su espuma y destrozarte, sin morir, contra los acantilados.

Al amanecer, el mar apenas es un murmullo que opacan las gaviotas, los gritos infantiles y el ajetreo del mercado; al mediodía, el aceite empapado de mariscos, el vino, el sopor de la digestión y la siesta, lo aplazan hasta el atardecer cuando la partida de ajedrez, o un enamorado solitario, lo incorpora a sus meditaciones. En esos momentos era para ti un amigo, entonces te aventurabas fuera de la casa y, cuesta arriba, llegabas hasta la baranda que, a orillas del acantilado, servía para detener la sensación de vértigo y poder admirar, sin riesgo, el paisaje. Ahí casi olvidabas el viento, aunque solo el tiempo suficiente para recoger en tu mirada el último destello, pues, tan pronto desaparecía el sol, tú corrías y corrías hasta esconder la cabeza en el regazo de tu madre que nada te decía ni nada te preguntaba. En el verano, cuesta abajo, por la calle principal, recorrías el camino-caracol que descendía envolviendo al pueblo hasta la playa, una herradura trunca que tenía un poco de arena blanca y muchas guijas redondas y lisas, pero tampoco ahí permanecías largo rato; antes de que los niños bajaran a bañarse, tú ya habías recogido las piedras negras más perfectas y si, al regresar, ellos te pedían que los acompañaras de nuevo, pretextabas que el sol reventaba tu cabeza y rápidamente entrabas en la casa.

Así es como yo te imagino, en la mirada de los otros niños, delgaducho y pálido, enfermizo, con la ropa demasiado ajustada, con los ojos muy abiertos y no mirando a nadie, con el pelo revuelto y las rodillas sucias; entonces no pensabas en la posibilidad de llegar a ser grande, tal vez ni siquiera en huir del viento y del mar; solo tenías miedo, solo escuchabas, solo mirabas y sentías, silencioso.

¿Cómo podría reconstruirte de otra manera si lo que sé de ti nunca me lo has dicho así, sino como fragmentos de una historia ajena? Soñabas, lo sé, viajes aéreos a través de montañas, de bosques y caseríos perdidos en una época sin memoria, soñabas, pero no inventabas nada, todo estaba ahí, todo era tal y como tú lo creías, tal y como lo sigues queriendo.

Recuerdas tu infancia como un día nublado y cenizo, como un enorme cajón lleno de juguetes hermosos que no te decides a sacar del fondo y que llevas contigo de un lado a otro, pesado, agobiante, indescifrable. Pero a veces algo emerge concretamente, o una voz que te habla y que sabe que tienes miedo de atravesar el bosque porque, antes de llegar a donde tus hermanos trabajan cortando leña, el viento azotará los árboles hasta desgajarte los oídos; o una imagen que te devuelve, hacia fines del invierno, el impacto de esa capa delgada de hielo que tu cuerpo, enfermizo y frágil, rompe en las mañanas a orillas del río, y después, ya en casa, el pedazo de pan sin levadura que ha salido del sótano, de las provisiones invernales cuidadosamente preparadas por tu madre durante todo el año, mermeladas, conservas, encurtidos, el olor de esa sopa espesa y humeante capaz de derretir la nieve, la mirada del padre, desde la cabecera de la mesa, recorriéndote con solemne y distante autoridad. El único retrato que conservaste los muestra a los dos, a tu padre y a tu madre, vestidos de negro, el rostro sereno y esbelto, él con una corta barba cuadrada y un gorrito sobre el cráneo casi liso, ella con la peluca negra cubriéndole las orejas y firmemente recogida en un nudo tras la nuca. Ambos tienen los ojos lejanos, tristes.

En el verano tenías una sola camisa estrecha y un pantalón ajustado; montado al pelo sobre un caballo flaco, desafiabas al viento hasta caer de bruces sobre la tierra caliente, y así, tendido e inerte, esperabas que el aire te levantara, o que el bosque entero se abatiera sobre ti. Así es como yo te veo, solitario, vagabundo, escuchando los ruidos del campo mientras tus ojos recorrían las páginas de una Biblia amarillenta en aquel cuartito de escuela húmedo y oscuro; y de pronto, no sé en qué momento preciso, pues lo que tú me has platicado es demasiado vago, dices las cosas como si no se tratara de ti, como si contaras una historia ajena, de pronto, dejaste tu casa, tu bosque y tu país y te embarcaste rumbo a América.

Él también se embarcó un día y, como tú, dejó su infancia, su mar y su miedo, su viento, y partió entre estallidos de granadas y fusiles.

Eso es lo que sé de él y eso es lo que sé de ti; y a veces pienso que si, en vez de ser tu hija, hubiera sido tu hijo, me habrías confiado muchas otras cosas, tus sueños, tus deseos, tus temores, y no sé por qué él me hizo pensar en ti, ni por qué me fue imposible escribir dos historias separadas.

Titulado originalmente "Infancia".

EL CANDELABRO

Entró por la ventana, y no porque hubiera olvidado las llaves, sino porque pensó que sería la forma más fiel de llegar hasta ahí. El departamento se encontraba en la planta baja, en un recodo del pasillo que desembocaba en un patio interior sucio y oscuro. Despegó cuidadosamente el vidrio flojo de la ventana, empujó la manija por dentro y abrió. Antes de asegurarse que esa era la cocina, volvió a colocar el vidrio, corrió las cortinillas y se quitó los zapatos (siempre le gustó entrar así cuando llegaba tarde, para sorprenderlo). Sí, era la misma casa húmeda, solitaria. Atravesó sin mirar nada. El otro cuarto, una pieza no muy amplia, la única, estaba delimitado al fondo por un ventanal opaco que abarcaba la mitad del muro. Contra la otra mitad, un sofá-cama se apoyaba. Hacia la derecha la pared estaba recubierta de paisajes, de retratos de escritores, de poemas y dibujos de parejas amorosas —copias hindús— esbozados apenas con tiza, garabateados. Los adivinaba palpitantes en la penumbra. Al centro, la mesa llena de libros y papeles ocupaba casi todo el espacio libre. Sus dedos sintieron algo pegajoso y turbio al deslizarlos por encima; encendió una vela, era polvo, polvo espeso y compacto, tiempo hacinado sobre el tiempo, sobre las cosas. Y sin embargo, todo parecía estar solamente dormido, las dos sillas baratas que habían comprado en un mercado popular, el librero tosco con sus figurillas de barro y de vidrio soplado y los libros de viejo, la jaula de paja que nunca tuvo un pájaro porque ellos amaban la libertad y no hubieran soportado su gorjeo de prisionero, las gruesas velas moradas suspendidas a los lados de la puerta sobre cucharones de negro metal, el tapete café de la lana áspera con sus palomas blancas a los pies del sofá, y el sofá mismo con sus cojines arrugados y quizá tibios aún. En el rincón, el candelabro de hierro forjado con sus tres brazos salomónicos que encontraron una tarde en aquella tienda de antigüedades entre colum-

22

nas de madera carcomida, estatuas de piedra truncas, candiles sin lustre, arañas barrocas de cristal suspendidas tristemente, enormes capelos rellenos con flores de papel estaño azules y ocres, jarrones labrados de transparente colorido, cofres de piel ajada y cerraduras misteriosas, secreteres hoscos, melancólicos, cristos de torturado semblante abandonados entre alegres postores de porcelana rosa en idílicas actitudes, cabeceras sin pies y pies sin pantallas, rostros apergaminados y rancio abolengo enmarcados en oro viejo, viejísimo, y él estaba ahí, tendiendo los brazos sinuosos, semioculto entre unas vigas, como si desde siempre los hubiera estado esperando precisamente a ellos. Aún guardaba las gotas multicolores de cera entre sus negros bucles, los residuos de las últimas luces, de encuentros últimos. Parecía que solo los objetos habían podido retener aquellos detalles que la memoria perdiera, fatigada ya de tanto recordar. Evocándolos, las imágenes estallaban como un globo en fríos pedazos de aire para mezclarse entre sí, hierbas que se enredan entre las piernas sacudiendo grillos chillones por todos lados. Y ese caos apenas se había vuelto tangible ahora, porque ya no estaba centrado en el dolor de la separación, sino que había ido expandiéndose hasta tocar casi los límites de la amnesia. Pero no volvía ahí para tratar de rescatar los residuos del pasado: al contrario, Adriana sabía que en el amor las reedificaciones son fósiles que se desintegran al contacto de la luz, flores secas que se pulverizan entre los dedos. Buscaba un algo, un diluvio que, sin destruir, lo sepultara todo.

Se sentó en el suelo apoyando la espalda contra el sofá, los brazos alrededor de las rodillas y la cabeza sobre ellos. Quería hacer el silencio en sus pensamientos, y no mirar cada una de las sombras que se desprendían de los objetos y de la habitación que parecía una gran cripta familiar poblada de fantasmas ansiosos de aire. Tenía miedo y calosfríos, de un momento a otro esperaba escuchar un quejido o el rasgueo de un cerillo. Se dejó invadir por el sopor de la penumbra, su cuerpo se aflojó y las lágrimas brotaron libres, se diría que volaban pues la luz de la vela temblaba también. Al levantarse y apoyar las manos sobre el piso, encontró el broche que creyó haber perdido la última tarde que estuvo con Sergio en el campo, cuando él tropezó con la concha vacía de un caracol entre las piedras.

Se encontraron una tarde en que llovía pesadamente y, a través de la monotonía nublada, las palabras se hicieron frases, las frases sentimientos y los sentimientos un gesto rápido sobre la mejilla, un beso que él depositó sin esperar respuesta, como si hubiera querido retener y sellar todo lo que le contara de su vida hasta ese momento para empezar una nueva, otra, juntos. Ella lo llamó a su oficina unos días más tarde, y a partir de esa mañana el verano alargó sus luces un poco más y coloreó las nubes con mayor esmero, perfumó las noches de silencios campestres y desplegó sus vientos entre ahuehuetes y maizales.

Adriana buscó sobre la mesa el álbum fotográfico. Casi siempre, a causa de su trabajo, Sergio llevaba una cámara, y ambos habían decidido coleccionar las fotos, las cortezas y flores secas, las piedras y todo lo que encontraban o compraban durante sus paseos cuando alquilaron el departamento, o quizá —pensó Adriana al voltear las hojas duras del álbum— había sido precisamente al revés: que para poder guardarlo todo, incluso el tiempo miedoso de futuro y el futuro incierto, era menester una habitación, un lugar apartado capaz de contenerlo todo, un arcón o un tibio ropero abandonado.

En el lago, apenas unas semanas después de su encuentro, ella supo que, a pesar de su habitual indiferencia y el temor de darse a conocer, se entregaría impulsivamente, sin más reflexión, por fragmentos, y que la imagen que Sergio se formara de ella jamás la tendría otro igual ni sabría ella recuperarla en su totalidad. Cerró el álbum. La separación se había presentado como una serie de espejismos movedizos, de vértigos ciegos, de espasmos mudos. Se recostó en el sofá y se durmió al cabo de un rato presa de agotamiento. Al despertar, ya la vela estaba apagada y la habitación había cobrado el aspecto de un gran agujero suspendido. Adriana no se atrevió a levantarse, ni siquiera a moverse. Trataba de reconocer, de distinguir los contornos de las figuras, de los libros, de los grabados en la pared. Solo el candelabro que se erguía a sus pies tenía forma de vida.

Muchas veces se despertaron así, olvidando en el sueño lo que los ataba a las otras personas, y, considerando solamente la languidez de sus cuerpos, volvían a amarse porque querían perderse, otra vez, en el oleaje sordo, único que adquiría realidad, del vaivén amoroso. Pero el momento de separarse llegaba siempre, inevitable; Adriana volvía a su casa como a una angustia y Sergio al lecho conyugal, probablemente con la esperanza de hacer olvidar a su mujer agravios y recriminaciones. Y muchas veces también habían sacrificado sus hermosos paseos de los primeros meses para encerrarse entre esas cuatro paredes suyas, simplemente para leer en voz alta, para leerse uno al otro trozos de poesía, de novelas, como si hubieran querido ahogar los ecos del mundo de los otros y del suyo propio, del más íntimo, aquel que albergaba ya la soledad futura.

En alguna parte Adriana imaginó una taza de café caliente que absorbiera el frío de su cuerpo y las sombrías emanaciones de las cosas. Buscó a tientas y encendió una vela del candelabro; la llamarada azul se tiñó de rojo y ella se sintió menos sola; encendió la segunda y un leve temblor atravesó por sus miembros, parecía embrujada por ese robusto tridente negro que no era solo un sostén, sino que irradiaba la luz anaranjada desde sus más profundas partículas; la última vela iluminada arrancó de sus labios una sonrisa y al instante buscó, con una inquietud infantil, las dos gruesas velas moradas reposando sobre sus cucharones de metal. Nada recordaba ahora tristeza alguna, todo había recobrado su concreta significación bajo el violento resplandor amarillo, el único significado verdadero: los fantasmas estaban integrados a las cosas, el polvo al recuerdo, el tiempo al pasado. Adriana presentía las gotas de lluvia a través del aire que se filtraba por el ventanal semiabierto y el quicio de las puertas. De pronto, una gran alegría lo inundó todo: ella agitó sus brazos, sus piernas imitaron un giro acompasado y, sin dejar de sonreír, con todo el cuerpo, apagó una a una las luces, y no salió por la ventana, sino que abrió suavemente la puerta, y sin mirar nada partió muy despacio.

Titulado originalmente "El encuentro".

TRAS LA VENTANA UN ÁRBOL

... à l'attente de l'être idéal que nous aimons,
chaque rendez-vous nous apporte une personne
de chair qui contient déjà si peu de notre rêve.

MARCEL PROUST

Tendida boca abajo en el diván, sobre el cubrecama rojo, Martha sentía los dedos de Ernesto recorriéndole la espalda. Tenía la cabeza sumida entre las cobijas y su olfato buscaba ansioso ese olor que no era el suyo y que la retaba de pronto con un desafío brusco y hostil: era algo tibio, casi sin aroma y, no obstante, perfumado, con olor a moho. Los dedos se anudaron en su pelo, resbalaron por el brazo donde descansaba apoyada y fueron a hundirse en el sobaco húmedo. Sabía que no iba a escapar, que no intentaría ningún movimiento ajeno a la voluntad de sus sentidos, que se quedaría ahí, tensa y débil. Ese día escogió un vestido amplio y de cierre largo, en su cuerpo el perfume había caído abundante y en el pelo los rizos fueron cuidadosamente marcados. Antes de apretar el timbre mojó sus labios resecos y, al momento de rozar con los nudillos la puerta, como alguien que no fuera ella, otra Martha ausente pero que se viera desde fuera, advirtió que el temblor en su cuerpo no se aquietaba y que de pronto una camisa y un pantalón claro estaban ante sus ojos, que aún permanecieron bajos durante unos segundos.

Así fue exactamente, Martha lo dibujó paso a paso en su mente como si hubiera querido retrasar el momento en que la mano desnudó sus hombros y ella se tiró en el diván.

Era algo indefinible y vago. Pocas veces había estado en el estudio de Ernesto, y poco sabía de él, salvo, quizá, que a ella le gustaban sus cuadros, y a él ese cuerpo joven que había empezado a pintar; y, sin embargo, ese algo que la rechazaba le salió al encuentro desde el primer instante, desde el primer momento en que se abrió la puerta y ella puso el pie sobre la alfombra gris. "Pasa, te enseñaré primero el estudio y luego tomaremos café en el otro cuarto. ¿Ves? Aquí es donde pinto, la luz es mejor y da todo el día." Martha miraba los colores surgir del techo, del piso, de las paredes cubiertas de telas y retratos, de paletas manchadas, azul-rojo-sepia, de letras y dibujos. "¿Qué escribiste en esas hojas? ¿Para qué las cuelgas?" Ernesto buscaba sus ojos y sus manos curiosamente frías. "Aquí duermo a veces cuando trabajo hasta muy tarde." Libros, más cuadros, una guitarra, algunas máscaras negras, un esqueleto de cartón suspendido sobre el sofá-cama, un farol de transparencia violeta. Todo eso a primera vista. Después los detalles, los objetos que empezaron a brotar como si fueran ojos, celosos guardianes de ese algo indefinible y vago que flotaba en el cuartito y emanaba de las cosas. Un florero azul de vidrio soplado, un peine y una almohada, un espejo redondo, varias figuritas de barro en las repisas junto a los libros, dos cajas de cerillos, ceniceros —"¿Te gusta?"—, un tocadiscos y unas tacitas de porcelana azul marino, un sillón de largos faldones rojizos, una carpeta bordada sobre la mesita a un lado del sofá, una botella de vino tinto. Todos y cada uno de los objetos eran parte de ese rechazo inicial, de un mundo pretérito, y a la vez presente, al que probablemente Ernesto se integraba tan pronto como Martha abandonaba el estudio. Pero en tanto, mientras físicamente continuara ahí, frente a Ernesto y frente a las cosas, en cada nueva cita, sus ojos iban y venían por todo el cuarto tratando de absorber los contornos de esas cosas, de palpar su abrupta e incontenible presencia.

Tras la ventana, un árbol. Martha siente el aire fresco en la nuca y levanta la cabeza para mirar hacia afuera; dentro, y a pesar de ser temprano, huele a tabaco; han fumado mucho. Ernesto, en la cocina, tras la cortina de cambaya morado y rosa, prepara un poco de café. Martha vuelve a sumergir su cabeza entre las cobijas: eso continúa ahí, reciente, y su mano tiembla cuando se interna por debajo del cojín hasta tocar la superficie fresca de la sábana. "¿Duermes?" Quisiera hacerlo y no saber dónde está. Antes de incorporarse para tomar el café, un pájaro la llama desde el árbol. Hubiera querido decirle que estaba triste, que prefería ir a aquel bosque (que recorrían al principio) donde la tierra está cubierta de hojas secas, caminar sobre ellas tomados de la mano y hablarse; o simplemente salir a la calle a mirar y a pasear. Decirle, la cabeza apoyada en sus rodillas, que le enseñara a contemplar ese cuarto con esas cosas que aún no conocía bien. Triste porque todo le parece extraño, porque hay una voz en los rincones y le grita intrusa, porque ve sombras y es de día y las sombras están en los ojos de Ernesto, en el contorno de las cosas y avanzan hacia ella. Pero Martha no quiere que él se burle y sabe que lo hará, que su risa la aislará más, y calla y busca sus labios. Había habido tal ansiedad en su espera, en el transcurrir del tiempo hasta la hora fijada para el encuentro, en la cuidadosa elección de su ropa, en la aproximación al estudio y en el ascenso de la escalera que, de pronto, cuando por fin sus cuerpos se encontraron y él la depositó, el vestido bajo la cintura, sobre el cubrecama rojo, y sin que Martha supiera evitarlo, las lágrimas corrieron por su cara y su pelo. "¿Lloras?" "No, no es eso, no estoy llorando." Ernesto le dio la espalda y encendió un cigarro, ella se tendió boca abajo. Deslizó la mano desde el cuello hasta el inicio de las caderas, sentía que ella no iba a escapar, que no podría resistir esa mutua atracción inexplicable, pero Ernesto no sabía qué hacer ni qué decir y decidió esperar, preparar un poco de café.

Salir, abandonar las paredes y el esqueleto sobre la cama, respirar todo el aire hasta hacerse viento y entonces penetrar por la ventana y barrerlo todo, soplar y soplar hasta que los objetos se desmoronen y se pierdan, hasta secar ese olor sin perfume, esa humedad sin aroma. Martha está ahí, ahí están sus libros y sus zapatos, su cuerpo moreno, firme y tibio, su negro cabello ondulado, su silencio. "Levántate ya y vístete." Y, no obstante, él había estado esperando, extrañando su presencia matutina, aspirando su aliento, mirando sus ojos infantiles, escuchando atento el ruido de los coches y las pisadas en la escalera, el rumor del viento entre los carrizos huecos pendientes a un lado de la ventana, a su espalda, mientras manchaba sin mucho sentido la tela colocada frente a él. Aquella vez, en la exposición, sin conocerla siquiera, ella le había pedido que le hiciera un retrato (tenía los labios finos y unos grandes ojos tristes), Ernesto sintió ganas de reír, pero al mirarla otra vez pudo imaginar cómo se vería su cuerpo delgado bajo sus pinceles, y aceptó. "Venga, la invito a cenar." "Entonces, ¿empezamos el lunes?" Ernesto dejó los pinceles, se acercó a la ventana, hizo sonar los carrizos con violencia y fue a buscar un cigarro sobre la mesita junto al sofá. Trató de hacer un poco de orden: vació los ceniceros, recogió unos vasos sucios, acomodó los cojines, escondió unas horquillas, enderezó unos cuadros y dio un leve empujón al esqueleto suspendido sobre el sofá-cama. No estaba habituado a esa clase de preparativos y se sintió molesto por lo que pudieran significar dentro de esa no-costumbre. Un ligero toque en la puerta —siempre llamaba una sola vez—, un traje en tonos lila, botas, libros bajo el brazo, mano fría. "Pasa, hoy está un poco nublado, trabajaremos más tarde." Ernesto la veía mirar y sentía que su mirada estaba ocupando un vacío frente a sus cuadros, que su figura se amoldaba al movimiento del espacio entre los colores. Ahí está la piel, el cuello delgado y largo, los hombros abandonados entre sus dedos, y algo como un temblor en ellos al descorrer el cierre de su vestido. "Quisiera pintarte así, semidesnuda." Tendida boca abajo parecía más frágil, más indefensa; acarició su pelo y se dejó llevar por la línea del brazo donde descansaba su cabeza hasta rozar el nacimiento húmedo de su seno. "¿Lloras?" Quizá también él quería llorar. Se incorporó, súbitamente, y encendió un cigarro.

Martha apoyó los codos en el cojín, miró hacia la ventana y se sentó en la orilla del diván. Ernesto le acercó una de las tacitas de porcelana y apoyó los labios en su hombro desnudo, ella sintió su propia suavidad y se sorprendió deseando en ese contacto algo más que un deseo, algo más cercano, menos brusco. Cuando se despidieron aquella noche en el interior del automóvil, había tenido la misma sensación de alejamiento —la voz de Ernesto comentaba los incidentes de la exposición, hablaba consigo mismo, aunque la presencia de ella pareciera serle necesaria—, de ser el reflejo, el solo eco de algo distante. Quiso entrar en su monólogo y lo llamó por su nombre, Ernesto la tomó por la barbilla,

Martha bajó los párpados y entreabrió los labios, pero la boca rozó su oreja y se detuvo en el cuello. Él no estaba ahí, al alcance de su mirada, sino, opaco e inapresable, entre sus muslos apretados. Retrocedió. "Entonces, ¿el lunes próximo?" ¿Por qué esa necesidad en la piel y, al mismo tiempo, ese rechazo? En sus ojos sentía el destello de otra visión, en sus manos un hueco que el cuerpo de Martha no lograba llenar del todo; se levantó y puso la taza sobre la mesita. "¿Quieres más café?" "Prefiero un poco de ese vino." Se acercó a una de las repisas y tomó un libro al azar, una capa de polvo se adhirió a sus dedos, en la primera página vio una dedicatoria que no alcanzó a leer porque algo escapó de entre las hojas en el momento en que Ernesto le tendía el vaso de vino. "¿Te gusta guardar flores secas?" "Es una tontería, y, además, ese libro no es mío. Déjalo." ¿Qué era lo que él no quería decirle? De pronto se sintió al borde de una certeza, a punto de descorrer ese velo que mantenía el cuarto y las cosas en la semipenumbra de un misterio cuya sombra móvil pudiera traducirse, en una palabra, ¿transformarse, acaso, en un nombre en otro rostro? Olvidó la flor en el suelo y se dirigió hacia la ventana. El vino sabía un poco agrio y se dio cuenta de que la botella estaba medio vacía. Afuera, las ramas se mecían sin ritmo y el viento, a veces suave, a veces súbito, sacudía las hojas y el nido del pájaro. Aspiró con fuerza el aire húmedo y frío y cerró la ventana: Ernesto la contemplaba en silencio sentado en el sillón. Tenía la copa entre las dos manos, muy cerca de los labios, la cabeza inclinada, las piernas cruzadas. Martha sonrió y se fue hacia el estudio. Trataba de alejar su proximidad porque el menor roce la recorría como una punta dolorosa, resbalaba hasta sus tobillos, la enredaba, la tomaba entre sus bordes y entonces la cabeza partía, sola, muy lejos del cuello. Y no era precisamente la sensación de estar flotando, porque incluso el más mínimo espacio en su cuerpo era habitado, latía, se concentraba en su propio e independiente peso, como el árbol que pudiera ver, reconocer y palpar cada una de sus ramas y, en ellas, cada una de sus hojas.

Martha, tenerla entre los brazos y no poder abarcarla, sentirla escapar en los suspiros, en las lágrimas, y cada vez que ella apartaba el rostro del suyo para mirar el techo o un punto invisible en el centro del cuarto. Así, de espaldas, se veía más alta y más delgada, o quizá era solo el reflejo de la luz que a través del vidrio parecía moldearla suavemente. Sintió el aire fresco en sus cabellos revueltos y, al verla sonreír con esa sonrisa que parecía no ser para nadie, el dolor agudo, el deseo de tenerla, desnuda, entre los brazos. Dejó la copa a un lado del sillón y la siguió al estudio. "Siéntate ahí y pon las manos al frente. No ladees tanto la cabeza y procura estarte quieta mientras hago los trazos generales." Frente a él, y detrás del pincel, Martha entregaba la línea de su cuerpo y de sus rasgos a la mirada perspicaz, a la mano diestra y ágil, al toque de color que iría dando luz y sombra y volumen a sus contornos (siena, un poco de violeta, blanco tal vez, azul). Intentó leer, sentada inmóvil, las frases escritas en los papeles adheridos a la pared, distinguir y diferenciar las texturas de los cuadros más grandes, descifrar el contenido de esa serie de telas amontonadas, a un lado del caballete, volteadas, casi escondidas, ocultándose: ¿paisajes?, ¿improvisaciones geométricas?, ¿rostros? Una sensación de celos y de vago temor la envolvió al detenerse en la imagen de algún posible rostro, de otro distinto al suyo. Abandonó su lugar, tomó la cabeza de Ernesto entre sus manos y se dejó llevar, en tanto los dedos descubrían sus hombros, por esa misma tensión que ya una vez había provocado su llanto.

"¿Quién es la mujer de tus cuadros, cómo se llama?" Pero no, no iba a preguntárselo, ni siquiera podía asegurar, a pesar de su temor y duda, que se trataba de una mujer. Y, no obstante, quiso imaginársela ahí, en el sitio que ella ocupaba ahora, en el diván, bajo el esqueleto, como parte integrante de ese algo indefinible y vago, como siendo las cosas mismas: hosca, áspera, profundamente misteriosa y grave, con ese olor a moho y ese aroma sin perfume. El aire había dejado de soplar, y, en las ramas del árbol, solo el pájaro se movía de vez en cuando, sin cantar. Dentro, en el cuarto, también estaba nublado, o al menos así lo pensó Martha porque la sombra de las cosas era ahora más densa, y su propio cuerpo más pesado bajo el peso de esa presencia que ella había adivinado al dar el primer paso sobre la alfombra gris y que estaba a punto de encontrar su forma tras las caricias de Ernesto, en ese hueco que que-

31

daba en sus manos, como si ahí él buscara olvidar o, precisamente, encontrar el contorno de esa ausencia, el aroma (en su piel donde el perfume había caído abundante) de ese otro olor sin olor. Se veía como la protagonista de un juego que le era ajeno y en el cual no participaba y tuvo miedo otra vez. Apartó del suyo el rostro de Ernesto. Ahí, al pie del sillón, están sus botas y sus medias, su bolsa y sus libros en el asiento; sobre el diván, colgando en la orilla, su vestido en tonos lila; sobre ella, y casi podría tocarlo si levantara un poco la mano, el esqueleto de cartón; y más allá, aunque también podría estar sobre ella, el cuarto con todas esas sus cosas que aún no conocía bien: los libros que ya sabía polvosos, las figuritas de barro, los ceniceros colmados. Incluso el techo era un objeto susceptible de invadirla, de la misma manera en que irrumpía en ella el aliento de Ernesto, más apartándola, sepultándola, que atrayéndola.

¿Cuánto tiempo había pasado desde el momento en que la mano desnudó sus hombros? Tendida boca abajo, Martha sentía los dedos recorrer su espalda, y era como si nunca hubiera dejado de estar así, boca abajo, con la cabeza sumida entre las cobijas, el temor clavado en el cuerpo, y las horas y los días no hubieran transcurrido, sino que, a fuerza de repasar y de reconstruir en su mente cada gesto, cada movimiento, inmóviles, se estuvieran desmoronando al contacto del aire que entra por la ventana, fuera de su caja de cristal, como polvo fino, insensiblemente.

Ahora eran los labios en su cuello, en los hombros, las manos entre el cubrecama y sus senos —no se movía, casi no respiraba; en sus ojos el cuerpo inclinado de Ernesto, sus pantalones claros, el humo del cigarro—, los labios en su espalda, la mano en su costado, en su pierna, y, en su oído, solo el roce de ese deslizarse a todo lo largo de su piel, de sus miembros desconectados, lejos de su cabeza, lejos de sus tobillos. Salir, abandonar las cosas y la aspereza del cubrecama rojo, la presencia de ese calor ajeno entre su cuerpo y el cuerpo de Ernesto; preguntar, saber a pesar de la risa y de las burlas; no solo imaginarla ahí en su lugar, sino verla, apresar la sombra y darle un nombre, aunque con ello ella misma tuviera que borrarse. "Ven, déjame ver tu cara." Es la voz de Ernesto que no responde porque no ha sido preguntada, la voz que ordena y quiere hacerse obedecer; y ese su cuerpo de ella que parece adherido a las cobijas, a ese algo indefinible y vago que tal vez la ha apresado ya. La mano empuja y Martha levanta la cabeza, pero no para continuar el movimiento, sino para escuchar, absorta, el canto del pájaro que la llama desde el árbol, y mirar, triste, la flor seca que un día aventara entre sus ramas. Ahora el cuerpo está junto a su cuerpo, y el aire entra por la ventana; la mano descansa en su vientre, la boca tira de su oreja.

"¿Cómo se llama?, es preciso que me digas su nombre, las letras que buscas en estas caricias que no te devuelvo pero que parten de mí en tu busca." "¿A dónde vas?" Martha se había sentado a un lado de Ernesto rodeándose las rodillas con los brazos, la cabeza apoyada en ellos. De pronto ya no era tan importante saber, porque, de todas maneras, para Ernesto, ella era únicamente la prolongación de esa ausencia de la que él mismo, quizá, no constituía sino una parte ínfima también. No quería resignarse a ser una cosa más, aquella que puede distraer la soledad, el cansancio cotidiano, y eso ahora podía definirlo porque para ella este amor se presentaba, por vez primera, como un total que empieza y no se sigue de nada anterior, y todo en Ernesto y en los objetos estaba ya ocupado, lleno de una ausencia presente que reclamaba su sitio, ese espacio que Martha había empezado a invadir desde el momento en que él trazó las primeras líneas de su figura en el lienzo. "¿A dónde vas?", repitió la voz sorprendida e impaciente. Sí, ¿a dónde iba? Casi estaba segura de que tampoco el salir la llevaría a alguna parte. ¿Hacia dónde escapar si con ello ya no sería posible entrar por las ventanas y barrerlo todo, soplar y soplar hasta que los objetos se desmoronasen y se secara el olor sin aroma? Pero tampoco quería quedarse ahí, tendida boca abajo, ahí, como el pájaro en el árbol, como la flor, o como el árbol mismo, contemplando desde fuera a través de la ventana.

Se deshizo de los brazos que, rodeando su cintura, intentaban retenerla aún en el diván. Tomó su ropa y empezó a vestirse silenciosamente, la mirada fija en un punto cualquiera, mientras desfilaban fragmentos de palabras, de deseos inexpresados, de colores, de gestos, de imágenes, sin detenerse, sin sugerir, sin asociarse a nada ni a nadie en particular. Entre todos ellos, solo el sentimiento de la presencia exaltada y terrible de un vacío parecía unirlos. La distrajo el botón que se desprendió de su falda. "Espera, no te vayas." Martha escuchó esa voz como si saliera de ella misma, como un pensamiento que no se atrevía a formular y que de pronto llegaba a sus oídos desde fuera. La mano de Ernesto había alcanzado la suya y en ese momento, mientras sus ojos siguieron la trayectoria del botón hasta que se perdió bajo el diván, a sus pies, sintió que tal vez sí lograría quedarse cerca de él. Sin soltar la mano, se arrodilló sobre la alfombra y buscó debajo de la cama. Parecía que no había ninguna relación entre el sonido y el contacto, que las palabras se habían quedado suspendidas en el instante en que se inclinó, que no alcanzó a entender que entre la mano y la voz estaba ella, o más bien, que a ella se dirigían. En cuclillas sobre la alfombra, apoyó su cabeza en las rodillas de Ernesto con un movimiento que casi no dependió de su voluntad, como empujada, atraída, a pesar de sí misma, hacia ese vacío, hacia la sombra de esa ausencia. Quizá ella podría ser (tal vez cuestión de un poco más de tiempo), como el árbol, contemplada desde dentro; como el aire, no para desmoronar los objetos sino, precisamente, para rodearlos y dejarse conocer por ellos, no para secar el aroma sin perfume, sino para absorberlo y dejarse penetrar por él. Tuvo el impulso, casi la necesidad física, de levantarse y de tomarlos, uno por uno, las máscaras, el florero, la almohada, el espejo, las figuritas de barro, los cuadros y los libros, y dárselos a Ernesto, uno por uno, con suma atención y cuidado para crear así, en el espacio de las cosas, un nuevo orden, un orden suyo en el que ambos tuvieran un lugar propio. Sus labios se apoyaron en la mano de Ernesto, los dedos de él se anudaron en su pelo, lo tomaron, lo separaron, lo entretejieron, y ella sintió de nuevo que todo su cuerpo era como un árbol que pudiera ver, reconocer y palpar cada una de sus ramas y, en ellas, todas y cada una de sus hojas.

"Quédate a vivir conmigo." Entonces supo que la pregunta sería formulada y que, en la respuesta, que quizá también ya conocía, que en realidad ya había conocido desde el principio, se definiría al fin el contorno de la ausencia que Martha estaba invadiendo. "¿Y ella?" Ernesto también esperaba, como si durante ese tiempo que habían pasado juntos solo hubiera aguardado para responder: "No ha vuelto desde que te veo a ti".

Todo ahora recuperaba su verdadera dimensión, su orden original, los cuadros, los libros, el olor sin aroma, las caricias y el hueco entre sus cuerpos, los objetos, su temor inicial. Cuando cerró la puerta tras de sí, pensó que incluso el árbol, al que imaginara tan cercano, se había reducido al espacio de esa presencia que ella, Martha, había alejado y que, seguramente, volvería ahora, otra vez, como antes, a ocupar su lugar de siempre...

Titulado originalmente "Contorno".

Luz de dos
(1978)

Porque sé que adonde estuve
ni alas, ni ruedas, ni velas
llevan.

PEDRO SALINAS,
La voz a ti debida

POR EL MONTE HACIA LA MAR

A Francisco Tario
A Toño Peláez, in memoriam

I

Cuando mi padre supo que el patio había servido de cementerio, decidió vender la casa. Y no es que fuera supersticioso, pero le horrorizaba la idea de pasearse entre más murmullos de los que ya de por sí traía el viento todos los días del año hasta los cristales de la galería, donde él solía caminar, y que da, precisamente, al jardín.

Hacía años que habíamos abandonado el pueblo, y tal vez no hubiera regresado, a no ser porque me asaltó el deseo de recuperar el rosal que sembramos Lalo y yo a la entrada de la casa mientras Luis y Rafa contemplaban despectivos lo que entonces calificaron de "cosas de niñas". El caso fue que a los cuatro nos embarcó el mismo afán y, sin que ninguno se lo comunicara al otro, volvimos, emboscados, a los sitios que nos vieron crecer.

No es posible penetrar impunemente en la vida de nadie, y aquellos muertos ya habían ocupado nuestro lugar.

En días de lluvia —y eran días en que apenas se diferenciaba la mañana de la tarde y una noche de otra y de otra—, a fuerza de golpear y golpear, las gotas de agua terminaron por enredar los gemidos de esos muertos a las espesas trepadoras que cubrían la pared entre las ventanas de la galería. El viento, cuando el cielo era más cenizo y el mar resoplaba gruñón, torcía sus pasos hacia las escaleras del portal, que nunca llegaron a cruzar porque en mi cuarto, justo a un lado de los pilares que enmarcan la entrada de la casa, una lamparilla ardía sin descanso hasta los primeros soles del verano, época en que, según Felicia, los fantasmas no penetran en las moradas.

39

—En otros tiempos, todo esto lo cubría el mar, y las tierras que ahora ves eran fango de algas rojas y verdosas. Por eso, cuando las aguas se encrespan y suben, el monte entero tiembla y se inclina bajo los nubarrones, como si quisiera, al impulso del aire, hacerse a la mar otra vez. Yo prefería no mirar ese horizonte amatista. Escondido entre los peñascos, desbarataba minuciosamente las algas que se adherían al musgo cobrizo y áspero, escuchando las historias de Felicia como si aquello —el ruido del oleaje y el viento imbricados en la vida del pueblo y en las anécdotas familiares— no fuera mío ni tuviera que ver conmigo. Más temprano en invierno, más tarde en verano, a orillas de la playa, mientras extendía sobre el hueco de arena limpia entre las rocas el mantel de la merienda, desmenuzaba con morosidad y sin recato alguno, hablando consigo misma, hechos y deshechos inmemoriales, patrañas y leyendas de los antiguos habitantes del lugar, como si también ella fuera, junto con los fósiles en lo alto de la montaña, un testimonio prehistórico. Me daban miedo los secretos de mar, sus arranques de animal enfurecido, sus cóleras, su eterna querella con el viento, con las nubes, sus alaridos nocturnos, su tranquilidad de gato al acecho. Y me daba miedo Felicia cuando nos quedábamos a solas frente al mar con sus historias a cuestas.

Las flores del rosal son pequeñas y menudas. Es un arbusto salvaje que no tiene olor específico. Por las noches, lo sentíamos rascar el muro y apartar la tierra para poder trepar y encaramarse hasta el arco de la reja. Aumentaba de tamaño junto con las marcas que mi madre hacía en la pared del dormitorio cada vez que nos medíamos. Lalo, con ser el mayor, era el más lento, y creo que fue él quien terminó pareciéndose más al rosal: de hojas afiladas y casi secas, muy erguidas y compuestas. Espiábamos su crecimiento entre juego y juego, al llegar de la escuela y al salir de casa, todos, sin prestarle en apariencia ninguna atención. Pero él nos delataba cuando sus brotes y sus capullos nos hacían comentar, alborozados, sus progresos, como al azar, con mi madre, con Felicia, o con algún compañero de clase.

—Si sale el sol iremos hasta la Ermita...

Y poco antes de amanecer, ella bajaba, pertinaz y triste. El mar podía estar todo lo encrespado que quisiera, rugir furiosamente y salpicar los bancos a orillas del Paseo; no era él quien irrumpía en mi sueño, sino ella: la lluvia silenciosa y cruel. Primero, batía los cristales flojos del primer piso, después, las duelas de la galería en el segundo; y, finalmente, los velos de mi cama con su aliento pegajoso y frío. En las mañanas, más pálido que de costumbre —solo había conseguido dormirme de madrugada—, oía sonar la campanilla del colegio envuelto aún en las cobijas y sin que las burlas de mis hermanos lograran hacerme levantar, pues bien sabía que, siendo el menor, la complicidad materna me amparaba. El insomnio a causa de la lluvia era distinto al temor que me inspiraba el mar, del cual, en última instancia, puede uno alejarse. No así de ella: entrometida impune, burlona. Ni muros, cristales o ropas, detienen su triste sabor de tristezas ajenas y milenarias, su complicidad morbosa con la nostalgia y la aflicción.

La nuestra era la última casa del pueblo, detrás del convento donde estudiábamos los niños, frente al Paseo que se extiende sobre la amplia cima del acantilado a cuyo pie —por la otra pendiente— brama el mar durante largos nueve meses. Algunas noches, la tempestad me llevaba al cuarto de mi madre para buscar protección entre las mantas que cubrían sus piernas. Y ella, que parecía aguardar con deleite mis temores, relataba también, aunque con mayor recato y sigilo, historias de los personajes que cruzábamos en tardes de confitería y chocolate. Tardes escasas, pues no gustaba de salir a la calle exponiéndose, según decía, a miradas extrañas. Y no sé por qué imaginé, desde entonces, a esa gente transformada durante el invierno en los árboles del Paseo, retorciendo sus muñones al impulso del viento, lanzando ayes contra nuestros techos y cristales. Tales visiones me mantenían, en otras noches cargadas del sosiego anterior al huracán, despierto hasta el alba, acechando las sombras tras los visillos, los crujidos de muebles y lámparas. Cualquier movimiento de las ramas era ya un espectro: el menor brillo en el espejo, el tintineo de los prismas, un roce de telas, mi propia respiración. Ni siquiera los pasos de mi padre, recorriendo ida y vuelta en la oscuridad el tramo de galería que se asoma al jardín, podían tranquilizarme. Que mis hermanos tuvieran temores similares a los míos tampoco me consolaba: los disfrazaban muy bien haciendo pública mofa de mí, a pesar de los regaños de mamá —no muy firmes, es verdad— y de los castigos que, al impedimos salir a jugar, incrementaban nuestros pleitos, ya de por sí abundantes.

—Ven. Corre. Carmela está con Luis en la playa.

Y ahí estábamos los tres, devorando con los ojos la falda roja: un círculo de luz entre nubarrones y peñascos grises, un beso salino anegándonos, uno a uno, hasta la garganta, con olas de arena y espuma. Una piel de asperezas suaves, de escamas transparentes que el viento erizaba, una lengua como embate de algas tibias, Vigilábamos, por turno, todos sus movimientos cuando no estaba con alguno de nosotros. Sola, ceñida sobre sí misma, las manos cruzadas al frente abrazándose los hombros, la cabellera volando al aire, el rostro expuesto al mar. Así se nos aparecía a menudo en su lugar favorito, al terminar la parte plana del Paseo, al borde del acantilado: un angosto prado verde lleno de florecitas amarillas y violeta desde donde se miran la inmensidad metálica, los gigantescos peñascos que el viento parece haber arrojado a las aguas y, volteando un poco de perfil, la línea negra de la sierra, el monte siempre cubierto por gruesas nubes blancas y grises, las literarias nubes de algodón que en días de sol se hacían tan vaporosas. También le gustaba sentarse sobre alguna roca en la playa más pequeña, la de las meriendas con Felicia.

No digo que Carmela fuera de otro mundo, pero era tan incorpórea, y tan lejana la sonrisa siempre igual en sus labios delgados. En días de mucha lluvia, bajo un impermeable transparente, llegaba a casa con sus libros de música y tocaba en nuestro piano, a veces solo una pieza, otras —después de hurgar largo rato entre los papeles que teníamos encima—, durante horas, hasta que mi madre le hacía traer una taza de chocolate. Por la puerta entrecerrada observábamos sus manos, vivas, enérgicas, llenas de un ímpetu incompatible con ese cuerpo frágil y ese rostro tranquilo. Al marcharse, igualmente discreta, ninguno se atrevía a irrumpir en el sitio donde su presencia había dejado un círculo mágico. El monte, las nubes y el viento parecían detenerse, para volver a resollar de nuevo solo al amanecer. Esa fue la imagen que quedó como una señal entre todos nosotros, y, aunque Rafa se la llevó a otras tierras lejanas, los que permanecimos sabíamos cuáles eran las tardes en que ella se sentaba al piano. Sin embargo, su presencia responde en mí al sonido de un violín: es lo que más se acerca a ese lento deslizarse, a esa íntima vibración rumorosa de nuestra vida diaria en el monte junto al mar.

Entre hojas de morera, cuidadosamente acomodados, dormían los gusanos tejiendo sus capullos de colores, ajenos al comercio que realizábamos mis hermanos y yo con los otros chicos del pueblo en los jardines que, también, dormían durante todo el año —se desperezaban cuando el verano traía en ruidosos coches a sus moradores— rodeados de pilares y de verjas donde trepan las peonías, semicubiertos por enormes magnolias a cuyo pie languidecen las hortensias con sus destellos azul, rosa, verde y lila. Ahí, como si lo adivinara, al despuntar las mariposas, surgía Carmela con sus grandes ojos y su flequillo sobre la frente. Se aproximaba a Rafa, experto en descifrar sus nombres —*Llamadora roja, Ninfa del bosque, Azur de primavera*—, en seguir su aleteo nocturno —*Media Luna, Fantasma*—, y ambos, silenciosos, en cuclillas, uno junto al otro, secundaban el ondeo inseguro de las alas hasta fortalecerse y emprender el vuelo. En la caleta rocosa, amasaba algas conmigo. Luis la acompañó por el monte; y con Lalo hojeaba libros en casa. Esta convivencia, este ir de uno a otro con igual suavidad, provocaba amargos pleitos entre nosotros a propósito de nada, sin que, claro está, su nombre se pronunciara nunca.

¿Era solo en nuestro patio donde florecían los fantasmas? Creo que no. Pero a la gente no le gustaba mencionar el asunto. Ni mucha ni poca circunspección: no se hablaba de ello, punto. Y cuando, después de una noche particularmente tormentosa, la mañana amanecía insomne y a disgusto, era obvio que si, por casualidad, llegaba uno a cruzarse en la calle con algún otro desvelado, ni siquiera se levantarían los ojos a guisa de buenos días. Y en verdad era extraño encontrar paseantes, incluso en días más tranquilos. Las habituales devotas que nunca tuercen su habitual trayecto. Doña Eulogina. Nievitas. Los socios del

Casino, gotosos, artríticos. Los críos maleducados. La vida auténtica latía tras los visillos, y la casa de doña Concha guardaba el privilegio de encontrarse justo en el cruce de la Calle Mayor: a medio camino de todos los caminos: la confitería, el café, el Casino, el puerto, el cementerio, la estación del tren y el único teatro. De ahí partían, gracias a Francisca, el ama de llaves, los mensajes secretos, ahí se urdían, a la hora del té, los informes más "confidenciales" y se barajaban las confidencias más "íntimas". Fisgar era la ocupación de solteronas y vejetes: en ellos, como algo impuesto por las circunstancias del clima o de la enfermedad; en ellas, la más apasionante aventura —posible— después del baile anual del Casino.

Para nosotros, los niños, la cuestión de los muertos revestía diversos aspectos: según la edad, la hora del día, la época del año y, antes que nada, el color del cielo.

—Si sale el sol, iremos a la Ermita de la Virgen...

Esta era la consigna. Entonces, al anochecer, nos acercábamos a las ruinas del torreón y palpábamos las losas que se humedecen y entibian al anunciar las lluvias del día siguiente. Si estaban secas, por la mañana, monte arriba, serpeando entre encinas, castaños, muérdago y helechos, llegábamos a la cima —escarpa y oleaje a nuestros pies—, hasta la iglesia donde los pescadores muertos en el mar tienen sus tumbas vacías: lápidas rojinegras, olor a encerrado, oscuridad húmeda y pastosa. Jugábamos, peleábamos, corríamos entre los arbustos y las piedras alrededor del atrio, y el miedo a los aparecidos se teñía con el bullicio azuloso de nuestra alegría infantil.

Al atardecer, en los jardines olvidados y en el Paseo, entre las redes elásticas de las telarañas, o a merced del soplo seco con olor a tierra y a flores marchitas, la caída de las primeras hojas, el tinte cárdeno del cielo, el parloteo de las niñeras, las rondas y canciones presagiaban ya, en su último alboroto de veranillo, el retorno de las lluvias y de los fantasmas, su rumoreo pardo, runrún que ni el canturreo de las lecciones en las aulas, o el de los rezos antes de acostarse, lograba opacar. Y durante el invierno, ni se diga. Ahí estaban ellos, de día y de noche, prisioneros de su vejez y de sus manías, temerosos también de los montes altos y cercanos que amenazan con tragárselo todo, y de la tempestad que barre árboles y tejados. El rosal silvestre se afianzaba tercamente al arco de la puerta con sus espinas tiesas y su tallo recio, como dándonos a entender, en especial a mí que era tan aprensivo, su solidaridad y fiereza.

Al calor del hogar las historias se entretejían, de tal suerte que, poco a poco, se fueron confundiendo en mi imaginación: los muertos con los presentes, los muñones desnudos del Paseo con los lamentos de las trepadoras en el jardín, el chapoteo de la lluvia con los pasos de mi padre en la galería, el resplandor del rayo con los rostros de antiguas fotografías, el estrépito del huracán con los arrebatos de Lalo y Rafa.

Y aún ahora me es difícil no enredar la mía propia, la nuestra, con la historia de ellos, como sucede en los tendederos cuando el viento sorprende a los pescadores y hace un ovillo de sus redes.

—Cipriano, el cojo, se buscó la mujer más bonita y joven de la comarca. ¡Vaya si la encontró! Con el dinero que tiene... La casa más extravagante, esa que domina desde ahí arriba el pueblo, la de color de rosa con sus torres y almenas, se la hizo construir a ella que seguramente era una cualquiera... había que ver con ese pelo rojo y esas joyas... aunque, dicen, siempre le fue fiel... ¡A saber!...

—Y Merceditas, tan casta y bien educada: treinta años de novia y el día de la boda se le muere el fulano, por lo demás un trotamundos que solo iba por su dinero...

—Y de Facundito ¿qué me dices?..., poeta y tartamudo, pero tan bueno el pobre, tan solito desde que la mujer se le fue con ese mojigato que dirigía los coros en la iglesia...

—¿Que no sabías que la Marquesa tiene encerrada a su hija?... Pues sí, es una loca que se pasea de noche por los caminos...

—¿Don Abundio muriéndose de hambre porque sus familiares lo repudian? ¡Vaya! ¿Qué me cuentas? ¿Y los cofres repletos de oro que esconde en los sótanos?... Si por eso no se ha casado ni nunca ha tenido criados...

...Y las fabulosas fiestas en los palacetes de verano... y los perezosos señoritos con sus enormes y lanudos perros... y el médico amante de lánguidas extranjeras... y...

Al puerto, una especie de canal que solo utilizan las lanchas pesqueras, nos acercábamos los días de la Procesión Marítima en la fiesta del Santo, y, a veces, en las bajas mareas, a jugar con los hijos de los pescadores y a beber un poco de sidra. Ahí también, entre las redes, las tabernas, las plazuelas y los olores del mercado, algo más sucios y harapientos quizá, merodeaban los fantasmas, la sombra de algún viejo lobo de mar, de algún rico comerciante arruinado, de alguna novia suicida. Y a veces —Felicia los dejaba escapar—, se sabía de extraños crímenes que ocurrían hacia el otro lado del cementerio, junto a la estación. La lluvia, el mar, el viento, el silbato del tren, el cuerno de los pastores allá arriba, repetían, susurraban entre los árboles, los ríos y los tabiques, historias y más historias. Era imposible escapar a ese gorjeo legendario, sustraerse a su oculto poder. ¿Huir del pueblo? ¿Enclaustrarse tras los visillos? Inútil.

—Mira, ahí van Carmela y Rafa.

En la serena oscuridad, una explosión de estrellas brillantes y amplias en el cielo negrísimo hizo reverberar la sombra de dos cabezas.

Y llegó el día en que los niños aprendimos también a fisgar, aunque esta ocupación no constituyera precisamente un placer sino por el contrario. Un hermano empezó a desconfiar del otro, el amigo de su mejor compañero, el confidente de su fiel testigo. Cambiamos las crisálidas por bicicletas. El monte y la playa fueron sustituidos por el café, la Calle Mayor, el teatro, el Paseo de noche. Parecíamos más unidos, la misma pandilla: en realidad nos habíamos convertido en unos solitarios. Los muertos se volvieron entrañables, quizá para consolarnos —con el rumor de su presencia— de ese otro miedo más tangible hacia el mundo alrededor, de esa otra desazón sin motivo aparente que nos hacía fluctuar entre la propia estima y el mayor desaliento: el sentimiento de no pertenecer, de encontrarse en la otra orilla, a oscuras, sin camino posible, y el deseo de echar a andar por encima de cualquier obstáculo.

Carmela y sus amigas ya no venían a reunirse con nosotros en alborotado revuelo. Acompañadas por severas tías o abuelas, nos miraban a hurtadillas desde los bancos de la iglesia, durante los paseos dominicales o cuando dos familias se detenían casualmente a saludarse, y si acaso lograban burlar esa vigilancia, no escapaban para reunirse en grupos, sino para perderse, a solas, con algún chico mayor. Rafa ya no vivía soñando con sus fantasmas —mariposas de color violeta—, ni ellos, a su vez, vivían soñándolo a él: al menos no en esa época. Lalo se marchó, el primero, contra la oposición de mi padre. Después le siguió Luis. Yo, por las noches, me preguntaba: y los juegos ¿cuándo? Los juegos que imaginábamos y que las lluvias, el invierno, las fiebres o algún castigo nos hizo aplazar, ¿cuándo íbamos a jugarlos?

—Por estos sitios se extendía el mar. Así, cada vez que una gota cae, el campo siente el recuerdo del oleaje y de la inmensidad.

Aquella primavera el rosal floreció más temprano, y los geranios olor de limón, y las campanillas. En el aire flotaba un aroma tibio de reminiscencias muy lejanas, de deseos, sueños, amores que venían desde más allá de la memoria de los tiempos, como los carricoches de los titiriteros y cómicos de la legua. El mar lamía mansamente los acantilados, rumoreaba entre grutas y farallones. La lluvia verdeó los campos y el monte con mayor suavidad, y hasta el sol se asomó, sin herir los ojos, por entre nubes de ruiseñores. En casa olía a ropa limpia y recién planchada. El invierno fue duro y mis pulmones se recuperaban con dificultad. Casi dejé la escuela, y, como mi padre se pasaba ahora toda la mañana encerrado en su despacho del primer piso con otros viejos señorones que de pronto empezaron a visitarlo, mi madre ni siquiera insistía en hacerme levantar temprano. Yo vagabundeaba tras ella y tras los quehaceres de Felicia sin temor alguno. Aprendía a medir las horas a través de sus ocupaciones a lo largo del día: barrer, preparar la comida, fregar, podar el jardín, reacomodar alacenas y cajones, hornear, pulir los cobres, zurcir. La algarabía de los pájaros, el trotecillo de las aguas, los movimientos secretos del rosal y sus amores con el mirlo, mis ineludibles lecciones de piano, marcaban también su propio ritmo en el tiempo cotidiano.

Aquella primavera, sin embargo, estuvo muy lejos de ser tranquila. Las cartas de Lalo ponían a mi padre fuera de sí, lo cual no extrañaba, pues su desacuerdo era proverbial; pero ahora había detrás algo más que rabietas. En el Paseo, en el café, en las reuniones, vagos rumores de levantamientos y motines, débiles contiendas entre otrora amigos, una agitación poco común en las oficinas del periódico local, menguaban el entusiasmo que entre los jóvenes suscitara el hecho de habérseles permitido asistir al baile anual del Casino. Entusiasmo que compartían las calles, los almacenes de telas, la mercería, el zapatero, don Faustino el cura, y hasta las beatas, conmovidas ante un espectáculo de juventud y frescura que venía a reverdecer el habitual tono cenizo y a darle un respiro al bostezo diario.

Los primeros tiros se escucharon por el cementerio, cuando ya el ayuntamiento estaba lleno de soldados. Mi padre había logrado huir con Rafa, Carmela y su familia, y algunos otros "rebeldes", como les llamó el capitán que improvisó en la planta baja de la casa un hospital y le extendió a mi madre un salvoconducto hasta la frontera.

—¡Niño, por Dios! ¿Todavía con esa basura? ¡Tira esas ramas!

Y allá quedó el rosal, flotando junto al barco, en ese mar que también trajera a nuestros muertos.

Era la guerra.

II

—Si al menos pudiera sacarse una buena historia de todo esto. Una verdadera historia de fantasmas, no de muertos en vida, que eso es esta gente, personajes a medias, ni definitivamente locos ni medianamente cuerdos. Hacen como que se afanan y en realidad viven en un continuo esfuerzo por no morir... Cuando pienso que alguien ha podido llamar a este conjunto de falsos lisiados, de vanidosos charlatanes y universitarios de ocasión "humanidad doliente"... En fin, he de dominar mis furores o echaré a rodar la poca concordia que aún quede entre nosotros. Y no porque crea que la nuestra sea una familia en especial problemática: lo común en un pueblo pequeño donde un respetable heredero ya no muy joven decide casarse con una sí muy joven señorita cuyo papel se vio limitado a procrear y educar cuatro hijos que no han hecho sino darle dolores de cabeza. Bonita, alegre, ¿qué se puede hacer al lado de un señor adusto tan lleno de principios? Nada. Callar y soliviantar a los hijos; construirse un mundo de encajes, de flores y macetas, de cartas y recuerdos, de leyendas e historias ajenas, poblarlo de nimiedades cotidianas, de rencores tolerables, de sueños y deseos no descabellados, y encerrarse dentro sin asomar las narices a la calle, pues mi madre, en efecto, no gustaba, según decía, exponerse a la mirada de extraños. Alguna vez, cuando la tarde llegaba a abrirse limpia de nubarrones y lluvia —lo cual es casi un milagro en este pueblo donde si no es el monte quien se le viene encima, es el mar el que lo anega—, iba con Nacho a la confitería: muy erguida y sin cruzar palabra con nadie o desviar los ojos hacia los escaparates que maladornan la Calle Mayor. Y en cuanto a su carácter burlón e insidioso, a Lalo y a mí nos tocó la peor parte, aunada a la ironía agria de mi padre, a su intransigencia y orgullo. Alto, solemne, siempre preocupado en preocuparse, realizaba a menudo viajes cortos, solo y en tren. A sus hijos no nos prestaba ninguna atención, considerando el estado infantil una etapa desastrosa e inútil irremediablemente necesaria. Después, tampoco nos tomó en cuenta, salvo, claro está, para atraernos al anacronismo de sus ideas políticas y sermonearnos con sus caducas opiniones sobre el futuro y los ahorros. Y no porque viviéramos en la estrechez, por el contrario: tenía algunas fincas que le proporcionaban buenas rentas, a más de la dote que mi madre trajera consigo. Pero la mezquindad es natural en la vida cotidiana de los pueblos chicos: forma parte de las calles estrechas, de los comercios grises, de las ropas negras, de los rostros avinagrados, del miedo al qué dirán, de tanto rezo y capilla. He viajado mucho, recorrido ciudades y pueblos de toda índole, pero, y sin caer en regionalismos fáciles, no creo haber encontrado un sitio tan... digamos... especial, como este, no tanto por las historias que en él se cuentan —cada lugar y cada persona presume las suyas en calidad de únicas—, sino por la manera de vivirlas. En efecto, ¿hasta qué punto hemos asimilado el rumor de los muertos, entretejiendo su vida en la nuestra, confundiéndonos en el tiempo y en el espacio? Sin embargo, sospecho que esta fusión o confusión entre lo vivo presente y lo vivo pasado puede no ser tan exclusiva. Hay sitios cuya fama estriba, precisamente, en la cantidad de fantasmas que los habitan. Aquí, por ejemplo, no se sabe, así a simple vista, quiénes son y quiénes no son fantasmas. Al verlos escurrirse por las aceras vacías, arrebujados en sí mismos, los labios mustios, se diría que son almas en pena, mas no hay tal pena. Basta alzar la mirada, afinar el oído, y ahí está: la verdadera vida que late tras los visillos, anhelante, enconada. El clima ayuda mucho, es cierto. De doce meses al año, nueve hay que pasarlos bajo techo y entre paredes, acosados por el viento y el mar, amenazados por los montes que truenan y tiemblan, agobiados por una tal cantidad de murmullos que, un buen día, el sueño, la duermevela y la vigilia se confabulan y el insomnio estalla sin piedad. ¿Qué hay entonces de extraordinario en que el hombre se convierta en un solitario arrebujado en el fondo de sus fantasmagorías y se encuentre, sin distinguir la mañana de la noche, con la mirada vaga persiguiendo sabe Dios qué ensueño interior? No creo que, entre paréntesis, sea coincidencia que las tres cuartas partes de los serenos deambulando por las grandes ciudades sean de aquí. Y cuánta agua, ¡qué fastidio! No para de golpear, hila hilando su monotonía: que si este año viene más tupida, que si las nubes, que si el mar... Hora tras hora, meses y meses renegando del clima sombrío, de los inconvenientes de tanta humedad para el reuma, para los pulmones, para los naranjos, de la amenaza constante de montes y huracanes; y luego, mal asoman los primeros rayos estivales, todos sufren de bochornos, astenias, sofocos, desmayos, taquicardias, fatigas y otras dolencias a cual más extravagante, atribuidas al bárbaro sol bueno para los países salvajes. "La primavera la sangre altera", aclara, filosófica, Felicia. Parece como si el tiempo de aguas lo hubiesen pasado engrosando y alimentando enfermedades con el fin de alcanzar en los ojos, en la piel, el tono y los signos del mal deseado y, ya con él en el cuerpo, salir a la calle como quien estrena un traje de temporada y va a pavonearlo a las playas. La verdad es que no llega uno a acostumbrarse. De niños, esos largos encierros forzados provocaban visiones y escaramuzas que poco se distinguían de los terrores nocturnos. No éramos, por otra parte, lo que se dice hermanos modelo: considerábamos indigna —a menos que se tratara de discutir— cualquier intromisión en nuestros muy privados mundos. Hacer las paces, sobre todo entre Lalo y yo, era poco menos que imposible. Aunque él fuera el mayor, el derecho de primogenitura me correspondió siempre a mí, y papá no dejó nunca de acentuarlo. Existía una extraña rivalidad entre él y Lalo, indiscutible favorito de mamá. Luis se adhería a este sin más aspavientos, silencioso y dócil. Y con Nacho, asustadizo y débil, era inútil contar. De modo que cada quien construyó, dentro del ya de por sí fragmentado mundo familiar, otro, u otros, cuyo único común denominador eran los fantasmas, las historias de los personajes del pueblo, de los vivos y de los muertos, de los que aún lo habitaban y de los que se habían ido a otras tierras, de los que existieron y de los que no. Historias que mi madre, Felicia, los tenderos y hasta las piedras relataban sin ningún orden, trastocándolo y enredándolo todo. Pero, eso sí, nunca nadie les llamaba *fantasmas* — "¡qué barbaridad!, qué mal gusto el tuyo de llamar a las cosas por su nombre siendo tan rico el idioma" —. Ese absurdo negarse a llamar a las cosas por su nombre constituye otra de las particularidades del lugar. Y ello no sabría si atribuírselo al clima so pretexto de que, como es tan inhóspito, hay que echar mano, ante la milenaria uniformidad, de todos los barroquismos posibles. Eso sería lo lógico, pero mis dudas surgen cuando hago un recuento de la cantidad de frases que en mi vida crucé con algún conocido: todas se refieren estrictamente al color del cielo, la forma de las nubes, la duración de las aguas, al provecho o perjuicio de las mismas en los pequeños huertos y en los bronquios. Para saber qué es lo que en realidad está pasando, hay que meterse en casa y aguardar a que Felicia venga a ponernos al tanto de lo que ocurre en el mundo, en el pueblo, en las casas y en las almas de los vecinos. Felicia, muy sabia, dosificaba las noticias según estuviéramos comiendo —en tal caso, las que a mi padre interesaban—, o en el costurero con mamá —entonces se daba vuelo con las más íntimas y escabrosas—, o con nosotros, a la hora de dormir, cuando ya lo real importaba menos que lo fantástico y legendario. Nacho se bebía todos los cuentos, los de Felicia, los de mi madre, los de la lluvia, los de quien tuviera el cuidado de darles un tono de horror casi insoportable. A veces, ni siquiera era menester emplear adjetivos espeluznantes o imágenes desorbitadas, bastaba interrumpirse al caer de un rayo o al gemir del viento entre los árboles: nuestra imaginación haría el resto durante la noche... Necesidad de lo maravilloso. Vértigo de la metamorfosis: representar todos los papeles y adoptar todas las formas de la realidad... ¿La realidad? ¿Y qué es? En este preciso momento la realidad soy yo, Rafael, asido a un pequeño maletín negro, caminando desde la estación del tren rumbo a casa por la calle principal de un pueblo anodino a las seis de la tarde de un día tan nublado como cualquier otro. Desde luego que esta puede ser una rotunda mentira. ¿Quién es Rafael? ¿Por qué se apeó del tren en este lugar? ¿De dónde viene? ¿A quién busca? ¿Por qué viaja solo? ¿Qué clase de sujeto es?... Y la realidad empezaría a volverse sospechosa, amenazadora, equívoca. A menos que doña Conchita, tras los visillos, despejara la incógnita y, recogiendo los hilos de las preguntas, anudara la trama: "Ay, pero si es el hijo de don Francisco, ¡qué alivio!"... ¿O la realidad, ahora, es la calle vacía?, ¿los montes que están aquí y, aquí estarán, aunque faltemos nosotros que venimos a perturbar con nuestra mirada y nuestros pequeños pavores la vida inexorable del mar, el perfecto equilibrio de la naturaleza? Y vaya manía que tenemos de dotar al mundo con pensamientos y sensaciones. Supongo cuán molesta se habrá sentido la Creación con el nacimiento del hombre. ¿Por qué entonces no nos excluiríamos voluntaria y ferozmente de ella? La realidad nos distorsiona y se burla de los esfuerzos que hacemos por acoplarnos a su imagen y semejanza, como en esos cuartos que las ferias ambulantes construyen a base de espejos que deforman grotescamente. Sé que siempre aparecemos ante los ojos de los demás diferentes de lo que creemos ser y de lo que en efecto somos, y sé, también, que nada se puede hacer para que sea de distinta manera. Nos soportamos unos a otros porque somos impostores. Nuestro cuerpo tolera tan pequeñísimas dosis de verdad que si se le aumentaran vomitaría, junto con las tripas, la existencia misma. ¿Hay algo más inútil que gritarle al mundo su inutilidad? Se podría preguntar minuciosamente por cada uno de los porqués de las cosas, de los sentimientos, del pensar, pero todo es tan vago, tan precario, tan inútil en cierto modo... "¿Ceferino?... ¿qué dices?... ¡si es un loco!... A Gasparito se le tiene por un hombre raro de muy misteriosas costumbres... ¿Y don Eustaquio?... ¿el que se pasa una vez a la semana un día entero metido en su ataúd?... Pues doña Eulo-

gina habla del infierno como si hubiera estado ahí largo rato..." "Está
de la cabeza", dicen bajando la voz y haciendo un movimiento rotato-
rio con el índice alrededor de la sien. Siempre he querido saber qué es
lo que la gente llama "estar loco", y cómo será encontrarse en ese estado
ambiguo y que se califica con adjetivos no menos dudosos y variados,
"maniático", "raro", "tocado", "especial". Fulano no vacila al afirmar
que la locura y la idiotez gobiernan el mundo. Y no vacila porque, siendo médico, se considera depositario de la balanza en cuyos platillos
él, y solo él, puede sopesarlas. Así que, a su juicio, entre locos e imbé-
ciles —por cierto, que no le he preguntado en cuál de los platillos se
sitúa él— oscila el marcador. En casa, por ejemplo, y según esto, todos
lo estamos "de atar", y en ello vamos de acuerdo, pero en cuanto se trata de saber en qué consiste la locura de cada uno, no hay manera de
aclararse, pues lo que al aludido le parece "perfectamente normal", es
justo el motivo de escarnio y burla para los demás. Que mi padre fuese
un monárquico a ultranza y Lalo terminara por integrarse a las filas de
la anarquía y el terrorismo, no tiene nada de particular, salvo, tal vez,
algunos inevitables incidentes que posiciones tan opuestas provocaban
y en los que insultos a voz en cuello, amenazas y muebles rotos eran lo
de menos. Que yo me dedicara a la cría de mariposas y, más tarde, a la
caza de fantasmas; que mi madre no asomara las narices ni a la ventana; que Nacho tosiera a cualquier hora para evitarse ir al colegio, tampoco me parecen casos extremos. Si al tío le daba por golpear a diestra
y siniestra con una raqueta y echar después los destrozos a la cabeza de
su mujer; y si Luis, de filósofo, terminó sembrando patatas, la culpa, en
última instancia, es del matrimonio como institución y de lo mal que
anda la enseñanza. La tía Mercedes, ya octogenaria, era otra cosa. Algo
rara, es cierto, esa manía suya de dormir en el suelo y de hurgar hacia
la media noche por las alacenas. De poco sirvió que la encerraran — "Tía,
que te mueres de una indigestión"—, se descolgó por la ventana y no
una, sino las dos piernas se quebró, percance que solo la tranquilizó
algún tiempo, pues ni el yeso le impidió arrastrarse escaleras abajo. Claro que esto demuestra más bien una vitalidad que, propios y ajenos,
envidiábamos a rabiar. El día que contemplé *La Nave de los Locos* y *La*

Extracción de la Piedra, no sé qué extraño consuelo sentí. El empeño tenaz en hacerse una idea justa de las cosas, en buscar la Verdad, ¿no es acaso extravagancia y delirio? La vida solo parece posible gracias a las deficiencias de nuestra memoria, y si no, vamos a ver, ¿cómo podemos levantarnos de la cama cada mañana cuando, también, cada noche nos hemos acostado con la impresión de que nuestros esfuerzos por atrapar la realidad, o simplemente por vivir, han sido vanos, y que quizá no sería tan terrible amanecer bajo el influjo de alguna metamorfosis? Inútil la mañana que se estira entre la melancolía y un nostálgico intento por sobrevivir; inútil la tarde que se alarga febril entre paseos, contemplaciones y lecturas que poblarán una noche sin sueños ni pesadillas, blanca. Pero, y ahí radica la locura, cada nuevo día olvidamos los despropósitos y desventuras del anterior y volvemos a montar el tiovivo... Pasión e incoherencia. San Acario patrón de los locos. Y si a Compostela van a darse en la cabeza contra el pilar de Santiago los que quieren más seso y razón, ¿a dar con qué y a dónde iremos los cuerdos y sensatos para adquirir un poco de esa chifladura que hace soportable la existencia?... La vida... ¿Y qué es la vida? Esa vaga impresión de haber existido ya alguna vez ¿es la vida?, ¿o es ese desperezarse sin prisas, ese rumor inefable que nos hace intuir, en algunas tardes de tristeza desconocida y suave, el vaivén de lo eterno?, ¿o es como un mar adormecido que remueve sus aguas bajo las plantas de un jardín somnoliento? ¿Qué es estar vivo y por qué se dice que, pese a todo, vale la pena vivir? Preguntarse qué es la vida ¿no es, acaso, haberse detenido ya? Y, de hecho, ¿qué remedio va a encontrarse con tanto pensar y darle vueltas a la misma duda y a la misma congoja? Me siento ridículo preocupándome solo porque voy camino al lecho de mi padre moribundo y eso me recuerda que también yo voy a morir. A otros les ha ocurrido antes, y esta mera afirmación —sus consecuencias indiferentes e inalterables con respecto a lo que queda vivo— debería tranquilizarme. Quizá lo único por averiguar sería quiénes fueron aquellos que se encuentran enterrados en nuestro jardín, los muertos que florecen año tras año junto al rosal... ¿O amar es la vida?... Un día, apareció Carmela. Llevaba un sombrero amarillo con un gran manojo de nomeolvides... Sí, hubo un tiempo en que la vida y yo andábamos a la par, el ímpetu era mutuo, la mirada delante. Después, no sé cómo, alguno de los dos se fue rezagando, perdió el paso, se aletargó o se detuvo simplemente a meditar y ya no supimos alcanzarnos, ni la vida a mí ni yo a ella. Lo peor es esta nostalgia por aquello que hubiese querido vivir. Yo me distraje con las mariposas, y me quedé entre las flores que Carmela tejía en mis cabellos. Ellas, la vida, la realidad, en vano trataron de petrificarme con sus cabezas de Medusa. Conozco de memoria la penumbra de mi recámara, las habituales presencias del reloj señalando sus cuartos y medias horas, de los insectos atrapados tras las cortinas, de las otras respiraciones y del espejo reflejando los silencios de las cosas, pues el vivir, ¡qué duda cabe!, tiene su inefable rumor. Para saberlo, bastaba con entrar a los viejos jardines al atardecer, cuando el mirlo canta y la lluvia se detiene un instante, cuando los capullos se mecen colgados de las ramas y es posible sorprender a las orugas mastica y mastica, o a las hortensias sacudiéndose lánguidas las gotas más pesadas. Bastaría vagar, como buhonero, con las alforjas llenas de sueños, cuentas de vidrio y amuletos, a merced de la amargura y la desilusión, para entender por qué hay almas como barriles sin fondo donde ese rumor inefable se despeña en cataratas. Hay fantasmas diurnos que caminan, pegaditos a los muros, con pasos de algodón, como si nunca hubiesen muerto y temieran ser vistos. Hay cadáveres ambulantes que dejan por doquier su tufo a sepulcro y carroña: se aferran a la vida como si esta fuera un gran hoyo a cuyos bordes se mantienen con enormes y afiladas uñas. ¡Y la gente piensa que los monstruos se inventan! *Narragonia* país de los locos. El orgullo un león, la envidia un perro, la cólera un lobo, la pereza un asno, la avaricia un camello, la gula un cerdo, la lujuria un chivo: ¡la doliente humanidad! Y habrá quien todavía crea que los demonios son imaginarios y que solo las cornejas anidan en los campanarios y en los huecos de los árboles... Hay días en que el viento es tan denso y está tan húmedo de mar que la sal que lleva amarga los labios. Lo prefiero, no obstante, a ese soplo seco con olor a tierra y últimas flores de verano: me recuerda demasiado otros días, otras caminatas menos lúgubres, las ropas ligeras y suaves de mamá y de Carmela, sus sombreros blancos, sus sombrillas transparentes, el murmullo de las olas entre los cuerpos de los bañistas, las meriendas en el campo, los dúos al piano, la caricia del sol, el sabor de los manzanos, las fiestas de San Isidro... Quizá el secreto esté en prolongar, prolongar hasta que los gestos y los deseos y los pensamientos se diluyan, se disuelvan y hagan insensibles, invisibles, hasta que llegue el momento de no saber qué hemos prolongado tanto, y olvidemos. ¿Acaso no van también el olvido, la voluptuosidad y el sueño en el cortejo de la Locura? ¿Y si en vez de ser Rafael, hijo de don Francisco y doña Luz, la imaginación de alguna de estas devotas que vuelven del Ángelus me viera vagabundo famélico y harapiento que lleva al hombro su capacho lleno de malas tentaciones y esconde bajo el sombrero su hocico de lobo? A lo mejor no se equivocaría. Tanto pudrirse en sus propios olores y ahuyentar en vano sus tristes pecadillos, tanto maliciar costumbres equívocas en los demás, tanto soñar con noviazgos, cartas, herencias y misterios que no existen, acaba por trastornar al más cuerdo. A algunas mujeres se les pone la cara tiesa y la piel ceniza, se les alarga la nariz y entumecen los huesos. A los hombres se les redondea la barriga y acortan las piernas, y un no sé qué de perro sarnoso asoma en sus miradas... Pero he de esconder mis rencores y contener el mal humor, de otra manera echaré por tierra la solemnidad de este momento. Finalmente, no está uno en posibilidad de escoger su lugar de nacimiento, ni cabe buscarle puertas a un callejón sin salida. Hoy me sería imposible imaginarnos jóvenes, llenos de alborozo y de juegos infantiles, sin fantasmas o historias ajenas, solos con nuestros sueños por delante; hoy voy camino hacia la muerte y resultaría tan absurdo detenerse para capturar ecos del inefable rumor... Y aquí estoy ante el portón que, entreabierto, parece haber espiado mis pasos desde que salí de la estación, fiel, adivinando mi llegada... ¡Y qué silencio, qué oscuridad tan mentirosa!... Se diría que en la casa no habita nadie. Sin embargo, sé que me esperan dentro: mi madre, en su mecedora, haciendo creer que teje; mi padre, moribundeando con aparato en el gran lecho; Felicia, tras los visillos o el ojo de alguna cerradura; mis hermanos, frente a sus solitarios; Carmela, entre las mariposas; y, afuera, los gemidos de aquellos que una noche el mar y la guerra trajeran hasta nuestro patio. Todos y todo me espera: la ropa blanca acomodada en los cajones entre naftalinas y lavanda, la penumbra de mi habitación, el polvo de los cortinajes y de los hábitos cotidianos, el rosal, mis papeles de viejo cazador de historias... "Pobre del que regresa al jardín y encuentra un desierto, ya perdió lo que está lejos, ya no tiene lo que está cerca", decía una vieja canción... Mas no es el caso, pues yo, sin que nadie me empujara, yo, el hijo pródigo, he regresado a buscar mi sitio entre los muertos queridos.

III

—Deténganse señores, señoras y doncellas. Un momento, nobles, villanos. Oigan, escuchen, acérquense aquí. Todos. Hoy, en la fiesta, habrá agasajos, procesiones, mascaradas, pantomimas. Escenas de la vida del santo patrono serán representadas durante tres días y tres noches. Tres días y tres noches de espectáculo. Un espectáculo cuya realidad habrá de extraerse del mundo de los recuerdos y los deseos, de las ficciones y las memorias, sin que esto signifique —por otra parte— que su existencia vaya a resultar mera fábula.

"Que se acerquen campesinos, pescadores y clérigos; que vengan a mirar burgueses, pastores y estudiantes; que escuchen prostitutas, monjes y artesanos; que se diviertan vagabundos, alcahuetas y lacayos; que no se priven marineros, invertidos y comerciantes. Todos. Bailarinas, capitanes, emisarios. Aquí se olvidarán diferencias, luchas y rencores, lo que está por venir y lo que es ya pasado, enfermedades, tristeza y miserias; aquí, durante tres días, en el tumulto de los carros alegóricos, cohetes, luces, bandurrias y cantares...

"Vengan, vengan todos. Gozarán, como Luzbel, del don de la ubicuidad: lo maravilloso, lo imposible; todo habrá de confundirse y se cumplirá: lo real, lo soñado. Deténganse. Escuchen. Miren y oigan...

El personaje bate con frenesí un pequeño tambor y hace mutis. El telón se levanta sobre un escenario cubierto de tapicerías que representan escenas cortesanas, rondas, juegos campestres y cortejos festivos. En el centro se ve un tocador rústico ante cuya luna Ella se acicala. A un lado, de un gran cofre abierto, asoman ropas, sombreros, pelucas, zapatos, pañuelos, antifaces, abanicos, guantes que se desparraman por el suelo formando un vivísimo contraste de luces (gracias a la lentejuela, la chaquira y demás aderezos de fantasía) y colores con el tinte añoso y opaco de las colgaduras. Ella se levanta y hurga entre los objetos, Viste una malla de baile verde musgo que se le ciñe al cuerpo desde el cuello hasta los pies. Su aspecto es adolescente y podría confundírsele con un muchacho. Toma una túnica corta hecha con pedazos desiguales de gasas y tules también verdosos que le cuelgan en desorden un poco más abajo de las caderas. Se mira al espejo.

"... que vuelva el amor a ser alimento del ocio, del azar y del encuentro... Ven, noche antiquísima e idéntica a llenar las calles con el brillo de tus coronas y la frescura del oleaje. Me acercaré contigo a la playa, y si la marea está baja no habrá por qué temer a la muerte. Venceré la sensación de ser un pájaro al que le han abierto la jaula y el temor a que ella se vuelva en mi busca..."

Danza un poco frente al espejo y sale por detrás de uno de los tapices que cae y deja ver un balcón abierto sobre el reverbero rojizo del atardecer. Al tiempo que se encienden las farolas, asoman por la ventana payasos y bufones haciendo muecas y dengues. La fiesta da principio.

"... hoy he de buscar al ser que mi sueño ha inventado, un sueño que se opondrá a la trivialidad engañosa y violenta de la vida diaria donde solo encuentro ojos que reflejan la futilidad, el desaliento, la desoladora esperanza, miradas que ningún antifaz podría ocultar. Hoy, las mujeres que descienden de los montes no llevan sobre sus cabezas hatos de leña seca; hoy no vienen de pañoleta, traen collares y pulseras de coral y concha nácar, visten mandil floreado, saya roja y corpiños rebordados. Hoy los hombres que salen de sus casas han dejado herramientas, bastones, redes y paraguas para irse a perder bajo los faldones que cubren las planchas de madera donde se tambalean las estatuas policromadas que, en medio del gentío, recorrerán las calles, a esconderse entre los pliegues de gigantes y enanos cabezudos, o en la armazón de dragones acartonados y demonios de pacotilla... Esta noche es más fuerte el olor de la verbena y la artemisa, ¿o será porque el incienso no ha cundido y las velas todavía no derraman suficiente cera? Lo cierto es que la montaña entera huele, y hasta el cielo se ve fresco y perfumado. Después, al amanecer, subiremos hasta la Ermita, al cementerio donde los pescadores muertos en el mar tienen sus tumbas vacías; ese lugar lleno del murmullo de las olas que, a pesar de encontrarse tan abajo, parecen lamer esas lápidas adornadas por los deudos con geranios, malvones y rosas silvestres. *Noche igual por dentro al silencio*, hoy no quiero que me roben los pensamientos ni quiero responder a ninguna pregunta: hasta el primer amanecer será la exaltación de las promesas, el resplandor inicial, el desbordamiento de la alegría en los gestos, en los trajes, en los cuerpos que se agitan llenos del gozo irrefrenable que sucede al término de las largas esperas. Pues hay quienes han vivido el año entero aguardando únicamente estos tres días, haciendo y deshaciendo disfraces y ensueños con la imaginación puesta en la posibilidad del milagro, de lo insólito, prometiéndose que para "esta vez" no dejarán deseos sin cumplir. Y no es difícil que a esta sola esperanza se deba la cohesión del ritmo cotidiano, el poder de lo que no cambia, de lo tradicional, y hasta de las mismas banalidades; y también el empeño que ponen los hombres en creer que el tiempo es un capricho o un mal que solo afecta a los demás. ¿Por qué nuestra vida va siempre por delante de nosotros?... Pero estoy apresurándome: nada se sabrá sino hasta la tercera noche. Lo que ahora importa es estar aquí, en la inmovilidad de un presente que le permite al espíritu y a los sentidos confundirse. Después —y cómo duele ya ese después—, comprenderé que, en el momento de realizarse, todo acto es completo, necesario e inevitable. Así lo cantaron los poetas, así lo viviremos nosotros. Ese fue tu error, Fausto, que no pudiste retroceder para vivir nuevamente lo vivido, ni te fue posible recomenzar otra vida, u otras. Hoy, las banderolas y los estandartes que cuelgan desde los mástiles hasta el ras del agua dan a los barcos de la procesión aspecto de mariposas cuando el viento sopla e infla sus velas. Y quiero creer que, así como ellos desfilan año con año desde ya no se sabe cuántos siglos atrás, así, con el mismo sentido de retorno y eternidad, volveremos a encontrarnos en el beso de San Isidro, *Noche con las estrellas lentejuelas rápidas*... Y si es verdad que solo somos fantoches manipulados por hilos negros en un escenario invisible, esta noche no me opondré al movimiento que nos empuja fuera de nuestros consabidos papeles diarios —en una oportunidad única—, y, marioneta dócil, dirigiré los pasos hacia el campo y las rondas de San Juan, hacia la ebriedad del instante..."

En calles y plazuelas, el alboroto de músicas, risas, cantos, danzas y letanías se desborda agitando los farolillos de papel de china que cuelgan de los balcones. Los personajes que circulan son los mismos que habitaban las tapicerías del primer cuadro, solo que ahora sus vestidos están nuevos y relucen. Unos se cubren con máscaras; otros llevan disfraz, se han trasvestido o sencillamente endomingado. En las orillas de las fuentes hay muchachas que tejen coronas de flores. Los niños corretean, truenan cohetes a los pies de las parejas, sacuden matracas y frotan zambombas. En los portales, grupos de hombres fuman, beben o juegan a las cartas. En el atrio de la iglesia, los cofrades de la Hermandad representan, papel en mano, los milagros del santo patrón. Alrededor hay carros con golosinas, casetas para beber sidra, carpas donde se lee el futuro o se presenta a algún engendro excepcional, saltimbanquis, prestidigitadores, tragafuegos, puestos de tiro al blanco y un enorme carrusel. Es el atardecer. El aire huele a azúcar quemada. A medida que se va haciendo de noche, la escena se anima más y más con luces multicolores, bandas, pregones y nuevas figuras suntuosas, fantásticas. Ella sale de una barraca que ostenta por sus cuatro costados grandes ojos, enormes estrellas y barajas de tarot.

"...—Alguien que no conoces te encontrará, y, al besarte, serás reconocida... Estas gitanas siempre inventan, se creen en la obligación de arrullarte con augurios, de hacerte sentir que posees un secreto que se develará cuando lo oculto y lo visible coincidan, como dos mundos que al chocar hicieran brotar la luz. Sin embargo, hoy quiero creerle y abrirme a esa nueva promesa. Quiero olvidar las historias sobre las historias de los pescadores y, habitantes de este pueblo, a la gente que las repite como si se previniera contra la imposibilidad de vivir sus propias aventuras. ¿O quizá sea que necesitamos de las leyendas para sabernos incorporados, para advertir que formamos parte del mundo que nos rodea? Lalo, para no sentir que vive una vida que no le corresponde, a destiempo y fuera de lugar; Nacho, para poder perderse en la suavidad de las arenas y el abrazo de las algas tibias en la caleta; Rafa, para espiar el nacimiento de los jardines nocturnos, el aleteo de vagos fantasmas que después atrapa en sus relatos... La loca esperanza de evasión que nos carcome, *Tal vez porque el alma es grande y la vida pequeña*... Hoy iré al encuentro de ese alguien que me enseñará el camino y abrirá puertas que después no sabrá, o no querrá, franquear conmigo, seguir más allá. No obstante, quiero encontrar a aquel para quien vivir sea un don y no una eterna pregunta, pero que responda a ella con su mera presencia... A Santa Catalina le cercenaron los pechos... A Margarita, que venció al demonio, le cortaron la cabeza... Allá van, en andas, con los símbolos de su martirio entre una muchedumbre que apenas si se interesa ya en esos signos de fe y resurrección. En cambio, San Jorge, a caballo, aún conmueve con su lanza y su armadura brillantes y el dragón a sus pies vencido y manso... Orfeo perdió a Eurídice —ella que estaba hecha con el mismo material de su sueño— a pesar de llevarla por la mano. Lo intolerable, para los que se quedan, es el asombro frente a la poderosa afirmación de plenitud de la vida, del instinto que, no se sabe cómo, se rebela un buen día contra la tristeza, el dolor y el insomnio, y hace valer su derecho a la sonrisa, a la inocencia, al sencillo goce de lo que aún vive con un estremecimiento que no se opone necesariamente a la muerte: una llamada que se enciende, súbita, como un resplandor y sacude todas las fibras de la conciencia y del cuerpo ávidos de luz, de aire, de agua. Lo intolerable es la autoconmiseración de los que sufren, su insistencia en atraer al verdugo; por eso no hay piedad para los mártires, y las ninfas degüellan las quejas de Orfeo... Si me encuentras, no me hables de nostalgias ni de tiempos idos... ¿por qué todos los cantos habrían de ser tristes, las búsquedas fallidas, las memorias adioses? Hoy tengo diez y seis años; mañana serán treinta y dos; al tercer día, sesenta y cuatro... Un pacto es un pacto, y —dicen— no es posible detener a quien tienta al Demonio..."

Ella se aleja del bullicio de las calles que serpentean alrededor de la Catedral. Ahora camina rumbo al viejo torreón por una avenida bordeada de añosos caserones y ancianos chopos. Empuja una puerta y entra al jardín: montoncillos de hojas secas, arbustos descuidados, una pequeña fuente cenagosa y una banca en cuyos arabescos de metal aún se distingue pintura blanca. Está caída y llena de hojarasca. Ella la endereza, la sacude con unas ramas que ha tejido a manera de escoba, y, finalmente, se sienta. Hace frío. Ella se frota los brazos y las piernas e intenta cubrirse con los velos de la túnica. A lo lejos se escucha la fiesta: en el cielo se ven algunas bengalas de color entre las estrellas cada vez más pálidas. Está amaneciendo. La atmósfera que antes era brumosa y gris, se tiñe de amarillo y lila. Las montañas se perfilan, los gallos empiezan a cantar, los perros a ladrar. Ella se despereza y sale rumbo a la playa. Por el camino van apareciendo varias parejas de jóvenes: unas vienen de la Ermita; otras, de las antiguas murallas; una surge por la vereda que desciende del monte; una más, se eleva tras las rocas de la pequeña caleta sacudiéndose la arena. Regresan para maitines, riendo, cantando en voz baja, sin prisa, a pesar de que las campanas hace rato que callaron. Ella se acerca al borde del acantilado. La brisa hace volar sus cabellos y los velos de su traje.

"... Sé que no debo bajar al puerto, pero ¿acaso no van también mis hermanos y sus amigos a escondidas a jugar con las hijas de los pescadores? La fiesta del pueblo corre por las calles, mientras que la nuestra se concentrará solo en el Casino con sus representaciones casi escolares: fiesta de señoritos... Allá va Rafa en el carro del heno... Él lo ignora aún, pero yo ya sé que después de la tercera noche, cuando todo torne a recuperar su fisonomía habitual y el plazo para sumergirse en lo maravilloso haya concluido, me llevará hacia otras tierras, aunque aquí se queden mis sueños y tenga que recurrir al espejo para volver a ellos. A veces él también me acompañará, y regresaremos a la banca del jardín para compartir nuestros recuerdos a la sombra de los fantasmas... Mientras tanto, hoy todavía puedo no renunciar a las posibilidades que dejaré de vivir al elegirlo a él y acaso quede en el anhelo de lo no vivido. Hoy todavía formamos rondas de muchachas que tejen coronas de flores para depositar a los pies de San Antonio... Amar a los rostros que ríen, sin preferencias específicas, entregándose al impulso de lo que está por nacer en cada uno de ellos —ese ardor adolescente sin prejuicios—, a la alegría plena de una realidad que el tiempo aún no disocia ni desgarra —esa frescura juvenil invulnerable—. Los caballeros llevan en las mangas de sus trajes el color de sus damas: el verde de la pureza y el azul de la fidelidad. Engalanan a los caballos con petrales de campanillas, coberturas de paño rojo o seda blanca, orlas y ribetes de oro y plata. Van a galope tendido con la lanza en ristre y el yelmo sobre la cara; combaten, enlazan sortijas, derrumban castillejos de tablas al son de clarinetes, gaitas y tamborines. No faltan los juglares, las comparsas, cantaderas y bufones. Y hacia la medianoche, el olor a carne asada, cebolla, carbón y aguardiente, los fuegos de artificio y la danza, esa larga fila que antes del tercer amanecer ha de encabezar el esqueleto del vientre agusanado

> Yo soy la muerte
> cierta a todas las criaturas

dando la señal para que las parejas se tomen de la mano y bailen sin descanso hasta el nuevo día... Y nadie nos advirtió que la luz de esa nueva mañana iba a ser tan distinta. Vino la guerra y nos escondieron en el horno. No tenía miedo, pero me asustaba saber que no estábamos jugando, y que los que peleaban afuera se mataban por "un mundo mejor", según lo afirmara papá antes de recomendarnos silencio y cerrar la puertecilla. ¿Por qué *mejor* si el nuestro aquí era tan hermoso y brillante? ¿O es que ya no volveríamos a ser niños? Y entonces, ¿cuál era el sentido de un mundo mejor? ¿Qué vida deberíamos haber llevado?, ¿cuándo lo sabremos?... —"Lo pensé, pero no lo dije; lo deseaba, pero no lo hice"...—. Y lo terrible no será ese remordimiento nostálgico, sino la certeza de que, puestos en la misma situación, ante idéntica alternativa, volveremos a actuar igual, con las similares vacilaciones, o tan impulsivamente. Se dice que hay un tiempo para vivir y otro para pensar, uno para ser y otro para actuar, que es así, que no tiene remedio, que no hay para qué darle tantas vueltas. Mientras éramos niños esto no tenía importancia; ni siquiera cuando vino la guerra y tuvimos que escapar creímos en lo irremediable, pues todavía estábamos hechos —y el mundo alrededor— del mismo material que nuestros sueños. Para no condenarnos, para no quedar espíritus que rondan el momento que no cumplieron, fantasmas que en la sombra se persiguen sonámbulos, sin despertar y sin morir, hay que pactar, recostar la cabeza en la almohada de Kantan y vivir, en el lapso de una siesta, nuestros más profundos deseos, los más locos, todas las metamorfosis —el ángel, el amor, la pureza, la androginia primordial, la alucinación del poder y la gloria—. Así, al abrir los ojos, buscaremos lo que no tiene sus raíces en la existencia, algo tan preciado que proyecte el alma fuera del tiempo. Aunque también puede suceder que el demonio nos juegue una mala pasada, ¿acaso no fue así, Fausto? La primera noche el don fue el amor, el voto de la eterna juventud. En la segunda noche —algo escéptico ya, mas con fuerza aún y arbitrio entre las manos—, la promesa estuvo en los vuelos de la inteligencia, en los logros del Conocimiento. Y en la tercera, *solemnísima y llena de un oculto deseo de sollozar*, el lote será el doloroso anhelo de volver y atrapar la fugacidad del instante vivido."

El sol de las tres de la tarde cae a plomo sobre tejados y aceras semidesiertas. Un vientecillo desapacible golpea las contraventanas de balcones entreabiertos, sacude las copas de los árboles y remueve las arenas. Podría ser una tarde como cualquier otra, monótona, cargada de viento y del habitual diálogo que se arrastra en su letargo de un quicio a otro:

—Buenas las dé Dios, Abuela.

—Mala cara tiene el cielo.

—Esta noche, tormenta segura.

Y no son únicamente los adornos de papel que flotan sobre las calles, los carruajes engalanados y los quioscos de música los que aguardan el anochecer. Tras los visillos se adivina un ajetreo poco común para la hora de la siesta: el risras de algunas tijeras que trabajan de prisa; ruido de tenazas que retuercen cabellos; rozar de dedos aplicando encajes de Bruselas para retocar blusas y refajos; frotar de flores de papel para sombreros y guirnaldas. El aire trae, con la sal, esencias de clavel, de azahar y de lavanda. Todo, hasta el mar que parece adormilado, espera la frescura del atardecer para lanzarse, una vez más, al alboroto de la fiesta que hoy concluye. Como si lo mejor se hubiese reservado para el final, con la confianza que da el saber que cualquier mal presagio es nulo en tiempos de alegría. El aire recorre el laberinto de callejuelas golpeando con deseo y premura puerta tras puerta. Huele a barro, a pasto; y la luz, de tan transparente, parece que deja caer gotas de oro; incluso el moho brilla desde sus pardos escondrijos. Esta noche, los personajes llevarán la misma máscara y el traje azul-rey largo hasta los pies con el capuchón sobre la cabeza. Todos buscarán encontrar al Otro, reconocerlo y reconocerse a sí mismos en él. Quizá por eso se tiene la vaga sensación de haber vivido ya una escena, una búsqueda delirante similar. A los que llegan al reconocimiento les está permitido quitarse la máscara y el sayo; pero como suele suceder que en el alboroto y la confusión vuelven a perderse, a veces se verán trajes espléndidos con un rostro enmascarado, o rostros abiertos mientras el cuerpo conserva aún el sayo azul. Estos personajes cruzarán la escena con mayor agitación que los demás. La atmósfera podrá parecer festiva y ligera. En realidad, y a medida que se acerca el amanecer, irá convirtiéndose en una angustiosa lucha, por una parte, y, por otra, en un desfile de siluetas, de figuras que se arrastran lentas y pesadas como en una linterna mágica a la que se le hubiera terminado el impulso y girara por pura inercia. Hacia esa hora, lo único vivo serán los labradores que empiezan a salir de sus casas rumbo al campo, los pescadores que regresan del mar, y las mujeres que bajan del monte con sus gruesas medias de lana, sus eternos vestidos negros y la pañoleta atada a la cabeza, para empezar a vocear por las calles y distribuir en el mercado la leche, los quesos, la leña, las hierbas de olor, frutos, hortalizas, huevo, pescado y el aguardiente del nuevo día. En el horizonte los árboles del Paseo que va sobre el mar se perfilan con su vaga semejanza de cuerpos torcidos, como si en verdad algunos personajes que se paseaban ahí durante la fiesta empezaran a recuperar su forma original, y todavía terminasen de adoptarla.

Una carreta cruzará, fugaz, llevando sobre el heno a una pareja, mientras el sol asoma definitivamente.

"... el movimiento de la vida, su ritmo, su cohesión, nada tienen que ver con el sueño. También mentiste, Fausto, pues sabías que no ibas a detener el instante perfecto, que lo dejarías escapar intacto. Tu poder de seducción no lo ejercías sobre la muerte, sino sobre el tiempo: estar siempre a punto de empezar, en los umbrales, en el arrebato del primer día. Lo que está en vías de ocurrir — ¿no es así? — es justo lo que buscas. Convertir la duración en simultaneidad, y detener, no solo uno, sino todos los bellos momentos. Por eso estamos aquí, año con año, tres días y tres noches, en el jolgorio de las mascaradas, para vivir, ubicuos, el ímpetu de lo virtual, del deseo larga y voluptuosamente sostenido, del reencuentro. Un beso bajo los álamos, uno, y los demás también; las caricias, las lunas, la embriaguez de los sentidos sin límite y sin freno e, igual, sin límite y sin freno, el dolor, el término del pacto y la urgencia del camino... Volveremos a las mismas cosas, ¿no giramos, a fin de cuentas, en torno a la misma obsesión?, ¿no somos acaso producto de ella por más que la disfracemos y busquemos errar el camino? Los otros condenarán nuestras angustias —el miedo al abismo, a la vida incluso, a su fascinación y vértigo, nuestra nostalgia de pureza—, y las llamarán imaginarias, y harán alarde de tragedias "reales", de muertes concretas, de sufrimientos visibles —ellos, los que matan conciencias, impunemente, los que roban almas, castran y mienten sin escrúpulo, los que hacen la guerra en nombre de la justicia, ellos, los delatores—. Y quizá nos sintamos culpables (*Apártame de mi suelo, caléndula olvidada*), despreciados, perseguidos e inútiles, y nuestro clamor se nos ahogue dentro, ahogándonos también...

—Está loco.

—No sabe lo que quiere.

—Es un iluso.

—... un flojo.

—... un don Nadie...

¿Por qué el silencio y los sueños escandalizan tanto? ¡Que el aire desanude mi cabellera y me acaricie el cuerpo con sus lenguas de sal;

que traiga hasta mí el ímpetu del mar y se ciña el horizonte a mis caderas! ¡Ah, la vida!, el aliento de la vida: exaltación de los campos removidos, duraznos y ciruelos en flor, rumor incansable de los trinos, de los vientos entre las ruinas solitarias. ¿Por qué habríamos de dejar nuestros rincones? ¿Y las promesas? Un día como cualquier otro, te dicen que se acabó, que no más juegos ni estudios, que el trabajo apremia, que el dinero falta; y tú, caballero segador de aventuras, te encuentras con que te has quedado a medias, en mitad del sueño y la vigilia, de la gracia y el infierno, la esperanza amenazada, la memoria sin recuerdos. Los niños iban cantando a las Cruzadas; tú, tendrás que inventar, construir universos espirales y evadirte en ellos. Y las muchachas que tejían coronas de flores, se encerrarán en el hijo o se marchitarán en capillas. Abril se olvida y muere el cerezo. No más fervores, no más veranos: del invierno al invierno sumergidas en los quehaceres sin levantar la vista, celando al almendro y odiando a la hija que no querrá ser ni vivir como la madre. ¿Cuántos días de una vida se consagran a la felicidad?, ¿cuáles? San Miguel, por encima de las vicisitudes diarias, se ocupa del Dragón y lucha sin descanso contra él, símbolo del mal que Dios dejó subsistir para probar a los hombres. ¿Mas cómo escapar si el Seductor nos tienta con dulces frutos y suaves miembros, si nos ofrece la frescura de bosques donde incluso el Unicornio mora?... Los bailes tradicionales cerrarán, lejano llamado entrañable al recogimiento y a la aceptación de la monotonía cotidiana, la pausa alocada del carnaval; y los cantos y las últimas hogueras que se apagan con las primeras luces del cuarto día serán el bálsamo que alivie en los viejos el recuerdo de la fiebre amorosa, de la cita fallida, el deseo timorato, el ardor insatisfecho, los años, años idos... "El hombre es el sueño de un sueño", cuchichearon... Y los niños estallaron en risas, y corrieron a sumergirse entre las olas..."

La última escena es la misma del primer cuadro. El personaje que ahora habla es aquel que introdujo el espectáculo. Lleva el rostro pintarrajeado a la manera de los payasos y bate un pequeño tambor. Poco antes de finalizar su discurso, aparecerá Ella y cubrirá con sábanas el tocador, el cofre y los objetos desparramados. Después, correrá unas gruesas cortinas ante cada uno de los tapices y desaparecerá por el balcón hacia la oscuridad, al tiempo que el animador da las gracias y el telón desciende lentamente.

"Por hoy, damas, caballeros, hemos concluido. Deseamos de corazón, nobles y villanas, entendidos y profanos que el espectáculo haya sido del agrado general. Y esperamos también que todos hayan meditado —que no solo divertir buscábamos— en lo que aquí se ha visto, pues es de sabios buscar consejo detrás de la fábula. Y si confuso, o poco hábil, nuestro trabajó pareció, queden a vuestra respetable consideración las dificultades que implica el querer abarcar sueños, deseos, anhelos, lo real e imaginario, la razón de las acciones que impulsan y mueven al hombre, en tan estrecho escenario como es la vida humana. Quede claro, también, damas, caballeros, doncellas y donceles, que aquí no hubo trampa ni cartón, y que todo se logró —o malogró— con el concurso de las voluntades...

"Gracias, mil gracias, señoras, señores... Tengan buenos días todas vuestras mercedes...

DISTINTO MUNDO HABITUAL

Ni siquiera sé si se llamaba doña Eulalia, aunque tampoco me he inventado el nombre. Al atardecer, invariablemente, cuando la luz recubría la cuesta empedrada de la calle con su polvo cenizo, el loro de Guinea gritaba: "¡Eulalia, Eulalia!". Minutos después, tras los visillos, asomaba la mano regordeta, y, empujando la ventana con suavidad, introducía la jaula al interior.

Había llegado a la ciudad con la intención de vender mis cuadros, reunir dinero suficiente y embarcarme, en busca de gloria y fortuna, hacia tierras extranjeras. Con escasas referencias, pero mucha decisión, me llegué hasta el barrio de los artistas y, no con poca lucha, conseguí instalarme en un maltrecho desván convencido de que la Providencia había puesto mi camino en manos de la mejor estrella. Era este barrio sitio de reunión de pintores, poetas, bohemios y toda clase de vagabundos y ropavejeros que en domingo solían extender por las aceras sus trastos, cachivaches, antigüedades, cuadros, dibujos, y hasta recuerdos de familia. Recitaban, cantaban, jugaban a las cartas, discutían los acontecimientos y noticias del momento, criticaban y reían mucho. De todos los rincones de la ciudad llegaban hombres y mujeres a manosear, a curiosear, a lucir sus galas, a buscar encuentros, a encontrar baratijas y sorpresas. Y —ya fueran simples aficionados o verdaderos conocedores— en sus ojos y sus movimientos flotaba una especie de embriaguez aventurera, febril y sonriente. Las mujeres abundaban más, o sería que yo las observaba con mayor interés, pues esperaba hallar alguna hermosa y rica heredera que, al estar mirando mis incipientes obras de arte, reparara en mi aspecto un tanto abatido pero digno y orgulloso, dignidad y orgullo que —me imaginaba— reflejaban mis sombreadas ojeras. Y no estoy haciendo alarde de mi mucha o poca gracia: fueron los otros pintores los que me hicieron notar esa particularidad en mi rostro de piel blanca, ellos los que se inventaron a la señorita locamente enamorada de mí.

En aquellos principios —antes de que ese loro gris y doña Eulalia fascinaran mi quehacer y mis desvelos cotidianos—, soñaba yo con hacer el retrato de esa enamorada clandestina que vendría a visitarme, y trazaba en el lienzo los menores detalles de su cuerpo y vestido: el brillo del satén, los botines encarnados, los guantes blancos, los dedos largos, la transparencia marfil del velo sobre los cabellos negros, las sombras y texturas de la falda y encajes, la cintura estrecha. Como siempre me faltaron los rasgos de la cara, me di a la tarea de recortar la figura contra la ventana, de manera que, así como cambiaban sus ropas y los colores, el rostro permanecía siempre oculto, o por el velo, o por el chorro de luz que entraba del exterior. Pocas personas subían hasta mi estudio. Los pintores que llegaron a conocerlo, se iban desilusionados por la falta de alcohol y de alguna locura personal mía. Me encontraban "simpático", pero soso, "buen chico", y, palmeándome la espalda, "no está mal, no está mal", echaban una rápida ojeada a los cuadros para despedirse de inmediato con el pretexto de "no queremos interrumpir tu trabajo, ya volveremos otro día. Adiós Fermín". Lo que vendía eran generalmente paisajes de mi pueblo con sus casonas blancas, o de las calles del mismo barrio, bajo diversos efectos de luz que lograba dar con el toque de color y gracias a la consistencia de los polvos y tierras que le mezclaba al óleo y cuyo volumen y textura eran lo que, sin duda, interesaba a los compradores dominicales. Esas ventas me permitían ir viviendo con desahogo, sin despilfarros, pero sin estrecheces.

¿Cuándo empezaron el loro y doña Eulalia a filtrar su pequeño mundo habitual en el mío propio? Quizá en el momento de descubrir que el tal loro no era ese animal común verde y desagradable, sino un extraño pájaro gris de plumas muy sesgadas y ligeramente blancas, de una cola corta que, vista de frente, era por debajo una mancha roja bordeada del mismo gris blanquecino de las plumas del pecho. Quizá al advertir —una mañana no funcionó el viejo ascensor y, al ver la puerta de su casa abierta, me detuve a husmear en el rellano de la escalera— el extraño olor que brotaba desde detrás de los gruesos cortinajes que daban acceso a la estancia oscura: un olor amargo, seco, de polvo y encierro, dulzón hasta la náusea, con un dejo a anís, a hojas marchitas y a naftalina. Quizá, por último, al tratar de darle un rostro y un cuerpo a esa figura borrosa y a esas manos que se movían tras los visillos. Durante algún tiempo resistí la tentación de comprar unos binoculares, "es demasiada impertinencia", me dije, recordando el respeto que siempre supe guardar en asuntos ajenos, pero, no sé, de pronto una tarde, frente al lienzo embadurnado y caótico, decidí —contra mi costumbre, pues de ordinario pintaba hasta muy entrada la noche— limpiar los pinceles y salir a buscar un tubo de color que no me hacía ninguna falta, aunque argüí que bien podría necesitarlo para el día siguiente que era domingo y todo estaría cerrado. Y así fue como me encontré en pleno centro aquella tarde, vagando sin rumbo y a merced del gentío que me empujaba de un lado a otro por las estrechas y alegres callejuelas sembradas de escaparates a cual más llamativo. Era día de pagos y de compras, inconfundible día de agitaciones mercantiles, bullicioso, estridente, largo, mitad verbena mitad combate, aturullado. No sé en qué momento me hice con los prismáticos. Tuve remordimientos e intenté abandonarlos en la mesa del café al que tampoco sé cómo entré. El mesero me atrapó en la puerta, ufano y servicial:

—Olvida usted su paquete, caballero.

—¡Ah!... Sí... Sí... Gracias, muchas gracias...

Realmente exageré, y, para colmo, en mi desconcierto, ni siquiera le di una propina. No podré volver ahí, es claro. Regresé a casa apretando aquello con terror y vergüenza. Fue el primer domingo que no bajé a exponer mis telas al lado de los otros pintores y de los anticuarios.

Sospecho que doña Eulalia me tendió una trampa, pues a partir de entonces los visillos se recorrían inopinadamente a cualquier hora del día, e incluso de la noche, dejando la intimidad de las habitaciones a mi entera curiosidad. Una pieza la ocupaba la cocina; la otra era un pequeño salón. Mas no fue tan fácil dar con el cometido de cada una de ellas, tal era el desorden y el amontonamiento de trebejos, cacharros y reliquias que en ambas había.

Bien dice el dicho: "más sabe el loco en su casa que el cuerdo en la ajena". No debí haber caído en la tentación. No debió don Pascual mirarme así y comentar entre dientes, mientras envolvía los comestibles que decidí llevarme en cantidad suficiente para no tener que bajar a diario y poder apostarme sin prisa tras la ventana:

—¡Vaya cara! A ver si a este me lo embruja también el loro...

Absurdo. Ahora resultaba que doña Eulalia era una especie de Copelius, de Circe, o de sabe Dios cuál de todas las brujas y demonios que encantan y seducen mortales. Me negué a aceptar tales insinuaciones, por supuesto, y no solo como una defensa contra la posible idea de una posesión, sino, simplemente, porque la vida cotidiana de los moradores del cuarto piso no tenía nada de particular. De modo que empecé a justificar mi espionaje diciéndome que acechaba para probar que eran puras habladurías. Dejé de pintar, de vender, de comer; con un ojo dormía y con el otro velaba; enflaquecí y empezaron las alucinaciones.

En la habitación que hacía las veces de cocina, comedor y lavadero, se encontraban incomprensibles restos de madera, vigas, duelas, pedazos de yeso, vestigios de muebles, trapos, baldes, una escalera, cajones, un paraguas y algunas grandes ollas de cobre enmohecido formando un enorme montón de escombros que ocupaba la casi totalidad del espacio, de manera que solo se podía circular entre una mesa desvencijada donde doña Eulalia pasaba la mañana entera mondando verduras, el fregadero lleno de más trastos, y la estufa. Sobre esta mesa descubrí una caja de tamaño regular con una muñeca dentro. Doña Eulalia conversaba con ella sin sacarla de su envoltorio. En la otra pieza, la del balcón con el loro, retratos y estampas amarillentos cubrían las paredes alrededor del librero y de unos estantes que nunca vi abrirse y sobre los que se encontraban más cajas de muñecas. Un tresillo pardo, una alfombra que quizá fue azul, una mesa camilla con más retratos, figuritas de porcelana y jarrones, chicos y grandes y de cualquier tamaño, con viejas flores de papel. Al centro del techo, el candil de prismas rosados.

Llegó el verano y la ciudad empezó a vaciarse como por encanto. Un espeso silencio se extendía por encima de los techos calcinados; las calles eran fuego líquido; las hojas de los árboles, peces sin aire; las ventanas abiertas de par en par, cuencas vacías; y párpados muertos las que se cerraron. Los pocos transeúntes de medio día no llegaban ni siquiera a hacer sombra en el pavimento, y las fuentes borboteaban inflamadas. Mi desván era un horno, pero más tenaz era la obsesión en que me encontraba sumido. Algo había cambiado en el mundo habitual de doña Eulalia: el loro no apareció más en su balcón, y perdí de vista la mano regordeta. Entre tanto, el calor alcanzó su máximo apogeo.

Una noche —creo que me quedé dormido en el alféizar— desperté sudoroso y con fiebre. Decidí salir a buscar una farmacia y a dar después un paseo por alguno de los jardines de la ciudad. El ascensor no funcionó. La puerta de la casa, como aquella mañana, estaba abierta gritándome su tufo a la cara. Ningún ruido. Ningún movimiento. Entré. Un largo pasillo en penumbra sembrado de montoncitos de polvo, percheros en las paredes, paraguas, un pasillo más y otro más detrás de cada una de las puertas de vidrios opacos y sucios que fui abriendo. Quise regresar. Empujé los gruesos cortinajes del recibidor y rodé, no sé cómo, escaleras abajo.

—Pero hombre, ¡qué sorpresa! ¿Dónde te escondes? Creí que ya te habías marchado. ¡Vaya casualidad! ¿Tienes algo qué hacer? Vamos entonces a tomar un refresco.

Óscar me llevaba del brazo. El más charlatán de los pintores, tan elegante, tan fatuo. Venía solo de paso a buscar sus cosas pues se iba al extranjero —¡qué suerte!—. "Nada de eso, me caso, sí, riquísima... y bella... viajaremos en barco, imagínate, un trasatlántico... ya te escribiré... Caramba, tú siempre tan reservado..." Me enteraba sin oírlo, mi cabeza zumbaba y mi cuerpo era arrasado por calosfríos. Cuando menos me di cuenta, ya estaba otra vez en la buhardilla. Busqué los prismáticos por todas partes sin encontrarlos. Mi cuarto parecía misteriosamente vacío. En el cielo, la luna brillaba con gran intensidad, y en casa de doña Eulalia —contra lo acostumbrado— también la luz era muy intensa, de un blanco verdoso, y los visillos transparentes y ligeros volaban hacia afuera al impulso de un viento fresco que, de pronto, había empezado a soplar.

Ella me ofreció una copa de anís.

—Siéntese. Le esperaba.

Tomó un antiguo álbum con cubiertas de plata realzada, ennegrecida; se sentó junto a mí, hizo saltar el broche que unía las tapas, y empezó a hojearlo relatándome todas y cada una de las anécdotas referentes a todas y cada una de las fotografías amarillentas.

Lo extraño no era sentir que yo ya conocía esa nuca, esa voz, sus manos, esas historias, esos rostros y esos trajes, su olor, sobre todo su olor. Lo verdaderamente extraño fue el grito del loro, una tarde, "¡Fermín, Fermín!", mientras yo continuaba escuchando a doña Eulalia con la vista fija en la borrosa figura que nos observaba, a través de unos prismáticos, desde el desván.

Empujé la ventana con suavidad e introduje la jaula al interior.

UN VIENTO DE HOJAS SECAS

Mais les vivants tous commettent la faute
de faire trop grandes leurs différences.

R. M. RILKE, "Première Élégie"

Cuándo sucedió por primera vez, Tomás no lo recordaba. Poco a poco había ido tomando forma, y, más que una pesadilla o una visión, la imagen era un engrosar continuo, de manera que cada vez el sueño era distinto, aunque la trama, el bastidor, eran idénticos. Los detalles aumentaban y se precisaban conforme Tomás iba creciendo: el sueño se desarrollaba al ritmo de su cuerpo, de sus conocimientos y experiencias.

Desde niño dormía solo en el cuarto sobre el jardín, al otro lado del corredor. De mañana, tenía toda la luz y, al atardecer, desde la sala donde leía o jugaba con sus hermanas, podía sentir cómo iba llenándose de noche, vaciándose de reflejos. Mientras estaba fuera de su habitación, en la escuela, en el parque, o en cualquier otro sitio dentro de la casa, su presencia le daba la seguridad y el aplomo de quien guarda un secreto importante e intransmisible. Antes de entrar, un ligero temblor lo sacudía, como si temiera que el orden escrupuloso que reinaba dentro —orden que él implantaba y que era respetado al grado de que nadie, salvo su madre, entraba ahí— pudiese haber sido alterado de la misma manera como se alteraba insensiblemente su sueño. Y no es que la habitación en sí tuviese nada de particular: una cama, una mesita de noche, un librero, un escritorio, un cesto, una silla y un pequeño, profundo y tibio sillón azul. Blancas las paredes, sin dibujos ni retratos, blancas las contraventanas, transparente y fino el tul de las cortinillas. Tampoco era un niño asustadizo ni dado a las fantasías o a los terrores nocturnos. Algo silencioso, y muy reservado. Es

75

decir, que poco a poco se había vuelto así, distante, como alguien que está ocupado todo el tiempo en descifrar.

Tomás vivía en espera del sueño, de ese sueño imposible de prever, que no se asociaba forzosamente a los acontecimientos diurnos y que surgía, entre otras imágenes, clarísimo e ininterrumpido. Cuando aprendió a identificarlo, al despertar, entre los demás sueños, sin intentar aún penetrar su significado —tendría ocho o nueve años, y entonces casi le divertía esa sensación de estar armando un rompecabezas—, decidió escribirlo en un cuaderno especial, o dibujarlo, en caso de que las palabras resultaran vagas o no conociera los términos exactos.

De lo que leía, escuchaba, o descubría en alguna estampa, en una clase, en un paseo, tomaba la palabra, el color, la sensación, la figura necesarios al mundo que se iba tejiendo poco a poco en su cuaderno. Cualquier elemento exterior capaz de plasmar lo vago, de aprehender lo difuso, de completar lo fragmentario que en el sueño se presentara, era aprisionado por Tomás con avidez, como un cazador de insectos atento al menor zumbido. Empezó también a espiar la luz, a sentirla en el amanecer y en las noches de luna, a distinguir sus cambios a lo largo del día, porque, a veces, lo que predominaba en ese sueño era la luz, y él se despertaba más diluido aún, más sorprendido.

Hacia los doce años empezaron a tomar forma las imágenes, a completarse la trama. Se encontraba en un antiguo edificio de tres pisos cuya arquitectura no correspondía al tipo de casas de la región. Olía a rancio y solo luz polvorienta entraba por una claraboya. Iba a empujar una puerta cuando vio bajar por las escaleras, en gran alboroto, a un grupo de muchachas con traje y zapatillas de ballet. Su aparición iluminó de dorado los techos y las paredes. Tomás las siguió por el corredor hasta el jardín. Ahí, el olor a moho era acentuado por un sinfín de troncos y enredaderas a medio podrir, y la vejez por un enorme ábside sin bóveda y en ruinas dentro de cuyos dos pisos de ventanales huecos sobrepuestos en desorden fue a acomodarse el grupo de bailarinas. La luz alrededor de ellas seguía siendo ámbar, pero en el semicírculo y entre los arcos y ramas era verdosa, casi negra. Parecía como si fueran a representar algo, y Tomás se sorprendió al ver que él mismo tenía en la mano un texto y que se encontraba al frente de esa especie de escenario. De pronto, sopló un aire frío. Los vestidos de las jóvenes se fueron convirtiendo en largas hilachas blancas y sus carnes empezaron a desaparecer, como si alguien les tirara de la piel hacia abajo desde el rostro hasta los pies. El aire, más fuerte, hizo llegar hasta Tomás un ruido de papeles que se frotan y un murmullo de frases. Una de las mujeres se le acercó sonando ostensiblemente su esqueleto bajo los harapos. Presa de pánico, Tomás fijó la vista en el papel que sostenía en la mano. En ese instante, el aire le entró por el cráneo ya vacío. Sus dedos comenzaron a perder la piel:

—La muerte, un viento de hojas secas, entra por las cuencas de los ojos.

Hasta entonces, los rasgos de la mujer que flotaba entre las nubes estaban siempre sumergidos en una violenta luz ámbar, pero Tomás sabía que era, como él, una niña, quizá un poco mayor, en la edad de sus hermanas. A veces, sus cabellos se enredaban entre las ramas del árbol, y si él trepaba para ayudarla, la altura bajo sus pies se hacía tan grande que podía distinguir, a lo lejos, las flechas de la catedral y la masa oscura de techos, chimeneas y veletas. Atrapado, sus ojos buscaban en vano a la niña que había desaparecido pero cuya risa creía escuchar. La luz y el lugar no siempre eran los mismos; el árbol, un sauce, un roble, un chopo o una combinación de todos ellos, ancho y frondoso, de largos e intrincados ramajes. Podía ser a media noche, la luna llena, amatista y topacio, a campo traviesa entre surcos dibujados como en un perfecto croquis; o al atardecer, en un puente sobre la ciudad bañada en oro y verdes de aguamarina. Nada en estas visiones era siniestro, pero se intuía la dureza de la piedra, la fría transparencia del cristal. Y, en el centro, Tomás, como una espiral, un rehilete que la niña soplaba y que se debatía entre las ramas, o se arremolinaba por encima de la ciudad. Tampoco era el miedo la sensación predominante. Al impulso de elevarse en medio de una jubilosa luminosidad, seguía el cansancio, una torpeza incombatible, el relajamiento.

Ese verano, acababa de cumplir trece años, Tomás fue con su familia al mar. Nunca antes había estado ahí, y al acercarse a la playa, desde el terraplén, sintió que aquella pradera de escamas plateadas reverberando bajo el sol de mediodía era su sueño. Se desnudó y corrió hacia el agua. Vértigo iridiscente, tránsito de tibiezas sin nombre, su cuerpo conocía por primera vez la sensualidad sin imágenes, el abandono. Todo el día, hasta muy entrada la noche, vivió Tomás la arena, el sol y las aguas, el ruido del mar, las texturas de la tierra, las intensidades del calor, los despertares de su piel. Tuvo fiebre, y la insolación lo alejó de la playa para el resto de las vacaciones. Desde su ventana aprendió, no obstante, a reconocer el barullo de gaviotas y pelícanos, los silencios de la brisa, el perfume de tantas flores en apogeo, y el curso de las horas en la luz cambiante de las nubes.

Poco después, el mar vino a integrarse a sus visiones. Al principio se le aparecía en el momento más inesperado del sueño, al doblar una esquina, detrás de una puerta, a un lado del pupitre en el salón de clase, y su presencia era también un golpe de luz en los ojos. Una noche, Tomás se disolvió entre las aguas, presa del mismo pánico que en el sueño de las hojas secas. Volaba sobre la ciudad a poca altura cuando un fuerte soplo lo arrastró hacia una playa pedregosa y sucia llena de caracoles rotos. Una ola le lamió los pies; al retirarse, abrió un camino untuoso sin cascajo, de tonos marrón y cobre, que se extendió hasta el borde de la espuma. Al final, creyó distinguir a la niña y avanzó, sintiendo cómo se iba formando a su alrededor el espeso y frío remolino. Lo despertó su propio cuerpo bañado en semen.

En aquella época, hasta que se rompió la pierna, la actitud de Tomás hacia el exterior cambió por completo. Todo el día estaba en la calle. Durante las clases participaba en las fugas del grupo, en el alboroto, en los desórdenes y en el equipo de futbol. En casa era esquivo con sus hermanas, forzadamente tosco en sus modales y descuidado en su vestir. Adoptó el argot y los gestos de una pandilla de barrio a la que se unía por las tardes junto con otros compañeros de la escuela. Tenían bicicletas, patines y cigarrillos. A la violencia de sus actividades diurnas se sumaron largos insomnios que Tomás apuraba leyendo libros de filibusteros y aventuras. Y cuando por fin se dormía, ebrio de cansancio, ningún sueño subía a su conciencia. Hasta que la bicicleta le quebró la cadera y tuvo que guardar cama. El cuarto de Tomás recuperó su antigua densidad de misterio impenetrable, y, muy pronto, dejó de tener visitas. Las horas empezaron a regularse con el recorrido de las luces y las sombras del jardín sobre las paredes, el techo, el piso y los muebles. Con los carboncillos, esfuminos y borradores, regresaron también los sueños al cuaderno. Sin embargo, los insomnios no desaparecieron, y algo como una angustia, como un anhelo impetuoso, le cubría el cuerpo de sudor e inflamaba sus pesadillas.

Revisando sus notas y dibujos, Tomás buscó los posibles significados de ese sueño cuyas piezas no formaban aún un todo coherente. Leyó poesías, y obras donde la muerte parecía hablar en el lenguaje de sus visiones, pero algo esencial, vivido, se le escapaba. Y llegó el momento de preparar los exámenes y de rehabilitar su pierna. Tomás dejó la cama. Por las mañanas salía al jardín apoyado en un bastón, y, por las tardes, estudiaba las lecciones perdidas. En su convalecencia incidió el florecimiento de la primavera: los brotes nuevos, el afán de los pájaros en sus nidos, las flores que se desperezan, el impulso que parece empujarlo todo hacia la luz y la vida, se removía en el cuerpo de Tomás igualmente ansioso de aire, de savia, febril.

No quiso ir al mar. Escogieron un balneario de aguas sulfurosas en la montaña. Era este un lugar semisalvaje rodeado de bosques y precipicios, domesticado en parte junto a las albercas, las canchas de tenis y las dependencias del hotel que se extendían entre prados y estanques al borde de una hondonada por donde iba el río. Veredas y escalinatas serpeaban aquí y allá, y, desde la terraza, el paisaje ofrecía la engañosa amalgama de huertos, céspedes, ojos de agua, macetones, jardineras, montes y peñascos. Tomás apenas si tenía tonos para la variedad de verdes, para los matices de la luz; nombres suficientes para las flores, los árboles y mariposas. Los primeros días se limitó a vagabundear por los jardines y las veredas lejos del balneario. Después, bajó hasta el río bordeando los senderos, y, finalmente, una mañana, se internó en el bosque, cuesta arriba, detrás del terreno deportivo.

Si su contacto con el mar, un año antes, había sido instantáneo y definitivo, las sensaciones que hoy recibía de la montaña, por el contrario, parecían irse acomodando poco a poco, desde fuera, al paisaje interior de Tomás, sin ningún cambio aparente, sin brusquedad. De manera que él mismo creía estarlo descubriendo todo: en realidad, lo reconocía, era un reencuentro. De ahí su exaltación casi dolorosa, y el estado de alerta en sus sentidos. De la hojarasca subía un olor húmedo y caliente. Las voces y ruidos del balneario se fueron perdiendo a medida que subía, hasta quedar solo el trino de los pájaros, el balanceo de las ramas, el crujir de los troncos y de los rayos del sol entre la fronda. Un vientecillo frío empezó a soplar. Tomás se encaminó hacia un claro brillante. En el centro, zapatos, tobilleras, traje blanco y raqueta de tenis, una muchacha hacía cabriolas. Sus cabellos volaban a contraluz con la misma ligereza que sus ropas, sus piernas y sus brazos. No se detuvo cuando vio a Tomás, y solo al cabo de un rato, visiblemente cansada, arrojó la raqueta y se tendió boca abajo en la hierba. Tomás se acercó. Ella dio media vuelta:

—¿Qué haces aquí?

Y al mismo tiempo le indicó con la mano que se sentara. Aturdido, Tomás se acuclilló.

—Soy Alicia, ¿y tú?

Tendría uno o dos años más que él, rubia, sus ojos ámbar lo miraban sonrientes, divertidos. Le tomó la mano y la acercó a su seno:

—¿Sabes hacerlo?

Tomás negó con la cabeza sin poder articular palabra. Ella se enderezó y se quitó su blusa blanca. Uno frente al otro, de rodillas los dos, Tomás se dejó caer en las caricias que venían hacia él, y a las que sus propias manos se entregaban con una avidez y una audacia insospechadas. Ojos, labios, dedos, muslos, pechos, caderas, el cuello, los brazos, se precipitaban anegados de luz, de calor, de ansiedad.

—¿Estarás mucho tiempo aquí?

—¡Qué horror! Ya no soporto este lugar. Por fin, después de un mes, nos iremos mañana.

Tomás vio su cuerpo dorado por el sol, sus movimientos ágiles y esa como falta de pudor en toda ella, su sonrisa, sus senos pequeños, sus caderas anchas bajo la falda, el ir y venir de la raqueta en el aire mientras caminaban. Él llevaba aún la marea dentro de sí, y una tensión que se exasperaba con cada palabra y cada gesto de la muchacha, encerrada en su voluptuosidad distante. Un ruido de aguas los atrajo hasta la orilla del barranco. A la cascada entraban y salían arcos luminosos, chispas que el mediodía dispersaba sobre el fondo verde-mar del precipicio. Tomás supo que ese era su sueño y tuvo miedo. Alicia sonrió al ver su palidez.

—Sí, quizá sea una lástima que me vaya. Podrías aprender muchas cosas. Ven.

Lo abrazó por el talle y quiso besarlo. Tomás dio un paso atrás: primero tenía que explicarle, hablarle del sueño, de su encuentro, y del temor, principalmente del temor. Intentó liberarse, y ella, creyendo que jugaba, lo estrechó más fuerte, Tomás, presa de pánico, la empujó.

Alicia se perdió allá abajo entre las copas blancas de los árboles encendidos; y cuando un golpe de viento súbito rasgó el velo luminoso de las aguas, Tomás creyó ver las manos de ella tendidas hacia él, juguetonas, llamándolo...

LUZ DE DOS

A *Eduardo Naval*, in memoriam

I

—En este castillo, hace mucho, vivió una condesa pintada por un famoso artista de su época, dueña de todas estas tierras alrededor...
... no, no es esto lo que intentan decirme tus palabras, ni es hacia el campo que se extiende tu mano. La luz del atardecer te baña por completo dorándote el pelo, salpicándote las ropas de invierno con los mismos destellos cobrizos que cubren a aquel hombre, allá abajo, tras el arado, entre los surcos estrechos y rectos. Desde la mañana te oigo hablar y reseñar la historia de este lugar, con una voz donde la pasión trueca los detalles nimios en leyenda maravillosa, transforma a las piedras muertas en bellas que despiertan de su hechizo milenario. Te escucho y veo a las tres mujeres, cuchicheando en el ángulo de la calle que sube, frente a un gran portón de madera claveteada, confundidas con la niebla: tres jorobas negras como tres montículos indescifrables adheridos a tu pupila, a esa mirada tan llena ya de un mundo que has hecho tuyo y donde yo quisiera penetrar, aunque solo fuera bajo la forma de ese viejo adormilado sobre el burro y su cargazón de sarmientos que cruzó, casi al amanecer, la plaza del pueblo, en el instante en que ambos entrábamos a la taberna también semidormida. ¿Un mundo que permanece aparte, hermético? No lo sé, aún no lo sé. Hemos visto, he visto a través de tus palabras, este que ahora me muestras y que casi puedo tocar: con sus casas color de tierra seca, esa sequedad austera y orgullosa característica del paisaje y de sus habitantes que nos permitieron asistir a la matanza, como un favor especial, sorprendidos de vernos tan madrugadores, tan atentos al marrano que yacía en el suelo entre manojos de esparto ardiendo. Yo no pude tragar el aguardiente que nos ofrecieron en un gesto de aceptación y solidari-

dad. Tú lo bebiste sin titubeos, saboreándolo, dejándolo resbalar con delicia, con la misma parsimonia gozosa con que te he oído, después, relatar anécdotas —pocas y muy antiguas— de tu familia que, de pronto, se engastan en algún recoveco de nuestro recorrido y distraen tu habitual reserva.

¿Cuántos años tienes? Incluso tu edad parece anclada en el tiempo, no muy atrás, apenas después de la niñez, quizá un poco antes de que finalice la adolescencia. Tu rostro, a veces, también sobrepasa las edades, como el de los herreros que hicieron cantar para nosotros sus yunques y martillos en medio de las chispas blancas del metal al rojo vivo; como el de las estatuas policromadas que recorren en Semana Santa las calles y que aún ahora, encerradas en las vitrinas, sin sus galas, permanecen envueltas en esa atmósfera de fiesta que bien podría situarlas en la misma Jerusalem, o en cualquier atrio medieval. Y, sin embargo, tú sí estás inscrito en el tiempo, aunque las historias que me cuentes y los sitios que me enseñes sean intemporales y quieras transitar entre ellos como otras historias más. ¿O me equivoco y eres en verdad un espíritu errante enamorado de lo inapresable? ¿Soy yo la que golpea a las puertas de un claustro?

No consigo mirarte, el sol me da de lleno en los ojos; el aire frío de la tarde acaricia mi cara con tu aliento tibio. Los dos nos hemos quedado silenciosos contemplando los caprichos de la luz en las nubes, escuchando la canción del sembrador y el lejano tañer de la campana que toca a vísperas. ¿En qué piensas? No me atrevo a preguntar, tengo miedo de romper el conjuro que así nos tiene, juntos, en la azotea de este castillo, sobre los techos que se extienden a nuestros pies, sumergidos entre el cielo y la montaña, fuera de la duración, del espacio. Apenas si distingo el contorno de tu cuerpo, tu perfil, y, sin embargo, es ahora cuando puedo dibujarte con exactitud, acercarme a ese algo lejano que me estuvo rechazando durante el día mientras deambulábamos aparentemente absortos en el examen prolijo de las gigantescas tinajas de vino, de las ruinas del lagar, de las rejas y dinteles garigoleados. El sol ha descendido hasta convertirse en una línea de plata horizontal, y sé que volveremos a la intimidad de la mañana, cuando la niebla aún nos protegía y tú rozabas mi brazo para ayudarme a saltar sobre charcos o me sostenías con fuerza para que no resbalara entre el lodo nieve. Porque a medida que la bruma fue levantando y el calorcillo empezó a entibiar el campo, y la luz a brillar por las calles despertando al barullo matutino tabernas, ventanas, arrieros, amas de casa, panderos y labriegos, tú tocabas con menos frecuencia mi mano, y tu voz se alzaba más gruesa, casi retórica, lejana. Pareció de pronto que tus palabras habían perdido las vocales radiantes y blancas, en contraste con la progresiva claridad del día que, aunque invernal, destilaba una dulzura veraniega irritante para ti. Te cerrabas, como si temieras que la luz descubriera los resquicios por donde se podría entrar en tu mundo, en el laberinto que construyes y te resguarda.

—La iglesia no es tan interesante como las figuras que la adornan. Mira, esta es la Tarasca, el dragón que Santa Marta domó con agua bendita; y aquí está el de San Jorge... En los capiteles, frisos y gárgolas, hay tantos monstruos, quimeras y leviatanes, que más parece un centro de culto al horror, a lo grotesco, a todo aquello que la imaginación popular, pagana, dota de vida y de pasiones...

Entre las naves oscuras tu voz adquiría otra vez su rumor cálido, sus vibraciones ámbar, rojo y malva, el mismo matiz de oro viejo, verde seco y azul agua, que se filtraba a través de las vidrieras. Más tarde, mientras caminábamos por las calles empedradas entre gruesos muros cubiertos de musgo, me relataste, cuando el sol era un punto de fuego blanco en el cielo, un extraño suceso ocurrido, hacia la hora tercia, a dos hermanos, un niño y una niña, que, cogidos a las puntas de un pañuelo y apretando cuidadosamente en la mano libre una mariposa nocturna, son llevados en el aire por su madre, una hermosa bruja que, al tirar del paño, escapa volando de la turba rabiosa que iba a quemarla. El niño, dijiste, tenía aspecto frágil, ojos grandes y profundos, y una aureola negra alrededor de la cabeza. ¿Se parecía a ti? ¡Qué absurda pregunta! Levanté la cara, algo asustada. No me escuchabas. Te apretabas a la pared para defenderte del sol bajo la insípida sombra de los balcones.

Poco a poco, a medida que avanzaba el atardecer, antes de subir aquí, fui entrando yo también en tu juego de luces y prodigios, en la trama de esas leyendas y cuentos que brotaban inagotables a propósito de todo y de nada. Pensé que me habías atrapado, cercado dentro de tu círculo mágico, pero me equivoqué: era otra manera de huir, de impedirme la entrada, de desviar mi curiosidad hacia otros personajes, hacia la historia de otras vidas, de otros sentimientos ajenos a ti y a mí. ¿Qué sentimientos? Tampoco lo sé. Apenas una sensación vaga, múltiple, que empieza a doler, a concentrarse en el movimiento firme de tus manos, a denunciar el deseo imperioso de saber tus labios, tu lengua. Apenas un temblor, un sobresalto, cuando me aproximo a la tibieza de tu cuerpo, cuando mis ojos penetran la avidez de tu mirada. Durante la comida te vi reír, te oí bromear, compartir con los otros comensales tu entusiasmo por el paisaje, por las antiguas construcciones; expresaste tu desprecio por el calor y comentaste, adhiriéndote a la opinión general, la sencilla vida de las buenas gentes que laboran, pasan y sueñan y un día como tantos desaparecen bajo la tierra. Y de pronto, impulsado por no sé qué súbita fantasía, extendiste tu mano hacia mí, tomaste nuestros abrigos y, sin más, salimos otra vez al encuentro de la luz, del resplandor naranja del día que empezaba a menguar. Estabas inquieto, deseoso de movimiento, lleno de anécdotas extraordinarias. Me mirabas, acomodabas mis cabellos revueltos por el viento. Hablabas con cariñosa ironía de tus amigos y, con estudiada indiferencia, de ti, como quien se mira desde fuera. Describías lugares, paisajes, sin aclarar nunca si los habías conocido, leído, imaginado, o todo junto. Enumerabas objetos, comparabas aventuras, manías, opiniones —sin especificar cuáles te eran propias—, costumbres. Preguntabas, y, sin aguardar respuestas, señalabas una fuente, un castaño, un silo repleto de mazorcas, un hueco, una nube. ¿Y ese otro mundo que no se puede tocar? Ese que escondes tras los rumores, en las texturas, el tuyo, tu mundo, ¿por qué no me lo enseñas?, ¿por qué no podré aprenderlo?

Al llegar aquí, tu cascada se hizo aljibe, no que se haya opacado disminuido su efervescencia: con las reverberaciones de la tarde volvías a tu lecho, a lo posible. Y es que, a ti, solo se llega por tu luz.

La noche te protege, la sombra confunde tu propia sombra, ilumina tu sonrisa y hace resaltar el brillo de tus pupilas. Ella te prolonga en sus reflejos azulados, en su fulgor de mercurio derretido; te cerca con su halo y propicia, mejor que los cielos nubosos, tus ensalmos y alegorías. Lo que así te exalta es tu inmersión en la noche, en el frío que gotea sobre nosotros en forma de nieve menuda, y no es, como yo creía, el vino que hemos estado bebiendo de bodega en bodega —ora seco, ora ácido, el mosto, el añejo, en vasos, copas, en cucharones de barro o madera—, sabiamente administrado por los generosos dueños de tanta riqueza. Tampoco es el fuego de la chimenea, caldeando las enormes salas de este mesón cuajado de fiambres y cacerolas que cuelgan de las vigas, el que así enciende tus mejillas y da fiereza a tu mirada. Ni siquiera es la variedad de platos que la Paca sirve con la misma exaltación glotona que embarga a los comensales, distribuidos en largas mesas frente al chisporroteo de los troncos, tan estrepitoso o más que la algazara, lo que seduce tus sentidos. Yo me encuentro sumergida, incluida en esta embriaguez de ruidos, de bebidas y manjares, sin saber ya si lo que alumbra son antorchas, si estamos en un castillo y el mesonero que reparte vino espumoso es un gigante bonachón, si los que tocan la guitarra y cantan son juglares, o si yo misma, sentada a tu lado, nuestros rostros tan cercanos, te estoy ofreciendo, al hacerte beber de mi copa, alguno de esos filtros que favorecen el reconocimiento y la unión de las almas complementarias.

Cuando por fin oscureció y descendimos del castillo, silenciosos, envueltos por el rumor de la lluvia, tu brazo sobre mis hombros, y desandamos el camino hasta la entrada del pueblo, supe —tal vez por la presión algo más familiar de tu mano, por la turbación de mi brazo alrededor de tu cintura, por esa necesidad tácita de no romper el círculo que nos hacía girar, uno en el otro— que tu mundo no era un laberinto inexpugnable, sino una especie de atrio cerrado, abierto hacia el interior; un invernadero a cielo raso. El día es para ti un reto que sostienes orgulloso: hábil ilusionista que escamotea a la luz su fugacidad, encaminándola, lenta, segura, hasta encerrarla en los espejos nocturnos. La noche, en cambio, no se escapa ni se disuelve. Te obedece, sensibiliza todo lo que tocas, escuchas o miras, otorgándole una vida y un brillo propios. Antes de regresar a cenar recorrimos otra vez las mismas callejuelas y plazas, porque, dijiste, es en la oscuridad, a la luz de las farolas ámbar y de la luna, cuando adquieren su verdadero rostro, cuando despiertan del sueño diurno a su realidad tangible, los portales, los balcones con sus macetas de geranios, los arabescos, las columnas y los escasos transeúntes embozados en sus negros trajes de invierno, otoño, verano y primavera. Al final de un estrecho callejón, contra la pared mohosa, bajo un árbol, había un trillo desdentado y ya inútil a causa de la humedad. Desencajaste una de sus piedras y la pusiste en mi mano haciéndome cerrar los dedos sobre ella. Al contacto de su superficie pulida y suave, sentí que la mariposa acariciaba mis dedos con la felpa de sus alas. Empezaba a nevar. Una capa lechosa cubría el cielo sin estrellas. Olía a barro, a leña quemada, a hierbabuena.

A partir de ese instante, el tiempo olvidó su transcurrir. Las pocas luces que aún asomaban, rojizas, amarillentas, tras los visillos, se fueron apagando a medida que avanzábamos, para dejar, únicamente, un resplandor tostado como un mar bruñido donde flotaba el mesón con sus galerías, sus cuevas, hornos y lagares. ¿En cuál de esos sitios en los que hemos penetrado, en qué lugar, visible, se esconde tu secreto? ¿Cuáles de tus gestos y palabras me han revelado ese espacio original donde se crea y se consagra tu universo solitario? No lo sé, aún no lo sé. Tal vez, profana, timorata, perdí la posibilidad de ocupar mi sitio en él. Ahora ya no explicas ni reseñas nada. Ríes, cantas, y acaricias levemente con el borde de las yemas mi mano, mi cabello que roza tu mejilla. Tengo miedo. El dolor de tu cercanía es una herida que escuece y punza, que sofoca: una zozobra. Sé cuán absurdo puede ser y, no obstante, me dejaría anegar por esta ternura sensual, por este deseo mórbido de aniquilarnos en lenta y cruel desesperanza amorosa. El diente del trillo descansa sobre la mesa, junto a la copa que he acercado a tus labios. "No lo pierdas", dices, y lo sumerges dentro. Tuve la impresión de estar participando en un ritual en el que ambos éramos iniciados. Tu ademán nacía en ese momento y, en ese momento, nacía mi mundo en ti.

Nació allá arriba, sobre los tejados, al extender tu mano y señalar al hombre echando la semilla que el viento esparcía en abanico sobre el surco removido. Y en la repetición de las tres viejas, punto luminoso, idéntico siempre, en otros rincones y frente a otros oscuros portales del pueblo. El salón se fue quedando vacío. Alguien propuso, buscando sin duda retardar la inminencia del amanecer, ir a bailar a una de las salas, cerradas ahora, donde antiguamente se efectuaban las fiestas anuales de la recolección y se pisaba la primera uva. Tú y yo, por el contrario, esperábamos la luz, acercarnos al amanecer en busca de la unidad, de esa unión impalpable que no tiene nombre, esa misma que solicitarán de nosotros, para ser dichos, para hacerse reales, la niebla, la plaza, la iglesia, San Jorge, el mediodía, los herreros, las figuras policromadas, el castillo, el canto del sembrador, los comensales, las farolas ámbar y esta madrugada.

—Déjame romper el hechizo que así tiene tu recinto embrujado por las vibraciones y los juegos de luz a toda hora del día; juegos de luz y sombras, destellos translúcidos que la noche unifica a tu alrededor.

—Quédate.

—Volveré... sí... Volveré...

II

Soltó mi mano y echó a correr. La vi alejarse, dejarse tragar por la multitud, quise creer que había vuelto la cabeza en un último intento por retenerme, por salvarse de ese adiós inminente. No me moví. Esperé que la muchedumbre la devolviera, de pronto, igual a como se la había llevado. Después, caminé y caminé sin pensar en nada, sintiendo únicamente el hueco de su presencia en mi cabeza y un vacío en el estómago. Sé que miré con atención las farolas de las calles y los adoquines por donde iban mis pies. Eso es todo. Caminé y caminé hasta que el cansancio me llevó a mi habitación y sin desvestirme, me tumbó en la cama. Dormí mucho y no recuerdo haber soñado. Cuando desperté, ningún ruido inquietaba la casa.

Queda, sí, el aleteo de sus manos al hablar, al apartarse el pelo de la cara, su figura arqueada sobre la mesa apoyando los codos, los puños bajo la barbilla, el roce del cigarro contra el cenicero de porcelana, la huella de sus dedos en el mármol gris. El sol hiere de frente mis ojos, borra su perfil, el dibujo de sus labios, de su nariz. Fue un denso y largo atardecer, inmóvil. Solo una enorme mariposa nocturna rompía una superficie acuosa donde sus alas negras provocaban destellos blancos y fríos, círculos donde todo iba desapareciendo en una lenta caída sin gravedad: las copas de vidrio, la cara del espejo, las volutas de humo, las sonrisas, las pupilas reflejándose mutuamente.

Hay algo que mis palabras deberán recuperar, transfigurar: su nombre, su piel, la presión de sus muslos contra mis caderas, el resuello húmedo y seco de nuestras gargantas. ¿Cómo describir la certeza de estar conociendo y sabiendo lo que el propio cuerpo siente al saber y conocer otro cuerpo? Y no es tanto su contorno, su peso y consistencia lo que busco, como sus reflejos, su presencia en ese cúmulo de detalles que van variando, enriqueciéndose, para adquirir, por acumulación de partículas sutiles y distintas, su unidad interna, maleable y siempre única. Abolir la exactitud, aquello que sea tácito, que esté sobreentendido, prefijado, para alcanzar la totalidad en el cambio, en las variaciones que el movimiento de los matices va imprimiendo a las cosas, a los hechos. Hasta que la memoria sea un continuo fluir sin escollos.

¿Dónde estás ahora? Te busco, recorro tenaz los sitios donde alguna vez estuvimos, reales, habitándolos con nuestra mirada, vistiéndolos con nuestra presencia. Sé que no es afuera donde habré de encontrarte, en las mesas de café, en las bancas de los parques; pero es difícil aceptarlo, doloroso mirar con ojos que ansían el encuentro, y decirse que no es ahí, que no es eso, sino en otra parte, otra cosa. ¿Qué me pueden decir ellos, los lugares, de ti, de mí sin ti? No, no quiero imaginar una historia, ni hablar del paisaje. ¿Por qué el campo? Siempre él, como si solo ahí pudiésemos aceptarnos y entregarnos, ahí donde la intimidad se confunde, se anula. ¿Por qué el campo que distrae? Tampoco diré que llovía. No quiero lluvias para hablar de ti, no quiero, gracias a mis letras, como Orfeo, rescatarte de un pasado memorable. Una mañana nos levantaremos con el sol y, en ese nuevo amanecer, nuevos también, nombraremos a las cosas por primera vez. Buscaremos la continuidad en el flujo y reflujo de los recuerdos, de las pequeñas piezas que van haciendo de la pluralidad una sola imagen inagotable, en perpetuo juego de luces y sombra. Pero en aquel entonces, si yo hubiera hablado, una palabra dicha, no un gesto vago, ¿te habrías vuelto, retardando la separación? Aún no sé cuál debió haber sido esa palabra, en qué momento debí pronunciarla, solo siento que quedó en el umbral de las calles, en la nuca de los transeúntes que se comieron tus pasos, en el temblor de las farolas que alumbraban ya, de regreso a casa, tu ausencia a mi lado. Por eso no quiero callar ahora y pregunto: si no estamos en el campo, si no estás en la ciudad, ¿cuál es entonces nuestro lugar? El espacio al que dimos nacimiento, ¿dónde hallarlo? Me sumerjo en esta sed de memoria y deseo. Nada se detiene, nada tiene término: mañana trae la promesa de ayer, y, me digo, cuando se camina a la misma velocidad de lo fugaz, lo fugaz queda anulado.

Oía el pregón largo y áspero del ropavejero. Desde la ventana vi su viejo carro —tan viejo como él— tirado por el raquítico caballo gris. Los seguí con la vista hasta que llegaron al final de la calle. Iba a retirarme cuando empezaron a doblar las campanas: su eco se extendió sobre los tejados, vagó un rato por el cielo y fue a perderse en el vacío de mi noche sin el peso de tus caricias. Regresé a la cama. El olor de tu pelo, la huella de nuestro abrazo la víspera, me hicieron recorrer mi cuerpo buscando tu cuerpo en el mío, hasta llegar a ser un tronco de dos cabezas. Lenta, húmeda, corre la lengua entre tus muslos, sube hacia tus senos. La saliva se adhiere a mi vientre, reconozco la suavidad de mi piel en la suavidad de la tuya, y, en la tensión de mis labios sobre tus pezones henchidos, la fuerza que te penetra, el calor que me recibe. Aprendemos a no temer el gozo, a no permitir que, alcanzado, caiga en remansos sin retorno; a tomar la propia dimensión en la dimensión del otro; a ir del arrebato espontáneo al arrebato provocado, a la exaltación sin memoria, al origen, al tiempo bisexual. Estás conmigo, tu cabeza descansa sobre mi brazo y no quiero moverlo para no despertarte. La luz te baña la mitad del rostro, un hombro, el pie. Calculo serán las once por la manera en que las cortinas la reciben y se ilumina la cama, el techo y parte del librero, también porque los pájaros ya vuelan alborozados y el parloteo en las calles es un franco vocerío. Pero puedo equivocarme: en el verano es más difícil determinar las horas con base en la intensidad luminosa. Hay dos momentos en que la luz permanece suspendida, estirándose perezosa sin sombras, sin parpadeos: poco después del mediodía, cuando el brillo plano de los techos escaldados por el sol empieza a moverse bajo un viento dulzón; y al atardecer, cuando se convierte en un polvo de oro viejo entre las piedras y huele a césped blando y la ciudad entera es un inquieto e íntimo vibrar luminoso. Golondrinas, campanas, silencios de hábitos seculares. Bajo la sábana, una pierna se enrosca en la otra, tu cadera descansa contra la mía, las manos confunden sus dedos. Levanto mi rodilla libre para tirar de la sábana hacia abajo y descubrir la desnudez de nuestros cuerpos que semejan un racimo. Tu piel, pulida por la luz que atraviesa la ventana, empezó a brillar cada vez más hasta sumergirte en el perfecto resplandor del sol de mediodía. Sentí que estaba, a tu lado, en el centro de esa luz y, lleno de gozo y de lágrimas por la dulzura que de tan dentro nos venía, penetré poco a poco en ti como si te inundara las entrañas de fuego y agua, y yo mismo me disolviera en ellos. Entonces empezaron a sonar las campanas y se dejó oír el grito del ropavejero. La tarde era un vapor azul violeta. Mentí si dije que no hablaría del campo ni de las calles. No importa. Ellos estarán vacíos mientras no volvamos a llenarlos con nuestros paseos, serán irreales hasta que les otorguemos el don de la palabra, hasta que la comunión del recuerdo los rescate. Pues tampoco me serviría hablar de ellos aquí, enumerarlos en la soledad de este papel sin el testimonio de tu oído, de tus labios. Deambulo en la madrugada dejando que el silencio de otras voces suba hasta mí, pensando únicamente en el fresco seco del otoño que se inicia. ¿Por qué absurdo, en efecto, solo la ausencia nos hace real y presente lo vivido? Si la plenitud del gozo lleva implícita la agresión del sufrimiento, la herida, pero a través de

ellos —júbilo y dolor— la realidad se vuelve conciencia y la conciencia proyección fuera del tiempo, ¿por qué el acto amoroso no nos convierte en dioses, hogueras donde se consume el Fénix?, ¿por qué la
promesa de duración que ofrece el encuentro nupcial no nos reinte-
gra, sin más, a la androginia primordial? Me pierdo. Tú me habrías
contestado:
    —Te contradices. Si vives cada día como el primero, y el último,
uno es igual a cien y un ciento igual a mil.
    Si crees en ello, ¿por qué entonces te fuiste?, ¿por qué estoy aquí,
solo, reconstruyendo lo imposible, luchando para que la tristeza no
perturbe esta labor de aprehensión? Se acerca el amanecer. Hemos
vagado con el sentimiento de estar inaugurándolo todo; silenciosos
a veces, bebiéndonos con los ojos, con las manos y con el cuerpo
entero, cada trago, cada piedra, cada árbol; mirando y escuchando
el mundo a nuestro alrededor desde su inocencia primera, sin nieblas, sin vaguedades intraducibles. Rodear tu cintura, oír tu voz,
espiar juntos en un cielo de plata los tintes luminosos de la aurora,
era quizá algo muy común; no estábamos solos, y los ruidos de una
fiesta tardía, los traspiés de un borracho, los botes de basura apila-
dos sin pudor frente a cafeterías y edificios, participaban, a su manera, de nuestro deambular. Prostitutas, barrenderos, parejas trasno-
chadas, formaban parte del mismo mundo que tú y yo descubríamos
y que se nos revelaba rico en su miseria, virgen. ¿Cómo hacer para que
incluso la palabra "recuerdo" recupere su pureza original?, ¿para
que "recordar" no implique renuncia, fragmentación? Los muslos
amplios, firmes, las piernas largas, las caderas estrechas redondeadas
como los senos tensos y el talle, todo a punto de alcanzar su expansión, y plenitud. Boca arriba, tendida sobre mí, apretándome tu pecho
y el vientre, hombro contra hombro, nuestros sexos se amoldan y se
pliegan como remate justo de una misma cepa entre las ingles húmedas y tibias. Nos balanceamos así, uno en el otro, ora encima, ora
debajo, sin soltar piernas y brazos, hasta que la piel irradia pequeños haces de luz, y el gozo cobra una dimensión más urgente, hasta
que el lecho y las paredes, y la habitación entera, se diluyen con

nosotros, muy alto y muy lejos, en el resplandor luminoso. La mañana se va, reposada y ajena, cubriéndose de nubes, sonando de viento y haciendo notar, como todo, tu ausencia. Y yo, solo dolor y rodeado de esferas, aparto la luz que me quiere abrir los ojos al vacío de
mis noches sin ti, y de cada uno de los objetos, de las calles, de los
jardines que te reclaman. ¿Por qué si nada ha variado su ritmo cotidiano —mira las golondrinas que pasan y repasan sobre las tejas casi
grises de resequedad por el sol de los últimos días; la mujer riega sus
macetas en el balcón de enfrente; los árboles vuelven a teñirse de
magenta y oro—, por qué, digo, solo tú no estás aquí? Es domingo:
por entre las callejuelas, los murmullos y olores de nuestros domingos se adhieren a los juegos de los niños, al andar pausado de los
paseantes, al trotecillo alegre de las niñeras. Incluso los pájaros parecen menos atareados en su ir y venir. El atardecer traerá del campo,
hacia el centro de la ciudad, junto con el tañer de las campanas, a las
familias nerviosas y cansadas. La algarabía, no obstante, subirá de
tono, y, para la noche, las calles serán carreras, risas, luces de color
deslavándose ante la perspectiva de otra semana que comienza. ¿Qué
es esta sensación que me envuelve, que me ha envuelto desde tu partida? Y más que envolver, soy yo quien ha estado flotando dentro de
ella, deslizándome sin rozarla, sostenido por su misma calidad eté-
rea de imagen, penetrado por su vibración olorosa, su rumor lejano
y claro. No es solo un recuerdo, una intermitencia, tampoco una aso-
ciación que golpea en la memoria y desencadena relaciones. Ni es,
claro está, ese sentirse vagar entre nieblas melancólicas, ese ir arrastrando en plena vigilia las sombras de un sueño abrumador. He visto
imágenes de fuego y calderos hirvientes, y no era visión de apocalip-
sis, sino de renovación; tu presencia ausente, despojada, sin interpre-
taciones. Un júbilo que, a fuerza de ser tan puro, hace daño; un dolor
que, de tan pleno, apacigua. Las caricias que nuestros cuerpos inventaran, empezaron a germinar, a florecer y a cubrir mi piel de pequeños surcos ocre, de raíces que invadían también la habitación, se des-
colgaban por las ventanas hacia los parques, y se confundían con los
árboles y el musgo tierno entre las piedras.

Regresé a la cama. El olor de tu pelo, la huella de nuestro abrazo la víspera, me hicieron buscarte —olvidando la soledad de mis manos solas— en mi cuerpo. Lo recorrí palmo a palmo, pliegue a pliegue, vello a vello, con las yemas, con la lengua, el oído y el olfato, con ojos y manos navegando —cascarón y sepulcro— al encuentro de la búsqueda. Lo que me inundó, saciedad viscosa y estéril, se extendió tristemente entre mis dedos, sobre las sábanas y el vientre. Rabioso, exasperado, tuve la impresión de haberme mutilado. Un dolor sin nombre me arrancaba del ámbito luminoso rompiendo el eje que me unía a ti en un sueño de unidad primordial. Supe que oficiaba un rito de resurrección y muerte, una forma de resumen de todo lo anterior a mí que me remitía, mucho más allá de todo lo posterior, hasta la víspera del origen tuyo.

Y lloré. ¿Qué otra cosa podía hacer?

III

Ahora estamos aquí, cercados por la luz del mediodía, en este jardín que el verano calcina, con una cerveza helada entre las manos, saboreando a lentos tragos los gritos de los niños, el olor del césped, las reverberaciones del estanque, bajo la embriaguez del sol en el cielo azul sin una brizna de aire. Se diría la gran burbuja de un pez que dormita. Los cuerpos sudados se disuelven en las canoas y tras los setos. No pienso en nada, es decir, solo en lo que veo y escucho, en lo que bebo y huelo, en la silla que me clava sus barras de metal en la espalda, en mi mano acariciando la tuya, en mi pierna contra tu muslo, en nuestros labios fríos. No pienso, me dejo llevar cada vez más adentro hacia la sensación pura: tus ojos mirando lo que miro, tu garganta por donde resbala la cerveza, tu cuerpo húmedo en la misma humedad del mío. Comunión del sabio silencio sin palabras. Solo luz, vida que se derrama y nos abre, como si estuviésemos a punto de palpar un cúmulo de acontecimientos —lo anterior y lo que viene llegando— resumidos en un gesto, en una imagen resumen también de todos los instantes. Bajo el brazo llevas libros —hoy has estado en la biblioteca—, o un disco cuyas canciones perseguimos en otras músicas; y hay días en que tus dedos rasgan sobres y tus ojos leen cartas que después guardas celosamente entre las páginas de tus cuadernos. A veces, cuando vienes a encontrarme, con las mejillas arreboladas y el pelo revuelto, mustia o alegre, charlatana o distante, según los vientos que alborotaron tus pensamientos por el camino, sé que desciendes corriendo las escaleras del parque. Dices que vivimos demasiado distraídos; no obstante, conocemos la menor de nuestras veleidades que, por otra parte, siempre nos sorprenden. Algo de rito y magia hay, en efecto, en la repetición de ciertos gestos, de ciertas actitudes, cuando logramos que el simple gozo de vivir se renueve en cada uno de ellos. Pero habría que ser menos sensibles a lo fugaz, a la grieta que nos come una mitad de la existencia sin que sepamos, por qué o cómo; habría que olvidar el carácter irreversible de nuestros actos y apaciguar de una forma real el ansia de apresar y trascender lo contingente. Sí, sé que puede ser más sencillo de lo que uno cree y que no todos los seres son por fuerza angustiados. Podría imaginar, por ejemplo, una historia feliz para cada una de las parejas que pasan frente a nuestra mesa. Hoy me ayudaría la plenitud del jardín, su atmósfera festiva, y este aspecto de miniaturas que ofrecen los grupos alrededor del estanque, en las canoas, por los senderos y entre el césped tachonado de margaritas. Apartaría a los niños cuya alegría no necesita explicaciones, a los viejos ya de por sí absortos, y a adolescentes que viven su mundo maravillosamente contradictorio y libre, donde aún caben sin excluirse todas las pasiones y las promesas. Pero si otros, los solitarios, los que viven tanteando su horizonte, los que sueñan un trayecto propio, los que aguardan con ojos tan abiertos, los que lucharon, y ya no creen más, ¿en qué momento se integran a la burbujeante indiferencia del mundo exterior creyendo así conjurarla, o deciden vivir en intimidad estrecha y definitiva con sus sueños? Habría que suprimir los plazos fijos, la mentira del calendario y las fechas que se conmemoran, para encontrar ahí, en esa intersección, cuando la novedad es estar vivo y es posible oficiar cada mañana, sin rupturas, sin el sentimiento de haber renunciado a algo. En los comienzos están los bosques, el aire libre, las esquinas; después vienen las habitaciones, las penumbras, la complicidad de los secretos a media voz. El encuentro siempre es único, cualquiera que sea la época, el esfuerzo que cada generación haga por revalorar el mundo una y otra vez; y si hoy estamos aquí, ¿quién puede asegurar que no repetimos las mismas palabras y con ellas no vamos alimentando la misma eterna hambre de reconocimiento? Escribir, contar historias, estar al borde del papel, detenerse, alejarse vencidos por la duda de la expresión, y perder entre los huecos de lo innombrado el impulso necesario para elevar la voz y dar a la palabra alcance. Silencios de pantano. Simas blanquísimas donde resbala la soledad en que nos deja lo inexpresado, el vacío de lo no dicho. Cuando ya no quiere ser recuerdo o ser visión, ni conjugar lo fugaz con el miedo a la muerte; cuando la palabra se niega a dragar en la memoria, a levantar diques contra el tiempo y las erosiones de la esperanza, y cuando, no obstante, la palabra intenta una respuesta, el encuentro, entonces, está en la piel. Ahí nos buscaremos, en el lenguaje de los cuerpos, en esa inteligencia de la sensación que nos enlaza al Todo, en ese regusto de eternidad que hace mezquino cualquier cálculo temporal: cuando amarse es nostalgia de infinito, los lapsos son insuficientes: un día o un año, o un atardecer como este...

Sí, sé que es más fácil hablar —aquella tarde me dejabas enredarme en las frases como si igual hubieras querido prevenirte contra la usura de la ausencia—, y que cuesta trabajo no aferrarse a las palabras, a las cosas, pidiéndoles explicación de uno mismo. Quisiera no preguntar, solo hundirme en las emanaciones que deja tu presencia en este espacio consagrado por nuestros cuerpos y por tantas insignificancias cotidianas que han ido tejiendo su malla. Hoy, sin embargo, tengo miedo de que esa red se posesione de nosotros y quedemos prisioneros de ella. Hoy abrí los ojos junto a ti y te pensé lejos, lo que sería de los objetos, de los gestos y de los hábitos si tú partieras. No te asombre, pues, si te pido que anulemos cualquier posibilidad de permanencia fuera de nuestros cuerpos, que no te detengas en las cartas, en las fotografías, en ningún obsequio, que nada se convierta en fetiche, en tabú. Sé que no será posible abandonar la morada sin que, tras de cerrar puertas y ventanas, se queden dentro trozos infinitamente grandes e irremplazables de uno mismo. Pero hoy déjame creer que cuatro paredes cualesquiera pueden resumir, de la misma manera que un gesto o una imagen, todo lo anterior y lo que viene llegando, y que lo importante está en sabernos enlazados por la resistencia de nuestros cuerpos a separarse. Hoy estás aquí y el amanecer nos llama jubiloso en el grito de las gaviotas y el batir de las olas, en las voces de los pescadores que vuelven con las redes llenas y las barcas cansadas. Tus cabellos saben a sal, mis labios recorren tu piel, te buscan, se encuentran contigo, conmigo. Y respiro, me abro al aire de la mañana con sed, con un ansia tan feroz de vida y de luz que, mírame, hablo a solas, gesticulo y doy pasos tan largos que el guardabosque me pregunta si voy huyendo de alguien. Habrá pensado que estoy loco, o desesperado. Y no sé explicarle que me colma una desesperada locura gozosa solo porque estamos vivos. Ven, vamos al estanque, nos espera el otoño que empieza a nacer y quiere testigos. Las hojas verde rojizo se tiñen de amarillo, un sucio polvo de oro viejo se adhiere lentamente a ellas. Algo que parece detenido va a precipitarse: la lluvia, el viento, las tardes frías y cortas. Esas tardes en que el cielo sobre la ciudad es un techo púrpura y las calles un pasear sin rumbo y sin rostro, tras las huellas de nadie, buscando nada, olvidados de la nostalgia de querer coincidir con algo o alguien. La luz de otoño dura poco, pero es la que más tarda en desvanecerse, la que mejor se acomoda a la bruma tibia de los recuerdos sin edad, a ese sentimiento que nos permite la ilusión de participar en el espectáculo del transcurrir. Porque la nostalgia no siempre es ese pájaro abatido que se llama Melancolía. La nostalgia dice quiero, quiero lo inapresable, aquello que ya ha sido antes y que continuará siendo después de mí. Y cuando me disuelvo en ti, te hablo, te miro, todo grita, quédate, quédate así, eslabón en este flujo y reflujo de amor y olvido, de deseo y desesperanza, pues lo difícil es el tiempo, saber en qué medida exacta, en qué momento justo, formamos una unidad con nuestra vida, con esa fragmentación arbitraria de fechas y acontecimientos a través de los cuales nos desplazamos. Hoy estás aquí, pero solo se atraviesa una vez, solo una vez se llega: la primera. ¿Qué señal, qué testimonio llevaremos sobre la frente, en los brazos, en el corazón? ¿Cómo resguardar la imagen primigenia, reanimar la luz original y bañar el ser entero una

y mil veces en la pureza del encuentro? Una mañana, en una calle cualquiera, saldré a encontrarte hacia el amanecer, una de esas mañanas
resumen de las promesas que el cuerpo y el alma se hacen entre soplo
y soplo de un aire purísimo que agita las hojas y despierta los perfumes
de las rosas y del césped recién cortado. Resumen de olores que hieren
la imaginación y hacen correr a la sangre aprisa y al deseo desgarrar la
piel desde las sienes al dorso de los muslos despertando uno a uno, sin
vergüenza, los más locos sueños de amor y lascivia. Una mañana de
sol. O al atardecer. Una de esas tardes nubladas sin fisonomía, tan características, no obstante, tan inconfundibles en su olor, en ese pequeño
malestar opaco provocado por recuerdos que no se sabe de dónde
o cómo añoran, y tan lejanos como ese mismo cielo inmemorial: un
vago deseo de no continuar, de volverse, de detener ese algo desconocido que seguramente se estuvo a punto de aprehender alguna otra tarde similar. Y tú estarías ahí, nostalgia de la nostalgia, crepitar de fuego, de lluvia. No, la verdadera vida no está ausente, está afuera. Ven,
no temas, dejaremos los lugares, las habitaciones, los bosques, los rincones pacientemente domesticados: no los nombraremos ni interrum-
piremos con una inútil invasión de recuerdos el plácido va y viene de
la espiral del tiempo. Por eso ahora quiero lentos, muy lentos los días
de la espera, monótonos casi. Después, sabremos que el encuentro
empezó a germinar en esta tan minuciosa preparación de los sentidos,
en este abrirse de par en par, sin temor, a la fugacidad... El cielo, ya sin
nubes, va cambiando su azul transparente por un azul zafíreo. Imperceptible, un abanico de rayos granate se extiende, y, al desaparecer,
llevándose de golpe la luz, sobre un fondo negrísimo, aparecen la luna
y varias estrellas. Estás aquí, conmigo nuestros muslos se tocan, el brazo bajo tu cabeza siente su peso y la suavidad del pelo, mis dedos se
enlazan a los tuyos y, de los cuerpos, apenas si sé dónde empiezan o
terminan. Miro el haz de plata que entra del atardecer, y huelo, huelo
el olor de nuestras pieles recién acariciadas, de nuestros sexos abiertos, del sudor de las axilas, el que resbala entre tus senos, el que hume-
dece mi cara, y tu presencia se levanta plena, vaho que flota y juega a
cubrir la cama, el escritorio, la ventana, los ruidos que llegan desde

afuera. Y quiero quedarme envuelto en su proximidad, en el temblor del deseo que aún sacude nuestros miembros; así, el uno contra el otro, mientras a lo lejos la ciudad va entregándose a la noche. Las chimeneas, el ajetreo de los trenes, las voces y pregones, las rondas tardías de los niños, los anuncios de neón, ascienden, se desvanecen o se fijan con voluptuosidad y deleite, despacio, en la bóveda nocturna. Llueve. Sí, pareciera que los recuerdos solo supiesen estar hechos de lluvia, pero así es: llueve. ¿Cómo hacer para que los cuerpos estén, no en el recuerdo, no en la imagen tras los ojos, sino en el lecho, en la piel, en los dedos? En la ausencia apenas cabe encerrar al tiempo ido en una cajita de cristal, prensarlo entre las hojas de un libro, detenerlo en una fotografía, y abanicarlo de tanto en tanto, hasta que se despierte y nos reintegre al olor, al matiz, a la sensación del instante buscado; o confundir sitios, nombres, fechas, lluvias, como escolares que revuelven una historia con otra y la verdadera con su propia fantasía y el aburrimiento en clase. Buscarnos hacia atrás en la memoria del tiempo para poder integrar el pasado al futuro y ambos al fluir presente, no es únicamente una necedad literaria, un pretexto para escapar a la fugacidad, un subterfugio para no hundirse en el sentimiento de la fragmentación... *Nous sommes tous distraîts parce que nous avons nos rêves; seul le perpetuel recommencement des mêmes choses finit par nous impregner d'elles*, dice aquella frase que subrayamos.

Y ahora, ¿dónde estamos? Mis manos recorren tu cuerpo, aquí, ayer, bajo este nuevo cielo a cuya luz abrimos un nuevo amanecer de tejados y de lluvias. ¿Las escuchas? Qué lentas podían ser esas mañanas, tras unas tazas de té, sin interrumpir los sueños de la víspera, aguardando las campanas del mediodía. Teníamos miedo de aquellas ciudades que no fueran la nuestra, de los cuartos anodinos con sus sábanas asépticas y sus muros consumidos. Y, sin embargo, qué sed de citarse en cualquier rincón, de anegar cualquier parque con el sudor de nuestros cuerpos; qué ansia de mirarse en todas las. parejas, de estrecharse y consagrar sin descanso todas las alcobas...

Me retiro de la ventana, y me pregunto, frente a la cuartilla en blanco, si no caeré en la alucinación de alguna de esas historias que ima-

ginábamos, si sabré hilar la nuestra, recobrar su luz original, recon-
quistar el espacio al que dimos nacimiento y, en él, hacer del tiempo
ido la palabra que se inscriba en el nombre cotidiano de las cosas, en
los silencios que acompañan, hoy, tu presencia ausente.

IV

En los orígenes estaba Cuenca. ¿Conoces esa ciudad? Su historia es la
historia de tres días, y su figura la de una iglesia: Santa Clara-a-Velha.
Sin embargo, podría ser, al contrario: que se trate de Coimbra, una
noche frente a San Nicolás. En una carta la describías tan hermosa,
tan apasionadamente bella, que fui a conocerla. Tú me esperabas en
el andén. Recorrí caminos de piedra y rastrojo, dureza seca bordeando senderos color de paja. Y ahorita estábamos ahí, en el atardecer, a
orillas del río, sin hablar, crispados. Los dos veíamos lo mismo —el
cielo cárdeno, las lavanderas en mitad de ese enorme lecho por el que
apenas se arrastra un hilo de agua— mirándolo de diferente manera:
tú, más allá, en el recuerdo de la presencia que tanto deseaste tener
junto a ti; yo, más acá, dentro de lo que contaban tus letras, pero con
tu ausencia al lado. En ese momento, bajo las gigantescas acacias —¿o
eran castaños?— que bordean el paseo sobre el río moribundo, nos
odiábamos con rabiosa convicción. ¿Por qué?

No tengo, como tú, el prurito de la exactitud; así pues, no impor-
tará que lo mezcle todo, que confunda las iglesias, los nombres, las
leyendas y hasta nuestra propia historia con la historia de los personajes del Mondego.

Susurros de amantes y sueños de boda entre las piedras del río, eso
era aquella ciudad. La otra, ocre y ceniza, tierra de olivos y de moli-
nos. Y detrás de ambas, la montaña, un sol azul, la torre rectangular,
la flecha aguda: tejados que trepan cuestas mientras las calles descienden hacia el agua.

"En el siglo ix, *Conca* era una plaza fuerte árabe que pertenecía al
sultán de Valencia. Fue conquistada por Alfonso VIII en 1177. A raíz
de la expulsión de los moros, hacia mediados del siglo xviii, la pobla-
ción se redujo a 1.500 habitantes. Hoy en día Cuenca es una ciudad

de 36.000 almas, construida sobre un espolón de la pequeña cadena de montañas de la Serranía y rodeada por las profundas gargantas de los ríos Júcar y Huécar. El clima es rudo en invierno, con una temperatura hasta de 9 grados bajo cero. Los últimos días de la primavera, los comienzos del otoño y sobre todo el verano son las épocas propicias para visitarla. En la parte antigua de la ciudad se encuentra la Catedral de estilo gótico normando, el Palacio Episcopal y las iglesias de San Pedro y San Pablo."

El libro, una guía vieja, no dice más. Lo otro, lo nuestro, fuimos descubriéndolo precisamente en los comienzos frescos del otoño. Las separaciones son malas, no cabe duda. Es difícil prever cuáles serán los nudos que, insensible, la cotidianeidad no compartida va a desbaratar. Y es que la ausencia no solo es un tambaleo brusco que pone en desorden las fibras del cuerpo y del alma; su verdadera erosión empieza cuando, una mañana, despertamos y la luz del cuarto ya es otra y los ruidos son distintos y los silencios alrededor. Tal vez nuestros hábitos, sentimientos y meditaciones no han cambiado un ápice, pero todo afuera se mueve, nos aparta, distrae, envuelve y separa. Así, dejarte ir o irme yo —¿hay alguna diferencia?— era asumir la fisura por donde se cuelan las semanas, las horas, las pequeñas nimiedades exteriores que se adhieren al cambio que impone el ir viviendo a diario una ausencia. La realidad, entonces, se convierte en lucha contra un vacío que, poco a poco, ningún poema, canción o recuerdo es capaz de llenar. A menos, claro está, que no sea la "realidad" lo que importe. Para Inés, por ejemplo, lo importante era la presencia, el olor de los lirios junto al manantial, el canto de los jilgueros, el gracejo de las lavanderas a orillas del río. Lo demás, las cartas, las separaciones, solo confirmaban lo ido, y ella quería escapar a la desgarradura del tiempo. Extranjera por su origen y religión, educada para aprender a no arraigarse a nada ni a nadie, no iba con su espíritu a aceptar una seguridad material a la que todas las voces de sus raíces se oponían por fictica. Y no es que fuera vergüenza ser judío, por el contrario, en aquellos tiempos los más apegados servidores de la Corte lo eran. Su padre y su abuelo habían sido fieles consejeros de sus Majestades, pero —a ella se lo tenían bien dicho—, a menos que se les preguntara directamente, era preferible no mencionar su origen ni hacer pública ostentación de sus creencias y ceremonias. La desconfianza era tan ancestral (¿y acaso no venía a confirmar esa actitud la reciente expulsión de los judíos franceses?) como el respeto a la tradición: "Aquel que guarda la Ley conserva su vida", repetía el abuelo, Eclesiastés en mano. Por otra parte, era imposible desentenderse de los rumores de brotes de violencia contra otras juderías, en particular durante los días de Pascua cuando se aseguraba que los judíos amasaban el pan ázimo con la sangre de cristianos recién nacidos. El problema no se solucionaba contradiciendo la ignorancia y la superstición populares. Había que mantenerse reservados, mostrarse conciliadores y, en lo posible, tratar de pasar inadvertidos. Esto último era lo más difícil, pues buena parte de los conflictos se los acarreaban los mismos judíos entre sí a causa de discordias entre pudientes familias, o por intereses económicos, o por envidias alrededor de algún favorecido en la Corte. Otras veces disputaban por cuestiones de ortodoxia. Su abuelo era de estos, e Inés asistía a las discusiones —se consideraba al padre un *descarriado*— consciente de que no era su papel, para eso estaban sus hermanos, atender a tales sutilezas, sino el de ser solo mujer y ocuparse de lo femenino. Nada más ajeno a ella que la sumisión, pero la subyugaban el ritual de las palabras, la figura del abuelo, su severidad, el respeto tembloroso y feliz con que oficiaba, y su lejanía de gigante. Su padre era recaudador, el abuelo adelantado, y a los hijos se les destinaría también al servicio del Rey

> En él, pues, reposa toda mi pena
> Tal es el cautivo que me tiene cautiva,
> y puesto que en él vivo,
> menester es que yo viva.

Así, siendo el éxodo su único patrimonio y certeza, la separación primero, y el destierro que don Alfonso le impusiera después, no hicieron sino fortalecer aún más el ansia de Inés por apurar cada día, y agudizar su sentimiento de la fugacidad. Mientras hubo cartas, vivió las cartas, pero en cada nuevo encuentro los papeles eran implacablemente quemados para vivir en la presencia, el tacto, el olfato, el oído, el sabor y la mirada de don Pedro. ¿Puedes creer que eso duró aún diez años después de la muerte de Costanza, la esposa legítima, en cuyo cortejo vino Inés? ¿Cómo fue su vida antes de llegar a Coimbra? Montañas donde la verdura recorta filosas piedras sesgadas, peldaños por donde triscan las cabras, salientes de donde cuelgan las casas y, abajo, el río, los ríos, una franja gris, un hilillo que al atardecer suelta neblinas. Calles, plazuelas, ermitas y conventos: una ciudad con dos vertientes abiertas hacia la Serranía, y ella misma cerrada, hermética, de altos muros y gruesos portones claveteados. "Inútil decir —porque ya lo sabe— que de cada fachada sale tu rostro, que, de cada recodo, de cada farol, de cada madera que sostiene los balcones de las casas, van saliendo tus ojos, tus labios, tus pechos, tus caricias, el sabor de tu lengua y el olor de tu cuerpo. Así es mi exaltación, así es como te veo. Voy a amar en la noche el goce de amarte y, en la espera, la agonía de saber cómo duele ese prolongado y lacerante rato entre pensar en ti y tenerte conmigo. Duerme en paz, si es que la paz alcanza a ser pan del amor y de dos que se aman..." Al amanecer estábamos en Coimbra, ciudad blanca y luminosa asomada de lleno a los campos del Mondego. En la Quinta de las Lágrimas todavía quedan rumores prendidos a los árboles. Si caminas por el jardín cerca del estanque, en la vereda que se pierde arriba del manantial, o si te detienes bajo algún castaño, al mediodía, cuando la luz es tan intensa y los sauces parecen más lánguidos, la sombra de los cedros más fresca y los insectos menos activos, oirás el largo lamento, las voces adheridas a la *Fonte dos Amores*. Desde palacio, por el estrecho canal —dicen— eran enviadas las cartas, día a día, noche a noche, hasta la valva de la fuente, justo ahí donde cayó cercenada la cabeza de Inés: pliego tras pliego, frase tras frase

y mientras escribía,
un alma en cada lágrima cabía,

siendo en tantos renglones
las almas mucho más que las razones.

Sin embargo, ninguno de los dos estaba hecho para el dolor, sino para la alegría de vivir. De la reserva castellana a la *saudade* portuguesa, la piel fresca, los ojos grandes, el cabello terso, las manos ávidas: así eran los dos; Inés "cuello de garza", don Pedro "muito guapo e grande monteiro", según atestiguaron las crónicas.

Apretado, sediento, se tambalea el río, se enrosca y forma charcas donde las mujeres lavan, remojan y restriegan. El aire se respira a pleno pulmón, agridulce y tibio. Las calles nos acogen y se dejan acoger. Sed de los sentidos, eternidad de lo movible. Ayer, hacia la media mañana, la mujer sacaba al sol sus macetas, una a una, sobre el reborde de la ventana. Después, una tras otra también, las fue regando. Abajo, en el traspatio —tú y yo, acodados en el parapeto de uno de los caminos que del pueblo descienden por la montaña, mirábamos absortos ese quehacer meticuloso y rítmico—, tres hombres vestidos de dril golpeaban contra el yunque una varilla de metal. Y por encima de todos nosotros el cerro, las cuevas de los gitanos, las crestas amarillentas. Y más arriba aún, el cielo blanco de tan luminoso, líquido. Hoy, apenas un poco más tarde, no encontramos a la mujer en la ventana, y los hombres ya se habían ido; pero las macetas, el yunque y la mañana con sus vibraciones estaban ahí. Preguntándonos qué es lo que le da espesor a cada uno de los actos cotidianos —regar, forjar, barrer, cocinar, acarrear—, lo que hace real a esa gente que ocupa un lugar estricto e invariable dentro de la monotonía pueblerina, envidiábamos esa seguridad feroz de los que conocen el lugar que ocupan, de los que saben la misión que cumplen: panaderos, carpinteros, labradores, arrieros, tenderos, guardavías, monjas, sacristanes, boticarios, devotas, mendigos o simplemente viejas, viejas como aquella que, si le tiras un poco de la lengua, te hablará de añejas historias, de cuando era el ama de llaves del cura y de por qué hoy solo es la guardiana de las puertas de la iglesia de San Nicolás. Y no ha de ser tan difícil regularse por el toque de las campanas, el pregón del sereno y el paso de las estaciones, por la tensión y las fatigas de un cuerpo en el que todas las partes han estado laboriosas. Aprender un oficio era obligación anterior a cualquier otra búsqueda, "por algo Dios hizo al hombre con sus propias manos", se cansaba de repetir el abuelo ante los desplantes de sus nietos que solo pensaban en cazar, montar y disputar con otros caballeros no menos ociosos. Y nadie le quitaba de la cabeza que ese ocio, ese lujo, esa excesiva facilidad, eran un castigo, la señal del abandono de Dios y de males futuros que empezaban a hacerse patentes en la misma España. Sin ser exagerada, la vigilancia sobre Inés de Castro era severa, lo justo para la única hija de una familia de alcurnia; ninguna de las ocupaciones domésticas —tejer, bordar, hilar, zurcir, hornear—, así como de las concernientes a la tradición, le eran desconocidas. ¿Qué vivió Inés antes de llegar a Portugal? ¿Un amor disimulado tras la celosía morisca de la sinagoga? ¿Y no parece absurdo el que haya huido de un encierro para caer en otro cautiverio? *Répandre sa vie dans les embrassements de l'amour, c'est jeter des racines dans la tombe*, reza un proverbio de la época. ¿Hay acaso otra manera de entrar en contacto fulgurante con el misterio? Y no es que lo cotidiano en sí sea deleznable, pero es evidente que hay otras formas de llegar al conocimiento, y cuando se ha vivido en la embriaguez de los sentidos, en la plena posesión de uno mismo, en el vértigo de ser unidad con el mundo, es difícil, doloroso, ver cómo los días van limándole aristas a la pasión, cómo la convivencia acaba por domesticar incluso el furor divino. Sin embargo, no ignoramos que es en la trama de lo cotidiano donde florece y se añeja el conocimiento. Esa gente que envidiamos nos diría que la vida está en lo sencillo, que basta tener fe en el significado inmanente a cualquiera de nuestros actos, y que, ¡cuidado!, es de locos e insensatos buscarle tres pies al gato. Y nos reiremos, y le daremos la razón a aquella buena mujer que se lamentaba porque a su hijo le dio por estudiar en vez de quedarse en el campo como se había hecho desde siempre y que, moviendo significativamente el índice sobre la sien, concluyó: "tanto pensar hace daño". Estábamos ahí, en el atardecer, deseándonos con el ardor que las palabras ponían en nuestras cartas. ¿A qué obedecía entonces esa tensión, ese escudriñarse uno al otro con tal rabia? ¿Qué locura nos llevó a negarnos nuestros cuerpos, a escamotearles el único presente posible, a esconder y rechazar la alegría de ese nuevo encuentro? Dice el poeta que la felicidad da miedo, que, a fuerza de aguardar la dicha, su llegada inminente se nos escapa. ¿Fieles a qué soledad, a qué temor, no rompíamos el silencio?

Até o fim do mundo dice la inscripción en piedra de fino granito: pie contra pie para que, según la leyenda, se encuentren frente a frente, los ojos en los ojos, el día de la Resurrección. Cuando Pedro se enteró de la muerte de Inés, se levantó en armas contra su padre y durante dos años, "en un acceso de locura, se dedicó a arrasar y a asolar la región comprendida entre el Duero y el Miño". Pero ese asesinato fue propiciado por ambos: solo perpetuándose en la imaginación popular, a través del arte y la historia, se confirmaba su destino de amantes y se redimía su incapacidad de vivir el momento presente, a pesar de sus esfuerzos y fervores. Diez años no pasan de balde, y si ella se negó a aceptar el sitio que Costanza dejara al morir —para nadie era un secreto esa Quinta a orillas del Mondego—, fue porque ya sabía que nada iba a cambiar entre ellos. Están también, no lo ignoro, las razones políticas, las rencillas cortesanas, el deseo de poder de los hermanos Castro para quienes el impedimento religioso ni siquiera era de tomarse en cuenta. Y el miedo de don Pedro a contrariar a su padre don Alfonso, más firme y decidido que su hijo. Está eso que el poeta llamó Fatalidad. Y están, principalmente, los personajes con sus velos y laberintos, lo contradictorio, lo imprevisible. Sin embargo, lo provisional puede llegar a durar siempre, y cuando le permitimos al instante que nos retenga, la única realidad es dejar ir los pasos hacia el júbilo de los sentidos. Así, ceñidos al momento, sin protegernos contra el vértigo de estar vivos —a veces hubiéramos querido no amar para no echar en falta lo amado, borrarnos uno al otro y uno del otro para prevenirnos de la ausencia—, sin preterir el presente, la primavera, el verano y la alegría alrededor, no eran sino el reflejo de nuestra propia necesidad de expansión y ofrecimiento. La añoranza entonces, esa especie de congoja agridulce, ese querer pertenecer a otros tiempos y participar en otras vidas, se convierte en la certeza feliz de una continuidad que nos incluye. Es cierto, no es el luto lo que mejor nos sienta, las heladas, o los llantos. ¿Por qué huir del regocijo y recogerse en la aflicción? "Mejor es el pesar que la risa, porque con la tristeza del rostro se enmendará el corazón." ¿De dónde sacaría el abuelo que solo con un talante adusto, grave, se permanece bueno? Sí, los viejos parecían demasiado serios y toleraban poco la algarabía infantil, el desenfado adolescente. La vida estaba sujeta a una regla de cuya obediencia dependía el sentido de ese breve lapso entre nacer y morir. Evadirse era imposible, al menos así lo creyó Inés hasta descubrir que saberse y sentirse vivo, apasionadamente vivo, era el único riesgo que valía la pena correr. Unas crónicas dicen que tuvieron cuatro hijos, otras que tres, y en las obras dramáticas solo se mencionan dos. No sé si hay épocas que favorezcan o no el espíritu lírico de exaltación panteísta, pero lo cierto es que el mundo acababa de salir de una temible peste, y esa necesidad de renovación, ese volverse hacia el hombre y lo mundano, fueron una manera de conjurar el miedo a la muerte y la sospecha de que Dios, en efecto, ya solo era materia de teólogos y charlatanes. Por tanto, no es de extrañar que don Pedro hiciera coronar a Inés dos años después de muerta, en 1375, sacándola de su sepultura en Santa Clara-a-Velha para llevársela al monasterio de Alcobaça y hacer que le rindieran, no un homenaje póstumo, sino, por el contrario, todos los honores que se le darían a una reina viva: "i allí hizo que sus vasallos bessasen aquellos huesos que avian sido manos bellas". Lo efímero estaba conjurado, y, el poder de la vida sobre la muerte, afirmado.

En los orígenes el Mondego fue ancho y caudaloso; corría entre pinares hasta el mar, y sus aguas lamían la colina donde se levanta el caserío dominado por la torre de la Universidad. Hoy, la iglesia Santa Clara se ahoga bajo las arenas que la han ido inundando a través de los siglos. Rodeada de castaños, abriga entre sus naves los restos del río: charcas, lodos, juegos de luz y viento, rumores del antiguo esplendor entre las columnas de lo que fuera galería superior, en los huecos del rosetón por donde ya asoman las hierbas silvestres, y en los ventanales vacíos del trascoro. ¿Qué historia fuimos a buscar ahí? En realidad, estábamos huyendo, protegiéndonos de nuevo contra el recuerdo y la nostalgia. ¿Y todo para qué? Para acabar añorando aún más lo hecho como lo no hecho, odiando la separación y aceptándola... El mismo manantial, dicen, alimenta la *Fonte dos Amores* y el convento de Santa Clara... ¿Cómo trazar un mapa interior que no coincide con las descripciones, por exactas que sean? Cuenca, Coimbra: dos nombres desnudos y concretos: calles que se recogen hacia la parte alta y antigua. Dos ciudades que no se parecen y a las que solo completa igual añoranza. Deslumbrada por la inmensa variedad de verdes, de árboles y bosquecillos, por la tibieza de la arena, la profusión de azulejos y los desbordamientos de *saudade* en todo esto, Inés, que venía de los peñascos, de la austeridad, de los negros y ocres, de las exaltaciones primaverales súbitas y contenidas, se dejó envolver y mecer por las "dulces y claras aguas en los *saüdosos* campos del Mondego". En su embriaguez prendió también, inevitable, la melancolía, ese no-se-sabe-qué silencioso que duele, pesa y corroe no-se-sabe-cómo. Un desconsuelo extraño que, en plena euforia, los había unido a los dos —en él tampoco era este un sentimiento nuevo— con análoga fuerza e ímpetu. Entre hortensias, claveles y rosas, bordados, versos y esquelas, pasaba Inés

> lo que don Pedro llamó
> ausencias inexcusables
> solamente acompañada
> a ratos de mi firmeza y siempre de mi esperanza.

Fue entonces, en ese aislamiento, cuando Inés comprendió el culto entre los suyos al desarraigo físico, ese insistir en que "las verdaderas raíces se sitúan en el dominio espiritual", y el empeño, por consiguiente, en guardar las tradiciones, en concentrar todas las esperas en una sola, mesiánica, con perseverancia y sin reposo. Empezó a entender el sentir de esas plegarias, mitad lamento mitad canción, que llenaban la sinagoga como manos levantadas en acción de alabanza gozosa y temerosas, al mismo tiempo, de que pudiera escapárseles alguna súplica, algún reproche. Y sintió nostalgia de esos cantos, de esos festejos en los que el servicio del Señor bañaba la atmósfera con esa luz y ese olor tan íntimos, tan por encima de las inquietudes personales. Una nostalgia que la llevaba a preguntar en sus cartas, no tanto por cada uno de los miembros de la familia, como por sus actitudes y proceder los viernes en la noche, por ejemplo, o durante alguna festividad, ¿se habían encendido las velas, bendecido el pan, respetado tal o cual ayuno? La comunidad más cercana se encontraba en Leiria, pero, dada sus circunstancias personales ante la Corte, un movimiento de pudor le impedía desplazarse lejos de su encierro en la Quinta. No concibo a Inés implorando por su vida y la de sus hijos, pidiendo gracia a un mortal acosado únicamente por razones políticas. Los crímenes por "razón de Estado" eran tan comunes entonces como ahora, y ellos lo sabían. No les obsesionaba la muerte, sino el después. Se trataba de solazarse en la felicidad presente y perpetuar el ser, su apetito de vida. Ella tenía diez y siete años cuando se conocieron, él diez y seis, y en ningún momento, a lo largo de los doce años que abarca la historia, su ardor adolescente menguó, tanto en los enojos como en los arrebatos y reconciliaciones. Así, tampoco hay nada "feroz y terrible" en lo que don Pedro hiciera con Alvar Gonçalves y Egas Coelho, los nobles asesinos: sacarles primero, vivos, el corazón, morder cada uno rabiosamente y luego mandar quemar los cuerpos. Todo estaba previsto de cara a la posteridad. Él y ella alentaron las pretensiones de los hermanos Castro y de otros rebeldes al Rey que le propusieron a don Pedro reconocer su matrimonio con Inés y entregarle la corona de Castilla. Esto, y las ventajas que tenía casar a su hijo con la Infanta de Navarra, determinaron que don Alfonso ordenara el asesinato. E Inés, enferma ya de melancolía y de añoranza, fuera del contexto de su religión, y dudando de la fidelidad de su amado, lo aceptó

—¡Quién contigo se quedara!
—Muerta quedo.
—¡Voy sin alma!

Siete puertas y ocho puentes comunican a la ciudad con el exterior. Fatigados del largo vagabundeo, sumergidos aún en el rumor de tantos relatos como habíamos escuchado, de tantas historias como habíamos inventado, regresamos, sin prisa, a la estación del tren. Unos campesinos con grandes canastos sobre la cabeza salen de un portal y se alejan por la bajada de San Miguel, mientras en el atardecer rojo y bruno sube la neblina desde el río y las luces se encienden en las faldas de la montaña. Doña Inés y don Pedro realizaron su deseo y ahí reposan, estatuas de mármol blanco, unidos bajo las mismas bóvedas en el monasterio de Alcobaça. A ti y a mí no nos espera una magnífica sepultura, el consuelo de la Resurrección, o la eternidad de una leyenda... A ti y a mí nos queda la palabra, únicamente, estas líneas que escribo, como dijo el poeta, "para hablar con tu ausencia"...

De
*De sueños, presagios
y otras voces*
(1978)

APUNTES PARA UN SUEÑO INDESCIFRABLE

Al peregrino le llamaron Rey de Justicia, le entregaron por cetro el fuego sagrado de la espina dorsal y el cerebro, por manto sobre los hombros le echaron el Bien, la Belleza y la Misericordia, y le sentaron sobre el trono del Zafiro en el medio del día entre las aguas superiores. Principio del equilibrio, faz brillante, el peregrino desempeñaba también labor de sacerdote, y extendía su gobierno, más allá de la bóveda de estrellas, hacia el lejano país de los hombres transparentes, la ciudad de los azules cristales, Jeru, morada de los seres que se dan nacimiento a sí mismos en constante transmutación. De ellos se dice que fueron su propio padre y madre, y, de él, rey-sacerdote de la jeru Salem, que encerraba el misterio de la dualidad, unificando materia y espíritu, movimiento femenino y vital aliento masculino.

Del corazón de la gran luminaria, escabel del trono desde el cual velaba por sus súbditos Melquisedec, partían los treinta y dos caminos del conocimiento, en línea meridiana, hacia el centro exacto de una gran cisterna construida en las afueras de la ciudad como un gigantesco espejo condensador de luces que revertía, transformadas en surtidores, por las estrechas callejuelas, para saciedad de los habitantes. Por los senderos viajaban, en orden descendente, palabras, sonidos azul, verde, amarillo, naranja y rojo, formando un dibujo de espirales que los hombres transparentes repetían en sus movimientos y expresaban en sus escritos con rigurosa fidelidad. Bastaba con decirlas, para que las cosas fueran enteramente, nombrarlas para ser al instante creadas: cada letra un mundo, cada mundo una emisión de voz.

E iban y venían las letras como esferas, como vasos colmados, de las manos del peregrino al rostro del espejo y a los labios de los hombres; hasta que, una vez, y no se sabe cuándo, pues se ha perdido ya la memoria de este hecho, se rompieron las fuentes y desbordaron los canales, se desarticularon los nombres y velaron los mundos, y se tiñó de humo la transparencia de los hombres pues ardieron de dolor entre los cristales. Perdió la palabra su poder de evocación y el peregrino su trono de Zafiro, y de los treinta y dos caminos, todos cayeron en el sueño como brechas pedregosas y cubiertas de cizaña. Entonces sopló un viento de penumbra sobre lo caído, y cuando el sol tornó a brillar de nuevo, la ciudad y la cisterna se habían desvanecido, y, más allá de la bóveda de estrellas, un Vacío y una Nada se miraban.

Memorias después, olvidos más tarde, creció en aquel sitio un árbol de rojas flores encendidas y blancos pájaros de diferente especie y diverso trino, signos de algún alfabeto desconocido. Bajo la frondosa copa una niña se acogió, dicen, llevando en sus manos una extraña burbuja de transparencia azul que, a veces, como incensario, balancea en el medio de los sueños de otros hombres posteriores que se despiertan para buscar, en alguno de los senderos, escondidos fragmentos de aquellas palabras de sonidos ascendentes que en su espiral los elevan hacia la presencia del nacimiento primordial, hacia la contemplación de la faz del sacerdote —rey que ya no aparecerá más en el mundo físico del Fuego destronado.

DEL SUEÑO DE UN CANTO

A Francisco Tario

La canción no tenía palabras, no se cantaba ni se cantó nunca con palabras, pero todos sabíamos lo que quería decir, lo que significaba ese apenas murmurar la música en voz alta, ese seguirla con las palmas de las manos, la punta del pie y el sacudimiento rítmico de los hombros. Dicen que la canción, un día, la trajo hace mucho, desde no se sabe dónde, un vagabundo de aspecto triste, larga barba y largo abrigo negro abierto por detrás y abotonado por el frente desde las rodillas al gaznate que era, por cierto, bien prominente. La hacía brotar de su viejo violín y se balanceaba con ella, embebido, los ojos cerrados y los labios entreabiertos, caminando, las tardes, por las calles del pueblo. Y había que interrumpir cualquier labor para escucharla hablarle a cada quien con las voces que cada uno quería oír, de ahí el profundo silencio y atención con que se veía invadido desde el niño más pequeño hasta el mayor de los adultos, el más alegre y el gruñón incorregible, el melancólico, el distraído, el estudioso, el zapatero, la hilandera, el adolescente, el enamorado y aquel que no creía en nada, el moribundo y el recién nacido. Se iba abriendo paso como una gota de agua que viniera desde los tiempos horadando el silencio de las almas para hacerlas hablar, salmodiar los acordes de un mundo desconocido y próximo al que pertenecieran y en el que nosotros, de alguna manera, habíamos tenido parte también. Y en nuestro espíritu se despejaba una brecha que cruzábamos hasta tocar un fondo pedregoso de azules arenas por el que empezábamos a transitar, ora de prisa, ora con lentitud, en busca de nuestros más recónditos sueños, aquellos que pertenecen a la memoria de edades en que los hombres conversaban con los dioses y los ángeles no se rebelaban aún. Y podía suceder que de esos descensos alguien no regresara nunca, tercamente empecinado en la búsqueda, o que la melodía condujera a más de uno a echarse por los caminos sin rumbo, con la mirada puesta en parajes fabulosos, abandonando familia y bienes, sin otra meta que la persecución de ese sueño que entre el limo garzo le saliera al encuentro. El hecho es que, mientras el canto duraba, una indecible alegría punteaba en los cuerpos y ritmos de danza arrebataban a muchos. El vagabundo no parecía enterarse de nada. Después se llegó a decir que el mismo Diablo lo había enviado porque, al irse, y no se recuerda tampoco ni qué motivó su partida o cuándo ocurrió, se olvidaron los beneficios y quedaron apenas los huecos de las ausencias, las nostalgias, las tristezas exacerbadas —pues, ¿qué las consolaría ahora y descargaría de su peso si nadie sabía ya soñar ni tararear la musiquilla?—, una nubosidad cinérea sobre los techos, más cansados y pobres, de aquel pueblo de emigrados que ningún sentimiento posterior, ni siquiera la guerra que vino a arrasar los pocos cultivos y a diezmar a los jóvenes, logró arrancar de su obstinada espera, todas las tardes, aposentados como un solo hombre en el umbral de las casas...

SUEÑO DEL PÁJARO

Para Fernando

Pues digan lo que digan Miguelito no es tonto. Sí, tiene algo crecida la cabeza, y no habla lo que hablan otros niños del pueblo, pero es porque él es un pájaro... Sí, sí es un pájaro. Yo lo he visto volar por las noches —y los pájaros no vuelan de noche, ¿no es verdad? —, y también mi hermanita lo ha visto, aunque ella es muy pequeña y no podrá decirle nada, pero los dos somos los únicos amigos que tiene Miguelito, los demás niños no lo quieren, dicen que está loco, que es idiota, y cuando baja a la playa le echan piedras y se burlan de él, porque él sabe cuándo acercarse al mar, es como si oliera la tormenta, y de seguro esa noche hay tormenta, o por lo menos el mar se pone tan negro y agitado que ninguno se atreve a soltar las barcas... Pájaro de mal agüero le llaman... Allá vive, arriba en el cerro, con su mamá que es comadrona, y a lo mejor un poco bruja, nomás que a ella sí la respetan y hasta le traen regalos, bueno, cosas de por aquí, pollos, conejos, caracoles, pescados, cocos, y ya cuando es de mucho agradecer, pues hasta una pieza de tela... A nosotros, cuando subimos a buscar a Miguelito, nos regala nueces, y este ojo de venado me lo dio dizque para alejar a los malos espíritus. Yo se lo puse a mi hermanita, que no habla, pues ella no puede defenderse y quién quita y quieran llevársela, como es tan rubia, pues, no se sabe... Sí, le decía que Miguelito es un pájaro, por eso siempre anda tallando de esos animalitos en los pedazos de madera que se deja el mar sobre la playa muy de mañana, después de las tormentas... y no crea que son cualquier pedazo de madera. Mire este, es compacto, color canela, duro y suave, ligerito ligerito, como dibujado por las mismitas olas, véale ahí las marcas, y sus ojos, si hasta parece que miran, yo creo que es el alma de Miguelito, sí, porque él me dio un pedazo de madera para que yo lo tallara, todavía estaba bien

117

húmedo y con olor salado, se diría que llegaba de muy lejos, y ya así era de largo y picudito, lo había atravesado por aquí mismo donde yo le hice las alas con un hilo y lo traía colgado al cuello, yo creo que me lo dio para que le diera buena forma y se lo cuidara, para que lo hiciera muy bonito.

Y es que Miguelito, para qué más que la verdad, es bien feo, feo y prieto, con su cabeza tan grandota y sus ojillos como de chino, siempre tan sucio, y no es que su mamá no lo atienda, pero él siempre anda por el suelo, escarbando, como que le gusta el lodo, y se pone pedacitos de vidrios en el pelo, y de cuanto barro quebrado encuentra, todo enmarañado, dizque para rellenar las cajas donde guarda sus gusanos, ¿y a poco los pájaros no comen lombrices? Yo a veces le llevo algunos, pero él prefiere buscarlos solo. Cuando los otros niños lo encuentran así, hurgando en la tierra, le pegan en la cabezota y lo hacen llorar y gritar bien fuerte, como que maúlla, y no se contenta hasta que mi hermanita le pone la mano en la cara o le acerca uno de esos dulces rojos que siempre le anda dando el tendero que porque es muy bonita y blanca... Y no, no le gusta el sol, por eso mejor paseamos de tarde y porque a Miguelito también casi nomás lo vemos al anochecer, por eso le digo que es cuando se transforma en pájaro y se va para la luna, alto, a conversar con las estrellas, a puro guiño, a revolotear sobre los techos y enviarles pesadillas a los niños que ese día fueron malos con él, y como es un pájaro, pues ellos no se dan cuenta y gritan y lloran también... ¿Qué clase de pájaro es Miguelito?... Pues yo diría que a lo mejor un chupamirto, por lo del pico tan largo y porque no se detiene ni se deja atrapar nunca... Además, le gusta lo dulce y luego anda mascando flores, que aquí hay muchas y de tanto colorido... Su mamá siempre anda cantando una como canción — "en el jardín del amor, se paró un pájaro a ver, después de picar la flor, no quiso permanecer" — y tiene llena de jilgueros la casa, de loros, de palomas y hasta una cacatúa. En el pueblo dicen que el que fue su marido murió de borracho y que le pegaba, que por eso Miguelito salió como salió. Pero digan lo que digan, Miguelito no es tonto... Ninguno como él para hacer reír a mi hermanita ni para saber cuándo se van a venir las lluvias... Y cómo le brillan los ojos y qué contento se pone con el mar bravo. Ahí es donde yo pienso a veces que a lo mejor es un pelícano o una gaviota, o algún pájaro de tormenta, hasta yo creo que un buen día se lo llevan las aguas de tanto como le gustan, un día de luna llena, todo blanco él, como una flecha cruzando por encima de las casas del pueblo, por encima de las torres de la iglesia y de la palmera más alta, como un dardo, a chupar la miel de las estrellas que dicen son las flores del cielo, y entonces yo me voy a quedar aquí a recoger los trozos de madera que traiga la marea, para seguir tallando pájaros y que él sepa que no lo olvido, que ni mi hermanita ni yo lo olvidamos ...

EL ESPANTAPÁJAROS

Y sobre todo mirar con inocencia.

Como si no pasara nada, lo cual es cierto.

ALEJANDRA PIZARNIK,

Caminos del espejo

Se sabía desnudo hasta la última hebra de paja, casi se diría en los huesos, más aún, sin esqueleto, prácticamente invisible. ¿Cómo había llegado a esa certeza? La noche le otorgaba esa lucidez dolorosa, lacerante, de despojado; la noche lo transformaba en isla, le quitaba su orgullo diurno, lo reducía a ser una sombra más en el contexto universal de sombras, contexto cósmico en el que el silencio ocupaba todo el espacio disponible, mientras que, a la luz del sol, el silencio apenas si se encerraba en su cuerpo, y no humillaba. Ya desde el amanecer, aun antes de que de la tierra se levantara el vaho azuloso y el rocío viniera a abrevarla, como si también ella hubiese corrido sin parar al abrigo nocturno y estuviese desfalleciente de sed, él podía empezar a no pensar más, exhausto, a no tener que traducir a palabras su miedo — "todo lo que sé se me escapa con la palabra imposible, como si el pensar fuera, justamente, el no existir" —, pues la palabra era un grillete que le impedía vivir abierto, construyendo con la pura mirada cada minuto que tenía por delante. Creyó que la vida podría vivirse inventándola día con día, inventándose un rostro diferente, una voz nueva, un atuendo, para ubicarse en el mundo y ubicar en él su miedo, su temor a la soledad, porque él, en realidad, no sabía estar solo, aunque su destino fuera la soledad y para ella hubiese sido creado, ahí, en el medio del campo, entre los trigales, y entonces él se ejercitaba poco a poco, a intervalos cada vez más largos y regulares, pero también, cada vez con mayor sobresalto y dificultad, resquebrajándose por dentro, como una vasija de barro y no un hato de heno, mientras al exterior lucía tan altivo con su sombrero de teja y su negra redingote, asombrando a los niños e intimidando a los cuervos, huyéndosele cada vez más la posibilidad de una presencia, de un gesto que la atrajera, un gesto que, por detrás de su hosco aspecto, fuese tibio y tierno, un tender los brazos, no así, en rígida línea recta, sino en semicírculo, para que se supiese que estaba llamando, y no espantando, ahuyentando, incluso a las espigas coronadas. Pero al principio, cuando salió todo reluciente de manos del campesino, y fue puesto ahí con la misión de guardar las futuras cosechas, él se había prometido no ser como esas aves que invocan a la soledad, para desplegar las alas y remontarse libres, y, luego, en pleno vuelo, desear con ardor una presencia —quién sabe si aterrorizadas por el inmenso vacío, por la desértica nada solitaria, por la tan gris lontananza—, y descender otra vez, súbitas, en busca de un nido. Ni tampoco quería vivir como los hombres, quejándose de lo que no tuvieron, desperdiciando lo que tienen, y dejando pasar de lado lo que podrían alcanzar. No. Él tenía claro su camino y clara su opción por la fantasía y la aventura imaginaria: conocía tantas y tantas historias que le venían desde tiempo inmemorial a través de las vidas de sus antepasados, cuyo destino fuera también neto y preciso, que no habría más que dejar subir esas voces hasta su memoria y, en voz baja, conversar con la eternidad. La soledad, siéndole su esencia, le sería un asilo en el tiempo. Él no sabía que se encontraba asido a lo informe, que el espacio a su alrededor se dilataba en el infinito, y se acurrucaba en sí mismo para escuchar el rumor de las cosas, la voz de su crecimiento, para internarse en un bosque de figuras que terminaron por serle pura nostalgia, por hacerle sentir, no que andaba en un camino firme, sino que había estado atrapándolo por la cola a cada recodo. ¿Dónde estaba la equivocación? ¿Cómo reconocer el momento justo sin que se presentara inesperado, imprevisto? La voz de las historias fue callando poco a poco, y no sabría decir ni cómo ni cuándo, si había sido durante aquellas lluvias particularmente copiosas en que tuvieron que cambiarle la paja a medio podrir, o durante la sequía en que casi se abrasó de desesperada resequedad, muñeco inútil entre el rastrojo y los trillos y yugos abandonados, o si fue en la quemazón, aquella noche de San Juan, con tanta hoguera y tanta algarabía y la chispa amenazando con dejarle sin una brizna. Algo, fuere lo que fuere, lo empezó a distraer de su atenta escucha y de su atento mirar, y entonces le asaltaron los pensamientos, en especial al caer de las tardes, cuando ya la mirada no podía abarcar en la distancia el ajetreo del pueblo, agudizándose la ceguera al apagarse la última luz en las casas. Estaba, sí, el diálogo con las estrellas y la posibilidad de soñar, pero el temor de ser solo la sombra de un sueño soñado por alguien, como un eco que le golpeara desde muy lejos y desde muy atrás, lo mantenía siempre en vigilia, al acecho de sus propias voces que, una noche de luna, se retiraron, y al parecer definitivamente. Había creído que lo cotidiano sería su escudo contra la soledad de la que, no obstante, estaba hecha su alma, o como se les llamara a los manojos de estopa que rellenaban su cabeza. Una soledad a ratos implacable, y tan omnipresente que ya ni siquiera el vaivén de los sembradores la alejaba, ni las rondas de doncellas, ni los pájaros porque ellos eran sus testigos, cruel compañía que dejaba flotando en la atmósfera su alegría de vivir, su embriaguez del instante. Y los astros se encontraban demasiado arriba, ocupados en girar, en centellear, fríos, incapaces de responder a su llamado de auxilio. Él habría deseado un calor humano, una canción, una risa de niño, pero que no lo involucraran, que no le hicieran participar a él como si también fuese un hombre, pues él tenía su tarea específica, y ya era suficiente esfuerzo el trabajo de estar disponible para cumplirla. Pensó que había envejecido, y que tal vez por eso ahora le era tan difícil estar solo, sin saber ya, para colmo, tejer más aventuras para cada día, para sobrellevar el peso de cada noche. Hasta que llegaron los gitanos con sus carricoches y panderos. Andrajosos y llenos de leyendas, bullangueros, echadores de buena suerte, tahúres, expertos en aojar y decir mentiras. Él quedó fascinado por sus costumbres, la belleza de sus bailes y el ímpetu melancólico de sus cantos, sus hablares y el misterio de sus historias, que le parecieron mucho más hermosas y antiguas de lo que él pudo imaginar nunca. Y quisieron llevárselo con ellos como a otro vagabundo, incorporarlo a su cortejo de ensueños y augurios. Era una forma de recuperar la pasión y lo abierto, sí, pero también era una forma de perderse para siempre, desarraigado... Esa noche la ventisca arreció inclemente. En el pueblo no quisieron recibirlos ni darles para comer ni venderles carbón. Esa noche el espantapájaros hizo lo imposible por durar ardiendo hasta el amanecer.

Titulado originalmente "Voces del espantajo".

Sed de mar
(1987)

Seguramente vendrá
una presencia para tu sed
probablemente partirá
esta ausencia que te bebe.

ALEJANDRA PIZARNIK,
Cuarto solo

Tengo sed.
¿De qué agua?
¿Agua de sueño? No,
de amanecer.

XAVIER VILLAURRUTIA,
Suite del insomnio

PROEMIO

Hallé estos escritos en un cofrecillo cerrado que guardaba mi padre en sus habitaciones. Son fragmentos del diario de Penélope que, a su vez, conservó Euriclea, la fiel nodriza, la misma que transcribió y anotó —quizá para referírselo a mi madre— el paso de Ulises a su regreso a Ítaca y encontrarse abandonado por aquella que le aguardó durante veinte años. La carta que Penélope le refiere a Ulises llegó mutilada, pues el mensajero fue atacado y robado no bien desembarcó con su misión. Sin embargo, no faltó quienes, sabedores del destino del envío, y deseosos de prestarle un servicio al gran Ulises —sea por conocerlo personalmente, por recibir alguna recompensa, o por simple impulso de agregarle aventura a sus rutinas—, se dieran a la tarea de recuperar algo de lo perdido. De los fragmentos del diario, Euriclea nunca supo explicar las omisiones y puntos suspensivos. Me pregunto si de su propia mano no habrá censurado lo que hubiese ofendido a Ulises, o chocado con la imagen que era menester conservar de una madre y esposa.

Yo, Telémaco, he depositado, con arreglo a la tradición, una guedeja de mis cabellos en cada una de las tumbas, he vertido miel y leche sobre la sed de sus lápidas, y he rogado por que sus almas se reencuentren en la pradera de los asfódelos, y no corran la misma suerte de esos sepulcros y esos cuerpos tan separados, tan distantes el uno del otro...

PENÉLOPE

Una imagen, persigo una imagen cuyo nombre no encuentro, persigo un nombre cuyas letras no conozco, letras impronunciables, y necesito hablar contigo, Ulises, hablar para saber si este tiempo que me invento es un tiempo real, si de verdad ya no existe la espera o únicamente he caído en otro paréntesis desesperanzado, si me estoy enredando en las palabras a fuerza de no poder oírmelas, a fuerza de escucharlas en mis adentros, sin encarnarlas, deshuesadas, remolinos de vapor que mi aliento dispersa... Hablar, sí, recobrar ese diálogo que no necesita de explicaciones para explicarse, el tejido con hilos de pequeñas cotidianidades que se fueron acumulando en el silencio y que revientan en la palabra como prismas al contacto de un rayo luminoso, y que abren, y se colorean... Hablar de lo que no tengo, de lo que no sé cómo decir, y que al decir obtengo y aprendo y toco, pudorosa, hablar de estos mis senos que se alzan hacia ti sorprendidos y anhelosos de vida, de mar, de ese mar que recorres alejándote de mi cuerpo envuelto en el recuerdo de tu última caricia —recuerdo que pronto me será un sudario—, fragmentos de sueño que vienen a irrumpir en plena vigilia lacerándome la piel, centinelas sin relevo aguardando la señal, ese juego entre la espera y el temor a que la espera termine, temor sí, porque ¿qué rostro otro que no conozco vas a traerme hollado por inexpresables visiones, curtido en tierras para mí inexistentes, cuajado del rocío de tantos ojos que te habrán visto partir en amaneceres de adiós? Y tu cuerpo, ¿con qué nuevas caricias desnudaré la cascada de su risa y estar cierta de que no se desborda añorando más sabias ternuras? Temor a que el abrazo se desmorone como barro entre los dedos, a que el olor se confunda con el frío de la noche igual como acabó por ennegrecerse la vehemencia del paño sobre el que nos amamos la tarde anterior, la última... y ya no quiero contar tiempo, ese tiempo hurtado antaño al Tiempo para consagrarlo al amor, no quiero recorrerlo en el sartal de la memoria desgranando uno a uno los encuentros, aljófar amarilleado... Al principio era el furor, una espesa ansiedad de bruma en pleno vientre huérfano de su corona y de su cetro, un revolver el lecho a la caza de tu presencia, un recorrer ida y vuelta la loma hasta el puerto por ver si, presa de igual hambre, habías dado vuelta a la proa, y llamaba, con ahogados espasmos de rabia, y maldecía al Destino con rencores de viuda, y luchaba contra tu partida como quien lucha por vencer a un demonio que, socarrón, se fue aquerenciando en este cuerpo, rebelde, y entonces era vociferar con las manos rompiendo una y mil veces la lanzadera, era soñar forzando la remembranza: "después de haber sido tomada entre tus brazos —me decía— ¿qué otros brazos sabrían recibirme?". Mientras en el salón el deseo de los pretendientes exhalaba su red de espejismos hasta mi cabellera, y yo, frente al espejo murmurando "tómame, tómame en el luminoso recinto de tu abrazo y recibe mi apasionada entrega, ininterrumpida"... era reconstruir con ferocidad un enlace tras otro, los estremecimientos, las humedades, y caer exhausta cautiva de mi demonio... Te diré cómo eran mis sueños, Ulises: un veneno de lento efecto, veneno que hacía florecer al instante privilegiado, una voz que subía a la garganta nacida del silencio de la tierra en busca de los frutos y dejando presentir la inminencia de su gozo, un grito que golpea el pecho y se escurre por las sangres, afiebrado, ¿cómo lo emitiré ahora que me dejas a merced de los días huecos, yerta y ardiendo a solas? Y no tener más que la imagen de mí misma, no saber quién soy, qué, o hacia dónde ir. Padecí hasta el límite de lo soportable por tu ausencia oyendo su andar por las venas, despacio, aprisionándome, triturándome las carnes, agostándome el pensamiento. Y sí, el tiempo del amor es un tiempo robado al Tiempo, y ese hurto hay que pagarlo, los Dioses lo exigen sin clemencia. Y no es que no supiera que todo tiene su fin: así fui educada de hecho, para no olvidar que, al cabo de nuestro paso mortal, no quedaría de la hermosura y del placer más que polvo, ceniza y polvo, y de los anhelos y acciones un leve olor acre, fugaz también, efímeras criaturas, viajeros sin rumbo que invariablemente habrán de abordar la barca de Caronte como única certeza de haber transitado por la tierra. Pero aun así, igual oí hablar de los grandes amantes rescatados, y confiaba, confiaba en que tú forzarías las puertas del No-Mundo, en que el fervor de mi impulso hacia ti nos aspirara a ambos y diésemos nombre a una estrella. ¡Qué desvarío y cómo llegó a acunarme! Creí devota en su poder, lo nutría en mi seno como virgen preñada por un soplo celeste... y tú, en tanto, huías, enfrascado en tus deberes de guerrero, olvidándote, olvidándome... Te siento, Ulises, te siento, donde acaban mis sentidos empieza el mar que nos separa, se inicia el viaje del deseo que te acerca, el vuelo de mil aves que se adentran como islas en las aguas pisando suavemente en la distancia, y entonces todo es puente, la viña que madura en las colinas, el reclamo de la tórtola, la soledad del pastor, la desnudez del árbol, el aroma del pan, las rondas infantiles, y toda la luz es tu presencia en mí... Lávame, lávame con tus manos la tristeza del cuerpo y la tristeza del rostro, polvillo de orfandad que se acumula en este largo mirar vagabundo que te busca, y al atardecer, cansado, se duerme en algún paraje extraño, regazo solitario donde no están tus brazos que lo abriguen y, poco a poco, de esperanza en abatimiento y de abatimiento en esperanza, se va quebrando y estalla... Enmudece la voz a fuerza de humillarse ruego, el anhelo se sonroja... El tiempo del amor se transforma con el tiempo en sacrilegio y exige su reparación, mas no estaba preparada, lo confieso, no imaginé que pudiera exigir tanto a cambio y tan sin prisa, que procediera tan metódica su justicia: así te di, así te tomo. ¡Y cómo dio! ¡Cuán pródigo fue! Y una creyendo merecerlo, la embriaguez, la reunificación, miríadas de caracoles en cada hundimiento del besar, plenitudes de rosa en cada despertar culminante, prodigios de luz en el tránsito hacia la entrega, y recibir, recibir el espacio entero en cada célula, el júbilo, el diálogo entrañable entre lo íntimo y lo más profundo... Hablar, sí, necesito hablar contigo Ulises, saber si invento o fue verdad, si queda en tu alma torbellino semejante, si padecen tus horas similares despojos, si flota en algún repliegue de tu memoria una barquilla que te empuje y te lleve suave hacia la esperanza del reencuentro... Hablar para decir quizá que lo irreal es esta espera, que lo que dentro se hiela no son esas semillas que aún querrían germinar, que lo que afuera se extiende no es el Océano irremediable, y tiemblo, tiemblo por nuestra propia fidelidad a la eficacia de un diálogo que se nutre de ausencias, porque ¿en qué oídos vas desgranando nuestros cantos nupciales cada día más lejanos?... ¿qué labios retienen hoy la relación de tus combates, las victorias de una búsqueda que juntos fraguamos?... Olvidaba que eres parco, Ulises, que difícilmente se expresa tu sentir, que ninguna noticia directa hemos recibido de ti, que el hijo crece sin conocer tu rostro, sin escuchar tu voz. Atrapada en un signo indescifrable, embelesada por una llama que gira y me absorbe, se me añubla el horizonte y palidezco, cualquier salida se ha venido estrechando, la urdimbre de una tela que de mañana tejo y al anochecer destejo pronto será un añico, un hilo deshilado lleno de vacío donde vendré a desmenuzarme... Hace ya demasiadas lunas que no llamo ni me subleva rencor alguno, se diría que la deuda terminó por saldarse y que su minucia de roedor invadió la médula del hueso, pues no veo qué cañamazo me sostenga. Y sin embargo, sí, de tanto en tanto algún Poeta se acerca por estos lugares, y al relatar en sus cuerdas tus hazañas, se me abre en el cuerpo una brecha: al principio era fuego, aliento de tu aliento bebiéndome a saciedad, sin respiro entre la expectación y el gozo, "es mi voz quien le impulsa con rapidez, el escudo que le defiende lleva mi nombre cincelado, se acerca, se acerca sin duda salvando todo obstáculo"... Pero tardabas, Ulises, y la tardanza empezó a cobrar su propia fuerza, a erguirse altiva, a socavar con su sonrisa la imagen de una espera cimentada solo en recuerdos. Cualquier recodo te detenía en el camino de regreso, cualquier sendero desviaba tus pasos de la gran ruta, y no era en honor mío que ganabas fama, otros brazos te seducían en su abrazo debilitándome, contaminándome de angustia, y la lucha por no sucumbir, por mantener al jinete y al corcel en armonía de trote agotó el esfuerzo, y sin percatarse apenas, uno soltó las riendas y el otro aflojó el paso. El descaro de los pretendientes excedió los límites, y terminé por confinarme en esta habitación... Hoy percibo cortadas las amarras de los puentes, el púrpura del atardecer me desnuda, la floración de los manzanos es despojamiento intolerable, los ruegos de los niños agudizan la certeza de un futuro que se abstiene, el aroma de las calles revuelve en mi boca el sabor de tu ausencia. Si antes, fervoroso, el ser aspiraba al reencuentro y se atrevía a solicitarlo como un favor divino, si la espera fue crisol donde creyose conjurada la muerte, ¿cómo vinieron a trastocarse los signos y lo que era luz se tornó tiniebla y lo alto cayó y no subió más? ¿Y si hoy estuvieras por llegar, qué podría ofrecerte? ¿Acaso anularé la derrota de mis miembros o despertará lo que ya es piedra de sepulcro? Si te acercas, la piel a tu caricia se interpondrá rastrojo; si llamas, la voz en remolinos se ahogará. Desconozco mi nombre, ¿a quién nombrarás? Ignoro mi faz, ¿dónde se detendrá tu mirada? Ni siquiera estoy segura de poder hablar, hablar, y rescatarme, reagrupar las dispersiones del ser, desbaratar el paréntesis de la separación —¿y cómo saber si lo provisional no fue, justamente, lo otro, lo de antes?—, remontar el caudal de los días, reemprender a través de la palabra el ascenso de Eurídice y desafiar a la leyenda. ¿Seré capaz de sobreponerme al vértigo de cobardía que me arrebata? ¿A qué asirme? De cierto lo mejor será callar, prudente incluso no prolongar esta espera. Y percibo con horror que, por muy tenue, aún vibro, aún aguardo insensata el milagro, ¡oh impudicia!... He pasado la mañana queriendo arremedar un ritmo, el ritmo de nuestros ardores pasados, absorta, cautiva, y he sentido gran inquietud en el aire, gran revuelo de gaviotas, y el perro, tu perro, no ha cesado de ladrar un instante. Mis manos han corrido tan veloces que el tapiz se ha concluido. Y tengo miedo, sí, algo oscuro amenaza con precipitarse incontenible. Me romperé... Estar tan cerca de lo imaginado que la realidad se ve devorada en una especie de ceguera, de desapego, y no porque coincidan, sino porque se combaten, y lo imaginado pierde su densidad de perfección para transformarse en algo neutro, brutal: hay que retroceder, huir o aprestarse a perecer en un grito de avalancha. Si eres tú lo que se anuncia, me niego a recibirlo, me niego a abrir la cicatriz en surco y que caiga dentro tu distancia. El estupor me sobrecoge. ¿Cómo, cuando ya todo era aceptación, vendrás a esclavizar mi deseo? ¿Habrá de rendirse el alma a la grosera evidencia del tiempo transcurrido, a la calumnia del desamparo? Y tú, Ulises, ¿qué luces cargas en la memoria? ¿Qué es lo que no fue vencido por los años? ¿Qué permanece intacto en su pureza original? ¿Será únicamente cansancio lo que traigas contigo para reposarlo conmigo? Me estremezco, se desovillan en el pecho nostalgias azoradas, ruge el huracán que se creyó vencido, a tal punto se engañaron mis sentidos... Huye Penélope, la pusilánime, la difusa, que no te asalte, que no te atrape el desengaño. Ya no tendrás lo que no tienes, ya no compartirás lo que no compartirás ni perteneces al mundo del que hoy se acerca trayendo un rostro desconocido, aliento de lejanías, el tacto áspero, la pupila sin memoria. Los labios que te nombren no encierran la clave del nombre que persigues, luminoso y constante, decidido, perfecto. Y tus abrazos, Ulises, al ceñirme, ¿descifrarán acaso el enigma de una fidelidad no contaminada por la ausencia?... Huye Penélope, huye, que sea el abrazo de la Hoja de Océano quien te reciba en su abrazo...

EURICLEA

Me preguntas por estas cartas, Ulises, tampoco yo conocía su existencia. Cuidadosamente ordenadas en la arqueta, sin fecha, sin destinatario, tal como las muestras, es la primera vez que las veo. No sé si haces bien intentando reconstruir lo que fue su vida durante estos veinte años, alejada de tu presencia y sin noticias, o con tan parcas y vagas; pero aun así, ¿por qué huir? ¿Acaso descubrió tras tus vestimentas de mendigo la argucia? ¿O te creyó realmente muerto? No sabría decírtelo, no me confió sus dudas, a mí, a Euriclea, la Nodriza, a mí que la ayudé durante tantas noches a destejer la tela con más cuidado que el que ponían en cepillar y trenzar sus cabellos. Léelas, léelas con atención, tal vez encuentres lo que se ocultó a los ojos de esta vieja que creyó conocerla tan bien y que se sentía tan segura de sus secretos... Y sí, escribía. No recuerdo cuándo empezó a hacerlo, ni cómo vinieron llegando los papiros uno tras otro, el tintero, la pluma, los polvos secantes. No le di importancia, "recopia versos —pensé—, otra de sus nostalgias". Sobre ellos pasaba los amaneceres antes de salir a la playa, antes de que nacieran los rumores del puerto y los despertares de las casas. Ligera partía y ligera tornaba. Sola, sí, no me permitía acompañarla, tibia aún del corto y profundo sueño durante el cual no apagaba la veladora ni cerraba la cortina, soplara o no el viento, primavera u otoño. Tampoco sé si se encontraba con alguien. A veces regresaba pesarosa, es cierto, otras, con aspecto de chiquilla. Y tú mismo la miraste esa noche, altiva, el pelo guarnecido, engalanada como una novia, con tal recato, se hubiera dicho, en efecto, que la aguardaban esponsales... ¿Por qué abandonar la sala incluso antes de ver quién doblaría tu arco? Pregunta tú a la Hija de Océano...

... y tengo miedo, sí, ¿no habría de confesarlo? Un doloroso y profundo miedo que me obliga a alejarme de ti, a desear no desearte más, miedo a

que tanta espera se me estrelle como un fino cristal dentro del pecho...
Dijo el bardo que tu barco enfiló estas costas, mas ¿cuántas veces ya recibimos la misma nueva sin misericordia alguna? Se diría que te complace torturarme, que en mí vengas no sé qué oscura afrenta. ¡Ay! ¡Quién pudiera devolverte el amor de madre y me perdonaras! Si por lo menos te atrevieras a decirme con firmeza que me he equivocado, que no espere, que no llame, que amarte es inútil porque solo muevo en ti lejanía, que vivo en un espejismo porque tú eres un espejismo...

Piensas que tenemos miedo cuando alguna vez temblamos en el abrazo, Ulises. Aquel que me llenó los senos de leche ni siquiera preguntó mi nombre, aunque juró que con nadie había gozado igual. Y yo le creí, ¿por qué no? La mañana era hermosa y estábamos solos con el día por delante. Cociné para él e incluso zurcí su astrosa pelliza. Todo lo recibió sin sorprenderse, porque así se espera que una mujer haga su oficio de mujer. Le tendí junto a mí en sábanas que tejió mi madre para bodas seguras, y, de haber permanecido, seguro me habría reprochado más tarde una entrega tan ferviente y tranquila. Pero se fue al amanecer prometiendo regresar a la caída de las lluvias. Mi vientre maduró su gozo mas el fruto nació seco. Así entré al servicio de esta casa, lo sabes. Mi historia no es tan vulgar como querrías creer, aunque nosotras preferimos que nos midan con el mismo rasero. Si no van a tasar la diferencia, ¿para qué develarse? No hay peor ciego que el que se niega a ver. Si Penélope tuvo otros amantes, lo ignoro, aunque no sabría reprochárselo: era una forma de encontrarse contigo, o consigo misma. Ella me preguntaba si era posible guardar la imagen de un ser querido sin perder su olor de cercanía en la piel. La asediaban los olores. Sacaba del armario tus vestidos y husmeaba en ellos, se cubría con ellos. Algunas noches se asomaba a la miranda y extendía los brazos, su voz se alzaba lamento sobre las colinas, horas canturreando, gimiendo... No, no parece que dijera nada específico, era un arrullo, como quien reza y pide perdón. Después retornaba con furor al telar. ¿Nunca recibiste sus mensajes? Largas y estrechas estelas bordadas en bastidor de maneras de olivo donde te hablaba de menudos acontecímientos, el vuelo de los pájaros migratorios — ¿quién hubiera dicho que con ellos buscaba huir? —, los renuevos en el campo, el zarandeo de la mies, las crecidas en el venero, tu hijo dando maromas con el perro. En cuanto a sus sueños, se expresaban en la fina crestería que remataba la labor, ahí, en el briscado, en delgados hilos de oro y plata retorcidos hasta herir los dedos, gruir de aves moribundas, olor de los frutos almacenados, signos de amor contenido...

... tu ausencia como serpigo maligno me cubre, seroso, imposible de velicar, nada me lo sacará del cuerpo, cuerpo en pena, sí, ¿por qué no decirlo también? ¿Desplegarás tus velas hasta mi isla? Nubes de otoño cruzan el cielo cuando aún es verano la luz... Necesito lluvia para apagar este ardor que me consume, y años, tantos años como noches has pasado ausente de mi cuerpo... "¿Me darás luz de amanecer en el crepúsculo?", pregunta el Poeta, y yo respondo sí, me la darás, me bañarás de sed, me cimbrarás con viento, floreceré de sol y pacerán rebaños sobre mi vientre nuevamente. Me esparciré bajo el cielo como una nube en luna llena sin nada que la ciña, y me ensancharé en esa entrega... He empezado a pensar en ti como en alguien de quien ya me hubiese despedido, pero olvidé preguntar a Cronos la hora de tu adiós... Extiende sobre mí tu manto de amor y cúbreme, hoy quiero amarte con rendido apasionamiento, coronar tu cabeza y engarzar tu rostro con nuevas caricias nunca dadas, únicas, en tu piel, tus párpados, tus labios que se abren entre mis labios, caricias donde tu sed beba y se incline tu frente sin cansancio, hundir las manos entre tu pelo y sembrarlo de trigos, descender, después, como quien escala una cima, con expectante anhelo, hasta el cáliz de tu vientre y albergar ahí el fuego que nos desborde a ambos, balbuceo de prismas, fuentes que se rompen solo para correr mejor hacia su centro... Extiende sobre mí tu manto de amor, hoy quiero amarte con minucioso desprendimiento...

No, Ulises, hay cosas que no pueden devolverse con las palabras. Igual quizá no hubiese durado, convéncete, ni su dolor ni sus alegrías te pertenecen ya. Tus ojos vagaban llenos de otras tierras lejanas, y ella estaba demasiado cerca del recuerdo y del silencio. Cuando tejía que-

EURICLEA

ría apresurar, con la rueca, el correr de los días, como si en el impulso del pedal fuera a encontrar la respuesta que sus dedos se empeñaban en sacar de la burda lana. En el hombre la fidelidad se reduce a una mezquina certeza: necesita del cuerpo a manera del ancla, y a la madre, por supuesto, y una tiene que mentirse y esconderse dentro de la grieta que es nuestro llamado a la Vida, la voz de Diosa que recorre nuestro orgasmo. Y es esa la voz que el hombre busca. ¿Acaso piensas que en nosotras todo gira alrededor de la caricia? Mas si la evidencia nos traiciona es porque esperamos que a través de ella ustedes vislumbren el otro puente, ese que conduce a lo invisible y a lo más secreto —la urna donde madura el grano de cebada, purpúreo don de Ceres—, ese que ninguno se atreve a cruzar, tan angosto sobre el abismo que parece tendido como al desgaire. Y siempre quedamos truncadas. Somos más vastas que el océano que recorres, Ulises, y más frondosas que un bosque de encinos, aunque te conformes con navegar por una acequia y con talar un árbol para construirte un albergue. Nos tomas por un atracadero y, distraído, avientas tu amarra todavía lleno de los silencios de alta mar. Nuestro error está en haber esperado tanto y salir tan ansiosas al encuentro cual si de verdad la barca se hubiese apresurado a tocar tierra firme. En realidad se diría que un escollo la detiene: hincas el galardón con título de propiedad y nos ciñes a la ribera... Penélope oscilaba entre todas las oscilaciones con que oscilan los amantes: rabia hacia tu ausencia y hacia sí misma por mantenerse esclava en la espera; tierno canto de tórtola que se arrulla en la esperanza; deseo, deseo cual fruto desgranado de su corteza, y rechazo de ese deseo, de esa sensualidad a flor de piel irradiando su vibración de pulpa sabrosa sobre el deseo de los Pretendientes... Y yo, la vieja Euriclea, también yo vivía en las noches el rumor de ese deseo extendiéndose con temblor bajo el cielo perfumado, confundiéndonos con el canto de los grillos y el parpadeo de las estrellas que respondía a ese canto... Algo se nos abría dentro hasta el límite de las lágrimas: el impulso de besar unos labios, de beber unas caricias, de tomar un rostro entre las manos y disolverse en los ojos fijos, en los ojos hasta fundir las miradas en una sola luz, una turbación igual a la voz del que llama pidiendo rescate... Y en verdad naufragábamos, ondulábamos desde el crepúsculo como esas luces del atardecer que ya conoces, blancas sobre los acantilados revirtiendo la azulidad de las aguas, se diría que la noche sube desde las profundidades del océano al encuentro del astro que se sumerge color de urchilla. Fuimos al oráculo. Sin darnos a conocer, la adivina vaticinó que tu destino no estaba inscrito en la palma de su mano, que tu vida y la de Penélope no se cruzaban salvo en un punto remoto, un encuentro que había sido, o sería, apenas el espejismo de un narciso, el embeleso de Cora ante las doradas campanillas en su erguido tallo, el arrobo hipnótico y dulce de su exhalación. Una dicha efímera, un don caduco. Después, el rapto, el descenso al mar violeta que se hunde en los mundos de Olvido, la tierra estéril, una desolación donde no maduraría el trigo y la cebada brotaría pálida, seca igual al cabello de los locos: el planto de Deméter. No preguntó nada. Endurecida, abandonó el lugar; atónita, caminaba sin ver el camino y sin escuchar mis ruegos. Pareció primero que su asombro hubiese crecido hasta convertirla en piedra, sorda, muda, negra. Llegó aquí y vació los arcones con tus pertenencias —a duras penas impedí que las echara al fuego—, limpió cualquier rastro de tu presencia y cortó sus cabellos como una viuda. Desde el puerto oteaba el confín con avidez helada y filosa...

... me quedé atrapada en el viento. No llamo a un nombre, clamo por una presencia... Un halo iluminado forman mis muslos cuando rodean tu cintura y crece la flor pétalo a pétalo hasta apretarse en un nudo que estalla desbordando el umbral, anegándolo en aguas de esplendor y delicia, línea que se abre hasta formar una flecha cuyo arco desde la espalda en tensión la sujeta para lanzarla en movimiento de oleadas sucesivas hacia el piélago del placer, promesa de un florecimiento en la fecundidad oscura de las savias... A veces se me pierde en las venas el impacto de tu voz, y quedan las sangres preñadas de luz, caracol que rumorea el fluir de esferas reverberantes en la memoria cuando repercuten en mi cuerpo las palabras murmuradas... Mi cuerpo, vaso roto, clama por los labios que sellen sus fisuras, lejos de ti se desmorona, se ahueca sin amanecer ni crepúsculo... Y esas tardes en que llegas a tomarme en los brazos, círculo de golondrinas que se despiden de la luz gozándola en sus últimos destellos, ¿adónde irán esas tardes que acumulamos? Tardes cuyas huellas pisan en el silencio e irrumpen en la soledad de otras tardes sin rostro, ambiguas tardes sin tu presencia, ¿acaso no es ahí donde van a caer, ahí, en el vacío del tiempo en que ausente tu cuerpo no me recoge en su abrazo?...

Hubo quien se acercó a ella sinceramente conmovido por su luto; y no solo por la promesa que su posible viudez encerraba. Sí, Ulises, fue amada, y sin el cebo de la retribución. No toda entrega se resuelve en la rendida caricia. No toda espera es reencuentro de soledades. Hubo quien recreó a Penélope en su mirada, y la encontró y la obligó a cobrar existencia. Hubo quien la llamó y removió su asombro nuevamente, y vertió un hilillo de agua dulce en su sed de mar...

... no apresuras nada porque piensas que Ítaca está ahí, somnolienta bajo su espera. ¿Qué sabes tú de la fidelidad? ¿Acaso crees que porque a mi cuerpo no lo penetró otro cuerpo te pertenezco devota? Hombre que conoce una única arma para poseer. ¿Qué sabes tú de mis sueños y de sus secretos vuelos? Para humedecer mi vientre no requiero solo de tu semen, ni solo de tu saliva para sazonar mis pechos. Todavía puedo levantarme y gritar "no quiero"; el cuerpo está ahíto de las quemaduras de la ausencia, ¿a qué esperar aún? Otras caricias podrían vendimiar mis ternuras, otros abrazos soportar el racimo de mis brazos, otros aires hinchar el velaje de esta ansia de dulzura. Cual viuda de guerrero vivo, ¿a qué Dioses complace la huella endeble de mi paso en este punto? Todavía puedo levantarme y gritar "no quiero", puedo, a fuerza de amar, odiar, y no perdonar el que me hayas dejado ir, abstraído, como quien deja escurrir polvo de arenas entre los dedos. Me importa menos saber que reposas tu cabeza en otro pecho que el desperdicio de mi propio seno, el derrame inútil de su calor en el vacío de las noches y en ese penoso rescate de mí misma que llevo a cabo cada mañana. Aborrezco la ligereza con que me abandonas a la ausencia, día tras día, como si ella fuese mi verdadero amante. Necesito saber cuándo terminará esta espera por ver si encono mi rencor o si le permito disolverse en el júbilo de la existencia, precario júbilo del pájaro que goza su libertad de prisionero de los cielos. Aborrezco este cotidiano sollozo en mi garganta, roto batir de alas, ¿acaso nunca sabrás que maté en el sueño al mensajero del adiós? Creí que mi ardiente amor despertaría un eco de su brasa en ti y dejarías de huir... Quiero romper las olas con pies de gozo y mojarme los labios en la sed de mar, olvidar la lúgubre cosecha de vigilias inclementes. Quiero, sí, quiero henchirme de grano ennoblecido y que brille en mi pelo la amapola, danzar con reverente alegría en las celebraciones del vivir, y dejar atrás, sin culpas, las penurias de tu propio deambular, este espiar tu andanza con la sensación de participar en ella igual a una Casandra loca. Olvidar tus sirenas y mi tejido, el decreto de los Dioses y sus designios, las determinaciones de los astros... Si de nuevo te llegaras a mí, no me entregues tu abandono, bríndame tu cercanía dispuesta, templada en el deseo de poseer el tiempo del encuentro en cada uno de sus instantes por entero en plenitud, no sumerjas nuestros cuerpos en el sueño si es tan breve el abrazo que nos retiene en un lecho momentáneo. Ábreme al horizonte, embárcame contigo, átame con finas hilas de ternura y tómame agua viva, fruto, fuego, y tiéndeme los brazos para que me llegue a ti, amanecer de primavera...

Sí, Ulises, hubieras llegado absorto en tu aventura a relatar sin prisa sus peripecias. No regresaste al abrazo, retornaste al hogar y te deshiciste de los Pretendientes para mejor recogerte, único habitante, en el seno matricial. ¿Pensaste alguna vez en el rostro de Penélope, en las huellas que iba dibujándole un tiempo de insomnios? Aquí te aguardaba ya una desconocida que, lejos del amante, se había llenado y vaciado en absoluta soledad. Ni sabes lo que tomó de ti, ni lo que te dejó, y el verdaderamente desposeído eres tú, tú eres el abandonado Ulises, el desasistido. Ella decidió hacer de la espera un océano para navegar en él, henchidas las velas por sus propios vientos. Ella zarpó, un poco después de que llegaras, al encuentro de esas mismas islas que así te retuvieron veinte años, Ulises, veinte años desde que embarcaste rumbo a Troya...

ULISES

Para mí el adiós no fue una separación, una partida. Decir adiós es alejar a la muerte, desafiarla, reducirla, deshacerse de ella porque ella se
deshace de sí misma. Decir adiós, avisan los poetas, es el más fuerte
de los asideros, la medida mayor de la resistencia a separarse. ¿Y se
acaba un adiós? No tenía por qué dudar de su fidelidad, por qué temer
al olvido: habíamos creado un puente que ambos sabríamos atravesar
de orilla a orilla sobre el río de la ausencia — ¿acaso no estaba nuestro
lecho tallado en el corazón del olivo, y en torno suyo labradas las paredes de nuestra morada, símbolo de unión indisoluble? —. Estábamos
tejidos el uno con el tejido del otro. ¿Qué temor iba a haber si entre Penélope y Ulises todo era justo y recíproco, paralelo el impulso, la pasión
y el coraje, hermano el espacio de los sueños y unas alas que nunca
fueron lastre? Lo que nos ofrecimos no se tocaba con las manos ni se
retenía en la boca con afán de posesión, el rostro era un rostro uno y
el cuerpo un cuerpo único, infinito, piadoso. Nuestros encuentros eran
nupcias, idéntica la alegría sagrada y salvaje, los golpeteos de la vida
viviéndose... Con el recuerdo no se juega Euriclea, so pena de caer en
la Ybris y alertar el celo de los Dioses. ¿Por qué habría yo de desgranar
ahora lo que fueron los días de nuestro amor? ¿Acaso hay palabras para
describir lo inefable? Llevaba el alma llena de esa visión, ¿qué otra
habría de ocupar lo ya ocupado?, ¿qué mirada?, ¿qué nombre? Nunca
dejé de saber de ella. No había intermitencia posible. Y no eran noticias, estoy cierto, lo que uno esperaba del otro: la medida de su necesidad era la medida de mi necesidad. No hacía falta agregar nada... Me
reprochas, Nodriza, que yo no permanecí fiel porque sucumbí al hechizo de brazos ajenos y recliné la cabeza en otro seno, pero yo no creí
perder el cuerpo de Penélope en otros cuerpos, hasta que sentí que
bien podría ella haber perdido el mío en el cerco de manos extrañas
alrededor de su cintura. Entonces el retorno se hizo premura... Dices

que fue mi orgullo golpeado y no el amor quien me empujó. Eres injusta sin embargo. Nosotros llevamos los ojos puestos en el horizonte porque sabemos que un hilo fino nos ata a la orilla y nos permite ir cada vez más lejos. Y no es que no sepamos sino alejarnos de lo que amamos, siempre en busca de un deber que cumplir, siempre queriendo sobrepasar nuestros límites: la mujer nos empuja a ser íntegramente hombres — ¿acaso no es al contacto de la Madre como recobra fuerzas el Titán? — y, no obstante, en el último momento, merced a un oscuro impulso, pretende retenernos y cortar las alas para poder cobijarnos nuevamente. Nos da vida y nos da muerte con igual pasión. La mujer vive el amor en las aras domésticas y le otorga una finalidad mágica. Para nosotros es conquista, entrar en el laberinto y enfrentar al Minotauro, y en ese cara a cara el amor ya se ha desdibujado: es nuestra voz la que se escucha, nuestro miedo indefenso, es la vulnerable soledad la que hay que vencer a solas, sin filtro, sin hilo, midiéndose el ser consigo mismo, hasta la victoria. La tierra no da generosamente si antes no la has laborado, no entrega sus dones si primero no te le has ofrendado tú, siempre sedienta en su triunfo de mujer. Extraño intercambio que los cielos no piden... Hijos y esposos de la Madre en cuyo seno consumamos posesión, nacimiento y muerte. Por lo mismo, Euriclea, no hay camaradería posible entre un hombre y una mujer, no la hay, Nodriza, no la hay... Circe me lo daba todo, la hechicera, y no me permitía, a mi vez, dar nada, colmado me hundía en sus dádivas, anulado, inútil. ¿Qué podía yo entregar? Así nos someten y copan nuestro coraje que se debilita como un niño de pecho. Calipso, en cambio, me espiaba, su solicitud era un ojo incansable: mis movimientos, mis gestos. Incluso cuando pretendía estar en sus ocupaciones y yo vagaba por la isla: en el ocio y los deseos me sentía prisionero... ¿Dices que en el fondo me complacía esa prisión porque yo dominaba su cuerpo donde mi lascivia recalaba? No sé, a veces parecía yo un loco que extrañara su propia alma. Me sentía usado. Ella no me amaba por lo que yo era y podía darle. Tenía exigencias incomprensibles, nada la contentaba, quería oírse hablar y que yo la escuchara. Mis sueños la tornaban mohína, pero si era yo quien se impacientaba, entonces recurría a la argucia de hacerme relatar alguna de mis aventuras, aquella en la que hubiese puesto mayor ímpetu, y así me arrinconaba en el pasado inmediato y, concretamente, en ese intervalo en el que los hechos eran puro presente, acción, combate, ahí donde habíamos vivido olvidados de nuestros lazos y anhelos, y yo sucumbía... Llevas razón, Euriclea, nos pierde la vanidad, necesitamos del espejo que la mujer pasea ante nuestros ojos para enaltecernos, creer como dioses y recibir el tributo... A veces no era yo el relator, sino ella mimando los acontecimientos, y en verdad que su capacidad para recrear el espectáculo me fascinaba, no en balde ponderan en el Olimpo sus artes, mas tampoco en esas ocasiones se prodigaba para mí, sino para ella, para mostrar su poder y embelesarme. Yo aborrecía su artificio y buscaba humillarla, sí, pues no hay atadura más estrecha que ese juego de mutuas vejaciones y mutuos reproches, juego de enconos que mantenían a la mente laboriosa aguzando el ingenio para las nimiedades que se iban a revertir gigantes en acusaciones, que vendrían a estimular el péndulo de la reconciliación. Porque también hubo la obediencia al placer de los cuerpos, no lo niego, la pura obediencia exhalándose sin restricción, fiel únicamente a su necesidad y a su gozo, tomando del deseo su alegría y su furia de potro, entregando en la caricia su ardor incontenido, explosión de vértigos, complicidad de rivales que se rinden en el mismo choque de espasmos, vencedores y vencidos, tregua sin igual donde reposan las sangres y los alientos después de la contienda como un único escudo y una única lanza... Siete años permanecí embelesado, es justa tu recriminación, Nodriza, siete años esclavo de esa poderosa tentación que nombran Felicidad, mecido como un inmortal, sin dolor ni añoranza, entre los contentamientos del placer, aturdido por su ronroneo de medias frases, cegado por su parpadeo de chispas sonoras... Pero al cabo del tiempo empecé a dejar que el silencio escribiera en mi corazón para poder escuchar las voces de lo lejano, las voces del hogar y del hijo, las voces de esta tierra, tu voz, Nodriza, la sombra de los olivos, los viñedos. ¿Con qué palabras te describiría cómo fue penetrándome la añoranza hasta transformarse en una delgada lasca que deambula por las venas? No solo una vez en la vida llama el Destino, mas ¿cuántas de esas llamadas somos capaces de escuchar, de seguir, de obedecer? ¿Acaso sabemos con claridad lo que nos es necesario? Sombra pasajera somos, fantástica ilusión, sonámbulos giramos alrededor de lo que nos deslumbra y dueños nos creemos de lo que nos agita ciego. Y sí, la herida de la ausencia cuyos labios mantenía cerrados a fuerza de coraje, se me abrió entera, llegué a sentirme expulsado del mundo y desperté a la posibilidad de no tener nunca más a Penélope entre los brazos, y ese fue otro dolor, un espanto sordo más allá de las lágrimas y del grito, una perplejidad, un desconcierto de ebrio, un tambaleo de las vísceras cual si se hubiesen salido de su lugar en el cuerpo, dolor presente de la ausencia pasada y futura, dolor de las manos huérfanas... No estaba preparado para imaginar la ausencia, Nodriza. Durante el sitio a Troya la mente vivía las cotidianeidades de una guerra fría y las minucias de la actividad en los campamentos para entrenarse y distraer las tensiones inútiles acumuladas, vivía los juegos, las mezquinas intrigas, las propiciaciones para congraciar a los Dioses, los ardides para doblegar a la ciudad y a sus habitantes. La misma prisa porque la espera concluyera hacía insensible el paso de los días, pues siempre se presentaba algo nuevo para engañar a la impaciencia de los que aguardábamos el futuro que sentíamos cercano porque queríamos tocarlo: era la fiebre de la muerte o de la victoria... La otra espera no la conocí hasta que se inició el camino del retorno a merced de la duda y los caprichos del azar. Dejé de ser un héroe para convertirme en un hombre que regresa al hogar atado, desde lejos, por la espera de Penélope, y en lo inmediato por las trampas que los Dioses ponían a mi paso. Entonces aprendí a imaginar lo probable, a jugar con lo que pudo haber ocurrido durante la ausencia... Tarde despertar a destiempo dirás, Euriclea, es cierto. Piensas que bien pude haberme sustraído a los embelesos, a la demora, que diez años al servicio de una guerra que hoy parece injusta e inútil fue tiempo suficiente para reflexionar y experimentar esa desesperación sorda y rabiosa que duele en el desvivirse de los cuerpos separados, y me recriminas el haber perdido diez años más sin protestar ante la arbitrariedad de los Dioses que castigaban y ponían a prueba mi engreimiento de héroe, impidiéndome el regreso al hogar pero arrojándome en la voluptuosidad de los peligros y las aventuras, porque, es cierto, no negaré que había una cierta voluptuosidad en ese ir venciendo obstáculo tras obstáculo, en ese ir midiendo mi astucia con la fuerza cruel y bruta de los elementos desencadenados, o de seres como los lotófagos y los Cíclopes, en rivalizar con hombres y semidioses buscando la experiencia nueva y el conocimiento, voluptuosidad en esa lucha de la voluntad y por domeñar sus limitaciones y las debilidades de un corazón atemorizado, esa misma voluntad, dices, Euriclea, que me salvó del canto de las sirenas pero no de la tentación de abandono en los contentamientos del amor, en los espejismos del instante fugaz que se quisiera exprimir dulce fruto entre los labios... ¡Ay Nodriza! Fuimos creados para amar la belleza, para contemplar la tranquila superficie de lo quieto y perdernos en ella. Y la belleza es una planta de adormidera... "¡Búscame en la imposibilidad de contenerme!", dice nuestra nostalgia de infinito. Tendrías que haber pasado noches completas bajo los cielos en medio del océano para saber cómo se te va llenando el alma de esa voz que te proyecta tan atrás y tan adelante en el tiempo y merced a la cual pierdes memorias y deseos para ensancharte hacia edades donde caben todas las preguntas y los sueños nunca realizados, más allá de la existencia de los Dioses, olvidado de sus querellas y de su continuo inmiscuirse en las nuestras, puros del rencor guerrero tan vital no obstante, impulso que enaltece y glorifica. No, ahí en la mar océano ya no eres tu propio ser, sino el ser de mundos ignotos, hermano de la estrella, brillo de su brillo, palpitación silenciosa, y tan elocuente, Nodriza, tan palpable... ¿Qué era el principio y cómo vinieron las cosas a nacer? ¿Qué Orden anterior gobierna el orden del universo y el orden de los Dioses? Un día basta para abatir la grandeza humana y un día basta para elevarla, ¿qué es pues nuestro paso por la vida? Las sombras de los muertos evocados por mí en el paraje cimerio alrededor de la sangre del sacrificio eran pavor de vacío, sed de hálito vital y de sol resplandeciente. Tuve lástima y compasión de la nada de olvido en que deambulaban resecas y enjutas. El pálido terror se enseñoreó de mí sabiendo que habría de pasar a formar parte de aquel cortejo, y, no obstante, ya había yo rechazado la inmortalidad de manos de la Ninfa y de las de la Maga... ¿Cómo es la vida de un inmortal? Una búsqueda que se ata con razones implacables. Este es el ser que me estaba destinado, Euriclea, el de héroe, astuto, marrullero, infatigable, y yo quise cumplirlo hasta el final. No se es el mismo después de haber matado a un semejante, criatura de un día al igual que uno, y no se es el mismo después de haber asistido a la saña con que el Destino puede obnubilar nuestro albedrío y nuestro entendimiento. Nunca sabré perdonarme la locura que por mi causa afrentó a Áyax, y siempre admiraré el coraje de su rebeldía ante la adversidad y la fuerza del hado; no fue arrebatado por la Parca al término fijado para sus días, sino que él se arrebató a sí mismo recuperada la lucidez y en la plena conciencia de su voluntad... ¿Y cómo es el dolor de un mortal?... No, Euriclea, no estaba preparado para imaginar la ausencia... "Dioses, pedía, agua para mi quilla, aire para mis velas, quiero partir veloz hacia el encuentro." ¿Y qué obtuve sino el desencadenamiento de la furia de Océano? Sí, yo era un hombre cansado deseoso de ver el humo de su país natal, y, es cierto, reconozco que el ansia de partir nació porque la Ninfa ya no me era grata, y que, después, no obstante mi añoranza, los lazos amorosos de Circe me enredaron nuevamente los pasos del retorno. Sabía que Ítaca me esperaba fiel y en ella el abrazo de Penélope, y en esa certeza se recreaba mi ánimo y fortalecía el espíritu... Unilateral gozo dirás, porque no pensaba en la espera de ella, en su vigilia, en sus sueños consumidos. Pero quizá no era así, ¿acaso hubiera podido vencer los obstáculos y las enemistades del Sino de no experimentar la seguridad de nuestra morada, la solidez de sus muros y el calor que entre ellos Penélope guardaba? La menor vacilación, la menor duda me hubiese consumido al instante, como empezó a quemarme la carne ese "nunca más" insidioso entre mis manos nostálgicas de su estrecha cintura. La inalterable presencia de Penélope ocupaba en mí un espacio que se colmaba sin necesidad de verificarse, y ella no tenía por qué ser comparada con nadie porque ningún otro gesto alteraba la imagen de su rostro tras mis pupilas, ningún otro fuego apagaba la llama serena de un arder insensible a la distancia en el centro de mis acciones, como una brújula y un faro... Y hoy me anuncias, Nodriza, que Penélope se ha ido, y me entregas unos papeles que dices escribió durante mi ausencia. No renové mis armas para encontrarme con lo inesperado, ni vencí a los Pretendientes solo en aras de unos celos acumulados. Estoy aquí porque Penélope ha sido la guardiana de mis raíces. ¿Puede el sembrador entregar su semilla sin depositarla en el surco que la fertilice? Yo soy el que vine a ser nombrado con mi nombre por sus labios, el que entra de la errancia a la morada, el padre del hijo y el hijo del esposo, soy el que llega a recobrar aliento, el fugitivo que no temió cruzar la noche cobijado en la esperanza de la aurora, el desnudo que penetra en el recinto para ser purificado... ¿Dónde se recogerá la mies que cargo a mis espaldas y quién compartirá conmigo la hogaza preparada? ¿Qué voz responderá a las voces que de lejos traigo inquietas por nacer? ¿Qué oídos liberarán a la palabra subyugada, sumergida en el dolor del silencio que me deja su silencio?... ¡Ay Justicia implacable! Incorruptible Tiké, entiendo la cosecha que en equidad me corresponde: "quienquiera que llegue demasiado tarde encontrará el infortunio, como a un vagabundo se le cerrarán las puertas"... El sol y la luna a los cielos se sujetan, ¿a qué habrá de adherirse la luz del alma para seguir brillando?... ¡Ay Euriclea! Penélope me ha dejado a merced del Tiempo...

FINAL

Cuando el mensajero te entregue esta carta, Ulises, ya habré partido rumbo a la Isla del Tiempo Durable. Sé que no me buscarás, por ello no escondo mi destino. Pero antes de internarme en ese lugar consagrado quiero hablarte, romper mi silencio para mejor paladearlo después, allá donde solo llegan quienes han purificado su memoria de los resabios del recuerdo y su obsesionante nostalgia... No sabía que al huir zarpaba hacia ti y que, de alguna manera, también en este lugar aguardaría: espero un llegar que el tiempo demora y que voy tejiendo como me he tejido a mí misma, absorta. Sin embargo, hay una diferencia. Aquí no existe huella alguna de tu presencia, y me veo en la libertad de recrearlo todo —me dejé tanta remembranza apretada al telar, tanta hebra trunca—, empezando por mi propio destino. Y no pretendo que los Dioses me hayan dado uno distinto al que yo hubiera elegido. Soy lo que oscuramente hubiese querido ser, porque lo que somos viene, inseparable, pegado, cosido a nuestros actos. Que ese ser pueda quedarse ovillado para siempre, es factible. Pero bastará con que algo, o alguien, tire de un cabo —no importa qué tan levemente—, para que la madeja empiece a desmadejarse y nuestro rostro inicie su desdibujo, su despellejadura, la lenta e irreversible caída de sus cortezas. Lo real es lo que nunca sabremos apresar, expresar... Mas no te escribo porque me atosigue la nostalgia. Quizá, como Deyanira, esté hilándote la última túnica que vistas sobre los hombros. Aunque no precisamente por venganza... Penélope ha quedado atrás. Para la que hoy te habla da igual el nombre con que la nombren: Cora, Circe, Nadie. ¿No fue así como te nombraste? Nadie. Para mí no es, sin embargo, motivo de encubrimiento. Ni los recuerdos ni los sueños importan ya. No busco conmover tu alma, pedir o preguntar. Solo quiero retomar mi grito desde su raíz y escalar con él las escarpaduras del Tiempo, su entraña dura,

FINAL

pues, ¿qué provecho supone, si el alma está desgarrada, ofrendarla a los Dioses? ... Es difícil saber dónde termina la desazón y dónde comienza la fe, dice el Poeta. Y si los días son una red de triviales miserias. Oblicuos, quebradizos, pero cómo puede recatarlos la plenitud de un abrazo, un éxtasis, la luz. Y no voy a negar aquellas tardes cuando tu cabeza descansaba sobre mis rodillas, cuando, imbricados, nuestros cuerpos reposaban de su enlace exhalando ensoñaciones, vertiéndose surtidores en un estanque crepuscular. Lo más difícil, Ulises, fue aceptar un hecho claro y sencillo: que dejaste de amar, que empezaste a olvidar, a arrellanarte en la ausencia como en un lecho seguro y muelle... Ulises, esa inalterable presencia ausente que se desgrana dolorosa en la cicatriz de la memoria. Ulises el de los mil nombres, el desconocido frente a su propio rostro... Hay dolores más callados que el de bordar una tela, lo sé. Quizá el tuyo fue de esos: silencioso, mudo en la mudez de lo que se resuelve a callar, a callar incluso su silencio. Y el dolor es malo. No libera. No purifica. Antes bien contamina, profana la vida, le pudre su luminosa y espontánea alegría... El mutismo de la alegría. Nada tan temible como resignar la alegría de vivir y confinarla en la mudez... Abdicar de sí mismo a favor de la culpa...

... No estoy segura de no haber actuado con imprudencia al irme. Me pregunto si la razón determina siempre nuestros actos, si somos capaces de explicar qué es exactamente lo que nos impulsa en esos momentos en que el ser se debate, oscuro, por romper las oscuridades, estrecho, por quebrar su estrechadura. ¿Con qué argumentos se elimina esa borra cosquilleante que sofoca en el pecho y apelmaza los ojos? No los hay. Solo el gesto violento de regurgitar, y despejarse la mirada... Por mucha que fuese la rabia acumulada en las vísceras, el deseo de reivindicar los desvelos y despojos provocados por tu ausencia, no podría asegurar que fueron ellos quienes me empujaron a dejar la lanzadera y los bolillos —que tampoco pienses me tenían ahíta—, ni fue por codicia rencorosa de remediar tus aventuras que abandoné el calor de las estufas y la monotonía euritmia de los quehaceres domésticos, parlerías y ajetreos del desgranar, moler, cernir, cardar, blan-

quear, o el aturullado jugueteo de las doncellas ajenas al acecho viril,
los brazos desnudos, los pies descalzos, los senos al aire, chapoteando
a placer en las zanjas, o la custodia del hijo, tozudo, hermético, testigo implacable de mi soledad, esa que aún llevo pegada a la piel, tersa,
suave, con salpicaduras de sol y rasgaduras de mar. No. Fue una noche
del caracol sobre la piedra.

Y me tocó el llamado, Ulises, un llamado
que no es, no, como el de la voz de las sirenas, pues no viene de fuera ni pide ser respondido de inmediato, sino que es un ansia de apertura, de abrir el horizonte hasta el límite de su latir profundo, y ensan-
char la voz, el rostro, el mirar, hacia auroras no pisadas por tristeza
alguna, un ansia de holgura inmensa en los brazos, de espacio en el
vientre, tan hondo y agreste, un fluir en los labios, una hartura en los
dedos, un anticipado gozo de travesía... Un llamado, Ulises, como
balanceo de espigas al aire y ondeo de anémonas submarinas, pálidas,
ensimismadas, un desprenderse suave y lento, muy lento, de los sar-
gazos que me anclaban los suspiros al roquedal de tu ausencia...

... el deseo se me va alejando, hundiéndose en su intensidad... ¿Y
de qué habría ayudado decir no deseo desear más?... Hoy quiero sumer-
girme en un mar de perdón; quiero pedir clemencia por la migaja de
rencorosa sal que llevo alojada en el corazón y que a veces me amarga la boca... Ya no es la añoranza quemando, o la rabia enconada por
tanta ausencia... No es el cuerpo alejado del cuerpo quien llama, es el
alma desnudada de tu voz la que gime...

... soñé un sueño con un río de aguas blancas, y cómo lavaba en ellas
la cara hasta hacerla relucir. No miré cuándo apareció la mancha, tan
absorta estaba bruñéndome el pelo. Por ver si la disolvía lloré un poco
y la froté con cuidado. Al teñirse de rojo imaginé que desaparecería
en alguna arruga de la piel. Se incrustó dentro. Entonces, como el rey
Midas, quise esconder el secreto en el corazón de un junco. La congoja me dejó ráfagas de granizo en los huesos... La hora de tu adiós, ¿para
qué quería saberla? ¿Acaso no estuvo siempre ahí, desde el principio,
huésped de nuestras horas robadas al Tiempo, espejo de enlaces y
palabras, niebla en tu mirada distante? Me dejaste ir de tu sueño, abstraído, me orillaste como quien relega un batel rajado; te pesaba mi

FINAL

cuerpo, no quisiste avalarlo. Tenías prisa por retornar a la embriaguez de tus luchas. Sonámbulo, ¿qué será de ti sin el testimonio de mi presencia, exilado? ¿Y yo?... ¿Existo?, me llegué a preguntar. Sin tu mirada, sin tus manos sobre mi rostro, ¿existiré?, ¿hasta cuándo?... ... me olvidarás, Ulises, lo sé. Me olvidas ya, sepultas mi recuerdo en tu memoria... Será más fácil así para no sentir la insaciable sed de la presencia y no reclamar, como no clama el desierto abrasado, bebiendo sus propios espejismos, extenso, infinito... Olvidarás, sin mar, sin isla, sin balsa, hasta que tus huesos se hagan agua y tus recuerdos sal, hasta que la nostalgia desaparezca y puedas erguirte una mañana, libre de esa sed insaciable... Me creí fuerte, Ulises, preparada para emprender mi vuelo y me equivoqué... Dirás que no regreso por orgullo. En realidad soy congruente. Me faltó tu apoyo. No era la solidez de las cuatro paredes quien iba a dármelo, ni la espera, o el hijo. Me pregunto si entenderás por fin lo que yo pedía de ti... a veces busqué olvidarte. Sí. Igual lo harás tú. En esos días tu imagen se me desgajaba en la cabeza como cerro acechado por la lenta tenacidad de las aguas, y enormes pedruscos resbalaban hacia el centro del pecho sofocando tu recuerdo. En esos días no había lágrimas. Solo estupor. Una tenaza en las sienes y cortezas chamuscadas en la carne. En esos días nada me habría rescatado. Tampoco te habría reconocido. Mis ojos caían hacia el interior de sus propias cuencas... Pero olvidar toma tiempo, toma tiempo desvanecer alforzas y grietas en un cuerpo donde la presencia es una enorme y lúcida cicatriz abierta, irrevocable... Hablamos con palabras heridas, Ulises, llenamos de razones lo que no logramos entender y nos aferramos a cualquier vislumbre de lógica para no perecer en la locura... Y para entenderte yo a ti, para no devorar en el rencor lo que sí alcanzó su plenitud vivida, decidí embarcar y recoger tus pasos, tomar el rumbo de tus aventuras y retrazar los escollos de tu retraso... Quise ir en busca de mi propia espera... Calipso, la divina entre las Diosas, la ninfa de hermosas trenzas, conocía ya mi arribo y loco designio. No hubo necesidad de ir más lejos. Ahí vivimos en la fulguración siempre inédita de tu presencia en cada una de las evocaciones que ella hizo de tus andanzas, la zozobra de los naufragios, los

mi ser.
No fundirnos. No. Penetrar y salir, penetrar y dejarte dentro un dardo inflamado, hacerte sentir en su punta el centro de mi centro. Hacer estallar tu ser en tu ser, y, liberándolo, liberarme yo misma de la prisión que me construí dentro...

... habrá que reordenarlo todo. Y no por desterrar memoria de la añoranza, las tardes de lluvia, el té de rosas, o esto o aquello. No. Simplemente reordenar. La soledad, el silencio, algún recuerdo tenaz. Ovillarlo, que no flote al desgaire, que no se enrede entre los dedos, y corte, filoso... El silencio —dímelo Ulises—, ¿habla el silencio? ¿Qué dice el silencio cuando calla?...

De
Indicios y quimeras
(1988)

ANTÍGONA

A todo bien supera el no haber nacido. Pero, si
ya ha nacido, el bien más rico es regresar de prisa por la misma senda por donde uno vino.

SÓFOCLES, *Edipo en Colono*

La ciudad parece arder consumida por las llamas de las hogueras encendidas para quemar los cadáveres de los apestados que se amontonan
en pilas interminables a lo largo de las calles. Al reino lo amenazan
Estados vecinos y las luchas intestinas por mantener o hacer que se
tambalee el ya de por sí endeble poder del rey. En palacio imperan
desconfianza e intriga, pero a Antígona solo le importa su odio. Él es
quien le consume las fuerzas y los pensamientos, un odio tenaz, apasionado, y todo alrededor sirve de pretexto para atizarlo y otorgarle
densidad, una aspereza de lana burda rozando la piel con dolorosa
constancia, un aturdimiento en el cuerpo que, no obstante, escuece,
pequeñas llagas a punto de abrirse, una sordera zumbando su eco día
y noche, alimentando sus amaneceres de virgen insomne. Inventaba.
Ante la evidencia de la muerte, por ejemplo, Antígona inventa el rostro de la vida: no quiere solo recordar, quiere que su odio vibre en su
mente, que su realidad le queme la piel y brote de cada poro. Frente
a los gritos de dolor de los que se revuelcan azotados por la epidemia,
ella eleva su propio clamor rencoroso escudriñándose el rostro en los
azogues y en el fango de los pozos resecados. Quiere darse tiempo, el
necesario para que nada vaya a cortar de tajo el lento y paciente aprendizaje que su ser ejecuta en aras del odio, inventa su misericordia al
pasearse por las calles repartiendo algún alimento entre los niños. En
realidad, hurga en las casas y en el alma de los deudos, oye las quejas
de las viudas en contra de la guerra y susurra el nombre del tirano.

155

Humillada por la espera de su caída, fortalece en el temor ajeno su deseo de ver llegar el momento de la venganza que ansía espectacular y pública. Había amalgamado el nombre de Creón al destino trágico de su familia, al suicidio de la madre, la ceguera del padre, el fratricidio, la condescendencia de la hermana e incluso el amor que le profesa el hijo del tirano hacia quien solo siente una piedad sarcástica. No, ningún otro sentimiento podía distraerla de su afanosa tarea: se diría una novia obsesionada con la noche de bodas. Y el decreto fue lo que hizo estallar su pecho en mil luces cegadoras. Tuvo que repetírselo mil veces en voz alta para comprender que la prohibición de enterrar al hermano sería el instrumento de su venganza: haría que Creón la mirase, y, a través de sus ojos, mirase también la mirada ciega del padre, esa mirada vuelta únicamente hacia el cuerpo inaccesible de Yocasta y cargada con las sombras de una muerte que Edipo invocaba deseoso de abrazarse a ella nuevamente, como si la mano de Antígona al guiarle no hiciera más que evocar en él las caricias de su madre y esposa. Desde entonces supo Antígona que no amaba a su padre. En cambio, en Creón había centrado sus esperanzas.

Salió de palacio después de bañarse y perfumarse con cuidado, peinar sus cabellos y vestirse vestiduras que rivalizaban en blancor con la faz de la luna a quien dedicó sus votos de éxito. En un arranque de entusiasmo tiende la mano hacia Ismene, su doble, su yo tierno y compasivo, y la invita a acompañarla. Pero en la hermana no hay amor ni odio y quizá sí una rivalidad, envidia por la propia carencia de pasiones, y se niega, como si no entendiera el propósito, como si pensara se trata de un capricho de enamorada que quiere pasear a la luz de las estrellas. Por una feliz complicidad nada se mueve en la noche donde hasta los ayes guardan silencio y en las piras descansa el crepitar de los leños. El viento no ha dispersado la neblina de humos que flota sobre los campos, y ella camina, rayo lunar entre la bruma. No siente el frío, es decir que la frescura nocturna le sirve de abrigo y la arropa evitando que estalle en estremecimiento de júbilo y de alborozada entrega. Hubiera podido cruzar invisible entre los dos guardas somnolientos, pero quiere que la vean, que la observen erguida sobre la muralla y levantando el puño lleno de tierra que lenta vierte sobre el cadáver insepulto, una y otra vez, hasta que el amanecer la delata y ellos ya no pueden, temerosos, ocultar la evidencia: hay que apresarla y llevarla ante Creón. Ha infringido la ley.

Desde la ventana él la había visto desplazarse como una diosa blanca hacia las murallas, reacio a adivinar sus designios o sabiéndolos con inconfesado gozo, amante que no ignora ser amado con idéntico fervor, enemigo a quien se le devuelve su enemistad centuplicada. Cuántas veces la ha imaginado tendida al lado de Edipo calentándole en la desesperación del destierro, cuántas más la ve en el lecho con Hemón. Y él arde, como los apestados, quemándose en un fuego insaciable, en una sed devastadora. También él inventa. Inventa un reino que no le pertenece, querellas ajenas y leyes que absorben el vigor de un cuerpo donde ya las fuerzas flaquean, y faltan un sentido y una fe que no tiene ni nunca ha tenido a la vera siempre del gran cuñado y su inigualable destino. Todo en su vida había llegado tarde y por accidente, sin grandeza alguna, sin designio propio. Hoy querría escribir un capítulo en la historia que más tarde cantasen los poetas.

Ella avanza entre los guardias, victoriosa. Él la espera con una sensación desconocida. A esas horas la noticia ha inundado las casas, y la gente, abandonando a sus muertos y a sus enfermos, deseosa de ofrecerse un espectáculo diferente al de los cadáveres cotidianos, se asoma a las puertas y forma corrillos a lo largo de las calles. Ella escucha cómo elogian de nueva cuenta su piedad filial, su gesto fraternal, y los comentarios sobre si por ser la futura nuera de Creón este le perdonará la desobediencia. Siente haberle contagiado su odio a aquellos que menosprecian su acto por tratarse de un familiar del tirano, y también a los que, por el contrario, la ensalzan sumándose al reto que representa infringir la ley. Él la manda traer al interior del palacio sin saber bien cómo va a enfrentarla. Ensaya las actitudes del gobernante ultrajado, las del esposo ofendido, los ademanes del rechazo, de los celos: nada coincidía con esa extraña emoción que se le hace nudo en el pecho. Y fue a su encuentro al igual que un supliciado. Antígona se desconcierta ante el aspecto de esa figura y lo recibe con la frialdad y el tímido calosfrío del niño que destaza un animal. Durante el interrogatorio evitan mirarse a los ojos. Solo más tarde, en la explanada, cuando se anuncia la sentencia y el pueblo protesta enardecido, sus miradas se encuentran, intensas, sorprendidas, como si acabaran de perder algo irrecuperable que el vocerío les arrebató dejándolos despojados e indefensos. ¿Dónde quedaba el impulso que la hacía vibrar a ella en el odio y a él en el deseo? ¿Cómo habían venido a confundirse y a quedar tan exhaustos y vacíos cual si hubiesen contendido en la lujuria? Nada tenía que ver esa realidad con la que inventaran: demasiados cómplices. Hemón implora ante el padre por la vida de ella. Ambos se avergüenzan de tal solicitud. Tiresias vaticina desgracias que los dejan insensibles: ambos tienen que rescatar su pasión. Ni Antígona puede aceptar ser perdonada sin traicionarse, ni Creón puede permitir que el testimonio de su ser inane quede vivo. Es preciso seguir inventando, pues el encuentro, en vez de saciarlos, los ha desecado. Él invoca las razones de Estado. Ella alardea de los deberes fraternos. El pueblo asiste y desahoga los furores de tan larga epidemia y tan inútil guerra.

Camino a la caverna en la roca que ha de servirle de sepultura y tálamo, Antígona repara en una sensación que va llenándole el alma y sometiéndole el pensamiento: recuerda algo que nunca poseyó y que, no obstante, siente perdido, algo que le habla desde el reflejo del atardecer, desde el cálido soplo que le barre los cabellos del rostro y acaricia sus manos atadas, sus senos desnudos bajo la túnica blanca, su vientre vacío ahora de rencores y súbitamente hambriento de vida. Algo se le desborda en oleadas de calor por el cuerpo, menudo cuerpo de adolescente que no terminó de florecer. Una canción que viene corriendo a su encuentro, la imagen de una niña a la que arrullan, la voz de un lenguaje olvidado. Algo se desprende de su ser por detrás de todo lo que ha inventado, algo que le da miedo, miedo de su propio temor. Lo que tanto había deseado perdía ahora sus contornos, su nitidez, para dejar solo las aristas de los rostros de ciertos cadáveres en los que la muerte imprimiera una mueca de consternación, una pregunta que también ella se había preguntado en aquellos días de su odio cuando creyó estar buscando el rostro de la vida por detrás de las

máscaras de la peste. ¿Y antes? ¿Qué fue de su vida antes? —"una vida
vivida y deseada, soñada y perdida"—. Un tiempo que no la había acercado a nada y sí en cambio alejado de aquello que hoy se le abría paso
en las entrañas. Cuando vivió en palacio y la tristeza del padre aún no
se introducía en su carne, único alimento de aquella larga errancia,
Antígona fue un canto de gozo, un jardín de pájaros y flores donde
paseaba con la madre y con la hermana tejiendo guirnaldas e imitando el vuelo de las mariposas. Un olor de almizcle, un sabor a barro fresco, una textura almibarada. Las voces que escucha no son propiamen-
te las suyas, aunque hablan de ella, la señalan, le atañen, murmuran
sobre su futuro, un porvenir que no había de llegar nunca, o, mejor
dicho, que iba a verse invalidado con el arribo del adivino y de aquel
lamento materno, aterrado, cruel. Después, solo recuerda su paso
menudo arrastrándose por múltiples caminos, el pesado cuerpo del
padre contra sus infantiles espaldas y aquella voz cubriendo por entero el espacio con sus autorrecriminaciones. ¿Qué era lo suyo? ¿Dónde
quedaba entre tanto escombro? La fuerza del odio había reunido, como
un imán, esos fragmentos, pero ¿y sus propios deseos? ¿y su propia
memoria? Tarde, demasiado tarde. Hoy, frente a ella, solo hay una
boca, la boca del abismo que aguarda para llevársela, polvo y nada. La
muchedumbre que la acompaña hasta el lugar permanece en temeroso silencio a la espera de que un suceso inesperado ocurra, aun a sabiendas de que no hay hombre alguno que escape a su destino cuando es
un Dios quien le persigue...
   La penumbra empieza a borrar los perfiles. Un vuelo de viento enfría
a la tarde. Antígona ya no quiere ningún rescate: ¿hacia qué podría
ahora abrirse su vida? Su capacidad entera de amor ha sido consumida. Dentro, próxima, con su rostro de sombras y su morral de semillas
sin germinar, está la única que puede reintegrarla al aliento anterior
a todos los alientos. Desciende. En el fondo, suspendida y ondulando
por el nudo que ella misma formó, pendiente del cuello, de un lazo de
fina urdimbre, está el abrazo, el largo y tibio abrazo de la madre...

EURÍDICE

La respuesta no tiene memoria.
Solo la pregunta recuerda.

EDMOND JABÈS

Ahí estás en el muelle con tu maleta en la mano. Acabas de dejar el hotel. La separación. Una más. Es la imagen. Tú, de pie, acodada al barandal de piedra contemplando el río grisáceo, turbio como el fluir opaco de tus pensamientos. El cuándo no importa. La ciudad, sí. Ciudad resumen. Ahí donde el caos se te ordena orden de vacíos, de alejamientos. Pero también de presencias, de calles paseadas en el abrazo compartido, transitadas y vueltas a descubrir, inéditas siempre en los ojos del acompañante y en la propia pupila. Una ciudad eje. Un mundo isla. El centro del mundo aguas abajo rumbo al mar. Aunque para llegar a alcanzarlo se haya de bogar por lugares donde no está, donde apenas un sopor salado se adhiere al paisaje, llora en los sauces. Y el amor, a la inversa, tierra adentro, en el tren. Los instantes se repiten y tu memoria tropieza. De entre los fragmentos no rescatas nada. Balbuceas, sin articular nombre alguno. Callejuelas y puentes. Las aguas a tus pies y tú jalando un sueño, ensoñando un absoluto leído en libros, total, desmesurado, como el mar, palpable en su quemadura de sal sobre los labios. ¿Qué esperas? Deja la maleta, abandónala ahí, en el puente. Ni siquiera te molestes en arrojarla por la borda. Simplemente déjala, abandónala. Y sepárate de ese embeleso de aguas y reflejos. Hubo otros ríos, lo sé. Más anchos, más claros. Otras orillas. Distintas soledades. Pero siempre el mismo equipaje, idéntica nostalgia, viscosa, ríspida. Desengáñate. Nadie te limpiará las calles, ni los ojos, para que puedas caminarlas, libre, por los asfaltos mojados de lluvia. En los charcos de luz seguirás deambulando, nocturna, que-

brada, con la zozobra entre los dedos vacíos, o con la dulce presión de
la otra mano en la mano. ¿Cuál? ¿Quién? Lo sabes. La reconoces. Igual
como no olvidas la presencia augusta: tu equipaje, tu único y fiel amante. Inútil que quieras reacomodar los tiempos. Todos se equivalen en
su intensidad, en su plenitud vivida. Poco importan los detalles, su
moroso dibujo de filigrana y arabescos. El tiempo mismo se encarga-
rá de emparejar relieves y realces, de añublar brillos y lucientes. Recon-
cíliate. No lo ignoras: las cosas vienen de más lejos, de más atrás.
Muchos fueron los crepúsculos. El alba no es una solamente. Su toque-
teo de verano tempranero sobre los tejados, su rozar de puntillas las
plazuelas ya despiertas. Los pregones. Los insomnios de amor calle-
joneando. La rosa que amanece sobre la mesita de noche a su eternidad de un día. No hay adiós. Silencio sí, sin duda. Pero el silencio,
escribió el poeta, es mucho más que el lugar donde terminan los sonidos. Es el origen. La promesa. Escúchalo y calla. Serena el ir y venir
de tus recuerdos, andanzas de loco. Con tu gorro puntiagudo, la capa
raída y el zurrón a cuestas. Abandónalo. No faltará quien te dé cobijo
y pan, quien te acerque un cuenco para saciar la sed. Trotacaminos.
La locura es lo contrario de la prudencia. A medio vestir, armado con
una clava, caminando entre pedruscos y mordiendo un trozo de que-
so añejo: así es la figura que, en rosetones y dinteles, en consejas y far-
sas, representa al Loco, a aquel que ha perdido el recato. Las eviden-
cias son falsas, equívocas. Nada nos garantiza que al tender las manos
no encontraremos cristales, espejos o velos de por medio. ¿Puede uno
protegerse de la vida cuando todo la proclama? Miedo al dolor, al sostenido dolor de vivir. ¿Y el puro gozo de lo posible, de solamente lo
posible? Deposítala ahí, en cualquier rincón del largo muelle, a un lado
de los cajones de basura, desbordantes siempre, nunca con la suficiente capacidad para contener tanto objeto y desperdicio. Tu maleta será uno más. No tenses los músculos del cuello, no pongas rígida
la espalda. No eres un mendigo para aferrarte de esa manera. Y aunque lo fueras. La Isla Maravillosa, se dice que dicen los que supieron
de estos hechos, solo se posa bajo aquellos que nada tienen o esperan.
No es necesario desear su venida: llega. Y es su fragancia a verde jen-

gibre quien la delata. Cruzas un puente y otro puente. De un lado el cementerio, del otro la ciudad. Pero el vuelo de las campanas envuelve a las dos orillas por igual. Es necesario que pierdas tu propio umbral. Para que encuentres los linderos de la ciudad. Para que ella se abra a ti es menester olvidar el plano que consultas, poner de lado los mapas y dejarse llevar, ondular con las costanillas, resbalar por las aceras, adentrarse en el aroma de algún guiso, rebotar tras las pelotas de los niños y perseguir la carrera de los gatos. *"Sena abajo, en la punta de la isla de la Cité, hay un islote conocido antiguamente por Isla de las Cabras. Se llamó después Isla de los judíos, a raíz de las ejecuciones de judíos parisienses ahí efectuadas. Unido a otro islote vecino, y a la Cité misma, para construir el Puente Nuevo, forma hoy el jardín del Vert-Galant."* ¿Para qué tirar monedas al agua? Regresarás. Ahí quedaron enredados tus pasos. Ahí, nació el hijo, una tarde dorada de primavera, el día en que fueron creados los peces y los pájaros, un jueves, "por eso será misericordioso", dijo el Rabí, mientras que tú morirás en sábado, pues por ti hubo de profanarse el día santo. Santos los lugares que hollaron tus plantas en compañía del Amado, santas por tanto todas las ciudades. Y sus parques. ¿Para qué entonces los augurios? Las postales. Las cartas. Despréndete. Deja tu país, tu lugar de origen, tu casa paterna. Los suburbios donde creyeron arraigar tus antepasados, guetos, aljamas. La ciudad preferida, la que tiene su río afuera, la Villa del Oso y del Madroño, la de los cielos puros y azulidad incomparable. Tal vez ahí te fuese más sencillo y, en el trayecto del tren, en cualquier estación, dejar el equipaje, así, al azar, y descender ligera por la meseta hacia los montes, y en el Tajo templar el alma como lo hicieran con su espada antaño los guerreros. Peregrino, cayado en mano y concha en el sombrero, ¿no recuerdas cuántas sendas has transitado ya? ¿Por qué hoy te detienes así, tan absorta en el reflejo de esas aguas eternamente pasajeras? La ciudad de tu nacencia fue lugar de canales y de sangres. Y también ahí hubiste de abandonar los fardeles, y tu nombre, para empuñar otro rostro. El rostro del hereje, las carnes chamuscadas. ¡Ay de las ciudades que ardieron en la cruz! *"Amonestada que diga la verdad, se le mandó dar y dio segunda vuelta de cordel. Y dio de gritos que la dejen, que la matan...* *no pudo resistir más tiempo, y allí, en medio del tormento, comenzó una larga declaración, denunciando a todas las personas de su familia y a un gran número de personas, hombres y mujeres, observantes de la Ley de Moisés."* La sangre de los puros, los Perfectos: "quien os desposea bien hará; quien os hiera de muerte, bendito será". Montségur. Tampoco ahí detengas tu mirada, trovador en tierra yerma, álzala hacia la estrella más brillante del boyero celeste y úncela a tus ojos. No hay otra guía. ¡Qué largos y tortuosos los caminos! ¡Qué lenta la marcha! Por eso déjalo, abandónalo en algún agujero, tu equipaje, incansable buscador de absolutos. No es posible mirar a la luz de frente. Hiere. Su límite es tu propia sombra. No la ofusques. Permítele tachonar de primavera a las glicinas y, como ellas, sé fugaz. Si algo ha de retornar será igualmente perecedero. Incluso tu imagen acodada en el antepecho de la ventana del hotel, minutos antes de salir, minutos antes de que el Amado apresara con su cámara fotográfica eso que ambos miraban: los techos de la ciudad bajo el cielo plomizo del otoño. Pero él se fue, se fue la mañana y te fuiste tú. Aunque permanezcan las fotos. Hojas del otoño. Hojas de papel volando. Despréndete. Ahí se pierde el camino. Los peldaños se interrumpen. La escala de Jacob se trunca. La lluvia sueña, sobre los reflejos del pavimento, que moja a otras aceras, que se pierde en otras aguas, azul y verde, de algún lago, que se detiene entre los cabellos de los que se inclinan por sobre el barandal del puente para sorprender el chisguete que provocan las monedas al caer. Sueña con ella, tan lejos como quieras, la lluvia, y déjate flotar con el barquito que botaron tus hijos en el estanque. No hay más. Nada más allá de ese instante, del impulso de ese fuego que surge de las profundidades de la tierra e ilumina y embellece al mediodía. No develarás su secreto. Por mucho que aguces la mirada y el oído, el olfato inclusive. La vida es incansable, indiferente. Entrégale tu maleta. Tus enigmas y jeroglíficos. La apretada urdimbre de tus dudas. El nombre de las calles que te surcan el rostro, las puertas de las ciudades que te traspasan el cuerpo. Tus fuegos de artificio. Como las ráfagas de viento que peinan a las arenas del desierto, así déjate quitar el polvo y el musgo que te cubren; el cardenillo que tiñe tu memoria. Agua regia, que te bañe, que te desnude. Y no saques ningún vestido de tus alforjas: bótalas. Están apelilladas. ¿Acaso no se te advirtió que únicamente recogieras al tenor de tu apetito cotidiano? ¿Que no almacenaras de ello para el día siguiente? De esa "cosa delgada a modo de escamas, delgada como la escarcha sobre la tierra". Pues el exceso se agusanaba, hediondo. El *man-hu*, el pan que tomaste de sobre las arenas a la caída del rocío y se derretía cuando calentaba el sol. Nada hay que guardar o rescatar. En vano fatigas tus brazos, maleta arriba, maleta abajo. Los andenes están atestados. El tren se atarda. No lo perderás. En esa cafetería anodina donde aguardas, cálida, sin embargo, entre los ruidos del dominó sobre las mesas de lámina, los murmullos confusos de los parroquianos desvelados, el tilín de platos y botellas y la estridencia de una rocola destemplada, se diría que no tienes destino, que eres anónima, sin historia. Y, de hecho, así es. No traes contigo las llaves de ninguna casa, ni tarjetas de identidad. Pero no te encuentras perdida. Es solo que ignoras el rumbo. Estás en tránsito. En un cruce de vías. El tren se acerca. Es hora de abordarlo. Apaga el cigarrillo. Liquida el café y el pan que has consumido. Deposita la propina junto al cenicero. Suelta la maleta que tienes apretada entre las piernas bajo la mesa. No la tomes. Levántate. Despacio. El tren ha llegado...

LA INVISIBLE HORA

La ceguera es un arma contra el tiempo y el espacio. Nuestra existencia no es sino una inmensa y única ceguera, exceptuando lo poco que nuestros mezquinos sentidos nos transmiten. El principio dominante en el cosmos es la ceguera... Para escapar al tiempo, que es un *contínuum*, solo hay un medio: no verlo de vez en cuando. Así lo reducimos a aquellos fragmentos que nos resultan conocidos.

ELIAS CANETTI, *Auto de fe*

A mi padre, que fue relojero

—Pues sí, señor, tendremos que ponerlo en observación.

—Pero ¿cómo?, si solo se le cayó el vidrio.

—Somos una empresa seria, especialista, señor. Nuestra obligación es devolvérselo a usted en perfectas condiciones.

—No tiene ninguna falla.

—Las manecillas se ven flojas, y la carátula tiene algo de polvo. Lógico, estuvo descubierto.

— ¿Y cuánto tiempo lo tendrán en observación?

—Regrese usted dentro de diez días por favor. Aquí tiene su recibo: con este papel lo recoge. Por ningún motivo lo vaya a extraviar.

Y así lo vio desaparecer, en un pulcro estuche de terciopelo bermellón, tras una estrecha ventanilla de finos barrotes donde unas manos misteriosamente enguantadas lo retiraron. Entonces se produjo un silencio de esos que llaman sepulcrales. ¿Dónde había ido a parar su reloj?

"Este cristal no es para medir el tiempo, sino para despertar en la memoria cotidiana el destello de otros instantes que urge liberar de su prisión temporal." Así le dijo Ella al regalárselo, una tarde, esfera

165

plana, blanquísima, con los números apenas señalados por gotitas de plata. No había que darle cuerda, tocarlo o moverlo: marcaba las horas incansables y sin el menor retraso, con una especie de alegría de mercurio líquido resbalando entre los dedos hasta la palma de la mano, ligero, centelleante, silencioso. Las delgadas manecillas, argénteas también, y el segundero, se movían dando saltitos minúsculos que se le figuraban el lomo de su gata siamesa cuando la acariciaba y el vello del dorso se le erizaba reacomodándose con un ligero temblor. ¿Dónde estaba ahora bajo las bóvedas de ese edificio antiguo de escalones de mármol veteado en marrón y altos muros con apliques pajizos en los arquitrabes de los arcos perpiaños? Sí, un viejo inmueble de enormes ventanales ensortijados entre volutas de metal y a través de los cuales la luz se filtraba opalina con una luminosidad láctea. La recepcionista repetía la misma cantilena a cuanto cliente se acercaba al mostrador — "Somos una empresa seria, especialista, señor. Nuestra obligación es devolvérselo a usted en perfectas condiciones" —, envarada, sin mover un solo músculo del rostro, igual a un perfecto mecanismo de relojería. Y los clientes salían por la gran puerta giratoria con el sentimiento de haber sido despojados, derrotados por una fuerza desconocida contra la que no lograban oponer resistencia alguna: ahí le cribaban a uno las horas, los minutos y los segundos hasta desnudarlos de tiempo. Pero sin duda había algunos clientes que se quedaban a esperar, si no, ¿para qué esos mullidos sillones de cuero leonado y gruesos botones ocre? Largos mostradores pardos flanqueaban los muros del salón al fondo del cual se levantaba una amplia escalinata morosamente cubierta por una alfombra del mismo color bermellón que los estuches donde partían los relojes con rumbo desconocido. Y se le ocurrió que allá arriba, detrás de las puertas de caoba pulida que se vislumbraban en el pasillo superior a través del historiado herraje del barandal, se encontraban las cámaras mortuorias, los invernáculos, las incubadoras, las urnas, las cápsulas donde se enterraban o embalsamaban o anestesiaban, o simplemente dormían su sueño reparador los cuarzos atrapatiempo, y entre ellos el suyo, esa maravillosa caja donde depositara su conciencia de la fugacidad, el lento rezumar de los días, las semanas y los meses. ¿Qué iba a hacer mientras tanto? ¿Cómo seguir el pulso de sus pensamientos, ese vaivén de péndulo al que había atado el destello de las chispas que era menester rescatar del diario trajín de opacidades? Recuerdos en forma de capuchinas sin mecha ni aceite yacían languideciendo en los espacios vacíos de su mente entre una y otra oscilación. Su tarea se vería interrumpida, un retroceso irremediable en su labor memoriosa, ¡y apenas empezaba a descifrar el trazo del laberinto de engranajes por el cual tenía que introducirse, red de agujas diminutas, de ruedecillas y ejes, coronas, muelles, áncoras y resortes!

Un calosfrío sacudió su cuerpo. Recorrió con la mirada el recinto. El bedel despedía con una ligera inclinación de cabeza a los clientes. Dos vendedores se mantenían erguidos como maniquíes detrás de los mostradores. Un mozo limpiaba con un enorme plumero blanco las cornucopias de las paredes y los grandes relojes adosados a ellas. Irguió la espalda decidido. Tomó su portafolios bajo el brazo, y se encaminó directo hacia la escalinata como alguien que tuviera una cita impostergable allá arriba. Nadie lo detuvo y nadie se fijó en él. *Prohibida la entrada a toda persona ajena*, rezaban los letreros una puerta tras otra. Ningún ruido fuera. Si acaso el leve rozamiento de sus zapatos sobre la espesa alfombra y uno que otro crujir de maderas como si respiraran detrás de los umbrales. Un repique de campanilla, amortiguado, solitario. En cambio, ahí dentro todo latía: múltiples organismos vivientes disgregándose y fecundándose, multitud de gérmenes dadores de tiempo, semillitas de duración que una gigantesca mano enguantada pretendía escamotear y devolver al polvo de lo increado, al caos anterior a la temporalidad, al exilio, a la alienación. Con sumo cuidado hizo girar la perilla reluciente de una de las puertas. Lo recibió una densa penumbra que fue disipándose a medida que sus ojos se habituaron y distinguieron las estrías de luz que se filtraban en la habitación desde los ventanales alumbrados por el gas neón de los faroles callejeros que no lograban colar del todo su luminosidad debido a los cortinajes corrugados. Una galería interminable se abrió ante él, un interminable repiqueteo, una interminable colección de fanales de diferentes tamaños proyectando sus sombras sobre los espejos de las mesas donde descansaban: y dentro de ellos, los relojes, maquinarias de movimiento uniforme y cadencia totalmente regular −tambor de cuerda, rueda central, rueda segunda, rueda de instantero, rueda de escape, volante, cañón de manecillas, rueda romboi, rueda de horas, vara y corona−, cristales de cuarzo, de carrillón, de cuco, de repetición, leontinas, cronómetros, clepsidras, vibraciones, oscilaciones, pulsaciones, sincronizaciones, todo sujeto a mudanza no obstante, con un antes y un después, un principio y un final, todo sujeto a error, imposible de eliminar la imperfección entre ese inicio y ese término, no el eterno retorno sino el ciclo, lo que adviene porque se espera, y se espera aunque no se anuncie, espera que irrumpe súbita siempre aunque se la aguarde, sucesión de unidades discernibles en un continuo que se prolonga al infinito, infinito que puede medirse sin embargo, regularmente, rítmicamente, uno dos, uno dos, abolición de lo discontinuo por más que para él el sentido de los días dependa de la posibilidad de sustraerlos a su contexto cotidiano sujetos a las horas de oficina y de un trabajo que los desvirtúa a fuerza de ser monótonos, tic tac. Pero él consigue a veces atrapar algunas mariposas blancas y rescatarlas de entre el humo de los jardines donde siembra rosas y nomeolvides. Porque él es un jardinero escrupuloso, y no hay rincón donde no crezca una planta amorosamente regada y podada, vigilada desde sus tiernos brotes, creciendo, engrosando, pimpolleciendo, nutriéndose de futuro, de sucesiones de luz y aire, clorofila y oxígeno, lentos tropismos, las que buscan el sol y las que se retiran del sol, las que se abren de día y se cierran de noche, las siempre sedientas, las de raíces adventicias, las rastreras, las de tallo enhiesto, las que florean y las que son solo hoja, hojas en zarcillo, hojas verticiladas. También él, como otros niños, las había acomodado, lámina tras lámina, para conocer su forma, acuchillada, palmeada, lanceolada, sagitaria, penninervia...

Cerró con cautela la puerta tras de sí. Un leve olor a alcohol y a herrumbre cosquilleó en su nariz. ¿Por dónde iba a empezar? ¿Y si su reloj no había llegado ahí? ¿Cómo discernirlo tan pequeño entre aquellas gigantes sigilarias? Se internaba pisando las raíces fósiles de un bosque carbonífero. Respiración transpiración, ¿era la suya o la de aquellos cuerpos y ensambladuras? Descendía sumergiéndose en un sutil vapor gaseoso; un líquido dejaba sentir su circulación por las venas, algo más delgado y ligero que la sangre; sus oídos zumbaban. Trasudaba. Argayos se desprendieron, y, en la almáciga, las horas dentro de sus ampollas empezaron a reventar: todo se transformó en un alud de milésimas de segundos revoloteando por la galería, luciérnagas locas. Todo: el tiempo y la memoria, la memoria y el recuerdo, el recuerdo y lo continuo, lo continuo y la atemporalidad. Todo: lo que siempre había postergado, los momentos no vividos, las horas distraídas, los días gríseos, las semanas truncas, los meses desgajados como ramas secas, y algunos años, años purulentos enmoheciéndose en el olvido. ¿Olvido? No totalmente. Estaban también las gemas, rubíes, zafiros y espinelas, granates, crisoberilos, y, por supuesto, el cuarzo, ese cristal de cristales relucientes, girasoles, citrinos, amatista, con sus transparencias tornasoladas y sus inclusiones musgosas, esas ágatas jaspeadas arborizando en la remembranza de su cuerpo, dedos de tardes únicas pulsando sus más profundas cuerdas, aquellas cuyo sonido escapaba, justamente, al tic tac y al calendario, aquellas que palpitaban despiertas —un nombre, un rostro, su risa— en las margas de su deambular cotidiano: la invisible hora. Descendía. Menudas escamas, leves copos de duración golpeaban en las membranas que en su mente se extendían amplia tela de araña: ensartadas ahí, innumerables imágenes superpuestas pivoteaban remolineando y trastumbando, vértigo de celdillas repletas de un vaho melifluo donde el tic tac parecía chupar, ávido abejorro, sus más lejanos recuerdos, atrás, muy atrás, espora, esperma, átomo, nebulosa, partícula de luz, flujo energético, onda: 2.999.792,4 kilómetros por segundo, eón. Ascendía, soplo, hélice, espiral, deshojándose a la inversa, englobándose, fraguándose, suturándose, valva que abierta al viento recupera su ceñida coherencia de círculo, baya de tierno folículo, todavía promesa, aún no fruto, presente, solo presente gestándose de manera progresiva, génesis, elaboración continua de lo totalmente nuevo, acrecentamiento de lo imprevisible — "el tiempo, o es invención o no es nada en absoluto"—. En su garganta, entonces, estalló en haz el grito, el espantable abismo. Y tornaron a romperse los cristales, pero hacia adentro, como soldándose al interior de sí mismos alrededor de ese punto, esa voz que era su voz, mas no la voz de los días diarios, sino otra, primera, prístino tic tac, polvareda de instantes recuperados en el barro del hombre original, en la simultaneidad del grano y la flor, de la cosecha y la siega: señales inequívocas del tiempo, su lenguaje de signos, su lenguaje de puertas abiertas al infinito. Ascendía en conmociones sucesivas, en sucesivas vibraciones, quitando a izquierda y a derecha las malezas, inventando su camino, liberándolo del silencio para transformarlo en palabra, articulación de nombres con que nombrar a las cosas y rescatarlas de su limo movedizo, blanco rocío que detonó asperjando multitud de letras, puntos intermitentes como linternas golpeando en el paladar su pugna por brotar vocal, consonante, sílaba, onomatopeya, caudal de voces en elasticidad que se dilata, vibración rápida y ardiente que se abre paso hasta sus ojos y sus labios desde una profundidad que crece ascendente hacia lo semejante y lo contiguo en escalonamientos sucesivos. Voces y visiones de los instrumentos y artefactos ahí acumulados danzaban sus dengues ante él y dentro de él sin que supiera distinguir, en esa simultaneidad, dónde estaba lo de afuera y dónde lo interior. Sentía a la cansada hoz del tiempo segando el centro de los círculos que coincidían con el centro de otros círculos, y algo escapaba a lo mensurable y visible y se perdía en lo transfinito. Un reloj de sonería dio la señal: el espacio se volcó coextensivo y concomitante, los engranajes se desprendieron de sus ejes y pivotes volantes. Su presencia humana y su curiosidad los habían despertado del sueño silencioso y rítmico al caos de lo no dicho, de lo potencialmente vivido y, al igual que pesadillas, se revolvían rencorosos, y con una evidente intención, de tomar cuerpo y transformarse, de meros deseos, de simples movimientos, en hechos y acciones concretos. Los brazos de las manecillas, las piernas de los péndulos, el vientre de las carátulas, las lenguas de los resortes y flexores, las muelas de las coranas y discos, se desbarajustaron en una barahúnda alborozada y amenazante. Fuego brotaba de un cuadrante solar al que tuvo la poca precaución de aproximarse, fascinado por esa danza de incandescencias estelares —algo le dijo que, no obstante ese espejismo de cercanía, Alfa Centauro se encontraba a más de cuatro años luz de distancia—, por esa circunferencia de clepsidra vacía cuya frontera formaba una orla de flamas. Quiso mirar dentro. Pero el tiempo también es un juego de sombras. Así, el hombre audaz que intenta descifrarlo, silabearlo, visualizarlo, puede quedar cegado en el resplandor. Porque el tiempo es también ceguera, trozo de vida que se envuelve en una crisálida hasta hacer eclosión. Avasallados sus tímpanos y pupilas, él empezó a topar contra los espejos y cristales en su intento por defenderse con una varilla de metal del asalto de la fantasmal ronda, marionetas sin hilo que le tiraban de los cabellos y la piel con parsimoniosa saña, tic tac tic tac, rubíes de finas aristas tasajeándole la retina y rasgándole el oído, segmentando sus cuerdas vocales en finísimas lascas. Sediento de agudos corpúsculos luminosos, tic tac tic tac, el tiempo volcaba, en un desuello ritual, su irreversible melopea, hasta alcanzar, sangre y savia, el *yod* de los nacimientos...

Puntual, diez días después, a la misma hora, la invisible hora hacia el crepúsculo, recogió su reloj de cuarzo, que le entregaron en perfectas condiciones. Meses después, no obstante, lo extravió...

LA CIUDAD DOLIENTE

*... y la tierra era desorden y vacío, y la
oscuridad cubría la faz del abismo...*

GÉNESIS 1, 2

Todo empezó en el dedo gordo del pie izquierdo. Al principio fue un
diminuto punto negro, más pequeño que un lunar, pero con suficiente precisión para que al estarse cortando las uñas se percatara
de él sin confundirlo con una mancha de mugre. Era brillante y del
tamaño de una cabeza de alfiler, con su mismo abultamiento, apretada carnosidad, sólida voluta que no le inquietó, incrustada casi
con timidez en la cara del dedo un poco antes de la articulación entre
la falange y el metatarso. No presentó molestias y pronto olvidó su
presencia. Transcurrieron varios días, y, de nuevo, una mañana, al
ponerse el calcetín, tuvo la clara sensación de que el lunar se había
convertido en un agujero. Había crecido extendiéndose por el dorso de los demás dedos, salvo el pequeño. La superficie era lisa. El
tacto nada decía de su aspecto aceitoso y de su consistencia reticu-
lar. Los ojos nada percibían de esa sensación de hoyo brumoso que
a él le palpitaba por dentro de los bordes de la peca. Decidió cance-
lar sus compromisos y pedir esa misma tarde una cita urgente con
el médico. El desfile de enfermos fue interminable. Había leído y
hojeado la revista por lo menos seis veces —*Fig. 1-1. Esta fotografía
del sol muestra una de las ráfagas solares más espectaculares que hayan
sido registradas; cubre más de 588 mil kilómetros de la superficie solar...
La ráfaga aparece como una hoja de gas enroscada sobre sí misma y que
estuviese en proceso de desarrollarse—*, y, cuando la enfermera lo llamó para que pasara al cubículo del especialista, apenas si oyó su
nombre, tal era la cantidad de cúmulos estelares, cúmulos de galaxias

y cúmulos de nebulosas que le flotaban en la cabeza y le esponjaban el cuerpo.

El médico examinó atentamente ambos pies. Los palpó con cuidado desde la punta hasta el calcañar. Presionó. Estiró. Pinchó. Después, las piernas y los muslos. Le auscultó el pecho y el abdomen. Le midió la presión arterial. Le revisó los oídos, la nariz, los ojos, la garganta. —No encuentro trastornos en sus extremidades inferiores. Responden normalmente a todos los estímulos. No hay dolor, contracturas o astillamiento. Su tensión y su pulso son correctos. Tampoco hay alteraciones en el ritmo cardiaco. Sus pulmones no manifiestan obstrucciones. No hallo ninguna patología específica para el cuadro que Usted me describe. Los síntomas del agotamiento nervioso, en cambio, son obvios. Lo que Usted necesita es un descanso. Váyase una temporadita al mar, y olvídese de sus problemas.

No le agradaba la idea de conducir, y solo, por la carretera. Pero viajar en avión era una alternativa que simplemente no tomaría: le daban pánico los aviones. Así que, y contra las reconvenciones de su esposa que, sin ocultarlo, veía con recelo tanto la supuesta enfermedad como la estancia en el mar, esa noche acomodó en una pequeña valija algunas camisas y camisetas, dos pantalones cortos, su estuche de limpieza personal, un par de sandalias y una gruesa historia novelada sobre los orígenes de las civilizaciones que le regalara un amigo de oficina. Partiría de madrugada para llegar al puerto con las primeras luces de la mañana.

La luna resplandecía llena. Las montañas y los árboles se alzaban ávidos hacia ese derrame de leche tibia. Una flor de cuarzo en el ojo de la noche. El cansancio y la preocupación desaparecieron de su cuerpo y de su mente. Se entregó con deleite al musitado espectáculo, etéreo, ingrávido, a la inmensa llanura recubierta de copos difusos, de hélices radiantes y veloces, idilio del loto blanco con las aguas primordiales. También la carretera se convertía en un efluvio nacarado sobre el cual se deslizaba el auto. Escarpaduras, grietas, peñascos, magueyes, mezquites, las milpas jiloteando, relumbraban en un silencio y una quietud tan absolutos que, de pronto, escuchó el silencio de su propia respiración. "Hay que quedarse ciego para ver", dijo en voz alta. ¿Ciego? ¡Qué tontería! ¿Por qué ciego? Nunca había alcanzado un mirar de claridad semejante, ni se transfloraban sus pensamientos tan diáfanos como ahora, finos hilillos que se conectaban con sus pupilas y con los poros de su piel como filíolos cargados de electricidad. El flujo del infinito, puro aleteo de la Nada, despojado de tristeza, de vacío, de dolor, transcurría por sus venas... Cordemia: parpadeó el letrero con fluorescencias violeta. Sin duda el mar estaba cerca. Aunque no recordaba haber visto el nombre de ese poblado en la guía. La voz de Nana Mouskouri resonó en la radio: *Avec une de mes larmes j'inonderai le temps qui va nous séparer...*

—¿Su habitación la desea con salida directa a la playa, o prefiere Usted las terrazas altas?

"Directo a la playa", dijo. Pensó que así tendría más próximo el ruido de las olas, y las arenas del amanecer inmediatamente bajo sus pies al levantarse.

Grandes medusas verdiazules tapizaban las paredes del cuarto, y se repetían, más pequeñas, sobre el cubrecama y los cortinajes. Apagó el aire acondicionado y abrió las ventanas. Una espesa jardinera las cubría casi por completo hasta el comienzo de la puerta vidriera al borde de la cual descansaba un amplio peldaño de piedras de río. Después, las arenas que no se extendían libremente hacia la playa, sino que se veían interrumpidas de tanto en tanto por enormes macetones similares al que estaba en los linderos de su habitación. La ribera se abría bastantes metros más abajo. Decidió acomodar sus cosas antes de acercarse al mar que refulgía con lentejueleo pajizo. Mientras doblaba, distraído, sus pantalones, recordó el lunar negro, y sonrió seguro de que en verdad había sufrido una alucinación producto de la fatiga y las tensiones del trabajo. La mancha oscura, retesada, había cubierto la pierna por arriba de la rodilla y la cara anterior del otro pie hasta la ingle. Ligera, vaporosa, un panal de corpúsculos gaseosos en expansión —*esta región, oscurecida por nubes de polvo cósmico que nos impide ver su gran brillo, contiene el centro de la Vía Láctea*— titilando. Entró al cuarto de baño y se miró al espejo.

—Tú no eres tú, sino otro que duerme en ti y cuyo rostro has adoptado porque es el rostro de un soñador que no importuna tus vigilias.

Tú, el verdadero tú, se esconde terco y temeroso de sí mismo, incapaz de recorrerse con la mirada, de recordarse, de asirse a un gesto, a una palabra que le den palpadura de cuerpo y carne. Deambulas, sonámbulo, al interior de tu piel. Tampoco te reconoces de un día para otro. Tu memoria es una guedeja de algodón deshilvanado de la que algunas motas quedan en el diario trajín prendidas levemente a tu ropa. Te miras al espejo y crees que estás ahí, frente a tu imagen, porque te has habituado a contemplarla y sonríe a veces. Te abstienes de ser. Nada turba las aguas que te reflejan, el eco sordo que repite tu abstención. ¿Qué fuego habría de encenderse en ti si no hay pabilo que lo sostenga?

Se frotó los ojos. El lunar seguía ahí, en la sien derecha. Otro más, ancho, romboidal, le hendía el cuello entre los dos haces del esternocleidomastoideo. Abrió la boca. Una leyenda color humo estaba inscrita en lo alto de su paladar:

"Por mí se va a la ciudad doliente. ¡Oh los que entráis, abandonad toda esperanza...!"

—¡Dejadme rodar! —gemía la roca.

Y él jalándola, carroña crujiente, con movimientos suaves, intermitentes, caja sin paredes, entradas o salidas, y viento, solo viento llenando su oquedad, su hedor de tristezas antiguas y antiguos resabios, tanta rabia, tanta pasión incumplida, los retos escamoteados, la ternura infartada, la ausencia del verbo, la dura corteza. Una reminiscencia de leches cuajadas, caca reseca y semen. Crascitar de opacidades. La piedad. El amor. ¿Dónde? Había que desprenderse de ese peñasco de sedes insaciables que le roían el vientre para averiguar no sabía cuáles secretos escondidos en aquel seno milenario. ¿Y si simplemente no encerraba ningún misterio sino solo la indigente mudez de las cosas quietas, el desapegado abrazo de lo que de por sí es sima, el inexorable lecho de lo que no tiene principio ni fin? Chapoteaba. Cierto es que ese fango le era tibio, absorbía los escollos entre sus mucosidades blandas, y acallaba, en el borboteo de sus fermentaciones, el temor a ser, a oír, a tocar, a saber. Por las orejas le escurría el letargo. Alveolos, coyunturas, ligamentos, exudaban burbujas índigo, una substancia vibrante y plástica que lo rodeaba como una cápsula magnética. Un sopor de irrealidad, mariposa clavada a medio cloroformo, a media vida. Y él y Ella flotaban dentro, imbricados. Prometeo en su roca no habría sido tan profundamente poseído por el águila que vaciaba su hígado al amanecer de cada noche. No hubo resquicio en su carne que él no le hubiese besado con el ojo de su glande, ni resquicio en su carne que Ella no le hubiese mirado con los labios de su cresta. *He vuelto a perder la ciudad. El murmullo de sus pulsaciones no me guiará más hacia ti. El sedal de sus calles se me ha escapado de las manos y vacías se recogen sin crepúsculos ni aurora, monótonas, sobre mi pecho. La ciudad me olvida. No me llama desde sus rincones con la voz de tu espera. La ciudad se cierra, se amustia. Como las últimas flores que quedaron sobre la mesa. Las lluvias sueñan desmadejadas sobre el epitelio de las calles. Los techos inclinan sus desvanes, torreones, lucernas, las agujas de una y muchas iglesias se abrazan en el ondeo de los ríos, en las cámaras de los espejos y los espectros. Las lluvias sueñan. La ciudad te pierde. Me haces falta. Y rue-*dan. Y se les resquebrajan las pieles, se les desuella la voz, una esquirla infinita en el seno de innumerables esquirlas infinitas, una ínfima espora de granulillos amatista entre ínfimas esporas endrinas. ¿Quién es Ella? ¿Quién es él? Ruedan. Caen. Giran ambos, una eflorescencia estremecida en el espacio, rostros incrustados en el rostro de la piedra, reflejo y reflejante, carencia y plenitud, interioridad y vértigo, pura interioridad, hasta tocarse con el aliento de la propia respiración y estallar, material cósmico absorbente, asidos a la inmensidad de lo informe.

Arde el sol en el mediodía, formidable torbellino de intransparencias y granos en constante colisión. Hace rato que camina. Ancestrales sedimentos se le remueven en las cortezas de la memoria —*los cráteres con halo brillante son el resultado del impacto de un cuerpo pequeño que lanza material claro del subsuelo sobre el material de la superficie más oscuro*—, trozos de enormes glaciares asoman a la deriva, cavidades y perforaciones borbollean en sordina, aquí una isla, allá un abismo, una pendiente que se desliza. Pájaros de largas alas cruzan el cielo, graznan y chillan, suben y bajan formando espirales. No sabe cómo se ha alejado tanto de la orilla del agua. Frente a él se extienden crestas de dunas rojizas. Tiene sed, está cansado. Un conjunto de rocas con fulgores turquesa sobresale un poco más adelante. Se acerca y distingue, a mediana altura entre los pedruscos y las matas, una amplia gruta por la que se filtra una claridad. Trepa. Le asombra su ligereza y rapidez para alcanzar la abertura. Y entonces vio un como mar encrespado de olas sobre el cual flotaban lascas de mármoles policromos, ladrillos, trozos de columnas, de techumbres, tejas, centenares de tabletas de todas las dimensiones hechas de arcilla de color castaño claro, ocre, carminoso. Bajo sus pies, sin embargo, el empedrado de las calles es firme, regular, liso. Un fuerte olor agridulce se desprende de los muros semiderruidos. Flores marchitas y restos de plantas aún verdes se mezclan a la pedacería de cerámica, barro y vidrios. Empuja la puerta bamboleante. Surge el jardincillo con sus macetones intactos. Iris, rosas, jacintos.

—Anda, ven a ayudarme. ¿Qué haces ahí de pie con los ojos desorbitados? Tenemos que hacer un poco de orden.

La voz sale de una penumbra en el rincón del patio, rasposa, aguda. El hombre está cubierto de la cintura a las pantorrillas con un ancho pantalón ambarino muy lustroso. Su cara es triangular, como la de una cobra.

—Entra ya, Khader.

—¿Dónde están los demás?

—Cautivos, prisioneros. Naram-Sin se los llevó a todos. Pero también su reino yacerá, un día, abandonado, destruido, ceniza y polvo.

Se encaminaron hacia el interior del peristilo y cruzaron una larga galería donde los sirvientes amontonaban en hileras las tabletas. Reconoció los salones subterráneos del Gran Archivero.

—Hay que recuperar el *Libro de las Palabras*. Irás al templo. Conoces el pasaje. Es inútil intentarlo desde afuera, todo está ruinoso, incendiado, aunque es poco probable que hayan alcanzado el santuario interior.

Llevaba en las manos la antorcha de cinabrio: fuego solidificado, transparente y frío. Flama negra guardiana de un juramento. Y el rostro cubierto por la máscara, espacio tejido de zafiros y oro. Los pasadizos eran húmedos y en algunos tramos el agua filtrada formaba charcas espesas que le hacían trastabillar levantando contra las paredes ahogados ecos socarrones. Ritos de sangre se habían efectuado en esos lugares, matriz del tiempo. Pieles desolladas cubrían los muros. Aquí y allá descansaban en sus pedestales las cabezas. Algunas aún conservaban su estupor, su nimbo de voces inarticuladas. Lámparas incandescentes ardían sobre montones de piedras en forma de vulvas. ¿Qué plegaria vendría ahora a abrasar sus oquedades? ¿Qué libaciones inflamarían en adelante a esa nada hueca pronta a tragar y a parir? Luz y tiniebla amasadas en una idéntica substancia —*somos la reencarnación de nuestra esperanza, la reencarnación de nuestra plegaria, un mismo llamado que busca*—, llamado que arde sin sosiego en la pregunta que no tiene respuesta.

El libro que Ella le tendía le era tan familiar como su mirada y su sonrisa. Polvo de la tierra fértil y soplo del aliento vivo.

—Muéstrame la noche del final del tiempo, un amor decidido y perfecto, luminoso y constante —le dijo.

—Perezco de sed. Dame a beber el agua de la memoria.

Ella, la Señora de Verdejade, abrió su ambarino peplo y el manantial brotó de su vientre.

Caminaba. El límite del vacío era el fuego, pero él temía el incendio, la calcinación, el escalpelo escindiéndole el pecho, la caída, el precipicio hacia lo eternamente sin salida, el peso de lo abierto, el desmembramiento, parte por parte, muñecas, tobillos, clavículas, esternón, abdomen, muslos, lengua, orejas, desnudez de lo indiferenciado, ceguera, asfixia, la palabra evacuada, desvinculada, las multiplicaciones de la distancia omnipresente en el seno de la distancia omniabarcante, el miedo roía sus entrañas y obnubilaba su garganta, el pasaje hacia la luz del verbo. ¿Y quién era él para liberar a la estrella de sus cadenas nocturnas? Él era el miedo —*el ser es la negación de la noche primigenia de la Nada*—, su propia roca...

—Paro cardiaco —dictaminó el médico—. Lo que no se explica es que esté tan ajado, un envejecimiento tan total, ni esta costra de diminutas algas verdiazules que le recubre el cuerpo por completo. Se diría que son microorganismos fósiles de hace millones de años...

Los hechos ocurrieron así, según los testigos: que él salió poco antes del mediodía de su habitación; que no, que las insolaciones no eran frecuentes; que los arrecifes tampoco eran un lugar particularmente peligroso para excursionar, que no se sabía de nadie que se hubiese ahogado por ahí; que como había llegado solo y apenas esa mañana, pues no causó extrañeza que no fuera al comedor para cenar o desayunar; que los pescadores encontraron el cuerpo, y que ellos, el administrador y el botones, lo cargaron de regreso al hotel; que no, que no encontraron ninguna bebida alcohólica, pastillas o droga en sus pertenencias, bastante escasas por cierto; que, sobre la cama, únicamente había un grueso libro abierto con este párrafo subrayado en rojo:

"Abandonada y destruida, Ebla observa la larga columna de su pueblo, ahora esclavo, que se pierde entre las olas de calor que brotan del desierto, ese mismo desierto quebrado por pantanos al que llegaron, dos milenios antes, un viejo y su familia de semitas occidentales para fundar una aldea, una aldea llamada Ebla..."

Titulado originalmente "Oscuro y olvidado".

EL SEMBRADOR DE ESTRELLAS

Siempre esperando, pero sin
buscar nada, sigue su camino.

MARTIN BUBER, *Yo y tú*

Él llegaba todas las mañanas a barrer el templo. Esa había sido su tarea
desde que tenía memoria, desde que su madre viniera a entregarlo
como sirviente, desde las primeras espigas de la primera cosecha que
recordaba y los primeros rayos del sol que mojaran sus ojos somnolientos acostumbrados a abrirse apenas antes del mediodía, desde la
primera sangre tibia que salpicara sus rodillas y se le cuajara en la pupila atónita y el olfato asqueado. Todo estaba ya vivido, tocado; no sabía
desde dónde, ni cuándo el recuerdo se encontró ya ahí, completo en
sus mínimos detalles, como una arquilla harto familiar cuyo contenido fuera desplegándose ante él sin titubeos ni faltantes. Y él lo reconocía, igual, sin vacilación alguna. De su cuartito en la parte baja de la
ciudad hasta los umbrales del templo tenía que atravesar el serpenteo
de callejuelas del barrio de teñidores, su olor acre y áspero, su desorden de paños abatanados, trapos percudidos y macetones floridos, y
subir al alba para empezar un quehacer que, insensible y silencioso,
pasó a transformarse en la razón de su existencia. Aprendió a levantarse aun antes de que despuntaran los rezos en la alta madrugada,
antes de que la montaña y los senderos se cubrieran de rocío, ese súbito
relente que en un cerrar de ojos descendía y desaparecía como el ondeo
de un finísimo cendal, antes de que el augur y el sacerdote empezaran con su trajín de fuentes, copas, tazones y vasos, y de hornillos,
anafres, sebos y torcidas, antes, mucho antes de que nada, ni siquiera el revoloteo de cualquier palomilla parpadeara o chispeara bajo el
cielo en esa invisible hora nocturna en que el aliento de las cosas quie-

tas y de los seres vivos se pasma con asombro de recién parido. Salvo las estrellas, que nunca duermen y siempre están abiertas. Así fue como supo identificarlas, las más distantes y solitarias —porque las estrellas son lejanas entre sí y caladas de soledad—, las pequeñas, las brillantes, las vagabundas, las que colean en enjambres, manchitas nacaradas, metálicas, sedosas, guijarros de luz, rojizos, opalescentes, jaspeados, gotas que él había visto quebrarse y naufragar en el cristalino de los estanques que, bordeando las calzadas, conducen al gran atrio, suspiros de párpados enjalbegados, rosas de pimienta loca, arrebatos de plata líquida —*pindongas le sorberán el seso, igual que las hieródulas allá en los bosques; te quitarán las fuerzas y el coraje*—, y guardar sus desmayos junto con sus propios temblores y ensueños y las flores de naranjo que cortaba y tendía a secar. Por eso se acostumbró a barrer primero las anchas escalinatas de piedra que subían desde la ciudad por la calle principal y que arrancaban casi desde el cruce de caminos donde venían a encontrarse las vías más importantes de la comarca con sus caravanas de mercaderes y peregrinos, para observarlas a su albedrío, sin prisa. Y no solo por eso.

A esa hora, pues se le tenía prohibido acercarse al templo, embozado y silente, de tanto en tanto, llegaba el leproso ciego, aquel de quien se decía fue profeta y favorito entre reyes y sobre el que cayera el mal divino nunca se supo bien a bien a causa de cuáles transgresiones ocurridas en el santuario —*lo sagrado es intocable, muchacho, no intentes nunca cruzar el umbral ni descorrer el velo, aunque tire de ti, aunque te empuje su voz: resiste, date media vuelta, no mires, no alargues la mano*—, aquel que hablaba con los espíritus y conocía el nombre de los ángeles y nombraba sin equívoco a cada uno de los moradores de la ciudad. Él le habló de ellas. Dijo que eran diosas, de ahí que parecieran tan vivas, y que cada una anhelaba en la tierra a su gemelo. Las había terribles, puntualizó, estrellas malditas devoradoras de almas, otras lascivas y melancólicas, insaciables todas, traviesas, sedientas de luz y almizcles, guerreras algunas, pastoras, tamborileras. Se hubiese dicho que hablaba de un fluido sutil que traspasaba con su filigrana de murmullos las paredes de las casas y los sayos de sus habitan-

tes, un fluido que religaba sin interrupción la vida de los espacios allá
arriba y la de los meses y los días aquí abajo. Y él se fue habituando a
mirar así, sin fragmentar, sin separar, como cuando barría después de
los servicios del atardecer y con la basura de desperdicio se mezcla-
ban los objetos perdidos y rara vez reclamados, cinchos, fajas, pañuelos, saquitos llenos de sal o de especias aromáticas, piedras preciosas,
fíbulas, arracadas, amuletos, una variedad a fin de cuentas bastante
finita de enseres que pasaban a formar parte de los bienes del templo
y redistribuían a los menesterosos. Nunca había hurtado o codiciado
nada para sí. Salvo las amatistas —*su fuerza es sobrenatural, protegen de
los hechizos y de la nostalgia*—, para sembrarlas, consagradas a alguna
estrella, bajo los árboles y arbustos del huerto en la luna nueva. Después de las escalinatas barría las tres calzadas, limpiaba los espejos de
agua, el gran atrio, y solo al último penetraba en las salas del santuario. Aguardaba no sabía qué exactamente y alargaba el momento de
entrar seguro de que algo iba a detenerlo. Era una tirantez dentro del
cuerpo que en el origen se relacionó con la espera del leproso, con la
escucha de su paso firme y el leve golpe de su báculo al apoyarse. Pero
más tarde, era justo cuando él partía que la expectativa se tornaba casi
una zozobra, la certeza de ese algo inminente por ocurrir —*desengáñate, el Destino nada tiene que ver con nuestras urgencias, y el llamado
puede no venir nunca. Aunque, también, suele acontecer que ni siquiera nos
percatemos del instante en que se ha ofrecido*— parecía caer sobre él como
una mano pesada. Con los muchachos de su edad fue a los bosques, a
entregar su semilla a las hieródulas, a solazarse bajo las frondas en el
deleite de los cuerpos, a buscarse en los juegos y en los sacrificios, las
ofrendas y los festines. Un estupor vacío le quedaba al retorno. Y en
la inmediatez del contentamiento su devoción fue concentrándose
poco a poco hacia los misterios más ocultos del recinto sagrado, los
rituales del encendido de las lámparas, la limpieza de los ceniceros,
aspersorios y braserillos, el degüello de pichones y tórtolas, la calcinación de los panes ázimos. Le dieron una celda a un costado del patio
de las purificaciones y, además, el cargo de portero. Empezó a rastrear
en los gestos y miradas de los peregrinos y de aquellos que acudían

regularmente a los servicios, un signo, el bruñido, la irisación de las creaturas estelares. Adivinaba, bajo los rasgos distintos de los rostros, una misma súplica, una misma distorsión, almas mustias y asoladas, corazones sonámbulos y acanallados, labios codiciosos, pesadumbre en las mejillas, soberbia en las frentes, dolor, a veces una chispa de alegría, un reto, un mentís a lo irrevocable; la esperanza ávida, la paz.

Tomaba a las mujeres según se le ofrecían, sin preguntas, cauteloso, porque sabía que era posible perderse en ellas sin restitución, y porque le atemorizaban esos seres secretos y sus indescifrables demandas. Si alguna quería quedarse, él objetaba sus quehaceres en el templo, su accesoria labor de hortelano, su constante vigilia, su espera.

Un día el profeta no regresó ni se supo más de su paradero, aunque un mil historias sobre su desaparición se contaron, que si lo habían visto en el Norte, que no, que hacia el Sur, del lado de los desiertos; que si recuperó la vista y bajo su pelliza no había ya señales del mal; que si fue arrebatado desde los cielos por un carro ígneo; que si tal, que si cual. Fue entonces cuando él empezó a sentir su presencia, mientras barría, mientras sembraba, Creía ver sus mensajes entre las cenizas de los holocaustos, y escuchar su voz cuando hablaba con las estrellas —*me traspasa un lejano llanto, un hueco abierto al desamparo, mi grito llama en todas las gargantas desde hace siglos, tantos siglos. Todo termina y nada acaba, ¿en qué lecho tibio descansaremos por fin?*—, cuando engarzaba las amatistas en la raíz de los rosales, los granados y los almendros. Quiso adquirir sabiduría y pidió al augur y al sacerdote que lo instruyeran. Aumentó la tesura en su cuerpo. El aprendizaje era lento, largo. Le angustió saberse tan ignorante. La zozobra y la certeza eran una dolencia hermanada, un pinchazo de espina viva en la sangre, en el pensamiento. Había cumplido quinientas ochenta y ocho lunas y aún le era nebuloso su destino.

—Itamar, despierta. El gallo ya cantó tres veces. Estás borracho...

Ocurrió en la época de la sequía. La gente acudió desde alejadas comarcas, acosada por el hambre y las epidemias, para rogarle al Dios de la Montaña del Templo e implorar sus misericordias. Se corrió la voz de que en las cámaras interiores había reservas inmensas de trigo y aceite, y que se les daría provisión y vestido a los más necesitados: huérfanos, viudas y ancianos principalmente. Ni los sacerdotes ni los soldados del rey lograron contener a aquella masa afiebrada que, de penitente contrito —*todas nuestras acciones influyen en el orden del universo, tanto si son para bien como si son para mal; incluso lo que fraguas en tu corazón y en tu mente dará su fruto tarde o temprano*—, terminó por transformarse en una fauce arrasadora. ¿Qué caso tenía, frente a la extenuación, pedir arrepentimiento y ayuno; frente a la enfermedad y la muerte, fe y caridad? Saquearon los graneros de las casas ricas y asaltaron los corrales del palacio. Una lucha fratricida desmanteló incluso los cobertizos en los barrios pobres y en el ala del templo donde se cobijaban los animales para inmolar. Y de no haber sido por la lluvia intempestiva, el fuego hubiese dado cuenta de la ciudad entera. Fueron tres días de pesadilla con sus noches completas. Él llenaba los cálices del candelabro con el aceite de oliva cuando Ella entró. Venía herida y con las ropas chamuscadas. La lavó, le aplicó ungüentos y le frotó bálsamos, reconfortó su cuerpo con potingues y templó su ánimo con salmos y consejas. Tuvo la sensación de que nadaban a contracorriente y de que Ella no se dejaba rescatar. Él se reconoció en la profundidad de esas aguas lejanas, luminiscentes. Y la amó una tarde, en el huerto, interminable atardecer, hasta que lo venció el sueño. Le habría pedido que se quedara, pero cuando el sacerdote lo sacudió para despertarlo imputándole ebriedad, Ella ya no estaba ahí junto a él, ni en ninguna parte. Salvo en el hueco de ternura que sus manos le dejaran sobre el rostro.

Corrieron ciento veintinueve lunas más. Aquellos sucesos formaban ya parte de las hablillas populares, que si la tormenta fue milagrosa, que si los justos y piadosos resucitaron, que si hasta hoy en día, en el templo, durante los rezos, las almas de los difuntos impenitentes aprovechan los susurros de los vivos para mezclar sus propias murmuraciones, sus propios pasos furtivos, pasos que se prolongan fuera, por las calles de la ciudad, incesante romper de olas menudas, murmuraciones como aletas de peces flotando azulosas por encima de las cabezas de los orantes. El cotidiano fluir no se había interrumpido.

Los campos de algodón, los avellanos, la lana trasquilada y las nieves blanquearon el horizonte a su tiempo, y a su tiempo también se le blanqueó el cabello y se le serenaron los recuerdos. No así la espera de ese algo impreciso y cierto. El desasosiego y la mordedura se ahondaron con el estudio. Igual que la soledad —*has pecado por cuanto no serviste a tu Dios con alegría y gozo de corazón, por la abundancia de todas las cosas*—, y la carencia. Ahora era él quien sabía nombrar por su nombre a las estrellas y determinar su influjo en la vida de los hombres. Curandero reputado y escriba, llegaba, no obstante, todas las mañanas, después de atravesar el serpenteo de callejuelas del barrio de curtidores, a barrer el templo. Y una madrugada, antes de que la montaña y los senderos se cubrieran de rocío, los vio subir por las anchas escalinatas de piedra. De inmediato supo quiénes eran. El niño tenía el mismo mirar de Ella, el fulgor, la sonrisa...

—Viene a quedarse contigo, Itamar. Es tu hijo.

Y desapareció, como aquella tarde, sin que él supiera cuándo, mientras levantaba al niño en brazos.

Isomorfismos
(1991)

Sí, como una semilla enamorada
que pudiera soñarse germinando.

JOSÉ GOROSTIZA,
Muerte sin fin

Agua desnuda,
nuestro cautiverio empieza
con nosotros
y termina en la ciudad del cuerpo:
agua dormida
que nos va soñando en el lodo.

DAVID TORRES G.

CONJUNCIÓN

La llovizna de abril
desprendió el sueño lila
que florecía en la luz de las jacarandas
y ardió toda la tarde
sobre el rostro gris de la calle
como una tierna flama.

ENRIQUETA OCHOA

Cruza el parque a paso lento, los libros apretados bajo el brazo izquierdo, el paraguas jugueteando en la mano derecha. Aunque más a menudo lleva al hombro un morral largo azul eléctrico y la mano libre en el bolsillo de la chamarra. Llega con puntualidad. Ella también. No se conocen. Pero se encuentran igual, todas las tardes, en la biblioteca. Ella carga una bolsa de palma tejida. Extiende sin prisa los papeles y luego pierde la mirada tras el ventanal que se abre al fondo sobre la luz de las jacarandas. Otros lectores entran y se acomodan disimulando apenas sus murmullos y el arrastre de las sillas. Discreto, él va acercándose a la misma mesa. Cada día un poco más. La observa. Una leve inclinación de cabeza. El saludo. Ella ha empezado a llegar temprano para sorprender el gesto que la busca desde la semioscuridad del umbral. Ha llovido. El atardecer, de un gris lavado y transparente, rumorea. Con frecuencia él vaga, antes de entrar en la biblioteca, por los senderos del parque. Se sienta en una piedra a orillas de la fuente. Cinco lejanas campanadas marcan la hora. El viento azota los árboles, se arremolinan las hojas en el suelo mojado, sobre el pasto chapotean aún las gotas, en alguna banca se resguarda una pareja, los perros inician su ronda vespertina. También ahora ella a veces pasea bajo el resplandor dorado y umbroso. Retumba en el cielo, pero no cae el agua.

Solo el bochorno del calor acumulado en la tierra durante el día amustia a las flores desprendidas. Una niña brinca a la cuerda sobre el embaldosado rojo. Los patos graznan con alboroto en el estanque mientras las palomas picotean tranquilas el pan que les corresponde a ellos. Todo ahora es azul, y suaves pinceladas naranja comienzan a teñir el reborde de las nubes. Huele a la humedad de una lluvia que se anuncia sin precipitarse. Ambos construyen en la imaginación el encuentro, lo colorean de bermellón y amatista, lo saborean con olor a frescura de crepúsculo empapado y cielo diáfano. Tejen frases que todavía no pronuncian, oscuro lenguaje que agoniza en la aurora para renacer la misma noche, nuevo, anhelante, hasta envolverlas por completo. Una escritura de cantos pulidos a fuerza de acariciar lo profundo del deseo, de tocar piel con piel la puerta de lo que aún no se abre ni se expresa, cristal vulnerable que brilla y refleja imágenes, presentimientos, aves del tiempo. Habitados por la presencia de sus propios ensoñares, una tarde —febrero, abril quizá—, cuando las miradas se cruzan y se hunden una en la otra igual que si se hubiesen ahogado —¿fugado?— cada cual, en su propia alma, lo imaginado se borra para dar paso al asombro de que sea tan vasto el encuentro, tan inesperada su sorpresiva riqueza, como no poder decir de dos amaneceres que sean similares, ni de dos olas que se abaten sobre la playa que rompan de la misma forma. Y ahí, *sobre el rostro gris de la calle*, intercambian el beso...

INFANCIA

Continuar significa ir lejos.
Ir lejos significa retornar.

TAO TE CHING

Ojos de ciervo herido me dijeron que tenías de niño, silencioso, bien abiertos, tranquilo, de tanto leer a lo mejor, pensativo, de tanto buscar en las páginas sabe Dios qué, apartado, desde cuando aquella historia de la Muralla China, en otro lugar, tan larga como para darle dos veces la vuelta a la Tierra, no distraído, no, te cambió todo hasta la manera de caminar, sino en cualquier parte, de sentir y de hablar y ver las cosas, un sitio no de este mundo, recorriendo extensiones desconocidas y a la vez tan familiares, movimiento y distancia en un mismo espacio, un único espacio múltiple, inacabable: una larga, larga hilera de piedras superpuestas y tierra amarilla apisonada que empezó a atravesarte los sueños y las vigilias y a llevarte, manchú, mongol, huno, caballero nómada siempre al galope, despaciosamente a veces, veloz otras, por el desierto, la cima de montañas, laderas, llanuras, desfiladeros, colinas, valles, precipicios, cuencas y estepas, a la caza de un extraño anhelo, de un pequeño cristal donde una imagen de ti mismo se fue encerrando, se condensó en el tiempo, un tiempo que podía caber en una palabra —*peñascal*, por ejemplo—, una sola para retener tu imaginación durante horas o días según la fuerza de sus consonantes o los ecos que removían a otras andanzas por parajes no menos abruptos, un tiempo que se detiene meses hurgando en una fotografía —aquella en que la línea de la muralla semeja un conjunto de patas de mosca en el gran mapamundi a colores—, para desentrañar un recuerdo, un nuevo cristal prisma de alguna hazaña guerrera, una escaramuza, una celada en un bosque de sauces rojos no lejos de la muralla, cerca de la torre del vigía, y tú en el suelo, acechando con tu arco tendido, el cuerpo entre las púas de la alta hierba roja como el tronco de los árboles, el caballo echado junto a ti, atentos ambos —mientras el abuelo repite: "Cada quien recibe el alma que le corresponde, déjenlo en paz, si le gustan los libros, mejor que andar peleando en la calle" —, casi sin respirar, hasta que te aprendías de memoria el dibujo de las piedras y los ladrillos, de las escarpaduras, de las troneras, hasta que tal vez te quedes dormido en otro sueño donde dos lunas brillan en el cielo, y tú, morador de las aguas, sostienes entre las manos la cabeza del Dragón Teli cuyas escamas son cada una espejo de mil ojos y mil bocas, tan similares, cierto, a esa hilera que te obsesiona y que en el desierto apenas es una reseca franja de cañas, ramas de sauce, arena y guijarros, tan larga como el horizonte mismo, como el día cuando buscas agua y la tierra solo te ofrece pozos hondos y vacíos en muchos, muchísimos *lía* la redonda, y la noche hiere tu piel con agujas de hielo y el olor a tigre — ¿qué águila detuvo su vuelo en tu pupila?, ¿qué lenta salmodia imposible de expresar se te anidó en la garganta?, ¿qué viento te traza el surco del camino bajo los pies tiernamente heridos? —, hilera de quieto rostro móvil, baluarte cargado de siglos, de tantos como emperadores y generales gobernaron y defendieron a esa China legendaria y cuyos nombres no sabrías retener (Qin Shi Huang, Wu Di, Meng Tiang, Qui Jiguang), salvo la mirada de atalayas, interminables observatorios ciegos bajo la inmensidad también inabarcable, salvo el gesto impávido de esos muros y parapetos, de esos parajes sin dueño donde tú transitas, descalzo, arena suave y caliente, pedregal afilado, verde hierba, lodo espeso y tibio — "tres cosas preceden la creación del mundo: la Tiniebla, la Sabiduría y la Luz, como decir el agua, el aire y el fuego" —, y tu mano, la mano que acaricia el resplandor de la alegría, mueve las páginas del libro, sin prisa y a sorbos, rondando en las estampas y grabados un destello de río, una cima nevada, un racimo de cabañas, un oleaje de grava, un resplandor de voces, el trazo de inscripciones anónimas —*elaborado por el batallón de zapadores en el sexto año del reinado del emperador Wanli de la dinastía Ming*— que te enhebren al cincel que escribió y al cuer-

po de los campesinos y soldados que por millares dejaron sus huesos
entre los adobes y las piedras de la Gran Muralla, frontera que solo
hace más palpable la unión entre cielo y tierra, entre este y el otro
lado, entre lo cambiante y lo constante, lo visible y lo invisible, el círculo y el cuadrado, el balanceo de pértigas que conducen viajeros a
través de los pasos y el inmóvil señorío de las cumbres níveas, el infinito serpenteo de las formas, la infinita transición de las *Diez Mil Cosas*,
tus ojos de ciervo herido sobre la faz del mundo flexible, perdido en
tu universo de imágenes y pequeños cristales de aumento, reacio a la
física y a la química, buceador de historias, andador de versos, ¿extra-
viaste algún guijarro en alguna gruta, allá, entre los vestigios de la
inmemorial construcción?, ¿dejaste tu casa de pieles de yak, tu torre
vigía, tu barca de juncos?, o simplemente llegas a mi encuentro hoy,
aquí, en estas alegorías que fabulo como queriendo desentrañar un
misterio en tu mirar, reflejo de las líneas no menos misteriosas de tus
palmas, trazos de luz que el Cosmos retrata en las corrientes de los
mares y la polaridad de la Tierra, en las cúspides de los montes, en la
blanquísima hilera de tus dientes, filas de ladrillos pacientemente
dibujadas, día tras día, amasando varas y juncos para rellenar el espacio entre las piedras que encajen a la perfección y evitar derrumbes,
ciudadelas, plataformas, bastiones, aguzas tu sable recto y cortas en
el aire uno de tus cabellos negros, listo para la defensa, no importa que
el enemigo tarde en llegar, centinela avisado que desentraña el mínimo susurro de voz, el menor remusgo, hijo del viento tu dormir es
ligero como el ensueño, nada guardas en tus alforjas salvo, tal vez, una
nostalgia de mar, tocarlo con las yemas de los dedos y sentir así que
es tuya la parte del mundo que te corresponde para ser feliz, solo eso,
un barco de papel, una pluma de pájaro, un cristal de obsidiana, construir una ciudad nueva, no mitológica, en un corazón sin batallas, ni
héroe ni esclavo, solo caminar las rutas en tránsito siempre, agua que
fluye, agua desnuda, suave persuasión de la ola que revienta, libre,
contra la roca, ningún tirano escabroso atajará tu cauce, ni será como
recluta forzado con un hierro alrededor del cuello y la cara tatuada
que trabajes en la construcción de la muralla: la vasta inmensidad es

quien te recorre — "vivimos sueños de permanencia que no son sueños
de vida", decía, enigmático, el abuelo, "déjenlo buscar a su modo" —,
porque el verdadero caminante no deja huellas o convierte el espacio
en fijeza, por ello sigues el trazo de antiguas vías, manantial silencioso, por ello, suaves, sin prisa, caminan tus pasos entre las líneas de
mi mano, ciudad sin cuerpo...

INICIACIÓN

No vemos a las cosas tal como ellas son,
las vemos tal como nosotros somos.

TALMUD

El campanero de la Catedral era sordomudo, ¿recuerdas?, no lo parecía, pues las campanas sonaban con claridad y precisión, jamás equivocaron su ritmo, ni un toque de más o de menos, el vaivén armonioso del badajo, todas y cada una a su debido tiempo, a su debida voz, porque, justamente, no necesitaban palabras, como tampoco él, para decir, para volar, para cantar, nada: entre ellas y las manos que las impulsan, ningún intermediario, ni reatas ni frases, igual que cuando jugábamos de niños, y nunca nos extrañó que no hablara porque su silencio era nuestro silencio, tácito, formaba parte del juego de quedarse callados para oír mejor, para observar con mayor detenimiento, para reír sin reserva, porque su risa la escuchábamos, ¿verdad?, siempre supimos cuán clara es ella también en medio de su mudez esencial tan gozosa, por eso quizá amó siempre así a las campanas, con devoción, las palpaba con la lengua y la punta de los dedos, y las olía, sí, a todo lo que emitía un tintineo lo olfateaba, lo acariciaba, lo chupaba, como a las flores esos inmensos ramilletes que juntábamos de las orillas de los caminos, silvestres, salvajes, espinosas algunas, y a las piedras, de cualquier tamaño, eso no importaba, sino algo similar a un brillo, una textura especial, una voz, un eco de polvo de estrellas, de escamas de mar, para apilarlas formando montecitos, torres, cuadrados estrechos, círculos donde enterraba insectos, pájaros, y que adornábamos con pétalos o con carrizos, con granos, hojarascas, plumas, túmulos que el *Bolillo* se encargaba de cuidar, caviloso y mudo también, su amarillenta pelambre tan descolorida, enteco, de hocico

195

largo y ojos vivos, necio en caminarte entre las piernas, ajeno a las provocaciones de los otros perros, cazador de cangrejos, enamorado de la noche, caos de transparencias absolutas, ahí nos disolvíamos los cuatro oyendo las torsiones de la oscuridad, la quejumbre de las maderas, troncos, techos, canoas, la querellas de las olas con la arena, el parloteo de la laguna entre los lirios, ¿recuerdas de qué manera ese espiar la estridencia nocturna nos fue horadando la piel y los sueños, cómo dejó en los cuadernos de escuela su fino orín de espejismos, y en nuestras hablas su lenta hecatombe de personajes ficticios? Repetimos los trazos y las historias una y otra vez como oraciones aprendidas de memoria, hasta la noche de luna en que descubrimos a los bañistas desnudos ovillados en su rito milenario de chapoteos y embates, noche de tierras azules y dioses ardientes, nuevas voces nos abrieron entonces sus sonoridades al oído y a los ojos, nuevas plenitudes que vinieron a ocupar nuestros silencios, despertar de resplandores densos, abrir de puertas y de auroras, transformarnos en el titilar, en la intensidad del vacío, el intervalo entre el romper de cada ola, de cada beso, de la vaina y la semilla, del resuello y el chasquido de distintos roces como tiras de caracolitos y chisporroteo de brasa, revuelo de alas, culebreos, la soga de las campanas ondeaba verdosa y negra como víbora de agua, igual a las que metíamos en los hoyos de los cangrejos, retorcidas de puro tembeleque, nunca supimos qué pasaba ahí dentro, qué lucha, qué agonía lenta, tu cuerpo encima del mío, el sordomudo hilachoso halado por el badajo, *Bolillo* quieto, tenso, babeante, se dice que el pato silvestre llama a sus compañeros siempre que encuentra comida, su camino se eleva hacia el cielo, como el de los pelícanos y las gaviotas, allí vuela, junto con sus compañeros, en orden estricto, como nosotros cuatro uno tras otro para recoger plumillas y cascajos entre las malezas donde las aguas se juntan en lagos de colores, las del mar, las de las lluvias, las dulces charcas, morada de zanates, olor a zumos fermentados, tu boca bebiendo en mi vulva, arcilla de todos los confines, tus dedos bejucos de fuego, el mediodía vigilante, las campanas a rebato, bogamos sobre el cansado bote en un arrecife de isletas que de algún sueño hicieran surgir tu flauta dulce y

el golpe del tamborín que el mudo fustiga a la sordina, se dice que, en
cambio, si el pato silvestre llega a la alta planicie seca, es señal de que
ha perdido el camino y, solitario, no regresa, la espuma dibuja el contorno esmeralda de las rocas, restalla el viento, se estanca el curso de la
tarde, la luz entre las nubes, tu sangre entre mis senos, bolsita de mirra
entre ellos reposas, es la hora de los mosquitos, tábanos y zancudos,
hay que abrigarse y cobijar la carne, no sea que en la mordedura pene-
tre un alma ajena como cuentan le ocurrió a Laurencio y que por eso
no habla ni oye, o a doña Remigia ojos de tecolote que de madrugada
llora y busca a los hijos que nunca tuvo solterona siempre, ¿tiene el
amor un color?, pregunto: "tiene", contestas muy serio, "su punto
más luminoso no está en el centro de ninguna parte, se enciende aquí
y allá según se le toque o se le mire", y entrecierras los ojos y tomo
entre los míos tus labios que me sorprenden carnosos como la pulpa
de un mango, aterciopelados, guiños de aguamarina deposita el sol
entre tus cabellos, en el reborde de la ventana sobre los guijarros y
conchas que ordenas con escrúpulo, ofrendas a un Dios nuestro de
cuando escapamos a solas, "tiene un color enamorado", en la iglesia
aprendemos sin chistar el catecismo, tardos, pendientes solo del
momento en que subiremos a la torre, largos crepúsculos del verano,
las campanas zozobran de alegría, el viento enciende las farolas en las
calles que se abrazan párpados de agua a la noche bajo el cielo azuce-
na y ámbar, nos arrebatan los límites de la piel, descubrirnos la propia espesura, empujar y rodar abiertamente, también se dice que las
aves requieren de mucho alimento para sostener el esfuerzo necesario a su vuelo, y que se guían, como los marinos, por las constelaciones, que hablan pero no entienden el lenguaje de los humanos, Laurencio en cambio, y no sabíamos de qué manera, sí conocía todo lo de
los animales, sus nidos entre las juncias del carrizal, las estacas precisas donde se agarran con sus fibras correosas los mejillones, las hojas
donde desovan las mariquitas, hace trampas en el matojo para atra-
parle las zancas menudas al pipitzin que *Bolillo* persigue en el borde
de las aguas, desandamos los islotes a la caza de otros prodigios e invenciones, juegos de niños que se aburren entre clase y clase esperando

bajo el calor al maestro que no llega, a la maestra de blancas faldas y blusones transparentes, tu mano ensortija mi caracol entre los muslos, derivamos, te escucho mirar absorto el sueño de mis pechos, imploro, un hilo apenas dentro de un vasto tejido inmóvil y vibrante, un hilo que succiona poderosos vacíos llenos del hueco de una inmensa entrega, medusas se atan a la lengua, anémonas, encallamos, un barco habrá de llevarnos mar adentro, gaviota tranquila mecida en el aire...

CAMINO

Tu crois que c'est l'oiseau qui est libre.
Tu te trompes, c'est la fleur...

EDMOND JABÈS

Codorniz Pinta (Cyrtonix montezumae). *Ave que algunos autores consideran la más bella de las gallináceas de México. Vive en bandadas de cinco a diez individuos en bosques templados de pino y encinares. El macho tiene la cara y el pecho bien marcados con negro y blanco; las plumas de la corona alargadas formando un pequeño capuchón; la espalda y las alas moteadas de pardo gris y negro; los flancos negro azulosos con puntos blancos. La hembra es semejante, pero tiene la cabeza y el cuello moteados de pardo y el capuchón más pequeño... Existen otras muchas variedades de codornices de diverso colorido distribuidas en distintas partes de la República.*

Inclinados sobre el libro avasallamos literalmente los renglones y las imágenes en busca de una información más amplia — ¿qué otras variedades?, ¿qué colorido?, ¿por qué las usan en los sacrificios?, ¿dónde anidan y cómo se recogen sus huevecillos? —, de respuestas claras a tanta pregunta azorada, al misterio de una sangre que se ofrenda como sortilegio, de unas plumas que son voto y vestido, dádiva y adorno, de un cuerpo que es sahumerio y es magia. Tampoco don Jesús quiere hablar, avaro de su quehacer artesanal, se resiste a enseñarnos el secreto para hacer de los huevos de codorniz primorosos recipientes jaspeados de moreno oliváceo, rojizo y blanco, perfectas cascaritas tan brillantes que él bruñe, talla y repule una y otra vez en un silencioso dejarse ir sabe Dios hacia qué hondos lejanos recuerdos de cuando también fue niño, o de los días en que chapoteaba entre los tulares de

la laguna buscando el ahuautle de los mosquitos, o los bledos del agua,
para llevárselos a la abuela y que los vendiera en el mercado, días de
andar suelto sin beneficio —pues a los oficios dicen que se les encuentra en el sueño—, mecapalero, baladrón entre cojos y mendigos, com-
parsa de saltimbanquis y tahúres, huérfano entre aquellos a quienes
espantó el rayo y quedan como desatinados, curanderos de la legua,
echadores de buenaventura, días en que de alguna manera se le fueron metiendo en la cabeza y en las venas el conocimiento y la cordu-
ra, una ciencia de mirarle dentro de los ojos a la gente y espantarle el
mal, un saber palpar las carnes, los huesos, moler hierbajos en el teca-
jete, refunfuñón, se hizo viejo de pronto, solo, sermoneador con los
niños, le calentaba la boca hablarles de tiempos sin memoria, de vír-
genes-culebra de piel muy blanca y relumbrante como espejo, de otras
tantas cuyo rostro morado, amarillo y blanco era nomás grano de
mazorca tierna, de terribles señores dueños de vientos y de almas,
puro aire de húmeda calcinación, de Tezcatlipoca, dios mancebo siempre que baja del cielo por una soga anudada con hilos de araña y todo
lo ve y todo lo escucha, de númenes que exigían oblación de pan ama-
sado con miel, desuello, desmembramiento y decapitación, pormenorizaba asegún el susto que nos metía en el cuerpo, él mismo como
con un temblor, como si mirara espantables cosas desde muy atrás,
allá en algún viejo libro, libro de las escrituras donde se asienta el
conteo de los destinos, desde algún deshabitado tiempo que en sus
historias se volvía a poblar — ¿acaso únicamente vivimos para recordar?—, piedras que esconden en el centro un sol, piedras rodantes,
pedernal que hunde los corazones, llevas el mundo dentro de ti, donde quiera que camines ahí estará y ahí estarás tú, laberinto invisible
surcado por invisibles caminos, nostalgia de arenas que tus pies no
han hollado y que, no obstante, reconocerías, cazador de lagartos azules que aunque solo existen en tus sueños sabes a ciencia cierta que
los encontrarás, reales, a condición de no abdicar en la espera, de no
olvidar dormido, de no aceptar ningún límite como búsqueda última,
cuando tu deseo materialice mi presencia y ahí llegue, junto a ti, un
atardecer surcado de pájaros, navegando entre los canales, el agua

quieta, la larga figura de los ahuejotes reflejada en las charcas que la
lluvia de primavera le teje a la tierra sedienta, y se crucen nuestras
miradas y tiendas los brazos y yo salte a tu barca, tarde de muslos
abiertos y rojas quimeras, el amor no tiene momento ni espacio, me
dices, el amor viene de afuera, del mundo de las estrellas que lo envían
a cada quien según la envergadura de su alma, al tenor de su arraigo
en el anhelo, a cada quien su medida justa, su color, su voz, su tacto,
ni más ni menos, según el miedo también, entonces empezamos a
recorrer nuestra propia historia, parajes que no conocemos, como
guiados por la palabra de don Jesús, llevamos cuencos de cáscaras de
codorniz en las manos, collares de grano de maíz tostado, sandalias
de pluma y vestidos de fino azul, ¡azules los chanes que trazaron el
primer camino, la luz primera que se vio, azul Él que es Ella, Señor y
Señora, que con cantos pintan la vida sobre la Tierra, el lugar donde
florea el agua y todo viene a tener un rostro, rostro de la noche negra
de tantos sueños, de tanta oscura ignorancia de uno mismo, rostro de
la mañana blanca de pura cándida luz de amanecer, tranquilos y firmes son tus dedos, serena la voz de arroyo claro, tú que llevas el sol
en la boca, sembramos un árbol, a su sombra dormimos amantes y en
sus ramas colgamos niños un columpio, mientras el viejo Jesús, en
cuclillas en el terrado, con sus primores, lijas y cuchillos, sopla al aire
sus historias, moyotes zumbadores que atrapamos al vuelo aunque no
entendamos nada y luego nos venga a enredar en ellas, fábulas de
cerros desgajados y planetas que humean, corazones que se arrancan
calientes del pecho, aderezo para la eterna hambre divina, insaciable
apetito, entre todas, no obstante, jamás imaginamos otra que no fuese aventura nuestra, matices purpúreos y castaño oscuro, piel de sán-
dalo me aspiras el cuerpo y caes en mi sed suavemente, fruto precoz
y sin embargo maduro de jugosa entrega, aromado de sol, tañe el caracol, se inicia la danza, mujeres enrebozadas entonan el canto ancestral, entrañable murmullo de manantiales, de nubes turquesa, nupcias aguardan a los danzantes bajo el palio de guirnaldas, *jade que se
quiebra es el hombre*, cantan, *plumaje de quetzal que se desgarra*, avanzamos sobre la estera tejida con flores, *aquí en la tierra es la región del*

momento fugaz, salmodia el estribillo, unida a ti más allá de cualquier augurio desciño mi falda: es tiempo de iniciar el delicado fluir de lo deseado. "Les relataré, mi pensamiento: hasta aquí llegaron mis andares y mis días", dijo, y nos mandó a caminar nuestros propios destinos. La sangre de las codornices gotea sobre la ávida sed del altar que la recibe gozoso: "La ofrenda es la purificación hacia un florecimiento futuro, no hay nada que temer, el camino no se estará quieto y hay que recorrerlo", agregó. El viento remueve la arena encima de nuestros cuerpos tendidos uno al lado del otro, va levantando una a una sus capas, ondas muy juntas que no se dispersan, sino que entran a formar parte de la luz radiante, vibración de silenciosa aguja que urde la trama del mundo alrededor, de toda cosa antes de llamarse con nombre alguno, mero vuelo de contornos enramados, un hálito que aglutina lo que es, lo que fue y lo que será. El pájaro anciano vuela entre el follaje del árbol y deja caer una pluma. Las ramas se desgajan, la corteza esconde a la próxima semilla. Ahuecamos el tronco hasta que la barca adquiere forma, y endurecemos al fuego la madera para tallar los remos. Terminada la tarea emprenderemos la marcha, ¿a qué retardarla? Y así, sereno, el camino se transforma en presente, *como una brisa en la tarde leve...*

FRAGMENTOS DE ODAS

> Sabe que nunca más lo esperará una
> Quimera entre las rocas.
>
> CESARE PAVESE

La tarde ha sido una constante ventolera, el cielo negro de nubes y ninguna gota de agua. Me desplazo por el centro de la ciudad sin rumbo fijo. Es sábado y las calles acarrean mucha gente ociosa como yo, paseando, mirando los escaparates, preguntando precios nomás por preguntar. Hojeo algunos libros para alargar el rato y ver si encuentro alguna frase que me atrape, que contenga el ánimo de papalote que hoy me sacude el cuerpo, frágil, oscuramente vulnerable, desteñido, como queriendo acordarse de un primer color, de una primera fuerza —¿hace un año?, ¿cuántos meses?, ¿semanas?—. Compro la melancolía de Pessoa, su *noche antiquísima e idéntica* y me adentro con ella bajo el brazo en el corazón de las calles sucias, vocingleras, puerto de hambreados y mendigos, tanto pobre y tanto escuincle tirado por ahí, zaguanes apestosos, fritangas, chácharas, pornografía de revista barata, titulares de mentira y escándalo, ramos de ajadas flores — "para la novia consentidora", "para su mamacita"—, pelotas de hule, recortes de plásticos improvisados como impermeables que a lo mejor hoy nadie necesite, se encienden las luces, relumbran los anuncios de gas neón, el aire levanta papeles y tierra, otro ritmo desmaya los pasos, ensordece a las bocinas y hace resaltar las voces ambulantes que se tornan cómplices, penumbra entrañable donde la carne busca a la carne y se aprieta la hermandad de los solitarios, da comienzo la hora del borracho, de la puta, del ratero, el crepúsculo de las meriendas decentes, de los desvelos del insomne, el horror sonámbulo de otro día que se acabó tal vez sin esperanza, o, por el contrario, con la alegría loca de un inicio tan ansiado, preludio de un amanecer glorioso que quizá sea el Futuro. Pessoa me zumba, *noche solemnísima*, entre el griterío, entre las miradas que se cruzan al azar, o que a propósito se buscan. Empujo la puerta vidriera y entro en el café, quizá llegues o ya me estés esperando, nuestra mesa está vacía, no tristeo, ¿qué prisa?, tengo hambre y unas enchiladas me consolarán la piel, este mariposeo de llanto atravesado — ¿y de qué si no tengo dolor, pena que purgar ni ausencia que temer? —, de nostalgia recién acomodada, la mesera tarda en aproximarse, tanto parroquiano complica el servicio que tampoco es eficiente. Leo, mientras. El repiqueteo de los platos penetra a las palabras, el tintineo de las cucharas se agranda, los versos me envuelven, *Mater Dolorosa de las Angustias de los Tímidos*, la cerveza calienta el pecho, comer va apagando a la taimada bestia del sin sentido. De nuevo la calle me recibe, la hora del teatro acarrea a otros apresurados transeúntes, tedio en perfumes y ropa fina, los mariachis corretean a los automovilistas que pretenden acercarse a la plaza, una niña recoge monedas para el violinista ciego, en la Alameda hay casetas de artesanía y de tiro al blanco, parejas que chupan algodones de azúcar y mastican elote muy arrepegadas en las verdes bancas de metal. Me divierte pensar que también tú y yo hemos participado aquí en ese ritual de enamorados y que a lo mejor mañana domingo vendremos a tomarnos una fotografía que con el tiempo se haga borrosa — "un recuerdo para toda la vida, garantizado, palabrita de la buena" —, globos de colores chillones, manzanas almibaradas, indias en cuclillas frente a los exiguos montoncitos de fruta, cacahuates o chicles, precaria sobrevivencia, macilentas creaturas, *me arde el alma como si fuese una mano, físicamente,* y no entiendo ni quiero saber de ningún Plan divino, o de contienda alguna a la manera de Job, toda ciudad es un hangar de desamparo, "si quieres vivir justo y piadoso, deja de vivir", dice el poeta suicida. ¿Dar limosna aplacaría mi conciencia? ¿Qué hambre lograría acallarse con una moneda? Desemboco del Metro en la glorieta, el ajetreo es intenso, sobresale a todo volumen la música rock de una discoteca, grupos de jóvenes fuman y beben

FRAGMENTOS DE ODAS

recargados en el reborde de las jardineras, más vendedores ambulantes, más pordioseros, gendarmes, carteristas, hieródulas, enamorados. Voy a llamar por teléfono, tal vez esta noche duerma contigo, a tu lado, en tu respiración, *noche igual por dentro al silencio*...

LUNA

Entre dans ma parole, dans mon obscure demeure. D'un
côté et de l'autre du silence, nous serons la même voix.

EDMOND JABÈS

Oigo el ruido del mar. No sé dónde estamos exactamente. Llegamos
después del atardecer y de dar y dar vueltas buscando el lugar. Finalmente lo encontramos, pero a la escasa luz de los faroles poco se pudo
entender de los arbustos, los caminos de piedra y las redondas pala-
pas. En una de ellas descansamos ahora, grande, alta, el catre al centro, más que colchón de plumas, pepechtle que aplana su relleno de
hojas de mazorca contra nuestra espalda, enjalbegada, olorosa a humedad y al copal que encendimos dizque para alejar a los moscos, llena
de crujidos y de sombritas proyectadas en forma de cocol por un biom-
bo de concreto que nos separa de la puerta, de la terraza, del jardín
que se adivina por el rumoreo de la mucha frondosidad que agita el
viento, "escúchalo", murmuras, "escucha el viento", mientras enla-
zas mis tobillos con tus besos, un fluido de granos luminosos que atraviesa el espacio en todas direcciones y fecunda a la tierra, somos como
papalotes con aire en el alma, "como viajar en la cauda de un cometa", el Kohoutek que dices lo viste de niño, extendido en el cielo, largo,
profundo, un soplo, estrella que se quema, que humea, *citlalpopoca,*
de excepcional brillo, así, a simple vista, una noche de diciembre, desde
la azotea, una roca, aseguraron, se desprendió de su cola y allacito fue
a caer, en el cerro que treparon muy de mañana los vecinos y tus hermanos, tú no —los cometas son los mensajeros de los amantes que se
inflaman y consumen uno en el pensamiento del otro—, tú te quedas-
te abajo, pensativo, atento a otras voces inmensas, musgo suave y
silencioso, y no tuviste sueño ni sentiste cansancio, nuestros pies se

206

buscan, descalzos, siempre que nos abrazamos, como si caminaran sobre arena, esa arena que hoy venimos a pisar en este solitario rincón de la costa, huertos de mango, plátano y coco, memoria de mi sol infantil, el mar se tuerce, brinca, se escurre entre las olas, retumba, se encrespa acaracolado, penacho de espumas coruscantes, restalla, cintila, chasquea, confunde su línea de un azul indefinible con el azul inmóvil de los cielos, la añil morada de la Luna, región donde se forma el granizo, *lugar donde rechinan en el agua las piedras de obsidiana, itzapan nanatzcayan, y se empujan y forman tempestades pavorosas*, rostro de conejo, vaso donde escancian las almas de los muertos, ella embruja tus sueños, duende travieso que te relata historias de otro tiempo, andador de versos, y se duplica y quintuplica para que la contemples a tu antojo, esférica, tersa, como un amante hechizado, "ven, acércate plena", tejemos el oleaje a fuerza de caricias, a fuerza de humedades que los labios beben entre los huecos incansables de nuestros cuerpos, caemos, bogamos, tú eres el mar en que me adentro y la voz del océano llama con mi lengua en tu oreja, estamos solos, no obstante basta el abrazo para poblar el mundo entero y no sentir que transitamos en él errabundos, quisiste tocar el mar con la yema de los dedos y te llevó hasta el fondo, empujado por un anhelo de eternidad bajo el peso de una profunda noche interior —*noche silenciosa y extática*—, como tragarse un veneno de lento efecto, pues también el mar pide su ofrenda, su oblación, para poder hacer nuestra esa parte de felicidad que en el mundo nos corresponde, oigo su retumbo y repito tu nombre, una y otra vez, tenaz, único barco en franquía tu nombre me encauza durante la nocturna retahíla de las aguas, de su disolución y ahogamiento, abandonarse a las conjeturas de la tormenta mientras duermes y yo lucho con la tiniebla hasta el amanecer —de niña me veía sucumbir entre el reventar de una y otra ola—, cuando la vida avanza de nuevo hacia la luz, camino abierto, camino surco, tu andar tendrá el color de tus palabras, rojo, verdiazul, oro, eres viento, eres arena, "déjame guiar", dices, "yo que tengo la mano virgen y tan antigua el alma", y me sumerjo, gaviota mecida en el aire, salimos antes de que el sol levante tras los montes, en la playa los pescadores lan-

zan sus anzuelos de plata pura, una bandada de pelícanos se precipi-
ta sobre los pequeños peces que sobresalen entre las crestas de espuma, cangrejos presurosos y torpes escapan bajo nuestros pies, de los
jacales sale el humo del fogón mañanero, una vieja pachiche azuza a
los perros jiotosos, buscamos un lenguaje nuevo, distinto, para traducir y descifrar este arrebatado afán de abrirnos tan desmesuradamente
en cada caricia, en cada palabra, de balancearnos al borde de abismos
sin fin, de volcarnos agua en las aguas, pura cadencia, "¿las estrellas
son reflejo de las palabras?", pregunto, aprendemos que el Paraíso no
existe y que, en consecuencia, ningún temor hay de perderlo, existen
sí, los sueños, el pensamiento que se entrevera en el pensamiento del
otro, la transparencia de una mirada que cerca a la soledad y hace brotar en ella un árbol, un pájaro mensajero que une el cielo y la tierra,
pero que, como el quetzal, no se ha de tomar entre las manos porque
muere, aseguran quienes han contemplado ese pequeño cuerpo halado por su larga cauda tornasol, "igual a la de los cometas", dices, es
un velo que se rasga y luego se arrolla y luego deja ver la claridad del
firmamento, y luego, gracias a lo infinito, lo finito es más real, tendidos uno al lado del otro, abrazados, recorro en el sueño mis casas zodia-
cales, te llevo de la mano y te muestro los soles de mi infancia, su olor
a telas y costuras, el lento trashojar cuentos de hadas, su sabor a domingos de zoológico y feria, su consistencia de bosque y marismas, escucho las voces del cenzontle, llueve a cántaros, los mayates golpean
contra los vidrios, sube la espesura del trópico, y entre las sábanas
arborece el penetrante aroma de las rosas amustiándose, sus pétalos
que esparcimos sobre el sudor de nuestros cuerpos, se apacigua el chubasco, la resaca del mar embravecido, alguien sale de otra habitación
y vomita el resultado de la mala cena o de la borrachera, es una mujer,
la voz de un hombre la urge a regresar, la azuza, ella jura sentirse enferma, se aleja, sus pasos se pierden hasta desaparecer en el chipi chipi,
las lagartijas emiten su como-carcajada y los grillos reinician su chirriar, al amanecer la playa habrá quedado cubierta de peces bola infla-
dos y verdosos con el hociquito abierto y las agallas reventadas, y de
otates y cascajo, tu fino rostro oliváceo parece sombrío, se borra tu

camanance, decididamente, me digo, aún somos un misterio, aunque intercambiemos nuestros sueños y cruces las líneas de tu mano con las mías, la brisa te toca la cara y revuelve tus cabellos de cálido aza- bache, cristal de cuarzo citrino me miro en tus pupilas, ojos de cier- vo herido, metemos en el jiquipil que cargas al hombro piedras puli- das y conchas, trocitos de maderas, el caparazón de unos cangrejos, y los acomodamos sobre la mesa de noche junto a la botella que impro- visamos a modo de florero, se diría el ofrecimiento a algún numen benéfico para que nos ayude a construir esa ciudad nueva, no mito- lógica, de tus deseos, y que, otro día tú mismo abandonarás, cami- nante que va escribiendo con la planta del pie su propia memoria y cruza las grandes aguas, *apanoayan*, calcinación impostergable, olor de clavel ensalivado, te enlazo, con mi voz enlazo tu nombre y te lla- mo desde el umbral del sueño, sonora, nocturna, un olor que se derra- ma como óleo en lámparas votivas sobre el tiempo, certeza de la simien- te que en la tierra se dispersa incansable, "somos la idea que nos hacemos de nosotros mismos, por eso no vemos a las cosas como ellas son, pero sabemos que detrás de toda realidad hay otra más tangible aún, y otra más, y así sucesivamente", dices, y dejaremos que el atar- decer entre por la ventana, que nos dé sus últimos rayos sobre la piel extendida como un tapete de luz y nubes incendiadas, y que se aden- tre más allá de nuestros cuerpos, maciza calidez de vaho, hasta la emi- sión de su canto, de su inarticulado grito, y tú llames mi nombre, abra- zarse y conocer, exactitud de relámpago, que no somos estrellas perdidas dando tumbos lentos en la negrura interestelar, sino el cami- no que deja la cola de polvo del cometa, luna llena, enjambre de par- tículas que fluyen sin grumos, hilo ni agujero, pura incandescencia en el corazón del Universo...

GOTAS DE ÁMBAR

Mi voz ha sido siempre incompleta.
Me hubiera gustado dar las gracias
de otro modo.

CZESLAW MILOSZ

Hoy hemos hecho el amor como dos niños que atrapó una tarde lluviosa, sin deseo, encerrados cada quien en su gota de ámbar —*apozonalli*, "espuma de agua" la llaman—, tristes, porque a veces también así es el amor, dos soledades que no se entrelazan pero que están juntas, una arremansada espera, ¿de qué?, quizá de que escampe, aunque el cielo no se aquiete, densos nubarrones: uno mira hacia arriba, los ojos abiertos, tras la ventana, y el otro al interior de sí mismo fingiendo que duerme. Así, también, a veces la voz del poeta que leemos habla de éxodos, de apremios insoportables, de la inutilidad de la poesía, de la soberbia de los cautivos, del habla que está bajo el dominio del tacto. Y eso hemos hecho hoy: hablar desmesuradamente con las pieles, dádiva, no sabemos —y qué importa a fin de cuentas— si divina o demoniaca, por fortuna desmemoriada, *él de pie, ella hincada abrazándolo por la cintura, el rostro sobre su abdomen*, que parece que tiene dentro de sí una centella de fuego, *él con los dedos apenas la roza, ella se escurre hasta tocarle con la cabeza su sexo dormido, ausente, apalpa con la lengua sus ingles, resbala un poco y la cabellera inicia una leve danza entre sus muslos, las manos se aferran a las manos*, un huracán de luces como alas de fino corcho, *se tienden en el suelo sin soltarse, el agua contra el cristal farfulla repitiendo los besos que ya recorrieron los besos que ya recorrieron las piernas, las nalgas, la espalda*, una orla de espuma, oropimente, *se entreveran los cuerpos, el pezón comparte los júbilos de mil puertas que se abren, grano derramado, sauce, al acorde de un ritmo invisible. Sosiego.* Y así, igual, amaneció el día: llorando lluvia y grisura. Ni una flor. Dos niños, rodando cada cual en su pendiente, en su talud de sueños; uno, trepado al árbol de capulines, sacude las ramas para hacer caer los frutos en el mantel que tendieron abajo; el otro, en una nube, omite a la tierra e imagina mundos distintos, ni mejores ni peores, solo distintos. "El ámbar de esta tierra, o estas piedras así llamadas, son semejantes a las campanillas o ampollas de agua cuando les da el sol en saliendo, que parece que son amarillas claras como oro", comenta Sahagún. Sí, como ampollas líquidas hemos estado hoy, con el ánimo húmedo azabache, pues no siempre ha de ser la voz que esconde tu mirada barco de velas blancas, ¿cierto?, ni siempre has de conocer qué mares rojo-guinda translúcido recorren mis pupilas. Hay días en que suspiros disidentes rompen la esfera que se forma de un abrazo y un conmigo y contigo, y, más aún, silencios que no detienen al instante privilegiado de la caricia, sino que la hieren con estrías profundas. ¿De qué nos servirían en esos momentos los pequeños amuletos de la preciosa resina fósil para alejar —dicen— al "mal de ojo"?, ¿cuál? Y sin embargo la convergencia se da, transmutaciones más vastas aniquilan la separación, y avanzamos, avanzará la noche con su piadoso manto, nos lo anuncia el crepúsculo, la tarde tan olorosa y ya enjugada, las pieles efervesciendo de nuevo, lagar que añeja su mosto en la espera de otro encuentro, otro, diferente, únicos todos, un fuego que ayuda a despertar al otro fuego y a ponerlo en movimiento, alquimias, los cuerpos que rezuman entre las sábanas —como una plegaria de gratitud— su cansancio de amor antes de hundirse en la somnolencia, avanzamos, hasta topar con la palabra y recobrar el lenguaje, el corazón generoso, la desprendida entrega...

ALQUIMIAS

El amor sin sombras surge ahora
comienza a despertar
conforme la noche
avanza.

WILLIAM CARLOS WILLIAMS

Camino, me alejo de la ciudad. Cargo mi exiguo tacuil al hombro y en él no llevo más equipaje que la impresión de un rostro tras la pupila y el tacto de una cabellera entre los dedos. Aún desconozco qué vías trazarán mis pasos, pero sé que inicio el andar de mi propio trayecto. ¿Hacia dónde? El abuelo diría que los límites del ser solo se conocen hasta que le tumbamos las barreras, hasta que le llega el agua a los aparejos y en vez de tanto manotear se deje tocar y envolver por la oscurandad, total, ¿a poco no después ahí está el sol? Y sí, después todo es luz y realidad, pero mientras tanto es como el cuento del genio en la botella, una eternidad sin antes ni luego, nada de atajos, un puro arenal de magueyes, tetechos y biznagas, ni por dónde una sombra de frescura o para cuándo un viento de salida, únicamente rabia, impotencias, pájaros que se te vienen encima en lucha desigual, ceguera de palabras pues no hay razón que te consuele ni promesa de alborada que te corte la sensación de infierno en la garganta, "tócame la cara", sí, pero en ese momento el amor quema, *zolcoatl*, serpiente venenosa que imita el reclamo de la codorniz, no hay paz, solo el afán de arder como zacate a orillas de una playa sin mar, sin horizonte, cualquier caricia te hace llaga, pincho de jicote en la carne, ¿acaso sería de hombre recibir y dar nada?, aunque tú no lo pidieras, mis manos atadas, mi boca rencorosa, después de cuatrocientos años de encierro el genio jura matar a quien lo libere, lo único por hacer es andar, a marchas forzadas si es posible, y entonces sucede un día de entre los días que ya estás ahí, en el camino, y que el suelo lodoso bajo los pies se te abre río y ya vas cruzando hacia otra parte, una ribera distinta, nueva, por linderos insospechados, y sucede también que el lanchón que atraviesa de lado a lado lleva gente desconocida, rostros de otro mundo ajeno al mío cotidiano pero que reconozco porque el viaje vuelve familiar su distancia y porque la memoria se me ha limpiado y pienso mejor y ningún recuerdo duele sino que se va hilando uno con otro y surges tú, intacta como mis juegos de niño, el intercambio de catarinitas con mis hermanos, las canicas, la rayuela, sabor presuroso de un desayuno maltragado y contento, brinco en medio de los charcos de lluvia, cuento las gotas que se estrellan en la ventana, copio tu risa, una mujer me ofrece pepitas de calabaza, es joven, casi adolescente, y, sin embargo, muy pronto estará cargada de hijos, mustia, somnolienta bajo el calor que abraza a la tierra, trópico de sal, soplo voraz, lleva un tanate con plátanos verdes y sin duda habita alguna de estas chozas de cartón y lámina, o se convertirá en *nahualli*, bruja alcahueta y ensalmadora, huele a epazote, el pueblo es apenas un villorrio hacinado, barro en las calles sin asfalto, escuincles mugrosos, cerdos, gallinas, montículos de basura, de vidrio rotos, y flores, eso sí, la "lujuriante vegetación" que le llaman, por contraste quizá y para esconder lo que por milenario no tiene remedio o no se quiere que lo tenga: la miseria. El mal no nos enseña nada, tampoco la injusticia, nomás encanijan, se enchila el corazón, amargan, diría el abuelo. Sedimentos de un cielo perdido en algún remoto origen, estamos obligados a crearnos un alma o zozobrar en esta ciénaga mundana, círculo de fuego negro, demoler sus prisiones o hacer de ellas una elección deliberada. Una lucidez aguda va cobrando cadencia en mi cuerpo, "tócame la cara, tócame el cabello". Había que encontrar otro lenguaje, otra manera de acercarse, oigo que llegó mi tiempo, ¿a qué retener la ola que a mis pies se deshace?, solo dos mundos amplios, profundos y propios pueden enlazarse sin volcar en su deseo avaricia. Camino, y el amor sin sombra emerge, *el descenso nos llama como nos llamó el ascenso*, tocaré tu mirada más allá de toda memoria, una tarde, nuevamente, sin forzar a las palabras, cuando abandone la ciudad desierta, ciudades sin cuerpo, el exilio voluntario, tocaré tu voz también, la voz que nos llama por detrás de la infancia, al amanecer, entre las alboradas, cuando descubra mi límite humano y volar en la cauda del cometa sea real y no un sueño nada más. Busco a mi modo, en efecto, y no sufro temor o cansancio, ni héroe ni esclavo, conozco el tránsito de la ofrenda, la necesaria incineración. Se desató la tromba. Llueve como si se estuviera derramando el mar, me empapo hasta los huesos —el calor los secará al ratito—, dos viejos que beben cerveza me hacen señas divertidos desde una tienducha destartalada, y no, no voy a correr a guarecerme, no son estas las aguas que me ahogarían a pesar de que lleguen a arrastrar animales y casas y la crecida del río aísle al pueblo, mejor, así no regresaré por donde las mismas huellas, no hay urgencia, aunque la hondura de tu piel me reclame —ese es otro fuego—, pródiga cosecha. En los amarraderos junto al estero se sacuden las embarcaciones como hojas de papel, la ropa tendida chorrea, difícilmente la techumbre de tejamanil detiene el agua para que no escurra al interior de las casas, los árboles se estremecen, no se ve un alma, pero en cuanto amenguó el chaparrón alguien empieza a quemar desechos y escombros con una antorcha de palmas de cocotero, unos chiquillos salen y sobre zancos improvisados vadean las aguas poco profundas, el cielo se despeja y el sol disipa las nieblas, el lugar recupera sus ruidos y murmullos, el ajetreo de las bicicletas, el del lanchón que se acerca. Lo abordo junto con algunos pescadores que cargan su mínima pesca en banastas tejidas. Bromean y fuman, me ignoran, al fin y al cabo nada puedo compartir con ellos y mi asombro de fuereño no les gusta. El crepúsculo se anuncia. Vagabundo de un cuadro de Remedios Varo, recojo mis bártulos y me encamino hacia la estación de autobuses. Me huelen a lluvia las manos, las axilas y las ingles, todo mi cuerpo es una húmeda baldosa reluciente, agua desnuda, la luz del atardecer cae en mí, gozosa como una marejada de olas en la espalda...

UMBRALES

Y el cáliz del tiempo inexorablemente ofrece el
presente. Siempre es ahora. Y si no es ahora,
no es nunca.

MARÍA ZAMBRANO

Camino, me adentro rumbo a la ciudad. Sé que se trata de lo que tú llamas una ciudad mitológica y que, quizá, esté soñando. Voy a tu encuentro y llevo gozo en la planta de los pies. Las nubes, orladas de carmín,
repiten, curiosamente, como figuras chinescas, la sombra recortada
de los edificios. En realidad, decía don Jesús, no hay sitio vacío de Dios.
Un viento frío me dice en el rostro que la noche será larga de lluvia.
Tierra herida. Una ciudad que se come a sus habitantes. Desde el cerro
la veo, allá, como quien leyera un islario, aglomeración de barzales.
Recojo mis pasos: este, norte, oeste, sur, este. Y ofrezco una plegaria.
No para pedir lo que de por sí se nos otorga, sino para que sepa conservar, diligente, lo recibido, y no tatemar ahí donde pernoctaré, arena y bosque, solo por alumbrarme la ceguera, el miedo de dentro, cha-
magoso, que me agite —¡Ven a mí, *Toci*, Nuestra Abuela Corazón de la
Tierra, *tlalli yolotli*, ábrete a mis ruegos: que se manifieste en mí la luz
mayor del cósmico!—, que me turbe los sentidos y me haga sentir falta de tiento. Por el momento todavía hay claridad, la suficiente para
reconocer los invisibles límites entre uno y otro barrio, puertas distintas con su peculiar santo y seña: Iztapalapa, Pantitlán, Azcapotzal-
co, Tlatelolco, Tacubaya, Mixcoac, Copilco, Coyoacán, Iztapalapa.
Deposito la ofrenda: nueve plumas de codorniz, una por cada umbral
a cruzar, entre el tezontle —juntos subiremos por la calzada, más tarde, para encender el fuego nuevo—, y desciendo. Voy a tu encuentro
como vaciar mi vida hasta reconocer al niño que fuiste, tomar tu mano

y, niña también, llevarte detrás del árbol y darte un beso, muchos besos que te pongan los labios colorados, cazar lagartijas azules, confundir nuestros sueños y, sin aguardar más, comenzar a vivir el futuro. "¿Qué es un mar?", pregunto: en sí mismo no otra cosa que el desierto de las olas. Entonces no sabíamos que a las mariposas les gustara el mar, y que se posaran sobre el oleaje quietas como gaviota. Imagino que son tus pasos los que, al andar, dan movimiento a la tierra. Tú eres la ciudad que recorro, la calle en que me adentro. "Te amaré siempre", dices, pero ¿cuándo es "siempre"? Se cuenta, entre los que cuentan fábulas, que durante el eclipse de luna la salamandra escarlata se la come para vomitarla, siete días después, en forma de polvo luminoso, tamizado y sutil. Entramos en uno de los pasadizos del Metro, forasteros, para ser tragados por las escaleras eléctricas entre el burbujeante griterío. Sostienes mi mano con firmeza, que no me arrastre la avalancha de cuerpos que transita por oleadas y empuja hacia los carros. Me envuelve tu calor entre los sudores ajenos igual que tus brazos cuando dormimos, amor de todos los instantes. El tren se detiene. Un sobresalto asoma a la mirada de los pasajeros, una oscuridad remota, de obsidiana, papalotea en los músculos de la cara, en la nuca, el estómago y los tobillos. La muerte, decía don Jesús, no es un más allá del tiempo, la muerte es nunca más. *¡Ay!, en verdad fuiste enviado aquí a la tierra*, una voz se eleva impertinente y cascada, *y en verdad no vienes a la alegría ni al descanso*, cara tan cacariza que ni los ojos se le ven, *en verdad tus huesos, tu carne*, como que quiere espantarse el miedo, *sabrán del tormento, sufrirán dolor*, el soplo de pedernal que entra por los ventiladores. Respiro tu nombre. El tren arranca nuevamente. Llovizna. Casi casi es de noche. El crepúsculo se alarga pachorrudo, frío, con borrones blancos sobre surcos más azules que virarán de pronto hacia el violeta. Lugar de hormigas u hormiguero, me dejo engullir por el oloroso frenesí de tacos, sopes y pambazos, por la vocinglera profusión de neones. No sé si alguna vez por aquí también cruzó un canal, pero algo de embarcadero me hace sentir que ando, río abajo, entre chozas de carrizo y lodo con techos de tule. Ritmos de flauta y tambor. Las sombras cubren por fin al cielo en su totalidad.

Quién diría, en la plaza tan callada, la sangre que ha corrido —¿serán esas las aguas que escucho bajo mis pies mientras camino? —, silencioso cumplimiento. Bultos se escurren entre los edificios y las gradas ancestrales, construcciones donde quedó, huella indeleble, la presencia de un fuego que arde siempre: Tlatelolco, larga noche de las tumbas. Y en el principio de los tiempos los dioses eran todas las cosas, prosigue don jesús, las que huyen y las que se quedan, las que causan discordia y las que causan contento, las del cielo y las de la tierra, las pestilentes y las sabrosas, el sol nocturno y el sol del mediodía, orfebres y mendigos, curanderos, merolicos, tragafuegos, limpiabotas, manas, compadres, coyotes, judiciales, soldadesca, cacaxtleros, meretrices, verduleras, y todas las cosas tenían su lugar y su prez. "Penetro en ti como descender los peldaños de un templo, uno a uno, sesenta y nueve hacia el centro de la tierra, de ti misma, mi propio centro, *axis mundi*, y una súbita inmensidad me invade, inexpresable, múltiple, aislada." La ciudad tiene sed de los amanales que la surcaban, tanta violencia fácil y muerte desmesurada la agostaron, sus estanques hieden. Yo no era la Dama del Unicornio, pero me hallé virgen en tu mirada. Tú, perdiste la inocencia entre mis espejos, amor total, cumplido. En esta historia quiero, también, recoger mis palabras, cantos, todas, hasta recobrar solamente el roce de tu boca en mi mejilla, tan cerquita de las comisuras, el aire húmedo de la calle, el desnivel de la banqueta bajo nuestros pies, el hueco de zozobra y gozo que nos quedó en el plexo. ¿Alguna vez escuchaste hablar de Orfeo y Eurídice? Lo curioso ahora, mientras vago por los andenes del Metro, es que, y a pesar de su apariencia de muertos o fantasmas, nada ni nadie va a resucitar pues esto no es el Infierno o el Mictlán, ni ando a la caza de tu perdida sombra. Solo por un momento hemos dejado de coincidir en la estación prevista, y ya llegarás —o llegaré yo—, entre los vendedores ambulantes, con tu morral azul eléctrico al hombro, la punta de la nariz sudando y la sonrisa abierta. Todos perseguimos un sueño, desde "siempre", lo rondamos y nos ronda canción sin palabra. Más fuerte o más quedito, a veces lo oímos, y entonces creemos entender su letra, como cuando escuchamos la soledad de las constelaciones en esa noche volcada sobre la playa, o cuando nos tendíamos en la arena, largo el cuerpo cuan largo el horizonte. "¿Eran más profundas las aguas del silencio?", preguntaste. Los seres y las cosas eternas no tienen creador, se dijo, pero es preciso que, de vez en cuando, el dedo de la muerte se pose en el tumulto de la vida para que no nos haga pedazos. Yo sé, al igual que tú, que, de las ciudades, cáscaras de piedra, solo quedará el silbo de sus ensoñaciones bajo la forma de un colibrí. *No es verdad, no es verdad que venimos a vivir en la tierra.* Y tú eres la ciudad en que me adentro, mi propio laberinto, no el exilio, no el retorno: camino, presente, fulgor de espera. Una voz surge de la oscuridad como quien llamara riendo, navega entre escombros de amor y de esperanza hacia algún puerto de alborada, desconocido, lejano. La voz es remo sobre las aguas, y, quien la emite, un faro. Ella, se diría una sirena triste, deja que sus brazos, velamen azul, agiten al viento y que se le escurra la canción entre los cabellos. Ella canta para que la noche abra los párpados de cada lucero, para los sonámbulos y el desvelado, para el inerme que arrastra su ayate de parque en parque, el que arrellana almohada su quimil en cualquier quicio, el borracho, el suicida. Sé que no puedo contagiar mi certeza, darte a leer mi corazón: no somos solo una vida, pero esta es única y tu abrazo me falta. Las ventanas se han ido oscureciendo, se cierran bares y cantinas. Alguna atolera encontraré todavía: hay calles que no duermen, esquinas donde recala la cadencia subterránea de las madrugadas. Te llamo. Tu cuerpo recorre mi cuerpo y me duele la piel de no poder abrirla más, de no saber en qué forma desasirla de toda forma y hundirla, definitiva, en el hundimiento de tu piel acariciada y abierta. Respiro la noche en tus axilas —"Como tocar el mar con las yemas de los dedos"— y repliegues, la respiro hasta parir el amanecer en el grito que brota de tu garganta, en los espasmos de tu gozo que es el mío, y el de todas las creaturas embriagadas, eternas creaturas seres de un día, soledad sin nombre. Permaneceré en ti, memoria inviolada. Una flor te dirá que hubo en tu ensueño una sombra, una no fugitiva sombra de amor: *lo inaccesible que desciende a toda hora.* En tiempos remotos, insiste don Jesús, cuando bastaba desear una cosa para que se cumpliera y la parte de felicidad que en el mundo nos corresponde no se pagaba con dolor ni culpa, la armonía reinaba por doquier. Pero la riña explota a propósito de lo que sea, cuestión de acortar, mientras va clareando, la sensación de escombro que achichina las tripas, de espantar, a trochemoche, el tufo de penumbras que el dios del espejo humeante ha extendido en volutas espiraladas sobre la ciudad y sus cuchitriles y que, tornadizo, transformará al alba en vaho de rocío calmo, reconciliación y promesa. Rebrillan las gotas menuditas contra los adoquines. Las trajineras inician en los canales sus ires y venires mucho antes de que apunte la estrella de la mañana, Señor de la Aurora. También los bubosos se preparan, como perros hambrientos, lamiendo sus llagas una a una conforme renuevan sus vendajes. Llegarán al tianguis con los resplandores matutinos tazón en mano para que se los llenen de cualquier líquido caliente, y para pepenar los restos de comida que queden por los rincones luego de que cada cual reacomode su mercancía en los huacales. Don Jesús, Quirón sanador, augur sin falla, estrellero y maestro, esparce sobre su tilma las piedras preciosas y los caracoles: *te cansarás en esta tierra porque aquí fuiste enviado.* El silbato insomne de un tren que llega, a saber de dónde, se deja oír. Me apresuro. Es como si te escuchara llenar los huecos de la tierra y confundirte con los gritos de la mar. Cruzo el último umbral. El monte se alza sereno, peñón de altares y ofrecimientos. Toco en tu rostro los surcos —nuevos— del dolor queriendo borrarlos con mis dedos y mis labios. Hundes el cuchillo. Con mis sangres mojo tu carne penitente, salamandra roja. Brota en tus pupilas un jazmín. Alguien camina hacia el horizonte. La ciudad abre sus límites invisibles...

ANUNCIACIÓN

Nous vivons dans le torrent de la réciproci-
té universelle, unis à lui par un lien ineffable.

MARTIN BUBER

El pie herido, nuevamente, en la planta, ahí donde empezaba a pisar con gozo anunciación de alquimias en perspectiva, barrancales y desiertos, sin más alimento que raíces y totopos desaborados, y espinas de teocomite que carga en la mochila para las pequeñas ofrendas y sacrificios durante el trayecto hacia el santuario. Ya cantó el oactli su canto de buen presagio y nada hay que temer: "El viajero débil que tiene dudas solo levanta polvo en el camino", diría el abuelo. Prisa no le corre. El tiempo, ahora, ya no es un obstáculo. En algún otro sendero también ella camina, y habrán de encontrarse en el momento en que fueron separados, ni antes ni después. Seguir la propia senda significa rechazar las ajenas, él lo sabe y se mantendrá solo, contra viento y marea, trémulo guerrero que agita en el aire su espada para probar su peso y coraje. No ahorrará abismo alguno, solitario cazador que planta su huella a sabiendas de que vendrán palomas a recogerla. Igual, para tomar su propio rumbo, ella firmó un círculo con sus acervos, se colocó en el centro, y les prendió fuego. Guardó un poco de las cenizas en un pañuelo, cuestión de rito, quién sabe —dicen que en ellas se revuelcan las almas de los difuntos para limpiarse de culpas—, y, sin volver la cabeza ni consultar augurios, salió de frente.

La tarde burbujea, se desliza a hurtadillas hacia el regazo de la noche. Un cielo tibio envuelve a la ciudad como una caricia en la mejilla, un goce de soledad que alivia los ojos y los oídos. Caminan tomados de la mano, rozándose apenas con las yemas y las palmas, pureza inarticulada (la misma que les hace buscarse los pies desnudos bajo las sábanas y enlazarlos antes de dormir), en un diálogo silencioso similar al del crepúsculo. En cambio, en la fotografías sus cuerpos se estrechan aferrados a no se sabe qué anhelo de perennidad inconmovible.

—*Lo escuché llegar desde más allá del Tiempo, lo vi venir sin brumas, su morral al hombro, una tarde antes de anochecer, negro el cabello y, como dijera el poeta, una chispa de ojo de agua en las oscuras pupilas, resplandores de mar en la sonrisa. Apresurado me besó en la orilla de la boca: lento quedó el incendio en el cuerpo, tan lento que aún me quema los huesos y vago en el límite de sus labios de espuma como un corpúsculo radiante...*
—*Me acerqué a ella desde más allá del Tiempo, poco a poco. Sabía que la tierra no es enorme ni redonda —es simple imaginación—, y que se mueve solo porque nunca dejamos de caminar. Así fue como la encontré, ave de ningún Paraíso, un atardecer arrebatado en el breve roce de mi boca sobre su mejilla. Acaricié lo profundo del deseo, un sol que me embriagó y aún duele. Tomé su mano y le ofrecí un lecho en mis pupilas...*

Ninguno diría que fue un sueño, aunque ambos se unieran desde ahí, una presencia de luz líquida, un nombre que les ocupa la piel por entero y que reconocen antes de siquiera pronunciarlo. En alguna parte, alguna vez, hubo una flor, una piedra, un cristal, prosigue don Jesús, una mujer hechizada de olas que mira en el codo del agua, Señora-del-huipil-moteado-de-estrellas, Señora-de-nuestra-carne, la que sostiene a la Tierra y la cubre de algodón... ¿Pero acaso no llevaremos dentro a nuestro propio victimario?, ¿acaso nos gustará reconocernos en el verdugo y en el que es traicionero? Solo quien está al tanto del Nombre Verdadero estará seguro de recibir su ayuda. La primera muerte fue un acatamiento divino, la autoinmolación; la segunda, un asesinato.

El tren lo envuelve en su trayecto escarlata y púrpura. Él sabe que es necesario romper con los espejos, aunque le astillen las manos y los párpados — "mejor cicatrices que heridas incurables", diría el abuelo—, para que el resplandor de la luna no lo embruje y le robe el alma, *itzpapalotl*, mariposa nocturna. Sabe que no debe forzar a las palabras, convertirlas en ídolos, quimeras ambulantes seducidas por una imagen estética de sí mismas. Ella sabe que toda serpiente ha de combatirse con una serpiente, que todo dragón guarda entre sus escamas destellos de algo inagotable, y, en cualquier caso, superior a la fatalidad (aunque él llegará a afirmar, por tres veces, "no la conozco"). Y arribará el vendaval, no el viento, a azotarles el rostro, y descenderán hacia un infierno vacío de torturas, mudo, para depositar su ofrenda de codornices (Philortix tasciatus: *machos y hembras idénticos en apariencia y tamaño, flancos listados en blanco y negro*. También *se les conoce como* "chorrunda"), de gotas de ámbar y capullos de jazmín. Necesidad de incinerarse, con palabras y sin ellas, metamorfosis impostergable compartida en los misterios del incienso y de la rosa. Caminan. Aún ignoran que se alejan de lo que aman y los ama, pero presienten ya, niños que siguen con el índice el trazo de las lluvias en el cristal de la ventana, que lo real es lo inapresable, y que lo que es visible crece más allá de sí mismo y se alarga hacia el reino de lo invisible. Él fue un niño absorto —ese gesto obstinado al abrocharse las agujetas del zapato—, ojos de ciervo herido, temprana lucidez de saberse ajeno al mundo y no quererlo por casa para no esperar de él abrigo alguno. Sus dedos desnudos de codicia se posaron sobre la piel de las cosas. ¿Qué abandono, qué perdida, le drenó su alegría de vivir y dejó entre sus brazos fantasmas de camposanto? La tía Concepción le pone inmaculadas rosas a la Virgen después de haberles quitado, una a una, las espinas que se le quedan, dolor y gozo de ofrendar, clavadas en las yemas. Hundir la cara en su pelo mojado y quedarse dormido entre sus rezos. Soñar, quizá, en desgranar las cuentas del rosario sobre sus pezones y constelar su oscura aureola con gotitas de saliva. Ella fue una niña que siempre andaba comiendo ansias, creía en lo que aún no ha sido dicho, en los días que se abren a su reciente ahora, y en los cuentos de hadas. A veces amaneció con briznas de bosque entre los cabellos y el asombro de hallarse ajena a este tiempo y a este mundo. ¿Qué temprano destierro le arrebató el sabor a inmensidad de la boca? En ella, él reconoció un perfume, una espera tenaz, tal vez el nombre de un deseo no expre-

ANUNCIACIÓN

sado. En él, ella reconoció un sueño, una búsqueda, un fulgor que
aguarda irradiar poderoso e inextinguible.

*—Te llamo con la voz de mi ser reunificado, y sé que estás ahí, una entra-
ñable paciencia de noche que se abre paso hacia la luz, la nueva luz de un
nuevo amanecer. Sé que tejemos el perfil de un rostro que no se esconde tras
el velo de ninguna nostalgia. Ya tu ser está dado en mi ser, árbol único donde arraigó el alma, y sin embargo pájaros, aves del tiempo, errabundos y
cercanos, ¿acaso no nos encontramos caminantes...?*

*—Ángel de la Anunciación, tómame la mano sin leer en ella ningún des-
tino —no anheles lo que ya es tuyo, diría el abuelo—, y cruza tus líneas con
las mías, despacio, sin fronteras, eternidad presente. Bastará el abrazo para
poblar el universo. ¿Qué flor que no haya libado su cuota de fango asoma
sus colores a la luz...?*

Como una imagen es el fuego. Llama desde la tierra y se adhiere al objeto que está quemando. Las nubes pasan, cuijas índigo y grana, y la lluvia hace su trabajo sobre la fertilidad de los campos. Las cosas que están
de acuerdo vibran al Unísono y todos los seres fluyen hacia sus formas
individuales: "Vivimos en el torrente de la reciprocidad universal, unidos a él por un lazo inefable", comenta el abuelo. El cuarto creciente
emerge bañado por un temible estruendo. El granicero, en la cima del
monte, peñón de túmulos y oblaciones, mira hacia la mar donde el sol
se oculta. Lleva en la mano derecha un enorme sapo, y una corona de
hierbabuena y perejil en la izquierda. Mensajero del Señor-del-lugar-
donde-brotan-las-gotas-de-agua, don Jesús da movimiento al conjunto de hilos tenues y viscosos que constituyen la materia de la vida: "Cada
cual recibe lo que está de acuerdo con su ser, lo que es debido y constituye su felicidad. Levanta tu corazón brillante y precioso, dirige la
mirada hacia el Alto. Nadie es probado con pruebas que sea incapaz de
afrontar, pero todo llega por sí mismo a la hora justa". ¿Al borde de qué
orillas conduce un beso? Punto de arribo, su toque los tomó por sorpresa. Él sueña con una ciudad de aire y deja pasar al tiempo mientras estrecha la cintura que no ha tocado todavía y le suda entre la imaginación

de las manos. Ella aleja constante un perpetuo anhelo de cercanía que la ensoñación de él vendrá a llevarse en su tacuil de estrellas, junto con sus extravíos y huertos vedados. Ella se abre cañada y surco; él penetra oleaje y viento, andador de versos. Él lleva islas de paz en las manos; ella un arduo cauce de remolinos y tormentas. Caracoles de arena blanca sus cuerpos se deslizan hasta incidir, estero, en las altas mareas, alquimias donde realidad y delirio confluyen, alquimias siempre, amanal donde beben y bañan a cielo abierto, aladas nupcias, hasta alcanzarse a sí mismos en el tiempo ausente que tienen como deuda el uno para con el otro. "El beso pone orden en el mundo", concluye don Jesús. Ambos recogen los pasos: este, sur, oeste, norte, este. Una ligera llovizna persistente moja la tarde. Anchas estolas de nubes abollonadas se chupan la luz, corusca a pesar de la grisura. La pestilencia de la laguna atruena la nariz, aunque, para consuelo, al menos, los enjambres de zayoles no enroncharán la piel de ningún cristiano. La campana de la catedral llama monótona, presintiendo la pereza de los fieles hijos de San Cuilmas Petatero que nada hará moverse en este atardecer de húmeda modorra. Huele a café recién tostado, a pan caliente. Varios niños patean un bote vacío a modo de balón. Algunos paraguas se atarean frente a la panadería y al expendio de pulques. Las bancas del parque aguardan inútilmente a sus enamorados. "Te amaré siempre", musitan las hojas de los árboles en su continuo morir. Solo los condenados permanecen de pie en la placita fuera de la prisión. "Son agitadores", se dice, llevan carteles colgados al pecho donde se describen sus así llamados crímenes: huelga, huelga de hambre, hambre de justicia, justicia piden capataces de rebenque para quienes construir la Muralla es ya en sí suficiente honor, ¿a qué invocar otras que no sean las razones del poderoso en turno? ¿Ríen los dioses? "Son los *nenonquich*, los hombres inútiles nacidos en los días vanos, cuando todo es magro, inservible y aciago. ¡Ay!, no, no en verdad vivimos, no en verdad venimos a durar en la tierra", murmura la gente. Arde generoso el copal en los braserillos. Decapitación, desuello, desmembramiento: poco importa la forma. Lo que cuenta es el espectáculo, la ceremonia, el sacramento, participar y hacerse Uno con la divinidad, la que sea, cualquiera que integre a las fuerzas contrarias, a las pasiones encontradas, que consuele los miedos, que exonere cobardías y postergaciones y reconcilie las culpas y los yerros. Se encienden las fogatas con cañas aromáticas y leña verde. Se acarrean los huesos y cráneos: en rimero se acomodan los que se van a chamuscar; al aventón se dejan junto a los tecajetes aquellos que habrán de molerse primero. Fémures y calaveras representan la rendición completa, la entrega total de la persona a la deidad. "El cuerpo que resucite será aquel en el cual el alma haya echado raíces, pero si apresuras la hora se te hará volver atrás", dice el abuelo. Como nacer interior de una semilla, semilla enamorada. En algún lugar del tiempo compartieron el mismo jardín e idéntico árbol, descifraron el lenguaje de las volutas de incienso, tramaron lagartijas azules, y jugaron sobre la cauda polvorienta de un cometa con las almendras del colorín.

—*Tu presencia llenó mi habitación de añiles y jilgueros. Una fecundidad de gruta silenciosa ató mis pies de errante con raigambre de hogar a las palmas de tus manos. No bebí tu respiración ni me hundí en tu abrazo: recogí mi ser dentro de ti. Un destello de pureza en la piel me dice que siembras mi nombre en un verso.*

—*Y para esta aurora que es el círculo de luz de tu presencia, no tengo palabras ni ropaje: en la desnudez y el silencio me entrego a ella. No hay preguntas. Solo leve roce de mis dedos en tu rostro...*

"Es el amor el que nos elige para servir en sus templos, hierofantes y sacerdotisas. Somos nuestro cuerpo y la realidad que lo circunda: esa es nuestra semejanza divina", insiste.

—*Ven, acércate plena...*
—*Ven, recíbeme abierto...*

Hace rato ya que el pájaro acachichictle avisó a los pescadores que está por iniciarse el amanecer. Entre las espadañas y las juncias, el ave mensajera del Señor de la Aurora alertó con su graznar a los últimos soñadores de la noche. El alba de plata y oro y fuego en sus contornos los alcanza caminando en la playa cubierta aún por el relente. ¿Acaso se detiene el movimiento? Van tomados de la mano. Hoy el perro los sigue manso, sin inmiscuirse entre sus piernas. En el estuario, amarrada al destartalado muelle de madera, está la barca que ambos tallaron. Ella la aborda y mete los remos que penden a un lado. Él empuja por la popa hasta más atrás de donde la ola rompe. Una corriente suave los atrae mar adentro...

De
Hebras
(1996)

Todo libro se escribe en la transparencia de un adiós.

EDMOND JABÈS

DANZANTES

Había empezado a girar. Bajo sus pies jadeaba la arenilla, cada mota de polvo un rehilete, rehiletes también sus plantas entre la hierba semiseca, sus tobillos ajorcados con diminutos cascabeles tintineo áureo, las pantorrillas revoleo de espiga zarandeada, muslos y cadera molinete de pajuelas que anidan en gozo y van estallando una a una y en conjunto hacia la cintura, el costillar, el pecho jaula plumiforme de cuyo centro, libres ya, emergen los hombros, el cuello, la cabeza y los brazos, aspa, viento de alta mar que impulsa al cuerpo velero incandescente. Ella gira y, con ella, giran los astros, las aves, los manantiales. Gira y olvida que el enemigo acecha, que en las forjas se templan espadas, forchinas, arreos de combate. Gira, tal vez los dioses olviden igual su cólera y transformen el corazón de los guerreros en alabanza, una ronda de paz entre cielo y tierra. En las manos lleva cintas de colores que habrán de atrapar en el remolino ondeante miradas y voces y pensamientos malévolos, e iluminados destellos de compasión, misericordiosa lluvia de armonía entre los hombres de su aldea y la aldea vecina. Ella baila para que no peleen hermano contra hermano. Sacerdotisa de luz, su danza implora piedad y amor.

Baila olvidada de su olvido, flama única en el aura que genera y la envuelve y envuelve en su giratorio cauce toda confusión y tiniebla. Antorcha, espejo, umbral, su cuerpo ondula ya un palmo arriba de la arena. El cielo, de azulísima claridad, asoma entre los tintes naranja del amanecer. El canto de los gallos va abriéndole camino. Voces urgen: cada una le rasga un velo a la noche que agoniza y prepara las calinas del alba. Al verla así, espuma, oropéndola, arrebatada por el fuego de la aurora en una tan total entrega, el Amante supo que moriría en el combate lejos de ella, de su abrazo, de su rostro, y que, a su vez, ella podría terminar cautiva. Arrebatado entonces, mas por otro fuego, llamarada celosa, tomó de la aljaba una flecha, apuntó, y girando en círculo abierto alrededor de su baile, suspendió certero el vuelo de enjambres que sustentaba a la sacerdotisa...

MALDICIÓN GITANA

Para Moka

—Anda bonita, dame tu mano derecha. Que te digo la buena suerte. Mira que la tienes grande. ¡Muéstramela!

La insistencia de la gitana era obscena y yo no podía quitarle los ojos de encima, de modo que parecía a punto de dejarme convencer, lo cual no iba ni remotamente a ocurrir. Pero me era imposible dejar de verla, es decir, dejar de ver mi terror reflejado en ese "no gracias" que mis labios, con forzada sonrisa, repetían. Llevaba el pelo atado con un moño verde perico y una rosa falsa. Tenía un lunar negro sobre la boca. Sus ojos chispeantes y amenazadores escudriñaban sin pudor mi rostro y mi cuerpo, y creí que, hasta las hormigas, que circulaban por las mesitas de aluminio, donde se apoyaba el vaso de horchata que yo bebía cuando se acercó, se habían paralizado. El libro en mi regazo —lo sentí tan ridículo con sus poemas sobre la esperanza frente a esa avalancha que pretendía a toda costa subyugar mi resistencia— resbaló y no tuve fuerza para detenerlo. Ella entonces se sentó de plano en una de las sillas vacías y tendió su brazo musculoso y moreno cubierto de pulseras baratas. Su diente de oro, hipócrita, sonrió. Un sudor frío me recorrió la espalda, las axilas y las corvas. Los oídos empezaron a zumbar y el paladar se resecó. La garra se aproximó aún más. Empezó a vociferar. Un perro rabioso no tendría tanto afán en acorralarme. "No gracias. No quiero. No."

—Mira que por envidias a ti te han echado el mal de ojo y yo te voy a decir quién. Yo te voy a decir cómo quitártelo de encima. Dame esa mano. ¡Venga!

¿Por qué no llegará el mesero a rescatarme? Sola en este parque inmenso bajo los castaños, justo hoy cuando hay tanta gente pasean-

231

do, asoleándose, corriendo o sentada aquí, en las otras mesas bebiendo limón granizado, refresco, cerveza, con el calor da igual lo que sea, el caso es ampararse un rato mientras se recobra el resuello. Y eso hice yo para mi desgracia. Ni siquiera me di cuenta cuando todos se fueron, absorta en la lectura. Quién me manda andar siempre buscando lugares aislados en vez de quedarme junto al estanque o donde juegan los niños. Me va a robar. Terminaré por darle lo que traigo con tal de que se vaya y me deje en paz. Mi agua de horchata ya estará caliente, además tiene una mosca adentro y ni modo de hacer como que la bebo. Tampoco puedo levantarme con esa manía que tengo de repegarme a las mesas para apoyar las rodillas: estoy acorralada, cautiva, indefensa. Me está doliendo el cuello. Los olanes de su falda grasienta están rozándome las piernas.

—No gracias. No quiero. No.

—Dame siquiera una moneda para comer.

—No quiero. Gracias. No.

Entonces sucedió lo que tanto temía. Me maldijo.

Quedé clavada en la silla de metal bajo los castaños en fruto, muda, invisible. Y ella allá va, ancha, grande, poderosa, bamboleando sus faldones superpuestos...

PALOMAS MENSAJERAS

> ¡Nunca en mí ponga sus ojos un dios con
> su mirada irresistible enamorada! Es una
> guerra sin guerra, un escape sin escape.
>
> ESQUILO, *Prometeo encadenado*

"Y poco antes de la primera invasión de los lombardos estalló la peste... las personas, como si las hubiese mordido una serpiente, se llenaban de llagas en las ingles y en los sobacos y morían a los pocos días entre sufrimientos atroces. Muchos enloquecían de dolor y miedo." Cerró el libro de Vito Fumagalli. Dejó que su cabeza oscilara un poco y, finalmente, al tiempo que aovillaba el cuerpo, la apoyó hacia la izquierda sobre el respaldo del sillón donde estaba sentado leyendo. Lo despertó el brusco choque de otro cuerpo, sin duda también dormitaba, contra el suyo. Ambos se enderezaron y reacomodaron en las estrechas bancas de madera, sin mirarse, simulando una muy concentrada atención en la misa que venía desarrollándose en el centro de la catedral profusamente iluminada con velas de sebo. No se supo por dónde entraron las palomas, en qué momento, ni cuántas eran. El caso es que, con sus alas, como si solo para eso hubiesen llegado, apagaron las flamas y sumieron a la Casa del Señor en una profunda tiniebla que arrancó de la garganta de los fieles un largo y atemorizado ¡ah! Sintió un hueco en el pecho, bajo su corazón; un abismo que giraba en sentido inverso a la espiral de la vida.

La voz de los oficiantes se levantó sonora por encima del terror general, "oremos, oremos", mientras los acólitos intentaban encender de nuevo las candelas cercanas al altar. El murmullo desordenado se aquietó y una suerte de hipeo unánime empapó de babas a la letanía — "Cordero de Dios ten piedad de nosotros" — entre el incienso y una tímida refulgencia que empezaban a extenderse. Sus oídos solo estaban pendientes del balanceo chirriante de los hisopos. No ignoraba su labor purificadora de espantos y tumefacciones, tampoco las razones de ese masivo Te Deum, más que acción de gracias, exorcismo: "Como cuando huye un hombre delante de un león y topa con un oso, o entra en casa y, apoyando su mano en la pared, lo muerde una culebra". De pronto cayeron, heridas, las palomas. Los fieles se precipitaron sin pudor alguno hacia las puertas en medio de un griterío más oscuro aún que la oscura noche afuera. Extrañamente, permanecieron en los bancos aquellos que habían recibido el impacto de las palomas en el pecho o en las rodillas, de manera que se les quedaron encima. También los clérigos huyeron. Entonces, cuando todo movimiento, todo ruido cesó en la plaza, y en la catedral el silencio se derramó como riberas de espuma y las vibraciones discordantes regresaron del síncope al hontanar de su cauce, los elegidos se aproximaron al altar, degollaron las aves, vertieron la sangre en el Santo Cáliz, bebió cada cual su sorbo, y el sobrante se lo untaron en las axilas, la entrepierna, el vientre y el rostro.

Mezquino, esmirriado, torpe, un rayo de sol titubeó bajo las nubes esa mañana solitaria en la ciudad abandonada.

En el centro de su respiración empezó a sentir un hueco, un afilado ahogo traspasando su abdomen a la altura del diafragma, una pelusa árida rasgando su paladar. Todo él era un abismo que rotaba en sentido contrario a la espiral de la vida. El frío intenso le obligó a abrir los ojos. Yacía en el suelo, en el ribazo, sin ropa, sin zapatos, entre las espadañas. "Esto es demasiado", pensó. "¿Dónde están mi sillón, mi libro, mi casa?"

En ese preciso instante, el águila empezó a devorarle el hígado...

EL BUBOSO

A Tario

Va delante de mí en la escalera eléctrica. Al principio no me di cuenta de su presencia, ni de que éramos los únicos en aventurarnos por ese pasadizo en el pleno calor estival de las quince horas en punto. No quiero esquivar esa luz que cae a plomo sobre la cabeza y diluye los pensamientos igual como borra inmisericorde las aristas de todo a mi alrededor: casas, sillas, toldos, rostros. Quiero dejarla escurrirse por mi cuerpo con el sudor que lo baña. Lo primero que veo es su mano izquierda de grandes pecas arrugadas encima de la cabeza negra de un bastón que de inmediato sé no es de ciego: no se aferra, y la caña es gruesa, de alguna madera fina y pesada. Recorro el brazo y ahí está, al cabo de la manga corta de una camisa color de rosa, en la base del cuello, el enorme grano —se diría una frambuesa algo pálida— inicio de un rosario que salpica el pescuezo y el nacimiento de los pocos cabellos gríseos, aunque no es calvo y el peinado es pulcro sin grasa ni orzuelo. Siento un golpe en el estómago. No de asco. Un finísimo brillo entre los forúnculos les da una apariencia sedosa, opalina, tornasol. Algunos son más grandes que otros, racimitos de semillas apelotonadas en un solo montículo, maduros, a punto de reventar. En los pequeños es fácil adivinar ya las cuarteaduras que darán origen al cúmulo de piedrezuelas. Esporas, pienso, este hombre es un hongo. Y me entra la duda: ¿es realmente un hombre? Tengo que mirarle la cara.

Al final de la escalera, el largo pasillo subterráneo semioscuro. Temo que desaparezca justo en el límite que marca el término de la luz y el comienzo del túnel donde la visión se licua totalmente como en un desmayo. No oigo el ruido del bastón, pero distingo, unos segundos después, la silueta del hombre, bajo sin ser chaparro, ancho sin llegar a gordo, que se desplaza lenta y segura con una cierta elegancia moviendo el bastón que no roza el suelo. Si me adelanto lo perderé de vista y sencillamente no podré voltearme y verlo de frente con descaro. Mis ojos se van acostumbrando a la penumbra. Ahora veo su espalda un poco encorvada, un apenas perceptible temblor en las piernas, la mano derecha en el bolsillo del pantalón. ¿Le fosforecen las burbujas en el cuello? Las notas de una guitarra mal rasgueada invaden el espacio. No sé si afina o interpreta a tientas un fandanguillo que desconoce. Es un chico muy joven, desaliñado. Su estuche está abierto y en el fondo rojo yacen algunas monedas. El hombre hurga en la cartera y arroja unos centavos sin detenerse apenas. Pordiosero no es, me digo, cosa que de inmediato debí haber notado. ¿Será Borges? Ni sé por qué se me ocurre. Ahí está la salida, la cortina de luz licuada que nos espera. Otra escalera eléctrica que por suerte funciona. Ahora puedo verle los calcetines claros y los zapatos polvorientos y casi sin tacones, de tan lisos. Recorro el pantalón gris-azul y ahí está, al cabo de la camisa que ya conozco, en la base del pescuezo, el abultamiento. Así, desde abajo, parece otra cabeza, amoratada y a punto de desgajarse, lúbrica. Desciendo, por instinto, un escalón hacia atrás. Salimos. El chorro de calor me riega. Me tambaleo y tropiezo con el último peldaño. El hongo parece caminar con un propósito definido. Ahora su figura me parece más larga. Va apoyándose en el bastón. Cojea hacia la izquierda. ¿Tendrá la cara llena también de volcancitos en erupción extinta? Como esos cuerpos cubiertos de burbujas de lava que alguna vez vi en Pompeya. Como los granizos del Paricutín. Alcanzamos un ancho camellón con prados, toldos, mesitas y sillas bajo frondosas acacias. Ahora sí, digo, si se sienta me le pongo enfrente. Se sigue de largo. Tengo sed. Voy sudando. Tampoco la sombra es fresca, pero al menos todo recobra sus aristas. Tiene las orejas grandes y muy separadas del cráneo. ¿Me rendiré? Lo intercepta un viejo corpulento con una caja de bolear zapatos. No se dicen nada. Se miran a los pies y se encaminan hacia una banca vacía. Me detengo en seco y espero a que empiece el rito del lustre. Atravieso la calle por detrás de ellos y avanzo lo suficiente como para poder regresar en sentido inverso y cruzar delante al modo de un paseante casual. No hay nadie...

EL BALCÓN

Para Braulio

Pensé que se habían mudado. O mucrto. Pasaron días, creo incluso que fueron semanas, en que nadie abrió los postigos. Y no es que tuviera yo algún interés especial, pero entre vecinos hay cosas que se notan sin remedio. El edificio en que vivimos tiene la particularidad de que todos los departamentos abren las ventanas a un patio central donde, igual, confluyen todos los pasillos y las puertas. Así que, quieras o no, uno siempre está al tanto de lo que ocurre en las viviendas. Con una salvedad: esta de la que hablo se encuentra al mero fondo del corredor en el último piso, en realidad más arriba, en el ático, y tiene su propia escalerilla —de modo que no puedo saber si entran o salen—, y un balcón que veo desde mi dormitorio por encima del techo del edificio, con un ancho tejadillo que, sin embargo, no lo salva del escaldrante sol estival, pues da justo al poniente.

Viven ahí dos hombres y un gato negro algo escuálido que come el pan entre sus patas delanteras sentado como una ardilla en el reborde del balcón donde dos veces por semana sacan a orear una planta igual de magra que el dicho animal. No somos, que se diga, unos inquilinos sociables, al contrario. Por eso, cuando el verano nos obliga a desnudar puertas y ventanas, nos ponemos de un humor de perro zarandeado y ni nos saludamos. Tampoco es que durante el invierno estemos a partir un piñón, pero, justamente, hay más fuerza en el cuerpo y hablar y echar pestes contra lo que sea hace circular la sangre.

Pero este verano ha resultado particularmente tórrido. Ni un vientecillo que le devuelva a las tejas su maciza consistencia: parecen las pobres un granulado de lava al rojo, ni se nota la diferencia de la una sobre la otra, y las palomas se resisten, incluso de noche, a detener su vuelo en ellas. Las antenas de televisión y la cruz de hierro forjado que señala al Norte suspiran en agonía, semiderretidas. Tumbado en el suelo espío por las ventilas que se abren entre las antiguas vigas un atisbo de nube, una pequeña como la palma de la mano que suba de la mar, pero ni lluvia ni rocío, castigo de Dios por los muchos pecados, seca la tierra clama sin resuello, rescoldo vivo, y nada, nada desde hace un mes. Y hoy veo de nuevo a uno de los hombres, justo hacia la media tarde cuando más blanca es la luz y duele mirar. Es el gordo que tiene el pelo negro, el que parece ser hijo del otro gordo calvo. Siempre se turnan, porque juntos no caben, a la misma hora, para salir al balcón. También el gato. Y la planta. Trae su pantalón verde por encima de las rodillas y la camiseta color obispo. La gallega del segundo A escuchó decir que fue presidiario, dizque en un verano de locura —el termómetro alcanzó los 42°C— mató a su mujer, pero la realidad es que no se sabe cuál de los dos, si este o el más viejo, pues son idénticos, salvo por la cabeza que cuando la llevan tapada ni se distinguen.

—Buenas, don Sebastián. No se deje crucificar por los calores, un día de estos le compro su ventilador.

¿Entra o sale? Es el mexicano nostálgico del tercero C. Escucha canciones de una tal Eugenia León y bebe cerveza a mañana y tarde. Luego se va para la calle muy bañado. ¿Serán todos igual de habladores? ¡Crucificar! Eso es lo que necesitamos: un sacrificio. Edificar un altar con doce piedras, una por cada inquilino, y abrirle a cuchilladas el pecho al cielo para que deje salir las aguas.

—Don Sebastián, despierte. Aquí están sus migas.

Maldita sea, ¿por qué se empeñará Adelina en traerme pan remojado? Aunque esté inválido, dientes tengo hasta para dar. Como al gato, en escudilla recibo mi ración cuando he sido servidor de Señores y en platos de porcelana, igual que ellos, comí. ¡Qué injusta es la vida! Otros habrá peor, y ni rezar. Ahí está ya el otro gordo con su camisa gris y sus pantalones deslavados. ¿De qué vivirán esos, por ejemplo? Nadie lo sabe. Nadie sube. Nadie les habla. Y yo no recuerdo ya cuándo fue el primer verano que los vi así, acodados al barandal oteando el horizonte, marineros sin rumbo ni destino. La verdad, son mi única distracción, y las golondrinas que cruzan el pedazo de cielo que mis ojos alcanzan, suficiente para saber del tiempo que hace y hará, generosa pantalla, no escatima detalles ni mensajes, por eso hoy me apura su aspecto: gotitas de sangre le sudan al sol y el aire que no sopla se podría cortar como manteca. Siento el vértigo de las tejas en mis propias sienes, el zureo agónico de las palomas, el impulso ciego que me haría, también, llevar los dedos al cuello de quien fuese y apretar, apretar hundiéndome en su carne hasta el mismito infierno, igual dará arder aquí que allá. Las manos de los dos gordos son enormes, y los brazos de boxeador en plena forma. Oigo la lenta caída del crepúsculo, el cansino deslizarse de las manecillas, el grito prisionero de las respiraciones, el agobiado arrastre de alas y de patas de los insectos. Estallaremos sin remedio, las casas, los coches, las tuberías inútiles, las fuentes ahítas, los animales sedientos y el balcón con su par de obesos asesinos, pues de qué privilegio gozan estos para estar encima de todos nosotros en su palco, estallarán, estallará el mundo, ¡oh Dios!, no tengas compasión, no cubras tu rostro, míranos, serojas y polvo somos, no más, derrama esta noche tu encendida cólera y purifica a la tierra, levántale la sequía, no se amortaje en ella, y devuélvenos a nosotros a la ceniza...

—Fue la calor quien lo mató. Pobre don Sebastián...

—Yo digo que fue el viento ese muy fresco, casi frío, que sopló toda la noche...

—Pues tiene suerte: al menos lo enterraremos con lluvia...

SIMPLICIDAD

Se muere en verdad de no poder ya más vivir.

MARÍA ZAMBRANO

Manuelita camina siempre sombrilla en mano. Si es invierno, por las aguas; si es verano, por el sol. Y como ahí dos estaciones únicas tiene el tiempo, pues, ya se dijo, nunca sale de su casa sin sombrilla. En realidad, tiene varias. Esa es su pasión, principalmente las que usa para el calor: blancas de preferencia. Mas no se crea que haya alguna igual a la otra. Un detalle, aunque nimio, las distingue: las varillas, el mango, la tela: baquelita, ébano, marfil; tafetas, satén, muselina. Manuelita sabe gozar el gozo de estar viva, como si estuviese a la espera del amante o de la realización de un sueño cuyo cumplimiento un Ángel le asegurara en el propio sueño. Acicalada con esmero desde temprano riega sus flores y reparte mimos entre los jilgueros. Después, Juana le administra un opíparo desayuno que, sigiloso, le redondea, día con día, brazos, caderas y el puntiagudo mentón. Pero Manuelita no es de las que van a prescindir del casero chocolate, de los bizcochos recién horneados, amén de otras golosinas que le encandilan el gusto, y el mirar.

—Te estás poniendo esponjosa como el hojaldre de tus pasteles —acusa el médico de cabecera que, por lo demás, igual se ocupa de todos en el pueblo, el muy insigne don Refugio, yerbero, comadrona, dentista, pedicuro.

Devota que se diga no es Manuelita. Poco se arrodilla en el confesionario y menos aún para comulgar. Con el padre Chon hace migas de tertulia sabatina. Juegan a los naipes. En los calores beben sangría; en las aguas, infusión de rosas; y en ambas temporadas consumen, abundantes, los dulces que pergeña Juana. No se le sabe de cortejo,

SIMPLICIDAD

aunque algunos viudos la pretenden, un forastero ocasional, pues de buen ver es Manuelita, vestigio le queda de pasadas galanuras, y el porte, eso sí, bajo las sombrillas y paraguas. Discreta es. Virgen, no es seguro. Solterona sin amargura, campechana y sencilla, no levanta envidia. Da lo que puede, de chismes se abstiene y a nadie le niega entrada en su casa. Los quitasoles, dicen, se los dejó su abuela, quien, un día, la trajo al pueblo, niña de rizos largos, huérfana, sin más explicaciones. Un año se fue de estudios a la capital y regresó cuando la abucla agonizaba. Alguien, se murmura, le hirió el alma —y quizá la carne— por allá. Cartas y más cartas, según Juana, recibió y escribía. Luego se acabaron. Entonces empezó el ritual de sombrillas y pasteles, y el color blanco en muebles, paredes, blusas y enaguas. Todos los tonos blancos, lechoso, nacarado, amarillento, lunar, opalino, brumoso, albo impoluto; y sus texturas, granillo, angora, peluche, deshilado. Ocupa su ocio de pueblerina amodorrada en tejer y enseñar el arte después del catecismo en la parroquia. No pierde compostura frente a los dedos torpes o los desaliños de sus alumnas más interesadas en echar novio que en aprender ganchillo.

Tal vez algún día de lluvia, recuerdan, miraron distancia en los ojos de Manuelita y una como tristeza en sus manos. Tal vez en alguna merienda rechazó el postre y alegó malestares. Quizá también una mañana olvidó a sus canarios. Las rutinas terminan por volverlo a uno distraído, desatento de sí mismo y los demás —¿hace cuánto que finó la Juana?—, tal parece que una muy tenue roya fermentara imperceptible llenando de arenisca las coyunturas de los huesos y las trabazones entre las cosas, inclusive entre los días y las horas. Alguien se habrá percatado, sin embargo, de una tarde hueca de su quitasol blanco, y luego de otra, y otra más. Oquedades que, al fin y al cabo, llenaron de afonía el cotidiano va y viene: la mudez de lo que no se pregunta, ni se solicita, ni se ofrece. Fue don Refugio quien dio la noticia. Embolia. Fue el padre Chon el que decidió amortajar a Manuelita con cuanta sombrilla cupo en el ataúd marfileño.

NOCTURNA ERRANCIA

Ignorante del agua voy buscando
una muerte de luz que me consuma.

Tiene una muy alta imagen de su persona. Camina con la cabeza erguida y el cuerpo tenso, cerrado, los hombros caídos. La suya no es una delgadez que haya consumido la carne en ascetismos alimenticios, metafísicos o intelectuales (aunque no se descarten de plano), sino en pura mezquindad de no dar nada de sí mismo, de guardarlo todo sin compartir, de evitar cualquier posible contacto de su cuerpo con el exterior. Unas orejas enormes despegadas ostentosamente de su parte superior, el cráneo con cabellos al rape, no tan calvo aún como para no reconocerse que ahí hubo abundante mata de pelo. La nariz ganchuda entre las gruesas gafas y los pómulos salientes y huesudos. La boca carnosa, sensual, semioculta por una barba cerrada entrecana y rasurada casi al ras como el cabello.

Delgadez por autofagia y rencoroso encerramiento que practica casi con unción durante el día, salvo para los menesteres domésticos indispensables.

Pero cuando la luz le cede el paso a la noche, él se abisma en la ciudad, obediente al capricho de sus pasos, rastreando la calle, los zaguanes y portales, las figuras, los rostros, a la caza de un gesto, de una palabra que revelen, al encender el cigarrillo ajeno, al responder invariablemente "no gracias" al invite procaz, el reino de la consunción prohibida. Merodeador de los nocturnos recovecos, del nocturno balbucear de larvas humanas, se alimenta de mirarlas, de prender los garfios de su mirada, semejante a una sanguijuela, al espectáculo variopinto de esos seres que ocupan los sitios más inverosímiles, pero perfectamente detectables, en las callejuelas citadinas. Sus ojos no necesitan de las farolas ni de la luna llena para guiarse. Saben abrirse paso y deslizar su acoso a través de las penumbras y las heridas, el maquillaje, el travestismo, por intrincados que sean. No busca nada que haya perdido, sino porque lo perdió —irreversible— camina así, un cigarrillo entre los dedos, la otra mano pendiente al costado, durante las noches del verano cuando el acallamiento de las voces diurnas deja surgir a esas otras voces, más silencio que música, en ese momento impalpable en que se escucha el silbo del mirlo y empieza a soplar un tenue vientecillo que irá arreciando conforme avance la madrugada y suba el olor húmedo de las calles recién lavadas, saciadas más bien, de su agobiante calor.

Entonces se afloja un poco, como el arco que descansa una vez disparada la flecha, y naufraga en ese olor —ardor— presagio de otros sudores que suben de la carne acariciada hasta su licuificación. Y a veces, si golpea a sus oídos un barullo especial que él conoce bien, o sus ojos —herida de por sí— topan con el inconfundible celaje, pero solo a veces, se deja atraer al reino ignominioso, oropel de veladuras y penumbras, él, el enamorado de la mirada, para alimentarse del mirar. Cuerpos jóvenes, adolescentes, núbiles, en cuya espalda se confunde el sexo para ser sodomizado, ángeles sin alas que prestan el orificio de su desnudez a todo juego de penetraciones para su goce y el gozo del que paga por ver.

Y así hasta el alba, antes de que la aurora despunte.

TREGUA

A Irena

La niña la veía rezar y Ella se sentía impura bajo esa mirada espiando por el rabillo del ojo sus gestos de falsa devoción en las flojas manos, de magro ofrecimiento en el cuerpo desguanzado. Ni Ella misma se percató del momento en que se le adormiló el rosario, mustio, entre los dedos, y otras palabras y otras imágenes sustituyeron a las oraciones repetidas con hipnótica desgana. Y sin embargo, su alma estaba atribulada, y sinceramente se había acercado a la capilla, como otras veces, para orar y recibir un poco de consuelo con que raspar ese pegote de soledad crasosa adherido a su piel en cada pliegue, arrugas de papel crespón tan difíciles de alisar y que hoy pareciera la niña adivinaba, chisporroteo confundido con las mil y una flamas danzando en las veladoras frente al Cristo milagroso, Señor del Veneno sanador de todas las heridas visibles y no, las físicas y las otras, magulladuras, tumores, luxaciones, esguinces, fracturas, cuchilladas, navajazos, tullimientos, supuraciones del corazón o del alma, excrecencias de la mente, derrubios del ánimo, cuántos exvotos esperanzados penden de la pared en un largo paño negro aterciopelado con sus moñitos rojos tan bien anudados, una pierna, un ojo, una mano, un pie, un brazo, corazones, muchos, chicos, grandes, plateados, amarillentos que semejan oro, "gracias Señor por tus bondades, llena de amor vengo a postrarme a tus divinas plantas, a acercarme a tus llagas, a sentir el rocío de tu sangre bendita y a pedirte lo que Tú puedes concederme", y concede, sin duda, aunque Ella siga como quien anda por el filo de una espada y haya invertido cirio tras cirio en la esperanza de ver su voto realizado, una velita entre tantas, piensa, nada difícil a fin de cuentas, ¿o acaso es más sencillo curar los males del cuerpo?, ¿más rápido? Hoy llegó demasiada gente a la capilla, y con tan pocos bancos los que permanecen de pie se enciman y pisotean. Y luego el calor. La niña, quieta, la observa. De pronto Ella se siente reconfortada. No la están juzgando. Hay en esas pupilas infantiles un destello tranquilo, ni curioso ni apremiante, una invitación a entregar la espalda al apoyo solicitado, el dolor al silencio, la espera al tiempo. Ni siquiera se trata de un acto de fe. Solo de una tregua. Abandonarse. Abrirles paso a todas esas burbujas de luz con los ruegos dentro y hacerlas suyas, beberlas, comulgar con el espasmo de las penas y sufrimientos ajenos ahí confinados, disolver las cadenas de sus prisiones en el torrente de su propia sangre. Liberarlas. Liberarse. Aflojó los hombros, las piernas, el abdomen, las caderas. Cerró los ojos y respiró profundamente. El murmullo descendió, hasta las plantas de sus pies descalzos. Se le perló de sudor la frente, se le humedecieron los sobacos y las ingles. El llanto, dulce, se dejó venir...

PRISIONEROS

Toda guerra tiene su meta. También esta. Si no, todo
carecería de sentido, sería un crimen lo que hacemos. El fin de esta guerra es que la paz sea mejor...

MAX FRISCH, *Ahora vuelven a cantar*

A Rogelio Cuéllar, fotógrafo

Está muerto, lo sé, estaba muerto desde antes, si no, ¿para qué tenía
que haber volteado a mirar hacia la cámara?, ¿por qué no se quedó con
la cabeza gacha dentro del albornoz como los otros? ¿Rezaban? ¿Dor-
mitaban simplemente bajo el calor espeso? No todos. Están sentados
en el suelo, en filas de diez en diez, los pies cruzados en flor de loto,
las manos atadas tras la espalda. Por la manera en que las sombras de
los cuerpos se alargan hacia el frente diría que atardece, que ellos tienen delante al inmenso desierto que se apresta a recibir a la noche
mientras el ocaso tiñe de granate a las arenas y un viento helado dispersa los penúltimos rayos de luz. No pide ayuda. Su hombro izquierdo está un poco desplazado para que la cara se le vea bien, completa, el
mentón, la boca semiabierta, el bigote negro, un leve gesto de asombro en las cejas rectas. Tal vez se pregunta qué hago yo ahí interrogan-
do con mis ojos tras la lente el destino de esos soldados prisioneros
que mejor hubieran muerto que caer en campo enemigo para torturas ciertas. No me acusa, no cuestiona mi privilegio de observador. Me
acuso yo, ahora, al ver la fotografía y descubrirlo a él mirándome mientras los demás se pierden ya, anónimos, difusos, fuera de foco. Él no,
él está íntegro en su estar. Y yo vi el oprobio sin conmoverme, y argu-
menté que al fin cada quien en esta vida ejerce su oficio y tiene su

tarea. ¿Acaso él, por gusto, como yo, escogió el suyo? ¿Acaso para matar o ser capturado vivió? "Extiende Señor tu manto de Paz sobre aquellos que sufren opresión, injusticia y hambre." Pronto se cansarán; semiencorvados así se acalambran las piernas, la cadera se tensa, la vejiga hormiguea incontinente — ¿acaso me quieres pedir algo?, yo que en el momento de apretar el botoncito no me fijé en ti, solo pensé en el impacto de un testimonio, la denuncia, lo evidente aunque sin nombre y lejano; que al menos queden libres los brazos; fugarse es el derecho que tiene cualquier prisionero, y si la noche se lo traga, o cae exhausto en la huida, o le disparan a traición habrá escogido la esperanza como escape—, se contracturan los músculos del cuello, los hombros agarrotados, zumban los oídos, se reseca la garganta, se nubla la vista. ¿Qué aguardan antes del fin? No tienen nombre, pero tú que me ves y cuyo rostro contemplo tienes uno y aún eres joven, y quizá el entusiasmo bélico no te prendió sino fue un sueño más próximo de cotidiana felicidad, ¿o es ahora cuando lo reconoces?, ¿ahora que ya es tarde, y cualquier victoria es derrota segura? La muerte es el enemigo: esté del lado que esté, la víctima será siempre la vida misma. Retortijones, el miedo contrae la boca del estómago, espasmo, la angustia y el miedo aflojan el esfínter. Por un tiempo nadie reza, ni murmura, ni maldice, una nube densa de remordimiento, de recuerdos, de odio, se desparrama entre los cuerpos ebrios de cansancio y de frío. "Señor, apiádate misericordioso de tus creaturas, recuerda que son Tu semejanza, Tu imagen, que en ellos hay actos más dignos de amor que de vergüenza." ¿Acaso tú que te expusiste así a la lente de mi cámara confiabas en la divina misericordia? ¿Te aprestaste a la guerra confiado en qué conquista? ¿Cómo fue el día anterior al día en que caíste prisionero? ¿Qué amuleto cargas en uno de tus bolsillos para protegerte? ¿Lo llevas al cuello pendiente de una cadeneta fina? Ya no sientes el escozor en las muñecas, las articulaciones de codos y rodillas igual se entumecieron, tu sacro es hielo, el aliento alrededor hiede, gime, el tuyo arde, las respiraciones entrechocan sus agonías. Indiferentes ya, solo preocupa lo propio, el estrechísimo cerco en el que cada cual se evade con sus temores y recuentos, tal vez sea la hora lle-

gada, se encierra con su náusea, su gota, su asma, su artritis, su hemo-
rragia, hasta reventar, se incinera en su fe, su desprecio, su ofensa, su
fracaso, su renuncia, claudican, ¿tiene caso recriminarse ahora por
lo no vivido?, ¿reprocharse lo hecho y lo no hecho? Sin embargo, es
imposible ignorar ciertos ruidos, ¿estertores?, ¿flatulencias?, ciertos
movimientos, ¿convulsiones?, alguien se arrastra, ¿hacia dónde?, ¿por
ventura logró desamarrarse las manos?, ¿es eso lo que tú me querías
pedir?, que me acerque, a lo mejor sugiere tu gesto, y corte tus ataduras al amparo de ese crepúsculo que diluye los contornos y, por unos
largos momentos, distorsiona y confunde lo que se mueve o permanece quieto, bultos nada más, borrosos, desleídos, pude haberme
agachado como quien recoge algo y, en efecto, soltar de un tajo la
ligadura de tus manos, ¿qué guardián sospecharía de un fotógrafo
extranjero arriesgando el pellejo por un incógnito prisionero de guerra? El hombre junto a ti cae de costado, ¿se desmayó? ¿Expiró? Alguien
llora suavemente. Un grito clama por agua. Aquel pregunta "qué esperan para llevarnos al campo de internamiento, nos helaremos aquí en
cuanto llegue la madrugada". ¿Y dónde, por cierto, están los vehículos que habrán de trasladarlos? Yo debería de haberlo adivinado en el
apresuramiento de los oficiales que conminaban a los reporteros a
subir en los *jeeps*, por eso no me fijé en ti, pero tú supiste entonces que
huíamos, que se iban a quedar todos, todos ustedes abandonados en
pleno desierto y que las arenas habrían de cubrir a lo largo de la interminable noche, uno a uno, cada cuerpo, sin dejar ninguna huella, ningún rastro, impunemente...

TIRESIAS

¿Alguna vez te preguntaste, Edipo, por qué los desdichados se vuelven ciegos cuando envejecen?

CESARE PAVESE, *Diálogos con Leucó*

Vivir no es fácil, ser hombre, menos. Duele, no se sabe por qué, pero duele, como un diente que no se acaba por desprender y ahí está, testereando el nervio a flor de piel con pequeñas intensas descargas a ratos sí a ratos no, quieto solo para darnos la ilusión de un alivio, de un olvido que seduce, de un yugo que se vuelve ancho brocal nomás para permitir empinarnos mejor: y caer dentro. ¿De qué sirvió tanto beber y tanta fornicación? Igual el pozo no se sació nunca y únicamente por ráfagas cerré los ojos y dije me quedo, estoy en paz, marinero que se aferra en tierra firme a su mareo de alta mar, o el insomne en su vigilia al parpadeo que le otorga el alba; y conste que no hablo del desamparo, porque a ese descobijo no hay ni qué le cubra el frío, por más que lo caldeen los calores de otro cuerpo, salvo el cielo raso, pues todo es Dios, dicen, y a Él pertenecemos, a Él, a Ti que acosan, imploran, agradecen, ¿mas quién intercede por Ti?, ¿qué voz se eleva para enjugar de Tu frente tanta saliva como escupimos? Pobrecitos de nosotros tan huérfanos de consolaciones para Él, sí, para Ti que llevas sobre los hombros la carga de nuestras indiferencias y abandonos y tras los párpados el sueño que nunca terminamos de soñar y Te hiere porque en él vertemos duda y amargura más que esperanza o fervor, déjanos respirar, Tu soledad nos ahoga, nos agobia el pecho y deforma la espalda, pides demasiado y nos moldeaste frágiles, sabías que no estamos hechos para la pureza, ¿a qué exigirla con tal denuedo y después acusarnos de haberte defraudado? Una batalla contra la desesperación y el resentimiento, somos las vasijas elegidas por Ti para depositar en

249

ellas dolor y exilio, Tu dolor, Tu exilio, Señor de los caminos que hundes el báculo de Tus peregrinaciones en el arco de nuestras vértebras, una por una, una tras otra, y no porque quieras quebrarlo o debilitar los ligamentos: somos Tu soporte, el esqueleto que sostiene la respiración de Tu universo vacío con el oxígeno de nuestros pequeños goces, de cada nimio alborozo, suspiro de contento, felicidad arrancada al vértigo de nuestras oquedades.

En Tu voluntad por abrirte ilimitado fundiste en Ti nuestros límites, de ahí que no podamos imaginarte próximo y cercano y que debas recurrir al arsenal de Tus simulacros para arrancarnos una plegaria como quien, hambriento, roba un mendrugo de pan, una limosna para el amor de Dios; amor sin tregua que no encuentra su paz, la naturaleza en pleno no puede contenerlo, desborda nervaduras, capilares, corpúsculos, y se vierte en las aguas que tampoco absorben Su infinito anhelo y es entonces que penetras fuego líquido en nuestra sangre, sal en el humor de las lágrimas, álcali en el semen, menstruo dulzaino, yo Te sabía presente en cada uno de mis espasmos, en mi prepucio ahíto, en mi temor al óvulo empreñado de la hembra abrazada, en mis eructos de borracho, Tú te alimentas de nuestras alegrías y nos dejas el dolor para consolarte, vulnerable, cualquiera de Tus nombres es un venablo. "No preguntes por qué y cumple tu destino —me dijo el Ángel—, y si fuiste elegido blanco de las divinas saetas, inclina humilde la cerviz y acepta pues *tú llevarás el yugo que venías a deshacer, la angustia que venías a curar.*" Esa es nuestra única libertad, ¿no es así?, aceptar el abismo donde se vacía Tu parte divina, gota que nos horada gota a gota y va filtrando su orín en el humor aglutinante de nuestras células y lo enloda, sustancia gelatinosa y amorfa que Tu añoranza intoxica: como la baba del gusano va tejiéndose casa en el destierro de ese músculo hueco que nos diste por corazón y, a veces, sí, es verdad, a veces el aleteo de Tus alas ilumina ese espacio multicavitario con un relámpago de fulgor inolvidable suficiente para darle sentido al impulso con que arrastrar la roca cuesta arriba, sísifos bienaventurados, mas a veces, también, es verdad, a veces la crisálida aborta y su fetidez corrompe todo aliento, incienso maligno que ciega nuestras esperanzas y va dejando su fosforescencia en la mirada, ojos incapaces ya de horizonte, veladuras que tatúan su perfil de máscara engañosa cual si fuera un verdadero rostro. Tú mismo nos empujas a la idolatría y nos colocas el cuchillo entre las manos para degollarte: no otra cosa inmolamos sino Tu propio Nombre. En cada sacrificio perjuro e infiel Tu efigie hendida en nuestra semejanza se astilla infinitesimalmente, ¿cómo recobrarte entonces?, ¿cómo reconciliarnos con nuestras equivocaciones y desengaños, con lo que no quisimos dar y tampoco recibir? ¿A dónde llega tanto camino recorrido? Podría, al igual que Job Tu siervo, sentarme con saco roto en la ceniza y clamar, podrida la voz por una lancinante nostalgia de justicia, y negarme a aceptar culpa alguna a causa de las postergaciones, los escamoteos y las ambigüedades con que ocultamos Tu de por sí oculta Presencia. Y podría recordarte que no es nuestro sufrimiento consecuencia de ningún pecado castigo de Tu mano vengadora, sino el piadoso hontanar donde recogemos Tu atribulado exilio, ¿mas qué necesidad tenemos de mentirnos tanto? *La verdad no es una razón, es una pasión* —me dijo el Ángel—, *y lo menos razonable del hombre es su ser verdadero.* ¿Se te ha enfriado alguna vez el corazón —quise preguntarle— a causa de las claudicaciones?, ¿podrías contener en tu ígnea natura esa sorda presión interna difícil de precisar, violenta, perforante, que martillea pesada y en accesos, a veces imprevista, que zumba y obnubila nuestros días de mortales inconformes, veniales? Te aprieto contra el pecho y tu sustancia incorpórea y angélica embalsama mi carne... Lo que hay bajo los cielos es Tuyo, Señor, ¿y quién soy para pedir cuentas? No voy a condenarte para quedar yo justificado, a cuestionar Tus designios cuando me has escogido vaso de custodia... Señor de las reyertas intangibles, hazme instrumento de Tu divina Misericordia y reconcíliame con esta carga que acepté para mirarte mejor desde dentro y cobijar Tu palabra, yo Tiresias, tiniebla iluminada...

Titulado originalmente "La ceguera".

EL METEORO

Mi nombre es Ezequiel, "el de los ojos abiertos" me llaman, y lo que
quiero platicar ocurrió allá por los últimos años del último siglo después, o poco después, de una espantosa explosión que dejó a la mitad
de los habitantes a merced de los vientos y de las aguas y de las incle-
mencias del sol que por estos lugares es fuerte y despiadado. Fue un
martes por la madrugada para amanecer a poco cuando se escuchó el
estallido y todo se cimbró con ruidos de mar bravo, de hornos que crujen como tambores reventados a macanazos y pedradas, de tronadero
de pólvora en Sábado de Gloria. ¿Quién lo hubiera dicho si todo se durmió tan tranquilo, tan quitado de la pena, tan como siempre? Pero así
suceden las cosas, de un de repente y en un santiamén, sin acierto ni
concierto, nomás porque sí, pa destantearnos no sea que olvidemos
onde estamos y pa qué vinimos, como dijo el señor cura, castigo de Dios
por nuestros pecados y desatinos, pero como nos ama no nos deja de
Su mano y así nos dispierta y abre los ojos. ¡Pues bendito Dios qué desas-
tre aquello! Ni lirio ni hierba del campo quedó. Humo y fuego por doquie-
ra. Las casas, las plantas, los animales y tanto cristiano corriendo igual
que antorcha abrazándose a los barriles de agua nomás pa caer reven-
tado ahí mismo. Un achicharradero sin ton ni son, y quién más quién
menos naiden quedó bueno y salvo porque si no le tiznó alguna brasa
cualquier parte de su humanidá, pos quedó sin techo, o sin paredes, o
de plano sin nada, ni lo que estaba sobre la peña ni lo que se edificó sobre

la arena, ni al que buscó ni al que llamó, ni a los postreros ni a los primeros, el árbol maleado y el buen árbol, los sanos y los enfermos, ónde,
me decía yo, la tal justicia divina tan mentada, nos llovió parejito, y
entre que si fueron peras o fueron manzanas, los pocos que quedamos
aluego nos dimos a la tarea de medio levantar aquellos barruntos de
vivienda, y descombrar las tierritas pa poder sembrar lo que fuera y no
morirnos de hambre para colmo. De por sí el pueblo no era lo que se
dice grande o próspero, sino más bien de poco trabajo y gente cansada,
"pobre de espíritu" asegún el señor cura, "rehuellen como los puercos
con sus pie las perlas", ¿cuáles? nos preguntábamos, de dónde los lujos
si todo era esperar a que pasara el tren ahí de tanto en tanto y de vez en
vez, pues raro que bajaran visitas, a lo más los mismos que se habían
ido o algún familiar en ocasión de entierro, o de boda y a lo mejor hasta de bautismo, cada quien hacía como que hacía en sus propias derri-
tas y aunque no había mucho, pos tampoco faltaba, y lo que sea sí la
íbamos llevando hasta que al curita le dio por acusarnos de buenos para
nada, embotados sin ambición, anémicos, él que siempre había sido tan
acomedido y tranquilo, tan hecho a nuestras mañas y remilgos. Un día
domingo, vísperas de Cuaresma, sin más ni más, que se le suelta la lengua y ahí lo tienen hablándonos de la condenación eterna a cuenta de
no recuerdo qué con los pecados capitales y el sueño del alma y las chispas luminosas. Primero creímos que se había pasado de tragos, después
que a lo mejor las calenturas, aluego que las pesadillas del hígado, pero
no, porque a partir de esa mañana no desperdició ocasión ni evento para
sermonearnos a voz en cuello y fulminarnos con los azufres del Infierno. Repetía y repetía la misma cantilena — "Despierta tú que estás dormido... Termina con el sueño que pesa sobre ti... Sepárate del olvido que
te llena de oscuridad" — mirándonos largo rato a los ojos uno por uno
hasta chivarnos. Y una tarde juró que nos iba a caer directito del cielo
el chahuistle, que una tal Babilonia y un no sé cuántos jinetes, que dizque la hora había llegado porque éramos pior que sepulcros blanquia-
dos y que el océano estaba en sabrá Dios qué única gota. Y casi quiso
darnos frío, pero la verdá no entendimos bien a bien de qué iba el asunto; unos hablaron de toloache y de embrujos, otros de visiones visiona-

253

rias, y los más de que se había deschavetado. Juan, que vino de la capital cuando murió su mamacita, albañil y más leido, habló algo de choque de estrellas, de un sol negro ladrón de almas y del fin de los tiempos, y se entretuvo horas y horas encerrado con el señor cura. Después se dijo que la culpa la tuvo la cometa hija quezque del mismito Satanás, por eso nos soltó su maldito *xioti*, que ya San Miguel nos tenía en la mira y que de cualquier manera el pueblo desde endenantes estaba contaminado, así que la miasma que respiró fue como lloverle sobre mojado. Yo de eso no entiendo. Mi trabajo fue el de enseñar mal que bien las letras, pues ni a maestro llegué, nomás porque como iscuintli anduve con mi apá de tlacualero entre las rancherías de más allá del monte, lo que sí sé es que de a un hilo empezaron uno a uno a hacerse lacios lacios todas las gentes, dizque se sentían como burbujas y les entraba la gana de no hacer nada, echados, la mirada en blanco y la sonrisa en la boca, porque, eso sí, tristes no se veían, y así se iban quedando, embarrados onde cayeran, riendo cual benditos. En la única torre que le quedó a la iglesia el curita duro que le daba a la campana como si la juerza la sacara de ahí, y arengando pa que vigiláramos a los que se andaban adormilando pos una vez caídos ya no había modo de alevantarlos — "Soy la voz del despertar en la noche inmortal"—; parecía endemoniado con tanto grito y sermón, como si el mismito Dios le fuera a pedir cuentas personalmente en persona de cada uno de nosotros, pero no tuvo remedio. También el mal le llegó a él, y ahí quedó sentadito panza arriba con los ojos idos y su risota bobalicona. Yo entonces mejor me fui. Anduve buscando al Juan, pero en la capital también vi el círculo de fuego negro y harta gente lacia lacia tirada por onde quiera, hinchados, así, inmundos, porcinos, por eso a Ustedes, si ahora me oyen, si todavía tienen conciencia, mejor les digo pos que se vayan por el camino a platicar esta historia — "Despierta... Termina con el sueño... Sepárate del olvido..."—, que dizque la Pereza va acabando con todo.

ERRANTES

Los judíos roídos por el dolor y pulidos por el tormento
como piedrecillas junto al mar.

YEHUDA AMIJAI

Cuando yo oía cantar a mi padre, de preferencia mientras se rasura-
ba, algo en mi ser conmovido le daba ya a la realidad la imagen de una
voz que sube como un hilo de sólida y transparente energía desde algún
lugar invisible para unir y volver coherente a la fragmentaria sucesión
de días y de personajes que transitan por ellos, de modo que el canto
fuera la única expresión, la única verdad que hace posible la humanidad de los hombres, igual a esas rachas súbitas de viento que le tocan
a uno el rostro recordándole, inesperadas, que el cuerpo está vivo y
vive la vida en él. Y no porque ese cantar de mi padre tuviese nada
particularmente notorio. Por lo general era la misma canción, incluso el mismo estribillo. Lo que me parece variaba eran los matices de
las entonaciones, al tenor, sin duda, de sus estados de ánimo que, niña
yo no podía traducir en palabras, pero sí recibirlos en alguna zona del
cuerpo de manera que hoy, al escucharlo, de nuevo, según esa añeja
costumbre, percibo que me dejó inmensas ráfagas de tristeza en los
brazos, por ejemplo, ramalazos de angustia en el pecho, huecos de
soledad entre las piernas, y un extraño malestar ante esas alegrías forzadas de los grupos que se divierten. Nunca me habló de su mundo
propio, pero recibí sus silencios y, en el canto, sus temores a la muerte, las agonías de los que no escaparon al Holocausto y las de aquellos
que sí escaparon y que se murmuraban al oído unos a otros en las reuniones familiares, en los encuentros casuales, entre los amigos, o en
las bancas del Parque México, como ahora, exactamente en el mismo

lugar donde todavía se reúnen los que quedan: ellas con idénticos pei-
nados y joyas, ellos con el antiguo sombrero, las gafas, el bastón. Hablan
en su lengua materna, la que trajeron de sus ciudades y pueblos cen-
troeuropeos, y rememoran y rememoran cual si no hubiese transcurrido el tiempo. Mi padre no participa en esos corrillos. Solo camina y
camina y le da una y otra vuelta al parque sin detenerse apenas cuando lo saludan, sin responder más de dos o tres frases en esa lengua que
ya olvidé, tan salpicada de ironías adoloridas y juegos de palabras cuyas
infinitas connotaciones les hacen entrecerrar los ojos a esos ancianos
como si miles de soles penetraran en ellos, o de gotas de lluvia, o de
esas vocales y consonantes, burbujas de jabón, que arrullan y lloran y
ríen todo a la vez con sus nostálgicos acentos reventando en los atar-
deceres de tertulia donde a veces yo me cuelo justamente para atrapar las entonaciones que surcaron mi infancia, y por ver si alguna de
ellas me explica, nítida, el por qué persiste, inconmovible y tenaz, en
mi cuerpo la memoria, memoria sin imágenes, de ese dolor solidario
y viejo que aprendí cuando oía cantar a mi padre y que él aprendió de
su abuelo y este de su bisabuelo y así hasta el origen del primer hombre que cantó su exilio, su primer trastierro. Al verme pasar, ellos no
interrumpen la plática. Las mujeres, en cambio, algo mayores que mi
madre, aunque algunas tienen la edad que mi abuela tendría, se callan,
me escudriñan indecentes sospechando en mi fisonomía un rasgo familiar que no termina por delatarme quizá porque yo bajo la mirada —al
final siempre rehuyo esas caras que podrían ser la mía dentro de veinte años—, igual como la escondo hoy cuando escucho esa queja de animal acosado que mi padre emite, cantando, mientras se rasura...

EL ENTIERRO

¡Oh!... ¡Que esta sólida excesivamente sólida carne
pudiera derretirse, deshacerse y disolverse en rocío!...

WILLIAM SHAKESPEARE, *Hamlet*

In memoriam Betty Seligson

La madre llora. ¿Qué podría consolarla? Por supuesto que hay circunstancias atenuantes. Es inhumano aplicar la norma de manera tan literal.
Cada caso es distinto y aquí no solo era diferente sino de excepción. *Acato
tu fallo, Señor, bendito Juez justiciero.* Los argumentos no se han agotado.
El padre discurre aún con el rabino en una esquina apartada de la sala.
El cuerpo yace en el suelo, los pies orientados hacia la puerta, sobre las
ramas de durazno que la propia madre cortó del jardín. Está cubierto con
una sábana blanca. Según la costumbre, únicamente acompañan los
familiares más próximos, pues los deudos no recibirán las condolencias
sino hasta después del entierro, durante siete días consecutivos, en esta
misma sala. Por eso, porque no hay ajenos no es menester dar explicaciones —¿qué pueden hacernos comprender las explicaciones más allá
de los hechos escuetos?—, la madre se acerca de tanto en tanto a ese laxo
y precario estuche en espera de su lenta e inexorable corrupción. *Retor-
ne el espíritu al Dios que lo dio; porque Dios dio y Dios quitó, sea el nombre
de Dios bendito.* El cirio, a su cabecera, espejo del alma ausentada, arderá durante la semana, el mes, el año del luto, memoria luminosa con-
vocando la paz, el consuelo, la certeza. Macilento y distorsionado, su
rostro al menos ya no implora. El roce de la muerte ha atenuado su desamparo, la impertinencia de su incesante búsqueda. Una desnudez callada, sorda. ¿Es ese mudo abandono tu misericordia, Señor? No, insiste

el rabino, el que deliberadamente busca la muerte rompe la armonía del mundo y lo convierte en un mero balbuceo confuso. Mientras, el hermano deshilvana uno a uno los Salmos con una voz donde la congoja carda las palabras como si quisiera tejerle un manto de esperanzada protección a esa alma que en conciencia se desgajó del Árbol de la Vida y que, dicen, por tal motivo tendrá que atravesar un estrecho puente sumido en total silencio donde se escuchará a sí misma, y muy a su pesar, gritar terribles maldiciones contra el Creador y sus huestes celestiales. ¿Hay, Señor, castigo más espantable? "Aquel que adelanta su hora, se le hará volver atrás." ¿Qué nos falta que imposibilita nuestra sumisión incondicional? ¿Por qué no logramos alabar sin reparo las maravillas de Tu creación, el perfecto engranaje con que se mueven Tus creaturas y se articulan los misterios del Universo? La materia requiere demasiado tiempo para transmutarse cuando el espíritu tiene apremio... Hablaban, así hablaban ella, la suicida, y el hermano, con impaciencia, cautiva, cuestionando el sentido de la existencia, del ser —¿hay algo que esté fuera de la vida, que sea real más allá de lo real, más imperioso que lo vivido?—, un sueño desesperanzado donde somos intrusos, una cesura, un despojo en el reino dislocado de la soledad y el desaliento. Nos traiciona una oscura voluntad de pertenencia siendo como somos irrealidad y nada, un intervalo del vacío en que Dios se retractó para dar a luz el mundo. ¿Qué nos reclama? Una fe que nunca vacile —ese ademán suave de la madre que levanta la sábana, ¿dónde en el cuerpo se aloja la verdad?, y no se arredra ante los ojos ya secos bajo los párpados que azulean—, que se eleve por encima de dolores y lágrimas, una fe anhelo de reconciliación, aliviadora de todas las heridas, las de venas sajadas inclusive. La sangre, precisa el rabino, ha de ser enterrada igual, y ella la dejó escapar: es un deshonor para la familia y una afrenta a Dios. ¿Y qué si no un instante de felicidad, un minuto de paz, piensa la madre, es lo que buscan encontrar las sangres derramadas? "Mejor es el buen nombre que el buen ungüento; y mejor el día de la muerte que el día del nacimiento." Alma remisa en la obediencia a la voluntad divina, su cuerpo, no obstante, será ritualmente purificado, nadie le preguntará cómo dejó este mundo, minucioso aseo que culmina con la clausura de los orificios vita-

les: haya o no haya encontrado, perdido o no perdido, su tránsito, corto o largo, concluye ahí, en esos trozos de barro sencillo que cubrirán
sus ojos, sus oídos, las fosas nasales, la boca, el ombligo, el ano, la vagina. Nada hay ya que ver, oler, oír, saborear, desear, ni los colores del
asombro, el amanecer ajacarandado, el canturreo de las esperas nocturnas, las humedades y texturas del amor. Ningún menester le incumbe
ya en la tierra, salvo el polvo que lo habrá de recibir. ¿Y su parte en el
mundo por venir? *Retorna Israel al Señor tu Dios.* Fue un corazón enajenado de sí mismo, replica el padre como último argumento. El cuerpo
lavado reposa en su blanco sudario junto al féretro de madera simple y
sin pulir. La madre contempla el rostro lívido de la hija, quemadas ya
todas las posibilidades de pasión en el derramamiento de su sangre, agua
florida. Sí, piensa, sin duda el mundo no es puro, mas, Señor, ¿acaso el
perdón no lo purifica, acaso rehusarás el sacrificio de su vida, la ofrenda de su alma? No lo tomes, Señor, como un desafío, no permitas que el
Ángel del Silencio se la lleve condenada, recíbela bajo las alas de Tu Divina Misericordia y deja fluir el rocío de Tus pupilas sobre sus múltiples
transgresiones... ¿Por qué parecía el amor abrirle más sus heridas? ¿Qué
surcos oscuros transitaba donde queriendo dejar semillas dejó llagas?
¿Qué daño le removía el horizonte?... La madre no comprende: la hija le
fue siempre un misterio. Tocados labios exangües. ¿Qué plegaria dirán
Señor que a Ti te apiade pues que Tus siervos le niegan la absolución? El
ritual seguirá su norma, y aunque no les rasguen la ropa en señal de duelo — "No te abstengas de orar al cielo en busca de Misericordia" —, ahí
estará el dolor como una aguja atravesando el pecho hasta la cintura. El
cortejo emprende su lenta marcha rumbo al espacio del cementerio donde la tierra no está consagrada — ¿acaso no retorna igual al polvo el polvo del suicida?—, *Exaltado y Santificado sea el Gran Nombre en el mundo que
Él ha creado a Su Voluntad,* un rincón de santidad baldía que vomita a los
inicuos: el cadáver entrará boca abajo en el ataúd para que no ofenda a
la Presencia el rostro que olvidó, en su loca inmolación, su divina semejanza...

LUCIÉRNAGAS EN NUEVA YORK

A Yael, mi nieta

I

En cuanto crezcas te contaré cómo, cuando tú naciste, el jardín se llenaba al atardecer de luciérnagas, y un gato pardo en el escalón más alto de la escalerilla carcomida las miraba, con los ojos totalmente abiertos, encenderse una a una en un juego de parpadeos entre las hojas de los árboles y al ras del matojo que se extiende salvaje por el suelo.

Tú dormías en tu canasta cerca del balcón abierto, ajena a lo que en esa parte de la casa iba ocurriendo: un espacio mágico entre los altos edificios, abandonado al antojo de las estaciones, donde no recuerdo —mientras escribía durante las horas largas de la tarde veraniega— que nadie saliera a sentarse en alguna de las sillas blancas de metal también cubiertas de hojarasca. Detrás de las ventanas, en cambio, sí bullía la vida cotidiana que se iluminaba con diferentes ritmos y duraciones dándole al pequeño jardín —pudo haberse tratado de un traspatio inocuo entre los sucios edificios de la ciudad pero, casualmente, no resultaba tan común, quizá porque eran varios recuadros con viejos árboles de tronco esbelto, ramas caprichosas y fronda abierta, hojas como palmas, que le daban un aire de grabado japonés, quizá porque las paredes de ladrillo guardaban aún reminiscencia del sueño de sus antiguos habitantes —la fisonomía de un cuadro naíf.

Hierros forjados, bardas y cobertizos de tablones podrecidos, escaleras por donde nadie bajaba o subía, trozos de cielo, de cortinas, de macetas, trebejos, furtivas presencias. Y no creas que de día el lugar era menos misterioso. Claro, no estaban las luciérnagas ni los juegos de luz y sombra, pero las manchas de sol que se colaban entre el folla-

je, y los vaivenes del viento, componían su propio mosaico de reflejos y fulgores, y el gato, extenso y peludo, mantenía conmigo un diálogo de miradas y orejas atentas bastante entretenido. Era el mes de
julio y tus escasas semanas de vida transcurrían entre calores, súbitas
tormentas de relámpagos y lluvias y cielos aborrascados.

De alguna manera tu crecimiento guarda una relación secreta con
la existencia inefable de aquellas plantas, las luciérnagas, el gato y la
escritura que se va entretejiendo para, algún día, entregarte la remembranza de este rincón donde naciste, un lunes, antes de que cayera la
noche, en los inicios del verano.

Otra mañana distinta —mamabas afanosamente en brazos de tu
madre— descubrí a un gato color zanahoria y ojos azules, flemático,
que no se dignó a entablar el menor coloquio con nosotras. Estaba
repegado a la pared trasera, blancuzca —por eso fue tan notorio— y
descarapelada, de una suerte de cabaña de dos pisos con una única
ventana y en el techo un diminuto tapanco triangular. Podía deducir-
se que también había ahí, al frente, un pequeño patio por las ramas
que casi cubrían el techo. Imagino que en el otoño, o durante el invierno, se distinguirán con más claridad las otras construcciones a los
lados de este departamento; pero eso no tiene importancia, pues no
caerán dentro del ángulo de visión de las fotografías que tu padre te
tomará (por cierto que ni él ni yo hemos mencionado, a propósito, las
enormes paredes de ladrillos que cerraban la vista de su habitación de
niño en aquella ciudad belga cuando se asomaba al balcón —tan similar— a contemplar el lento vestirse de los árboles al encuentro de la
primavera), trozos de un instante de los primeros tiempos de las primeras huellas que quizá conserve tu memoria junto con algún trino,
un olor, una apetencia que ahí se depositen. ¿Recordarás las campanas
del carillón de las horas seis y doce y el alborozo de pájaros al amanecer? Cuentas de vidrio de un caleidoscopio al que solo tú podrás dar
movimiento y sentido, porque tu mirar de niña que descubre las cosas
del mundo, sus matices, rumor y consistencia, nada tiene que ver con
el mío de ahora por mucho que para mí también el descubrimiento
del jardín y de tu ser sean una sorpresa inédita: sorpresa de vivir la

misteriosa adecuación de esa centella que dicen es el alma a las, ahora, tenues capas de materia que la encierran —dicen que ella, volun-
tariamente, es la que escoge el cuerpo donde habrá de buscar arraigo
para cumplir, una vez más, con otro ciclo de vida, con otra vuelta de
tuerca, tantas como sea menester hasta alcanzar el ajuste perfecto con
su fuente originaria. Y miro cómo tu escueta carne se estira y reajus-
ta. Te escucho emitir gruñidos y voces que se diría son los reacomo-
dos de la luz en los intersticios de la oscura cáscara que día con día irá
engrosando, refinando su estructura, su paradójica cárcel. Está escrito que lo mismo que nos encierra constituye el camino de nuestra
libertad.

El viento es tan cálido y apacible en estos momentos en que se anuncia el crepúsculo y la *Sonata a Kreutzer* inunda con sus acordes tu
sueño de plumita transitoria y dócil, balbuceante: lenguajes sin resi-
duo, puros. De una ancha grieta entre los edificios sale volando una
paloma, o tal vez haya más, pues no logro distinguir si es siempre la
misma que de tanto en tanto irrumpe con su aleteo. Estas palomas del
jardín también serán únicas para ti, aunque después veas otras, por
docenas, en la calle y en el parque donde seguramente aprenderás tus
primeros pasos y seas invadida por la marea humana que desemboca
noche y día con su cargamento de basura y desamparo.

Sin embargo, esa etapa forma parte de otro capítulo en tu historia
iniciada y que ya va redondeándote las mejillas, los brazos y las piernas en un inexorable avance, ¿hacia qué destino luminoso fuera de
este mágico jardín de luces y de gatos? Porque después aparecieron
más gatos. Se hubiera dicho que ellos eran quienes te enseñaban,
durante el sueño, a estirar todo el cuerpo, a abrir, enormes, los ojos, a
encandilarte con las sombras que el árbol proyecta en la pared, líquidas, aladas, y que tu pupila absorbe quién sabe para qué futuras visiones, qué memorias cautivas, exilios y errancia... En cuanto crezcas,
pues, te contaré cómo, cuando tú naciste, el jardín se colmaba de
luciérnagas...

II

Todo, ahora, por complejo o sencillo que sea, requiere y llama tu atención. El mundo te queda grande, y más grande te quedará conforme vayas creciendo, pues el asombro no cesa nomás porque la edad se nos vaya aumentando en años. Y mira tú si no es así: doce meses después de que naciste ya las solas sombras de los árboles en el jardín no bastan para atraparte la mirada. Ahora son tus gritos y el dedo quienes las persiguen y quieren cazar el viento que mueve a las hojas y figuras de papel de china, de estambre, de madera, que penden sobre tu cuna donde cada día pasas menos tiempo, ocupada en recorrer a gatas de abajo arriba y hacia todas partes las habitaciones.

El movimiento, el tuyo y el ajeno, es lo que hoy te incumbe, y los ruidos: el de la licuadora que imitas risueña, el de los aviones y los coches, el de tu matraca mexicana, el llamado de los pájaros, algo que de pronto cae, el golpe de la puerta, los pasos que uno quisiera silenciar sobre la madera que cruje, cómo rechina el picaporte, la cuerda de tu cajita de música, el sonido del agua y el agua misma que nombras gozosa y disfrutas como casi todos los niños. Pero lo que más te gusta es el columpio, tanto que ha sido tu primera palabra completa, y sabes, cuando sales a la calle, dónde localizarlo en el parque. Levantas la cara al cielo y te inclinas al ritmo del balanceo impulsando en ese movimiento al universo que te rodea y haces tuyo por el mero hecho de descubrirlo en tu pupila, en tu alborozo.

Hoy estuve contigo ahí, en el parque: un recuadro especial al término de la avenida entre los altos edificios, con su piscina de arena suave y unos burdos bloques de madera rústica acomodados de manera que se pueda trepar por ellos e inventarse cualquier travesía sin el estorbo de las formas obvias. Desde el columpio observas a los otros niños, su deambular, sus querellas y caprichos, correteos, caídas y empujones.

—¿Y qué eres? —pregunto a un afanoso gateador algo mayorcito—, ¿un perro?

—No. Un caballo.

—¿Blanco?

—¡Negro!

Y se aleja desdeñoso ante mi soberana ignorancia. Aprendo la lección y me dedico únicamente a observar, al igual que tú, sin atreverme a traducir esos ires y venires, el acarreo de cubetas, palas, cochecitos, cajas, muñecos, la seriedad de tu rostro o las gesticulaciones y berrinches de esos pequeños monstruos.

Una diminuta ninfa de cabellos negros y ojos azules persigue con afán a un negrito reacio; dos samuráis enanos luchan con sendas espadas de plástico mientras una rubita pálida los contempla y otro guerrero aprovecha para apoderarse de un vehículo chaparro y amorfo causa probable de la disputa.

Dicen que los niños muy pequeños no entienden lo que se cocina a su alrededor, pero yo vi cómo estallabas en llanto inconsolable —cangrejito temeroso de perder el caparazón, ¿acaso no sabes que ya naciste trasterrado, que ya llevas, como tu padre, la casa a cuestas y los pies en todas las ciudades?— cuando hubo que desmantelar tu cuna para cambiarla de habitación. Estiraste ambos brazos para impedir la hecatombe, ese hecho fortuito que desbarata la estructura de tu cerco más próximo y propio, el lugar de tus sueños y despertares, el ámbito que alberga a tus primeros juguetes, primer amor que se abraza a ti, incondicional, el oso, el conejo, el payaso, compañeros de ruta en un camino inexorablemente sin retorno, cada día nuevo, como esos primeros dientes que restriegas contra el barandal de la cuna, límite mágico, infranqueables ambos, aunque se ensanchen: así como nacieron, uno tras otro, hasta las muelas del juicio, volverán caer, y el barandal podrá alejarse hasta confundir su línea con la del horizonte, mas no desaparecerá: también lo llevamos dentro, en esa otra concha sonora que llamamos corazón, esa donde hoy resuena y se ensancha tu mundo de juguetes, colores, sonidos y voces, luz y sombra.

Otro día, al atardecer, nos asomamos al balcón para buscar en los patios traseros de los viejos edificios que colindan con el tuyo a los gatos huéspedes de la maleza y los sótanos. Frotando el pulgar contra tus deditos haces el gesto para llamarlos e intentas un "miau" enérgico, pero no aparecen, escondidos seguramente en algún lugar fresco. Me miras sorprendida porque no acuden ni responden a tu expectativa, y no quisiera decirte que así es y cuán difícil resulta colmar nuestras

LUCIÉRNAGAS EN NUEVA YORK

esperas, por más violenta, terca y apasionada que la esperanza sea. Por tus ojos tan abiertos pasa una luz profunda que no sé interpretar. Unos instantes después gira súbito tu cuerpo entre mis brazos para inclinarse hacia el patio de los vecinos. Apoyas las manos en el barandal y asomas completa la cabeza atraída por las voces y los preparativos de una cena al aire libre. Hay vasos de color con veladoras ya encendidas; un brasero para asar carne arde con fuego parejo; tintinean los cubiertos, los platos, el brindis. Cada comensal que llega provoca en ti una exclamación similar a las de bienvenida allá abajo. Temprano sabes cuán sorprendente es el espectáculo humano, variado, mutable, grotesco, da igual que se mire así, desde arriba, o desde la altura de tu carriola cuando paseas en las calles o tras los cristales del autobús: "La vida es la mejor obra literaria que ha caído en mis manos", decía Francisco Tario.

Las imágenes de los libros también te cautivan, y no solo los ojos, sino que quieres tomarlas con las manos, entrar en ellas como lo haces cuando te sientas en el enorme libro de escenas de animales que casi te dobla la estatura, eterna Alicia en su país de maravillas. Pero ¿es así realmente? Aprendes a designar a las cosas, escuetas, por su nombre, sin darles ningún sentido oculto, nada fuera de lo que la palabra dice: coche, cubo, pelota. Para cada uno de los animales, en cambio, tu madre tiene una canción especial que mimas moviendo los brazos, la cabeza, o con carcajadas.

Una flor solitaria en el traspatio más lejano, anaranjada, de la familia de las azucenas, grande, esbelta, fascina tu dedo extendido y un ¡ah! aspirado permanece extático en tu boca. Redescubro contigo lo que de por sí es único y pronto olvidamos sumergidos en nuestras rencorosas soledades de adulto. Y lleva razón el poeta al reclamar del alma su infantil capacidad de asombro, de entrega, de anhelo, porque todo nos es dado, dice, y al igual que a niños Dios provee, nutre y conforta. ¿Y las lágrimas? Como las de esta mañana en que amaneciste chipil, desasosegada, a disgusto, reclamando quién sabe qué, inconforme, reacia a cualquier consuelo o distracción momentánea, ni siquiera la de salir al balcón y descubrir al gato pelirrojo, indolente,

265

impermeable a tus lloros y a mis zureos. Me recordaste esos súbitos chubascos de desamparo y abandono que empapan sin explicación alguna y que a veces se alargan por horas y semanas, como diluvios. Tuve que convertirme, sentadas las dos en el balcón, en una especie de columpio y susurrarte hipnóticamente al oído una canción de cuna, tu primera canción de cuna en español. Entonces me di cuenta de que habían podado totalmente los matorrales de los traspatios y que, por ello, este verano, ya no hay luciérnagas en el crepúsculo, las luciérnagas que acompañaron tus primeras semanas de nacida, pero te prometí —tu respiración era ya un hilo de sueño en mi regazo— que atraparemos de nuevo su luz, conforme vayas creciendo, en la red de estas letras, en los recuerdos que para ti despierto, memoria de tu mundo de juguetes.

JARDÍN DE INFANCIA

Tú, ave de fuego, ya andas volando
en medio de la llanura
en el lugar del misterio.

Cantares mexicanos

Yo sabía que la mariposa atrapada entre el vidrio y la tela de alambre en la ventana empezaría a aletear en cuanto disminuyera la luz, y que, en ese momento, también, se iniciaría el itinerario de mis sueños por entre las sombras del jardín, como si una mano invisible me arrebatara para llevarme hasta el umbral de una galería de puertas que bastaba con empujar suavemente y que se abrieran dejando ver sus interminables escaleras. Nunca sé hacia dónde llevan ni en qué momento se detienen los peldaños, pero la indecisión es corta pues, de pronto, dos siluetas surgirán succionando a su arbitrio mis pasos al interior de cualquier corredizo y dar así comienzo a la espiral de las metamorfosis. Entonces, el niño que fui y la niña que quise ser y la niña que fui y el niño que quise ser — ¿quién duda que el alma tenga su gemela? — emprenden su loca carrera, su juego de escondidillas, persecuciones y reencuentros. Y una vez sucedió que encontraron al Ángel Guardián.

Después del aguacero, el cielo no se quedó, como casi siempre, gris y agüitado. La tarde se abrió luminosa y cálida. El aire, con un tímido roce de yemas, apaciguaba la faz de la tierra para despejarla de sus nubes y dejar solo tintineos de húmedo brillo entre las hojas aún temblorosas y los pétalos de las flores agobiadas por el chaparrón.

—Ahora no se trata solamente de corretear sin ton ni son. Hay que buscar la puerta de las siete alegrías. Si la semilla no pensara en su plenitud de árbol, ¿cómo se esforzaría en crecer?, les dijo.

Y dejó escapar la risa de entre sus enormes seis alas de hojalata. Después supieron que les llamaban *serafines*. Porque fueron encontrando a muchos de ellos, y en cada uno el sonido de la voz tenía un color diferente.

> Naranja dulce limón partido
> dame un abrazo
> que yo te pido.

> ¿Quién es ese quijotillo
> que anda en pos
> de Doña Blanca?

Cantaban, bailaban en ronda, brincaban, saltaban, formaban filas, recitaban, pero nunca dijeron el rumbo a seguir, si tomar por la izquierda o torcer a la derecha, si agacharse o avanzar en cuclillas, cómo sortear los arbustos de laurel sin trozarles las adelfas, o columpiarse de rama en rama y no deshebrar los nidos de oropéndola balanceándose al impulso del viento, ni les advirtieron de qué manera distraer la ferocidad de ese pájaro Simurg, el perro custodio de la Reina, pez dragón de garras nudosas y mirada capaz; de enamorar a diez mil y hacerlos caer en las redes del mar del sueño. Ellos solo reían y jugaban y proponían adivinanzas y enigmas.

> —Tan, Tan.
> —¿Quién es?

> Estos eran cuatro gatos
> cada gato en su rincón
> cada gato ve tres gatos
> adivina cuántos son.

El colibrí, dicen, muere durante la época de secas para renacer en cuanto se inician las lluvias; en cambio la golondrina se transforma durante el invierno en una concha que dormita en el fondo de las olas. ¿Será por eso entonces que las mareas del alba dejan más caracolas y

piedras en las lindes de la espuma como para que se calienten antes al
sol después de haber pasado la noche tiritando bajo el agua?

Los miro caminar entre los ángeles y escucho al niño que es la niña
y a la niña que es el niño preguntar y preguntar sin apuro ni cansancio mientras van sus pasos paso a paso hasta la verja que ya conozco, esa que abren y se desliza sobre los goznes sin chirriar, puente,
sendero, barrera. ¿En verdad hay 913 maneras distintas de muerte?
Conozco el destino que les espera y nada podría hacer para impedirlo.

Una y otra vez la escena se repite. Es el mismo jardín color de jacarandas crepusculares. Respira quieto sin estar inmóvil. En los intervalos
entre sístole y diástole una vibración radiante emana del césped alto
como si hubiese entrado el principio del olvido. Entonces surge la voz,
esponjosa, y el eco, después, zorollo.

> — ¿Quién eres? quién... quién...
> — ¿Dónde estás? dónde... dónde...

Los niños avanzan tomados de la mano. Pardea. Un viento, travieso,
derrama hojas secas sobre sus cabezas y a sus pies. Silba, cecea en el
eco, retumba, limpia las sombras de los árboles hasta dejar únicamente la claridad lunar, una esfera que canta rotando por las orillas de los
siete cielos donde el tiempo no existe. Aparecen sus corceles en el
mero centro del halo blanco, el belfo brillante, los cascos y las crines
de plata pulida, los ojos reverberos de agua. Se aproximan. La ilusión
es perfecta. ¿Quién negaría que se trata de un carrusel?

Al alba los ángeles recogen los cuerpos de los niños destrozados
entre las patas de los caballos igualmente descabezados...

Despierto. La mariposa sigue ahí. Recuerdo que, mucho antes de saber
quiénes eran, yo ya había escrito sus nombres en mis cuadernos escolares...

> De tin, marín,
> de do pingué,
> cucara, mácara,
> títere fue.

RETORNOS

> En cualquier caso, el instante presente es el plano sobre
> el que se proyectan las señales de todos los momentos.
>
> GEORG KUBLER, *La configuración del tiempo*

I

Si tornara a vivir de nuevo, me gustaría encontrar a mi madre y ser las
dos un par de amigas jóvenes. Ella no sabría que fui su hija, así que
platicaríamos de sus sueños de mujer romántica de los cuarenta y
veríamos juntas aquellas películas que siempre amó y juntas nos ena-
moraríamos de Gary Cooper, aunque yo prefiera a Humphrey Bogart.
Por la calle de Tacuba, llena de puestos, fritangueríos y antojitos, nos
acomodaríamos en unos banquitos poco estables, comeríamos sopes
y beberíamos una chaparrita mientras repasamos las escenas donde
Fred Astaire y Ginger Rogers se miran antes de bailar a dúo. Con los
dedos aceitosos —el papel estraza no es un pulcro clínex— entrelaza-
ríamos nuestras manos y seguiríamos rumbo al Zócalo para sentarnos
en alguna de las bancas pintadas de verde a esperar el tranvía, pero
dejando que se pasen varios porque no hay prisa de regresar y aún ni
hemos empezado a platicarnos de veras lo más íntimo y secreto. La
tarde es una tarde de domingo, por ahí de mayo, ligera, transparente. Huele a azúcar quemada, a tamal. Ella lleva un sombrerito beige
con un listón café ladeado hacia la derecha sobre sus ondas castaño
oscuro. Los ojos verdes se le azulean cuando se pone soñadora. Carga
una cartera de charol negro, larga, bajo el brazo, y siempre se la cambia del lado contrario cuando caminamos y yo la estrecho. Lleva un
traje de dos piezas, beige, de mangas cortas con falsas bolsitas seña-
ladas por una tira similar a la del sombrero, y un cinturón del mismo
material, lino. Mi abuela lo zurció a mano, aunque tiene varias máqui-

nas Singer en el taller y muchas costureras que pedalean rapidísimo. Separaríamos las monedas del pasaje, con el resto compraríamos una antología barata, y leeríamos a vuela pájaro, de pie en la parte trasera del tranvía, poemas de Amado Nervo, Gustavo Adolfo Bécquer, Luis G. Urbina, Manuel Acuña, Rubén Darío, cuyos versos nos rondarían, hojas sueltas, ya cada una en su cama, antes de conciliar el sueño —si tú me dices ven lo dejo todo volverán las oscuras golondrinas aquella mano suave de palidez de cirio de languidez de lirio yo necesito decirte que te quiero margarita está linda la mar margarita te voy a contar un cuento—, recitados a lo mejor por un príncipe azul cuya voz pastosa se perdería entre los acordes de *Cantando bajo la lluvia*.

De no ser posible, entonces, mi alma se sentaría junto a ella para escucharla interpretar al piano, cuando la abuela no se encontrara en casa, no los ejercicios correspondientes a una alumna del Conservatorio, sino, puro oído, aquellas mismas melodías que le rondan el corazón de noche y de día y que, aún hoy, le tiñen la mirada de un azul enamorante...

II

El hombre en sí es una magnitud física intermedia entre el
sol y el átomo, en el centro proporcional del sistema solar,
tanto en gramos de masa como en centímetros de diámetro.

HARLOW SHAPLEY, *Of Stars and Men*

Si tornara a vivir de nuevo, me gustaría ser el hermano gemelo de mi padre, entenderle desde el nacimiento el origen de ese mal negro que le aqueja, ese ánimo maligno que le esculpió en el rostro la máscara de una alegría de dientes afuera que nos envenenó la infancia sin saberlo, o, dicho de otra forma que se nos metió en la sangre en dosis homeopáticas como seguramente las bebió él de la placenta pues según supe la madre también fue melancólica, desasosegada, poco contento sin duda iba a encontrar entre ocho hijos nacidos de un hombre severo y taciturno al modo de los judíos piadosos habitantes desde

siglos atrás en un caserío aledaño al Vístula y a merced de las veleidades antisemitas, marido que recibió como fue recibiendo los frutos de
su vientre, a ras del suelo, sin apego, uno tras otro, a un lado del horno donde igual se cocían el pan y las papas que se calentaban manos
y pies durante las largas heladas, entenderle sus sueños, compartir lo
que desconocía e imaginaba cuando leyéramos juntos a escondidas
aquellos capítulos de la Torá que el viejo maestro salteaba sin explicación durante las clases en el húmedo cuarto que hacía las veces de
escuela y salón de rezos, acompañarle la soledad que arrastraba a campo traviesa cuando llevaba el menguado almuerzo a los hermanos
menores que barbechaban en los sembrados del *pani*, desenconarle
esa piojera de muinas y recelos que trajo consigo en el barco desde
Saint Nazaire a Veracruz, adolescente entrado a los diecisiete sin ilusiones ya, sin ubicación, seducido por un Deefe que lo adoptó hijo
huérfano de patria, seguirle los pasos día a día en el aprendizaje del
nuevo idioma, de esa nueva manera de querer ser otro, hermano gemelo de quien todavía se busca y no se encuentra, bilioso inconsolable,
enemigo de sí mismo en combustión perpetua, ajeno a la tinta huma-
reda que desprende y todo oscurece a su alrededor, ¡ay! el sol negro
de la melancolía, el tenebroso, si yo pudiera ouroboros devorarlo estrella, darle un rumbo distinto, una órbita más vasta, y retornar juntos
al silencioso polvo de la danza cósmica...

III

Nuestra orientación espiritual, el magnetismo que atrae
el alma, va hacia el Ser eterno, no hacia el eterno no-ser.

SRI AUROBINDO

Si tornara a vivir de nuevo, me gustaría ser una de mis nietas, que me
cuenten las historias que conté y me contaron, abrir desmesuradamente los ojos, oídos y memoria, empalmar sin tregua amaneceres y
crepúsculos, redescubrir el gozo de cada sabor, las texturas del color,
la inagotable filigrana de las letras que van haciéndose sílaba, voca-

blo, palabra, dibujando en el aire y en los papeles los matices del deseo, de la alegría, la tristeza, el enfado, mimos, secretos, los modos del querer y el no querer, del lloriquear, reír, fingir, reinventar el ritmo de frases y enhebrarlas libro, muchos libros donde deambular descalza, desnuda, franca, entre hadas, duendes, ángeles, demonios, cabalgar pegasos y unicornios, ser bárbaraextravagantedesorbitada sin consideración alguna por encima de castigos o regaños, violar, incestuosa impune, el lecho de mis padres, Reina de Corazones, no dejar muñeca con cabeza y reclinar la mía, inocente, en el suave plumaje materno, sepulcro y cuna, atisbo paradisiaco e infernal, oír de nuevo los arrullos ancestrales, viajera del tiempo jamás dejaría de ser niña que sobrepase sus seis años, ni un segundo más, y retornar al instante del parto, el primer golpe de reloj, primer *big bang*, primigenia eterna celebración de toda creatura, sea flor, pájaro, piedra, no Alicia, tampoco el pequeño Óscar, sino que tuviera tantos cuerpos, brazos, piernas, como tienen ciertas deidades que metamorfosean su género, sexo, reino, indiscriminada y jubilosamente...

De no ser posible, entonces, me sentaría a reescribir las historias que se les han escrito a los niños, y que dan siempre comienzo así: "Había una vez"...

De
Toda la luz
(2006)

EURÍDICE VUELVE

*Su cuerpo dejarán, no su cuidado;
serán ceniza, mas tendrán sentido;
polvo serán, mas polvo enamorado.*

FRANCISCO DE QUEVEDO,
"Amor constante más allá de la muerte"

I

No, lo sabes, la historia no es del todo como la relatan los Poetas, impudente Orfeo. No fueron las Musas quienes cercenaron tu cabeza, y no será difícil imaginar mis razones para haberlo hecho yo, la propia Eurídice... ¿Qué desvarío me impulsó a buscarte cuando yo misma corté las amarras de aquella nave varada donde te esperé y esperaba a que realmente descendieras a rescatarme de las sombras? ¿Soberbia? ¿Añoranza?... Avidez. El pecado de la avaricia, inútil deseo jamás saciado. Como mendigo hambriento estiré la mano para tocarte, tocarte una vez más... ¿Y qué te reprocho a ti si no mi personal hambre no saciada, pordiosero también tú? Hasta el peor ejército sabe retirarse a tiempo y jamás vuelve sobre sus pasos. Fue como profanar mis mejores recuerdos, como hacerlos pasto de un sacrilegio... Sabes bien que nunca llegaste a buscarme, que el miedo te paralizó a las puertas del Averno, que fui yo quien le imploró con palabras ardientes a Perséfone y bañó con lágrimas filiales sus pies, Coré desesperada por cumplir la promesa de sus nupcias, su fructificación. En cambio, la lira, tu lira, Orfeo, enmudecida, pendía de tus manos, espectral... Salí, fuga de la sombra, a tu encuentro...

277

II

Y no hubo, no, no hubo clemencia ni dulzura cuando me tomaste, como a un fardo y no en tu regazo precisamente sino en la rudeza de tu despertada virilidad, empuñadura feroz magullando mis muslos, oprimiéndome el vientre, desollándome la espalda contra el suelo, saqueado el pecho, ignorante de un placer que no podías darme bajo el peso de tu asalto implacable, más concentrado en la faena laboriosa de recuperar tu hombría que en la tarea de amarme. No hubo bienvenida, fervor. Prisa, ceguera, sordo, prisa de varón en celo... Y después, el derrumbe. El silencio. Todo ocurrió como si no hubiera ocurrido en la prisa por levantarte, por huir, otra vez, reaparecido fantasma... Y yo que quería devolvernos la vida el uno al otro. Anular tanto tiempo sin caricias sin olor sin sabores. Tanto. Anularlo a fuerza de tocarnos la piel, los nombres, lo no dicho, repetir, repetirse una y otra vez el nombre, el beso, la risa, el abrazo, devolverse dedos, boca, ojos, brazos, piernas, senos, rostro, suspiros, reconocerse así... sí, eso, simplemente, reconocerse, responder al llamado con todo el tiempo del retorno entre las manos, entre los muslos, entre los labios, reconocerse a fuerza de mirarnos, de estar, sí, de estar así, enlazados en la sacralidad del recibimiento, la distancia anulada, así, hasta que los pájaros de la madrugada nos levantaran a la luz de un nuevo día, un nuevo día para reencontrarse de nuevo, sin prisa, otra vez, hasta el amanecer, en perpetua iniciación.

III

Pero tú ya me habías despedido, tú ya te encontrabas lejos, desde el derrumbe anunciado, en alguna otra parte de la noche, esperando a que cada quien emprendiera su propio viaje —que yo me devolviera sin duda a las sombras, y tú a tu peregrinar de juglar desconsolado—, perdiéndonos, porque tu miedo no quiso abrirme las puertas a la vida, y ambos nos deslizamos fuera de ella, de la vida, proscritos olvidados en el camino a causa de una palabra no dicha, un ademán retenido... Reencuentro bifurcado... ¿Qué esperaba tu gesto para manifestarse?... ¿Que se hiciera tarde, tarde para hacerlo irremisiblemente imposible?... Eso esperabas ahí, mudo, inmóvil, ausente de ti mismo, atenazado por la perplejidad de saber qué fácil fue volver, y qué fácil sería mover la mano y atraer de nuevo mi cuerpo hacia ti y envolverlo y consolarlo, tan solo tocarlo, tocarlo de verdad, suavemente, recibiéndolo, llamándolo por su nombre, solo eso, en voz alta... Pero no, el tiempo pasaba, lo dejabas huir a propósito para que se hiciera tarde y ya no hubiese nada que hacer, que decir, que esperar, salvo que me disolvieran las sombras de retorno hacia la nada. Nada. Eso es lo que hiciste de la vida: dejar pasar el tiempo hasta que se hiciera tarde, muy tarde, y nada más fuera ya a ocurrir, a hacerse, a decirse... Así me dejaste ir la primera vez, encuentro nupcial, y así me estabas dejando ir, navío encallado ambos... ¿Cobardía? ¿Impericias de navegante?... Inhumana paciencia de dejar que se te fuera haciendo tarde, de renunciar a la vida y entregarte a la mudez, la duda, el silencio...

IV

¿Y tu lira, Orfeo? La famosa lira capaz, en tus manos, de domar a las fieras, inmovilizar las tempestades y conmover a las Furias, ¿dónde la dejaste cuando llegué a tu encuentro otra vez? ¿A los pies de qué Dios ajeno y oscuro ofrendaste la luz de tus cantos? Me inventabas, mientras me retuvieron las sombras, inventabas a la ausente para no extraviarla en tu corazón de bardo distraído, porque, sí, en la ignorancia de ti mismo, yo me iba escurriendo de tu vida como arenilla fina entre los dedos, arenilla de puntitas de vidrio cortante y filoso que yo quise retener en mis manos, encerrarla en los puños para no sucumbir definitivamente a la vera de Olvido. Me dejé herir, por ignorancia, igual cuando era tan sencillo mantener las palmas abiertas, los dedos separados, y permitir que se escurriera, leve, suelta, la arenilla medrosa y cruel, tan sencillo dejarla caer, así, que la desmoronaran los vientos, desmemoriada... Como desbaratar un tejido mal hecho, deshacerlo, sí, claro, solo que es imposible volver a tejerlo tal cual: retejerlo, imposible... ¡Qué desvarío pretender regresar el tiempo atrás!... Tantas palabras de sobra y la única importante, silenciada... Mas fui yo misma quien se condenó al silencio... Quise reverdecer tus recuerdos con mis caricias y creí que tocábamos análoga fuente de amor al beber entre tus labios mis labios... ¡Que venga la Noche, Nyx, a dar testimonio! Que se presente y diga qué te apremiaba así a desprenderte del abrazo para dejarme nuevamente a merced del tiempo y la ausencia, qué si no tu pereza de abrirte intacto, qué si no el temor de perderte conmigo en mundos ignotos... Éramos como náufragos de un pretérito desmemoriado, cuentas de un rosario sin hilo, árboles sin raíz, al garete, y yo bromeando para despistar la evidencia, para soltarte la risa, al menos para no ahogarme yo en el estupor: entonces, sí, ¿me equivoqué? ¿Volví solo para tejer la ilusión, reinventar el sueño, vestir la fantasía de un diálogo perdido ya a lo largo del camino tiempo atrás, atrás, antaño...?

V

Y para qué tanta prudencia, me pregunto, tanto sigilo, si estábamos solos, solos y desnudos. Desnudos, eso creí. Por hábito de creer en ti. No era desnudez, no, era desconcierto, el azoro simultáneo de dos imágenes que chocan y vuelan en pedazos, desanidadas de pronto, dilaceradas. Inconsolables... A mí la imaginación me traiciona a veces, siempre, de hecho, por repudio implícito a la Realidad. Tú, quizá, prefieres ni siquiera imaginar, inmerso en tus íntimos parajes... Aceptaste, nada más, sin decir palabra, sin hacer un gesto, ¿pensando que así no dejarías huella? Te suspendiste un paso más acá, o más allá, de la vida: "que transcurra el tiempo, que se haga tarde, que la serpiente torne a enroscarse en sus tobillos y muerda y la lleve consigo"... Y no, tú no eres responsable de mis sueños, de las fabulaciones que forjé para poder volver a ti como la novia que nunca hubiese abandonado el tálamo nupcial. No, de ello solo yo tengo el mérito, la debilidad. Nunca prometiste nada, lo reconozco, ni pedías siquiera algo: tomabas, tomaste, así, a ciegas, desposeído de todo... Pero tomar no significa recibir, y yo acuso, oh Noche, Madre Nyx, yo acuso que, de tu parte, Orfeo, no hubo recibimiento, que no te preparaste para el encuentro, para responder al llamado. Llegaste tal cual, inmerso en el sopor de tu diario trajín, viudo inconsolado, afligido juglar, falso ermitaño... Mas... Mas

¿y si tal vez no fue así exactamente? ¿Y si tal vez sí traías el corazón trémulo y en los ojos anhelo? ¿Y si quizá sí fue la piel página blanca y ambos trazamos surcos luminosos con nuestra sola presencia inscritos en el paisaje que nos acogía sin expectativas, pájaras de todos los colores bajo el cielo anublado, eternidad efímera de un pasear sin rumbo ni propósito, aquella tarde, apenas el roce de los cuerpos, pudor que confiesa añoranza de pasión, apenas la inminencia del deseo en la sangre, de un anhelo que podría realizarse a fuerza de tanto anhelarlo, como un capullo que revienta al fin...? ¿Y si tal vez soy injusta y no era un sonámbulo quien caminaba a mi lado...? Cómo saberlo ahora, ahora que ya no queda nada, ahora que la distancia es otra vez mar de sombras de por medio, océano vasto...

VI

Me condenaste al silencio, me condené yo misma en la obstinación de querer tocarte, una vez más, obstinación de llevar la sed de mar pegada a los huesos, cantos de sirena loca... No te culpo de nada. Solo me avergüenza un poco mi necedad, ese impulso de extender la mano para dejarla arder sin piedad a cuenta de un sueño, de un deseo: la idea absurda de rescatarte, redimirte el desamparo, la soledad, esa servil mansedumbre de aceptar lo que llamas Destino como una tarea impuesta por oscuros dioses inexistentes. Y no hablo de "futuro". Hablo de aquí, de ahora, de ser y estar aquí y ahora... ¿Lo comprendiste, Orfeo? Tú que no te dejas tocar, no te abres, no te eres... Voy a convencerme de una vez y para siempre, desde hoy hasta nunca jamás, de esa evidencia —no quiero andar a la deriva con tu cabeza entre los brazos— que no dejó un instante de parpadear faro su sencilla y pequeña verdad, día y noche, faro lejanísimo pero preciso en medio de la niebla o sobre el despejado horizonte, vigía insobornable: por mucho que la palabra cante, fuegos fatuos no encienden hogueras... Que no quisiste escuchar y hacerte eco de mis historias entre las sombras, es un hecho, contundente. Fue una insignificancia para ti; para mí, en cambio, era más que un desdén, aunque me pretendiera humilde Scherezade desdoblando un libro infinito con la esperanza de cautivarte.

¿Cautivar qué si ya eras un hechizado cuando hundí mis pinceles en tu paleta? No negaré cuánto se matizaron mis colores, enamorada, cuán ancho se abrió el horizonte —"Todo eso ya está dentro de ti", insistías solemne como si te defendieras de un invisible peligro—, cuán lejos se me desplegó el alma, se hicieron plegaria las alas, oleaje el cuerpo, danza el cosmos; no, no negaré el don otorgado... Pero... Curioso naufragio el nuestro, navegantes sin barco, sin timonel, sin dirección alguna, abandonados al azar, desbrujulados... Creí que así era la levedad de Eros, su peso, *el tiempo interminable del acercamiento*...

Mi delirio fue querer que esa aproximación no acabara jamás, que siempre estuviera llegando... Un error de cálculo en el irreparable tránsito del cuerpo. Confundí los signos: lo que parecía indicio inequívoco resultó quimera; el sendero claro, laberinto, y su hilo mágico, círculo de recurrencias. Mía fue la necedad, cierto. Mía la cosecha, también. La Esfinge no guardaba ningún secreto. Tampoco puedo asegurar que me engañara. Ella no planteó nunca enigma alguno, o pregunta. Nada. Estuvo ahí, sigue ahí, muda, quieta. Como hechizada, también. Fui yo quien le volvió la espalda... Inconsolable...

De
Cicatrices
(2009)

And in many cases, reality is far more terrible
than anything we can imagine.

PAUL AUSTER, *The Red Notebook*

CUERPOS A LA DERIVA

Soy una oquedad que clama por ser una totalidad.

J. M. COETZEE, *En medio de ninguna parte*

A Natasha

Va tumbada en la carreta, sobre la paja húmeda. ¿Así que finalmente había sucumbido a la peste? Bueno, piensa, mejor ya no tener que ocuparme de otros cuerpos. Ahora al suyo le toca su descanso. Intenta abrir los ojos pero los párpados hinchados pesan, ¿duelen? ¿Hacia dónde se dirige? La pregunta es redundancia pura, apenas una pequeña pausa, una engañosa tregua antes de asumir con certeza meridiana lo obvio: al quemadero. Y no viaja sola. Muchos cuerpos más están amontonados debajo del suyo que acomodaron hasta encima por un respeto supersticioso. ¡Ah!, se dice, ¿entonces la humedad y la blandura no son del heno sino de las carnes en putrefacción y los harapos pringosos? Ahora sí, todo quedará purificado en el fuego, en esa pureza a la que ella siempre aspiró por detrás de su oficio de curandera, comadrona y mano santa, mano que supo hundirse en los entresijos sin importarle sangre, pus, gangrena, mierda, fetidez o vómito. Sin embargo, vivió su vida protegiéndose del torbellino de las emociones, su neblinoso ámbito, su vértigo acuoso, permanecer en el limbo cuidando a la espera de que nada irreversible ocurriese. Sí, afirma, pretendí no participar, no encolerizarme, no sufrir impaciencia, pretendí estar por encima del dolor y no tener nada que perder, siempre dándole cabida a lo nimio y a dejarme humillar sin percatarme de la amargura que lenta se infiltraba igual como ahora los flujos hediondos entre mis brazos y piernas confundidos con los otros cuerpos. Por fuerza reconoce en el hedor un proceso de descomposición producto de incontables días de trayecto. Las piras hace tiempo que se apagaron, recuerda de pronto, y no fue ahí donde ardió su heroísmo de mártir incontaminado, impermeable a lo turbio, lo repugnante. Eran demasiados cadáveres.

Los soldados y los leñadores no se daban abasto, así que decidieron soltarlos río abajo, no sin antes quitarles los zapatos, rumbo al mar, al corazón de un mar que Ella nunca conoció, imagen obscena de la invasión del agua en el interior de su cuerpo que no acaba por aceptarse cadáver fresco aún de las múltiples violaciones que el carretero se permitiera. La realidad es insuficiente, se asombra, tiene demasiadas aristas, nada es solamente lo que es... ¿Estoy siendo expulsada de mi ser? Me creí piadosa pero tal vez era una suerte de insensibilidad, tanta renuncia a cualquier confrontación, fue más fácil aceptar, callar, consentir, víctima extraviada en un mundo ajeno. ¿Dónde está el Vacío al que debo llegar para fundirme con él? Ese abismo a cuyo borde siempre creyó encontrarse detenida ¿terminará por englutirla y disolver el límite que todavía sus pensamientos mantienen en el peso de esas manos que como cuchillos invisibles fueron siempre precisas, exactas? Dueñas de una capacidad autónoma de decisión sin titubeo alguno, dirigidas desde otra parte, otro espacio. El trabajo me mantuvo paralizada ante el abismo, acepta, me dejé entronizar como una diosa para que la imagen que la gente tenía de mí creara un marco alrededor y contuviera mi terror a caer. De esa forma mis manos se hicieron poderosas, bastaba cerrar los ojos y dejarlas desalojar a la enfermedad, desenconcharla, bombearla, mientras a mí me mantenían arraigada, segura, lejos del poder disolvente del abismo cuyo terror creí vencer, cubrir con la fuerza de mi andar yendo y viniendo de un pueblo a otro tal el vagabundo con su horquilla lectora de manantiales ocultos. Y así la recibe la gente en sus casas. Ella no necesita cargar con enseres personales, salvo sus yerbas, menjunjes y talismanes. Cama, ropa y comida obtiene a cambio del trabajo de sus manos que jamás aceptan oro ni plata pues no tocar paga incrementa su poder y parece alejar por compensación la energía ávida del abismo. Era una forma de congraciarse con él, reconoce, de aplacarlo cual si fuera una bestia hambrienta, un dios endemoniado, mi propia sombra. Mis manos dieron indiscriminadamente para defenderme de la inseguridad, el sonambulismo de soberbia elaborado por la fantasía de su infalible toque y la inagotable resistencia de mi cuerpo macizo, flexible. Tuvo que venir la peste y arrojarme en él. ¿Es este acuciante cementerio de neblinas mi última morada? Sensación de pobreza permanente. Cada partícula de su cuerpo lucha aún con vida propia e independiente por subsistir en la materia, por eso le hace falta ahora el sustento de una Voz, para debilitar esa lucha, la recitación de las plegarias de pasaje, y ayudarla a alcanzar el oscuro túnel amarillo radiante. Soy una luz obstruida, admite, por la materia que no consigo desechar. ¿Qué sombra voy proyectando que le impide a la luz la posibilidad de liberar esta prisión que mis pensamientos tejen? La muerte me cascabelea en las entrañas pero no está dentro de mí, ese mí que las aguas van arrastrando pasivamente dentro de una cáscara hinchada a punto de reventar y que sin embargo tarda en hacerlo como si la carne no terminase por alcanzar su límite extremo. Soy un borboteo de pensamientos, una corriente que ulula. El viejo sabio le advertía que tuviese cuidado de la tristeza y la arrogancia de su impuesta humildad, "ambas impureza que genera impurezas". Una lámpara se ilumina, rememora, con cada nacimiento, otra durante la noche de bodas, la tercera para guiar al alma en su desprendimiento mientras el cadáver yace pies hacia la puerta con el rostro mirando al levante. Mi madre murió de parto y el viejo sabio del pueblo me adoptó y mantuvo virgen para consagrarme curandera y mano santa. Ella escucha el grito agrio de las gaviotas. Atardecer de vientos huracanados y lluvias torrenciales. El mar gris acero surcado de espumas turbulentas parece mero reflejo de las nubes abolladas en el cielo ceniciento, plomizo. La noche escurre goteando oscuridad. Llevaba dentro de mí, prosigue, mi propio abismo de soledad y silencio, y ahora helo aquí, tan extenso, el infinito royéndome con lentitud vasta y paciente, sin hacer cuentas de tiempo, sin debe ni haber, sin prisa por tocar alguna orilla, por saciar ese desmoronamiento de células, cauteloso, sí, hay cautela, avidez de prudencia, de desposesión que no se entrega sino por tenacidad de despojarse progresivo, lúcido, implacable. Percibe la voluptuosidad del despeñarse en morosas, fragmentarias, detenidas caídas sin reposo ni quietud, sin llegar a término, a fondo. ¿Es esta sensación la membrana que me separa ahora de la vida o es de la muerte total? No supe arrojar de mí, concede, tanto lastre, y así pareciera que esas ataduras son las que van arrastrándome corriente abajo. Desconocí el goce sin remordimiento, la embriaguez de estar viva, de la propia vida tal cual desnudada de temores y culpas en su cadencioso transcurrir siempre a punto de tocar su polo contrario. Nunca se permite el placer de dilapidar, de sucumbir en una profundidad feliz, en un furor de cólera desmesurada, y no precisamente por prurito moral —el viejo sabio le explicó que el mal es apenas el bien desplazado de su lugar correcto y que las acciones son más importantes que las palabras, los pactos secretos y las plegarias de encomienda—, sino por timorata, por cálculo pasivo, el desapego frío, premeditado, de un niño. Nunca desbordó mi existencia, reconoce, más allá de los límites que me impuse, ignoré lo inconmensurable salvo ante la sabiduría del viejo que me transmitió su ciencia para sanar el cuerpo y el alma, prolongar en lo posible la vida y ayudar al tránsito hacia un más allá al que ni siquiera creo empiezo a aproximarme... ¿Creo?... ¿Siento?... ¿Pienso?... Mi cuerpo, o lo que aún queda de él, va a la deriva con otros que fueron arrojados a las aguas caudalosas del río rumbo al ancho mar. No conoce la diferencia entre acatar o doblegarse ni el límite entre dar o someterse. Tampoco supo recibir, tomaba sin más. Un constante estado de privación, como si una orden la fustigara en todo momento, "prohibido ser feliz, prohibido ser feliz". Cuando salía del trance, después de curar, discurre, y las manos volvían a mí, empezaba el terror de la duda sobre si lo que hice fue o no correcto, si el aliviado recaería, la parturienta contraería las fiebres puerperales, el crío moriría de inanición, el infectado podrido en la insalubridad, de ahí quizá mi trashumancia, no tanto por amor a la libertad como defendí, sino por temor a equivocarme y sufrir las consecuencias, las represalias fanáticas que siempre aguardé, víctima propiciatoria, justo castigo por negarme a satisfacer los apetitos del abismo. Pero la gente nada malicia de ese martirio y toma su reserva por un acto de humildad. Solo el viejo sabio la conoce —"Nunca dudes de la pureza de tus intenciones. Lo demás no es asunto tuyo"—, aunque Ella no entienda y deduzca que nada le está permitido o que no es su propio juez. Así mejor ir de un lugar a otro, evoca, no pedir consejo, tomar lo dado, aceptar incluso lo indigno con tal de que no me preguntasen y descubrieran el abismo, el terror, la falla atravesándome la conciencia, el sueño, la vigilia. A veces prolonga el tiempo necesario en su paso por alguna casa hasta conseguir ahuyentar las sombras del miedo a encontrarse sola por los caminos con su abismo a la vera y ser asaltada por las oscuras entidades surgidas de él para empujarla dentro. Mi centro de gravedad, continúa, radicó en la certeza recobrada de estar llena de mis manos. Posponía mi partida alegando devotas purificaciones según el caso fuese para un difunto, un recién nacido, una futura desposada. Y por qué habrían de recelar si nunca pedí nada a cambio salvo el albergue temporal, el alimento y, en caso extremo, sayo, sandalias o el morral para mis medicamentos y provisiones. Siempre adopta un aspecto menguado e indefenso a pesar de su estatura que encorva para no parecer tan alta. Trenza su cabello castaño oscuro, y lo deja caer a la espalda sin adornos ni aceites, oculto bajo la pañoleta impecablemente limpia al igual que sus vestidos. Inclusive sus pies calzados se diría no han pisado el barro de los caminos. Yo era una peregrina más, reflexiona, una mujer que podía despertar curiosidad pero no una lujuria inmediata, de ahí el estupor del cuerpo cuando fue violado por el carretero andrajoso descargando sus propios terrores sobre un bulto abotagado y maloliente. ¿Acaso siempre recogemos lo que sembramos?... ¿Acaso el cuerpo conserva sus instintos, su deseo, sus anhelos, su sueño?... ¿Mis sueños?... ¿Por qué no me aventó a la pira y que el fuego me purificara ceniza en su luz ardiente? En cambio ahora también las aguas profanan mis orificios en implosiones sucesivas, subcutáneas, mientras la piel se dilata morosa hasta que la presión interior la haga estallar por fin y libere a mi ser de su sarcófago para hundirse en el vacío absoluto, su destino imperecedero... ¿Soy aún esencia viviente? ¿Espíritu?... ¿Alma divina?... Recelo. No le mira el rostro a la gente, no conecta con sus ojos, solo deja que las manos se deslicen sobre las carnes y se adentren en busca de la dolencia. No marrar, no caer en el abismo, hacerse pequeña hasta la invisibilidad. Fantaseaba, sí, confiesa, con el sentido de mi heroico despojamiento frente a la mirada ajena y lo actué para que así me percibieran, intangible, sacrificada al bien de los otros, aunque nunca me atreví a glorificarme santa por temor al asedio, al contacto, a renunciar a la soledad, al silencio, a la pureza. En realidad soy débil, y se precisan demasiadas agallas para vivir, para soportar incluso la desesperanza. No puedo dar la alegría de vivir que nunca tuve —"Cada uno es como Dios lo hizo y aún peor", se burlaba el viejo sabio—. Vive protegiéndose de las emociones, en el limbo de los acontecimientos sin afirmar ni negar, a merced del toque de sus manos, inmersa en los detalles pequeños para conservar la ligereza de ánimo, cauta. Árbol quebrantado. Parece cercada por alguna inexistente muralla dentro de la cual, no obstante, Ella es una fugitiva. La peste tomó a todos por sorpresa extendiendo su manto sombrío por pueblos y ciudades y sin distinguir a pobres o a ricos, a sanos o a enfermos, a niños o a viejos. Se acusó de propagarla a los soldados, a los malos gobernantes, a las prostitutas, a los judíos, a los marineros, a los peregrinos, y antes de que pudieran tacharla a Ella de hereje, hechicera, blasfema, idólatra, cismática o apóstata, la peste se la llevó...

—¿Te consideras en estado de gracia?

—Si no lo estoy, que Dios me ponga en él. Si lo estoy, que Él me lo conserve...

Noche de vientos huracanados y lluvias torrenciales. El mar gris acero surcado de espumas turbulentas vomita cadáveres tan hediondos que difícilmente habrá pez o ave que vaya a devorar lo que son ya nudos de purulencia gelatinosa. El oleaje sacude al suyo. Brumas alrededor. Bronco zumbar. De pronto Ella se mira fuera de él, balanceándose, ese cuerpo parece el despojo de una canoa, apenas un madero carcomido por la sal, un punto lejano alejándose en una dócil sumisión cada vez más y más en medio de ninguna parte y hacia ninguna parte, vapor amarillo oscuro radiante... Estoy ofreciéndome, vislumbra, por fin me entrego...

LA PARED DE ENFRENTE

Beyond me and below me there is a me who is God.

ADIN STEINSALTZ, *The Sustaining Utterance*

Al menos la ventana me ayuda a respirar la luz de afuera, y en ello reconozco un privilegio único en cuanto a las circunstancias en que se encuentran los demás. No sé si alguien, aparte del guardián, lo sabe pues en realidad nadie tiene conmigo ninguna actitud peculiar, tampoco él. De hecho, todos nos comportamos como si ninguno existiera, como si el oficio o el transcurso de la gimnasia matutina formaran parte de la misma rutina de soledad que nos mantiene apergollados el resto del día, dado que ni el uno ni la otra rompen con el ritmo cotidiano, tampoco las comidas, por cierto, que cada quien recibe entre sus cuatro rigurosas paredes. Lo de "rigurosas" es una de mis invenciones. La verdad es que no tengo idea de la clase de espacio que circunda a cada residente. En primeras, nunca he visto otra ventana excepto la mía, lo cual no prueba nada; en segundas, los muros parecen no tener fin, ni por lo alto ni por lo largo, se diría que se hacen anchos o angostos a la medida de cada quien. Consigno de paso que me descubrí una curiosa propensión a leer pensamientos —un género de nube que veo elevarse por encima de las coronillas a la hora del oficio o durante la gimnasia matutina—. Bueno, "nube" tal vez no sea exacto, pero digamos que son similares a las espesuras que dibuja la luz en la pared de enfrente cuando abro la ventana, que no está siempre de par en par, únicamente en ocasiones especiales instituidas por mí mismo para que no se me hagan costumbre al igual que el resto de las pequeñas actividades rutinarias. Así, considero también la lectura de las nubes un regalo que no desperdicio a tontas y a locas —porque las hay tan deslavadas o tan pastosas que mejor dejarlas ir—, sino que dosifico en aras del proyecto que tengo en la mira para salirme de aquí. Tampoco barrunto bien qué es aquí ni dónde se encuentra geográficamente localizado, aunque deduzco estamos en una zona de transición; mejor dicho, en un callejón sin salida o con muy dudosa salida, dependerá desde dónde se le considere. De ahí, pues, mi empeño en rastrear solo lo más granado en cuanto a color, textura, calidad, riesgo, trazo original de la nube se refiere. Y es increíble lo que ciertos pensamientos han avanzado en la construcción de estrategias para evadirse: túneles, escaleras, torres, puentes, fosos, elevadores, con cualquier material de una cierta solidez. Catapultas, vuelos tipo Ícaro no faltan, obvio, y bastante más ingeniosos, hasta construir caballos de troya con los desperdicios de la cocina. El caso es que he ido acumulando mota a mota una suficiente cantidad de elementos para mi propio objetivo con la ventaja de que nadie percibe mis sustracciones tan ocupado como tienen su cerebro imaginando, delineando, destruyendo o perfeccionando el diseño, la estrategia, hasta los mínimos pormenores, en un vaivén de pensamientos que, acepto, no siempre alcanzo a atrapar en su totalidad, y eso hace más lenta mi tarea y la entorpece en etapas cuando tanta claridad necesito. Entonces, la ventana es mi aliada: la expectativa de abrirla llega a descargar en mi cuerpo una dosis tal de adrenalina que caigo en un trance capaz de darle respuesta incluso a dudas no formuladas. La pared de enfrente cumple con su papel de pantalla, pero es necesaria la luz. Entonces el trago amargo es que no sé de antemano si habrá o no habrá luz afuera. Ahora bien, ¿qué es "afuera"? El existir en mi encierro una ventana que se abre sobre una pared que recibe luz o carece de ella no indica nada de por sí. Podría tratarse de un espejismo confeccionado para mi comodidad —no aburrimiento, angustia o temor a la muerte según ocurre con otros residentes— y el placer que me procuran geometrismos, numerologías, rompecabezas. Pero que la luz está, es incuestionable: ella no constituye un invento humano, no es una elaboración mental; formamos parte de su consistencia —o inconsistencia—, nos engloba y abarca. Me atrevo a afirmar que somos luz, que nada existe salvo luz. También afirmo no ser el único aquí en saberlo. Sospecho que si yo veo las espesuras de pensamientos es porque quienes piensan están conscientes del hecho. Mas en tales vericuetos no entro: allá cada uno con sus luces. El espacio que ocupamos está vacío de luz, en efecto, pero sus corpúsculos danzan con giros de sombra a nuestro alrededor y su cadencia es quien nos da vida y movimiento. A veces ha entrado el guardián segundos antes de dirigirme a la ventana —nunca hay certeza de cuándo llega—, y es como un aviso de reajuste, igual que si se tratase del mecanismo infinitamente complejo y preciso de un reloj. Entonces sé que debo repasar con mayor minucia las espesuras recogidas a la hora del oficio o durante la gimnasia matutina porque podría ocurrir, y ocurre, que algunos sí escuchan lo que el capellán masculla, sea porque esperan un mensaje, una consigna, cualquier variante, o porque el propio capellán se abre ventana y transmite la clave de una nueva pieza que ya el aludido incorporará a su rompecabezas personal. Me acontece, no lo niego, sorprenderme escuchando cómo me penetra alguna frase literalmente inoculada sin previo aviso. Aclaro que quien oficia y el guardián son a no dudar la misma persona, aunque no tenga manera de confrontar la certeza —ya dije que todos nos comportamos como si ninguno existiera, ídem el guardián cuando acerca las comidas u oficia—; lo doy por un facto no sujeto a verificación, algo similar a la apuesta pascaliana, ¡y a otra cosa mariposa! Con esto no asevero ser yo el aludido, pero la coincidencia con el privilegio de la ventana no me parece aleatoria. Desde luego acepto pecar de soberbia al insinuarme un elegido en este encierro. Nada asegura, lo he dicho, que no se trate de un espejismo elaborado por mí por comodidad. Trato de ser honesto, no hacer trampas y luego verme atrapado en agotadores laberintos, bastante aprehensivo soy y mucho gasto empeño en el granado de las nubes, su traducción y posterior dibujo en la pared de enfrente. Lo de "dibujo" es un decir: no trazo trazos con instrumento alguno; es solo a fuerza de concentración —sencillos ejercicios cuando respiro la luz— que he logrado escarapelar convenientemente segmentos y franquearme no pocos pasajes, desconectados aún entre sí. He de tener perseverancia y fe inconmovible en la gracia de la luz, en su gula y discernimiento. No hay otra opción y es la única realidad que acepto sin chistar, y no solo como parte de mi bien estudiada comodidad que, por contraste con mi natural aprehensivo, resulta paradójico. Digamos se trata de una manera de arroparse, un edredón tibio en la intemperie que nos rodea. ¿Nos? Generalizo sin pruebas. No argumentaré. Indicios suficientes me proporcionan las nubes: obra o no de mi ingenio, son incuestionables sus resplandores, titileos, oleajes y vibraciones; un inmenso mar en el que sobrenadan, compactos, los pensamientos larvas de colores, gusanos verdinegros, algas viscosas, grumos de leche, granillos de azúcar, su variedad es infinita. Soy poco dado a las metáforas, basten estos ejemplos, la precisión de su naturaleza de bejucos sólidos, no uniformes en su unidad pero sí en su conjunto, visto este desde gran altura, un mirador bajo el cual se extendiese el mentado mar centelleante, espejo salpicado de migas... En una ocasión, la ventana abierta, percibí el diseño preciso del mapa, su perfil, como si la luz, por su cuenta, se hubiese ocupado de enhebrar los pensamientos fragmentarios faltantes y los embonase en su justo sitio. El caso es que, en vez de alegrarme, esa visión fulgurante me perturbó. Incluso diría que me atemorizó. ¿Miedo a qué? Así la vi y así de rápido la borré. Claro que no me atreví a cerrar la ventana, mucho menos a taparme los ojos, por no ofender a la luz que se entregaba tan generosa. Al temor —eso lo descubrí después— se añadió un franco malestar: ¿para qué otorgar lo no solicitado explícitamente? Soberbia, lo reconozco, pero considero esas gratuidades una afrenta al aserto de que solo lo que cuesta trabajo obtener es lícito disfrutar. No hubo reacción de parte de la luz y en ello conocí que nada tiene de humano: es imparcial, absoluta, fluida, concede sin hacer distinciones. Está igualmente dispuesta —o no lo está— hacia todos los seres vivientes, es libre, pura, inalterable. Fue un duro golpe. No voy a ocultarme haber desperdiciado la oportunidad de avanzar en el proyecto que tengo en la mira para salirme de aquí. Este "aquí" incierto, de dudosa localización geográfica y tan cercano a un vacío, a un hoyo negro, a la masa faltante de los físicos atómicos. ¿Y qué sé yo de eso? Nada. Como nada puedo saber de antemano cuando abro la ventana, si habrá o no habrá luz afuera. En ocasiones ni siquiera distingo la pared de enfrente; es decir que sin la luz, es abrir nada. Sencillamente el espacio permanece cegado, a pesar de sentir el hueco entre mí y la pared pletórico de una tesitura olorosa, un tufillo que me da la impresión de ser una planta carnívora esperando atrapar en sus peludas antenas algún insecto, ave o pequeño roedor, amén de que ese "pequeño roedor" podría tratarse de mí. No fantaseo, la sensación es definitiva, contundente, una descarga de mantarraya en las dendritas, un rig ris en el tímpano que eriza la piel. Tampoco entonces acierto a cerrar la ventana, bajar los párpados o siquiera cruzarme de brazos a manera de protección. ¿Protegerme de qué o quién? Ya dije que la luz no es alguien, algo, aunque todo le pertenezca y todo esté embebido de ella. ¿Cuál es el caso de hacer gestos inútiles? Claro que con pensarlos ya se materializan en la nube que cargamos a cuestas con nuestros pensamientos incrustados como alfileres, nuestros deseos, intenciones, palabras. Palabras, eso somos, un eterno ruido que se graba en los pentagramas del vasto silencio con que la luz nos rodea para que los pinchazos no se nos reviertan por mor de su mismo peso. Mas el grabado permanece, se sostiene, y es su dibujo el que pretendo haber aprendido a leer como lee el músico los sonidos en su cuaderno pautado. De nuevo me arrogo una excepcionalidad dudosa: cualquier otro residente puede encontrarse en idénticas circunstancias. Después de todo cada uno tiene sus propias cuatro paredes que le circundan según la medida de sus propios pensamientos. Eso me consta a partir de las nubes suspendidas encima de las coronillas a la hora del oficio o durante la gimnasia matutina. Y llegados a este punto repito que el no haber visto otra ventana excepto la mía no prueba que no las haya, y quizá sea esa la razón por la cual nadie tiene conmigo ninguna actitud peculiar. Con "actitud peculiar" no discierno una forma de comportarse prescrita de antemano pues de hecho todos actuamos como si ninguno existiera y la rutina de soledad que nos alimenta nunca altera o rompe su ritmo digestivo lento, lento rumiar, lento divagar. ¿Lento —o rápido— con respecto a qué? Lo que aquí acontece no tiene parámetros de comparación: sucede. Lo que sí se ha alterado, no lo oculto, es mi sistema de lectura: empiezo a percibir un tinte de impaciencia que distorsiona lo que hasta ahora resultaba transparente; dejé de considerarme privilegiado y el "regalo" ya no me parece tal. Para resumir, me está importando menos granar los elementos útiles al perfeccionamiento del diseño gracias a cuyo término podré salir, que rastrear entre las espesuras indicios de alguna otra posible ventana o del mismo proceso e intento que vivo y proyecto. Ahora bien: ninguna de las entidades vivientes aquí se encuentra en cautiverio. Aparte el guardián, que es quien igual oficia, no hay autoridades y a él ni siquiera se le considera "autoridad". Ofrece un servicio devocional, y nos trae de comer. Tampoco nos imponemos ninguna específica abstinencia o ascetismos; este encierro es voluntario. Es decir que, supuestamente, cada uno lo tomó como yo mismo lo tomé en su momento. Al menos esta es mi versión. ¿La versión de los otros residentes? Carezco de cualquier conjetura. ¿Engaños son de mi mente? Explorar la naturaleza material de la nube, inquirir sobre su propósito, ¿es desafío, engreimiento, una sutil hipocresía, debilidad por un lenguaje fabricado de pe a pa? El caso es que la impaciencia me pone a la defensiva sin saber de qué o contra qué. Y presumo que esta ansia se me va transformando en agresividad. Siento alterada la temperatura del cuerpo, y alteradas también cada una de las nubes que escudriño, como un desafío a subyugar. No hay ecuanimidad en mí, apenas discrepancia y deterioro. El juego de sombras que a fuerza de concentración —sencillos ejercicios cuando respiro la luz— he logrado horadar en la pared de enfrente y cuyos pasajes aún no consigo conectar entre sí, no me gratifica, hasta me parece que la luz se vuelve furtiva, precaria, lo cual es imposible pues la luz no es invento humano, no constituye una elaboración mental. Somos luz y todo es luz. De lo que se deduciría que mi nivel de percepción ha descendido ostensiblemente. No supongo qué irá a ocurrir, si "algo" tendría que ocurrir. ¿Fue el miedo que me produjo la visión fulgurante del mapa diseñado, mi rechazo, lo que debilitó la capacidad de leer los pensamientos y granar entre ellos las piezas necesarias para el rompecabezas, mi propio proyecto de evasión? Si antes aseguré que solo acepto sin chistar la realidad de la luz,

¿debo retractarme ahora ante la nueva situación? Una cosa es dudar, otra distinta negar. Agazapado durante el oficio, en mi sitio, espío; y durante la gimnasia matutina entorpezco a propósito mis movimientos para distorsionar la consistencia, color, calidad, riesgo, trazo original de la nube que ocupa en esos momentos mis indagaciones. Lo curioso es ese quejido que oigo —no el rig ris en el tímpano—, el levísimo suspiro de un muy fino cristal que se rajara sin quebrarse, pero, irremediablemente hendido, sufriera. Nada se ha roto y cada uno se comporta como si los demás no existieran, cada cual dueño y señor de su espacio, su ritmo cotidiano, sus rutinas de soledad. Yo zozobro en la incertidumbre, los gestos inútiles, el dispendio. Abrir la ventana, inclusive, la expectativa ahora, me aterra, corrompe la esperanza de consuelo que la presencia de la luz implica de por sí, inalterable, incondicionada. Para colmo, estoy encolerizado. Piso un terreno desconocido. Sin embargo —¿en compensación?—, empiezo a prestarle mayor atención al oficio: relajo los músculos, abandono ese terreno desigual y accidentado hacia el que me precipito al inmiscuirme en zonas ajenas maculándolas con mis miedos. ¿Miedo a extraviarme? ¿Dónde? Como si comparar me protegiera del torbellino de mis oscilaciones, deyecciones, turbulencias, neblinas... y si no he mencionado los sueños, es porque no somos producto de ningún sueño; tampoco nos encontramos en estado de ensoñación. Las atmósferas del espacio que ocupamos tienen otras intensidades, otra porosidad. Ya hablé de una zona de transición. Corrijo lo de "callejón sin salida": existe una continuidad palpable, un modo de crecimiento, de mudanza y, a pesar del dolor que me hiere, no hay derrota, deseo de arrojarme hacia un despertar cualquiera, necesidad de rendir cuentas. ¿A qué o a quién? Yo establecí las reglas del juego y esa coerción me ha entumecido. No hice sino acumular peladuras sobre peladuras, cáscaras. Caí en la trampa de mis propias reglas, estas son las consecuencias, ningún misterio. Los tentáculos de la codicia abrieron una grieta, una rajadura, y el cristal, cascado, no resuena nítido por más que lo golpee con toques exquisitos... "Zona de transición"... Apenas palabras para denominar el espacio en el que estamos inmersos, que nos circunscribe pero nos prohíbe instalarse. ¿Un tránsito entre dos intervalos? ¿Una etapa anterior o posterior a otra etapa? Lo ignoro. No quisiera amarrar certezas cual espigas en hato, prismas en un candil fijo. Puntualizo simplemente que desde que me vigilo, "algo" no fluye. ¿Acaso empecé a separarme, a cuestionar mi implícita pertenencia al diáfano manantial de luz, a inventar la pared de enfrente? ¿Está resultando el espejismo más deslumbrante que la luz original? ¿Sobrevivo? Como colocarle pesas a los pies para sentirse bien anclado a tierra. ¿Tierra? Solo espacios con diferentes intensidades, atmósferas, temperaturas. Y color. Sin embargo hoy, durante el oficio, sentí —¿oí?— la sugerencia de una última opción: volver a abrir la ventana. Ninguna euforia. El ademán tranquilo, neutro diría, de aproximarse, y abrir...

El dibujo en la pared de enfrente ha desaparecido. Era la posibilidad de atravesarla sin restricción alguna. El diseño solo me había aprisionado. Afuera de sus límites no hay espera, propósito, objetivos. Salvo la luz, libre, pura, vacante. Caí en un estado de tan total absorción que se me desbordó el llanto, sin freno, sin vergüenza, dócil, sumiso, blando. Lloré. Lloré mucho. Mucho. Cuando el guardián tocó mi hombro, supe que sería yo quien ocuparía en adelante su lugar. Entonces, también, me di cuenta de que el guardián era ciego...

CRECIENTE AZUL

E a vastidão do Mar, toda essa água
Trago-a dentro de mim num mar de Mágoa!
E a noite sou eu própria! A Noite escura!

FLORBELA ESPANCA, *Sonetos*

Ese día, una mañana de un domingo común y corriente, Alicia, porque el cielo estaba azul y despejado, sin nube alguna que anunciara un posible chubasco para más tarde, se encaminó hacia la orilla del río calle abajo rumbo a la zona de los muelles que ya no estaban en servicio. Por eso cuando, detrás de uno de los grandes almacenes desafectados, vio la silueta blanca del barco, alegremente sorprendida, se dirigió sin titubeo hacia él.

De inmediato pensó, por su forma masiva, compacta y casi cuadrada, las ventanas rectangulares y pequeñas, en los dibujos infantiles que representan al Arca de Noé. Una pasarela de un blanco ceniciento aunque no precisamente sucio o descascarado como el del barco, sino un blanco de yeso aún mojado, parejo, sin relieve, se extendía desde una abertura no muy diferente a las ventanas hasta el suelo del muelle. A un lado se atareaban varios cargadores acomodando una sobre otra anchas cajas de cartón. Era difícil saber si iban a embarcarlas o ya las habían descargado. Alicia se aproximó a la pasarela y preguntó al estibador más próximo si le permitirían visitar el barco "solo un momentito". El hombre hizo con el brazo un amplio ademán de invitación y continuó con su faena.

El barco no se balanceaba como un barco que se encontrara dentro del agua. No se movía ni chirriaban sus amarras y maderas. Incluso después Alicia habría de recordar que tampoco olía a mar. Desembocó en una estancia donde se acumulaban más cajas. Frente a ella, al fondo, una puerta de cristal. Salió al amplio corredor de la cubierta donde algunos pasajeros ocupaban sillas tumbonas, ora leyendo, durmiendo o descansando, otros, sentados en taburetes fijados al piso, jugaban al dominó o a cartas sobre unos tableros. Algunos más paseaban y el resto contemplaba el escenario siempre incansable del oleaje. Encima de unas altas mesitas redondas había vasos con diferentes bebidas de colores, y botellas.

Empezaba a atardecer. El viento, que iría tornándose cada vez más fuerte y ronco, distorsionaba levemente una música de cuerdas que alguien ejecutaba en vivo en algún salón interior. El sol terminaba de hundir su disco en el horizonte. Alicia ni siquiera se preguntó cómo era que estaba de pronto entre toda esa gente y en altamar. Se sintió a gusto, contenta. Tomó uno de los vasos con bebida y se acercó despacio a la barandilla para contemplar también el espectáculo ofrecido por el ocaso: púrpura, bermejo, amatista. Con los últimos destellos, casi verdes de tan transparente el pardo de las primeras sombras, empezó a caer una llovizna menuda. Fue entonces cuando percibió que en realidad el barco sí se movía, pero de forma peculiar, como arrastrado sobre una superficie desigual, a pequeños saltos. Después, se desató el huracán. Al comienzo del aguacero — ¿por qué nadie abandonaba la cubierta? — los marineros sacaron las cajas y las fueron distribuyendo en trechos calculados, y en cuanto el viento empezó a bramar y se hubiese dicho que el barco volaba convertido en astillas, abrieron las cajas y fueron repartiéndole a cada pasajero un chaleco salvavidas.

Al momento de saltar, antes de tocar el agua, Alicia creyó distinguir las luces de lo que parecían ser casas en un litoral lejano...

EPIFANÍA

*Esta ternura y estas manos libres
¿a quién darlas bajo el viento?*

JULIO CORTÁZAR, *Salvo el crepúsculo*

Esa mañana, como todas las mañanas después de que su esposo se iba a trabajar, Mercedes recogía, mirando distraídamente por la ventana, los platos, vasos y restos sucios sobre la mesa del comedor. Su quehacer cotidiano era sencillo: preparar el desayuno, sacudir, barrer, lavar, cocinar la comida que Ricardo tomaba puntualmente a la una, comentar los incidentes matinales mientras bebían el café, despedirse una hora y media más tarde, tomar una corta siesta, y salir al mercado a buscar las provisiones para la cena y el almuerzo del día siguiente.

El primer toque no lo escuchó, acostumbrada a los ruidos y timbres de los otros departamentos idénticos que se agrupaban alrededor del suyo tres pisos abajo y cuatro arriba. Nadie venía a llamar a su puerta porque con nadie había entablado aún amistad desde que llegaran hacía ocho meses. Los vendedores ambulantes tenían prohibido el acceso al edificio y el escaso correo que podían ellos recibir era depositado en el buzón que les correspondía de entre los sesenta restantes. Al segundo toque, mucho más largo, se acercó, no muy convencida, a la puerta, por eso se sobresaltó al ver al joven.

—Perdone. Soy su vecino de enfrente, nos hemos visto algunas veces en las escaleras...

¿Sí? Tal vez era él, pero como los pasillos estaban siempre tan oscuros...

—Me permite su teléfono, ¿verdad?

Mecánicamente, sin haber dicho palabra, Mercedes lo dejó pasar.

—Usted perdonará la molestia, es que, ¿sabe?, mi esposa... intentó suicidarse y... arrancó el cable del teléfono, y...

¿Su esposa? Mercedes ni la recordaba, aunque no era difícil que se hubiesen saludado al coincidir ambas depositando las botellas de leche vacías en el cubo de la basura... ¿Era rubia?

—... Quisiera comunicarme con su familia.

Mercedes asintió en silencio y se retiró hacia la ventana. El hecho en sí, de entrada, no la impresionó ni le suscitó curiosidad alguna...

—¿Escuchó usted algo?

—¿Cómo dice? —respondió Mercedes apartándose de la ventana.

El vecino había colgado la bocina. Se encontraron en mitad de la pieza, a punto de abrazarse. Mercedes se retiró confusa y se sentó en uno de los sillones de la sala. Él se recargó en el brazo del otro sillón frente a ella...

—Sí, usted sabe... No logré comunicarme... tal vez algún ruido en especial, un grito, golpes... Como las paredes son tan delgadas y las de su departamento están inmediatamente al lado del mío, pensé que, a lo mejor...

Mercedes seguía sin comprender bien qué era lo que pretendía él con su sonrisa amable en un momento como ese. Vestía traje sastre de alpaca gris, chalequillo corto del mismo material y color, camisa azul cielo, olía a lavanda, tenía el pelo lacio, negro, ojos rasgados, piel trigueña. Un hombre guapo, pensó Mercedes...

—No, no creo haber escuchado nada especial...

Y de pronto todos los ruidos de la casa se le vinieron encima...

—Piense por favor. Usted es la única que puede ayudarme...

... ruidos a los que también se había habituado hasta incorporarlos sin mayor trámite a su vida rutinaria. Mercedes lo miró entonces con detenimiento, sorprendida. Ambos se levantaron como si se hubiesen puesto de acuerdo. Él titubeó un instante...

Mercedes se vio de pronto avanzar como a contracorriente empujando con su cuerpo un invisible muro, una espesa pared de soledad, de incomunicación, que cedió súbita al calor de esa mano desconocida sobre su pubis casi adolescente aún a fuerza de no haber sido explorado por el esposo que montaba sobre él sin tocarlo, sí, ahora Mercedes se dio cuenta... Ricardo no la tocaba...

Se miraron... El joven parecía implorar, aunque el brazo que le rodeaba la cintura ejercía sobre Mercedes una firmeza que le causó miedo, miedo esos dedos tan tibios y lentos internándose suaves, tan suaves, entre los labios de su vagina...

... Pero cuando el miedo rebasó su límite máximo, Mercedes sintió que un resorte, insoportablemente tenso, se aflojaba como un elástico deshilachado y una sorpresiva alegría se le expandió dentro, polvareda de lluvia finísima, y se abandonó a la mano, al brazo, al aliento del vecino... ¿Conocía él ese mecanismo liberador? Sin duda. En ningún momento perdió el cálculo, la lentitud de sus gestos, la dulzura de los dedos entre las piernas de Mercedes, la minuciosa succión de sus pezones...

Mercedes ni siquiera abrió los ojos cuando él le pidió en un susurro: "Déjame llevarte a la bañera. Hagamos el amor ahí...".

Mercedes solo quería sentir, sentir ese nuevo cuerpo suyo de pronto tan flexible, tan suave como las caricias del joven desvistiéndola con pericia de enfermera, sin soltarle apenas la cintura, la espalda apoyada en el antebrazo mientras la otra mano abría las llaves del agua...

Una lenta seducción de ofidio bajo el embeleso de la flauta estirándole la piel hasta transformarle los poros, las dendritas, la linfa, en música pura...

En el único instante de lucidez que se permitió Mercedes, pensó en Ricardo frente a las verduras y el trozo de carne sin cortar, todo intacto sobre la mesa de la cocina, y aceptó que de ninguna manera querría ella regresar nunca más a la rutina que aborreció desde la primera noche, desde el primer guisado que guisó, desde la primera camisa que planchó...

El agua tibia, acogedora, un lecho perfecto...

Entonces abrió los ojos. El vecino estaba hincado a un lado de la bañera y la observaba sonriente. Seguía impecablemente vestido y sostenía una toalla doblada a lo largo entre las manos...

303

Mercedes supo lo que iba a ocurrir. Supo que la mujer del departamento vecino había luchado ferozmente, de ahí la preocupación de él por los ruidos. Supo que el joven era el misterioso sujeto que entraba en los edificios media hora después de que los hombres salían a trabajar...

Mercedes no iba a entablar ninguna lucha. La entrega a su felicidad era plenitud total. Le sonrió también y volvió a cerrar los ojos, extasiada, abandonada a la epifanía del orgasmo.

CANÍCULA

Le milieu du jour est le moment de l'epiphanie des nymphes.

MIRCEA ELIADE,
Traité d'histoire des religions

El balcón-terraza se asoma al valle. Está casi a la altura del camino que corre unos metros más adelante, polvoriento, subrayado por una hilera de arbustos que a lo mejor fueron plantados a propósito pero que ahora se enredan entre sí sin acierto ni concierto. A un lado del balcón hay un gran árbol de largas ramas, desmadejado y a medias marchito. La escena se presta para el inicio de un cuento corto, o de una novela, según el humor de quien escribe o de quien simplemente quiera imaginarla en una mañana de verano, calurosa, seca, perfumada por la miel de los geranios que cuelgan del barandal cabeza abajo. Ella está sentada en una silla leyendo mientras una brisa suavísima le orea el cabello aún húmedo. De algún lugar de la casa salen las notas de las *Kinderszenen* de Schumann. Del valle suben ecos de un motor, taladros y voces y risas masculinas. Poco a poco se adentra el sopor del mediodía. La luz se intensifica, agudiza, y todo lo fracciona hasta un nivel de partículas ínfimas, de gránulos que giran espiralados a una velocidad tal que parecen inmóviles, vibrando apenas como el respirar de un recién nacido. El aire languidece. Ella se adormila.

—Señora, por favor, ¿podría regalarme un poco de agua?

—¿Agua? El pozo está allá, entre las piedras, bajo el olivo. ¿Qué le ocurre?

—Mi caballo está a punto de reventar de sed, y yo igual. Quizá la pelleja tronó durante el galope y yo ni siquiera me di cuenta.

—¿Viene de lejos?

—Sí, Señora, cabalgando la noche a través del bosque. Hay reclutamiento y debo incorporarme lo antes posible.

—¡Ah! Ya veo. El pueblo queda a unas cuantas millas. No le será difícil llegar pronto. Vaya por el agua. Prepararé algo de comer.

—Gracias, Señora, muchas gracias.

El aire que languidecía se reconcentra. La tierra devuelve el calor recogido durante la mañana, absorta, a bocanadas, con ligeros temblores que aquietan a los pájaros y obligan a gatos y a perros, a vacas y burros, a echarse sin más. Los cerdos roncan y en el gallinero difícilmente se escuchará cacareo alguno. Entre los dos cuerpos un hilillo espeso mezcla sudor y saliva: va tallando pequeñas grietas en la piel, esgrafía destellos picantes, olor a clavo, a menta remojada, a pan enmohecido y gruta agria. La avidez de los labios en ambos trae la fuerza, la lentitud y el fuego de una consunción de lava que escurre en la oscuridad de sus cauces rumbo a un posible cráter. Nada, salvo el roce de su parsimonia, se escucha. Las manos han permanecido entrelazadas atenuando el arrebato, redes para cuando ocurra la inminente caída que no buscan, que no desean, que retienen con solo el poder del aliento y las inagotables disoluciones infinitesimales de sus miembros, huesos, venas, coyunturas.

Ahora, los ojos se abren. Miran lo que para la piel y el tacto ya no es desconocido porque la presencia del Otro se ha incorporado a los propios sentidos, al ritmo de la propia oscilación, de lo que alguna vez el anhelo pudo imaginar sin falsos pudores en su impulso hacia la unidad. Fulguraciones de espejo pasmado se deslumbran las pupilas de consuno, se regocijan los senos, el fuste del hombre resplandece, arroyos desvían briznas de luz donde se entrampan suspiros, aleteos de caricia abierta ya al juego libre, al espacio sin límite que entre los dos cuerpos se expande y contrae, se contrae y expande, límpido.

Sopla leve el aire. Imperceptibles crujidos. Aquí y allá reinicia el zumbar de los insectos. La súplica colmada se eleva por fin y resquebraja a su alrededor las capas soporíferas, densas, del mediodía cuya ruptura aliviará, metódica, segundo a segundo, a la tórrida atmósfera. Pausa aún. Otra más. Sin adioses, sin intercambiar nombres, Ella retorna a la terraza. Él, al camino...

LA DAMA DEL PERRITO

No había terminado de levantar el brazo para empujar la puerta de acceso al Banco, cuando sintió los golpes del bastón entre sus piernas.

—Vaya educación. Haga el favor de darme el paso.

Estupefacto, Arturo dio la media vuelta y vio a la mujer envuelta en pieles, y al perrito. Se hizo a un lado sin chistar y los dejó pasar. Todos parecían conocerla y se apresuraban a saludarla servicialmente. Un empleado se le acercó:

—Señora Van der Velden, ¿en qué puedo ayudarla?

Un joven flaco con cara de tapir y anteojos de carey la recibió en el mostrador donde ya Arturo esperaba su turno sin que nadie le hiciera el menor caso. Tuvo que hacerse a un lado por segunda vez mientras la mujer elegante y masiva con aderezos de esmeralda en el cuello, las orejas y los dedos, invadía el espacio libre para acomodar su bastón, sus guantes, su bolso de mano, el sombrero y la cadena del perro. Durante todo el tiempo que le tomó, el tapir la miraba con la sonrisa a punto de mueca fija.

—Ustedes han cometido un error en mi cuenta. Cancelé un cheque que sin embargo me descontaron.

—¿Sería tan amable de mostrarme el comprobante que le enviamos al respecto?

—Pero si acabo de dárselo a Usted.

El joven tapir hizo ademán de buscar sobre el escritorio detrás de él.

—¿No se habrá caído?

La mujer recorrió el piso con la mirada y detuvo sus ojillos grises en el rostro impasible de Arturo, quien observaba la escena recargado en la orilla libre del mostrador. El perrito se acercó a olfatearle los zapatos y ladró furioso. La mujer ni se molestó en llamar al animal.

—No. Estoy segura de haberlo puesto aquí encima.

Chasqueó la lengua y con un gesto precipitado tomó el bolso y empezó a rebuscar dentro. El tapir miró a Arturo invocando su paciencia y sin atreverse a preguntarle qué deseaba. Los demás empleados atendían sus respectivas ocupaciones. La dama hurgaba con furor creciente y hacía salir toda clase de objetos y papeles de aquel bolso en apariencia tan pequeño e inofensivo. "Como el perro", pensó Arturo. El pekinés dormía echado en el suelo.

—Es el colmo. ¿Está Usted seguro de no haberlo tomado?

El empleado estuvo a punto de llevarse las manos a los bolsillos. Las bajó azorado, miró otra vez en el escritorio, en el suelo a su alrededor y hacia el rostro de Arturo.

—Son ustedes unos chacales. A mí me devuelven mi dinero sea como sea —aulló la mujer.

—Por supuesto, Señora, por supuesto. No habrá problema alguno. Solo necesitamos el comprobante de la cancelación. Lo siento mucho, de verdad lo siento.

Un ligero espasmo se insinuó en la boca del tapir. Se frotó las palmas de las manos contra el pantalón. Sudaba.

Polvera de concha nácar, cigarrera de oro, encendedor con pedrería, lápiz labial, dos tubos con pastillas, manojo de llaves, pinzas para depilar las cejas, pluma fuente, libretita de cuero fino con iniciales grabadas RV, sobres mal doblados, papeles amarillentos, pañuelo de seda arrugadísimo.

Aumentaban los objetos y crecía el nerviosismo. El espasmo se transformó en un franco sacudimiento de la mejilla. Arturo sacó un cigarrillo de la bolsa interior de su abrigo y se lo colocó sin encender entre los labios. Peine dorado, cajita cenicero, portamonedas labrado, chequera, perfumero de plata. Los dedos del tapir tamborileaban discretos. Los clientes se impacientaban ya en la larga fila.

—Me han robado. Sí. Me han robado el comprobante —vociferó la dama.

Silencio general. Dos mujeres más entraron. Se detuvo el tecleo, las respiraciones, el sisear de la calefacción.

—Señora, eso es imposible. Seguramente lo olvidó en casa. A cualquiera le sucede, ¿no es cierto? El tapir, rojo y sudoroso, imploró la complicidad de Arturo quien por fin le sonrió divertido. El ruido recuperó sus modulaciones. Voces, sillas que se arrastran, cajones y puertas que se abren o cierran, el timbre del teléfono. La dama relinchó señalando a Arturo.

—Sí. Usted. Usted fue. Ladrón. Devuélvame mi dinero.

—Qué osadía.

—Y parece tan decente.

—Yo lo vi. Vi cuando estiró la mano.

Los clientes, que de pronto parecían haber invadido el Banco, hicieron un semicírculo alrededor de la señora, de Arturo y del perrito que ahora le ladraba a todos y a cada uno. El tapir recobró el aplomo.

—Llamen a la policía.

—Hay que ver cómo está esta juventud.

— ¿Qué pasa? ¿Qué hizo?

—Tiene cara de bandido.

—Esto es inaudito.

—Ladrón. Es un ladrón.

La mujer había tomado el bastón y golpeaba el piso casi sobre los zapatos de Arturo que, azorado, no lograba moverse ni articular palabra. El semicírculo se apretó más. El ruido de voces y murmullos se hizo estruendo. La mano enjoyada de la dama se agarró a la manga del abrigo de Arturo y empezó a sacudirlo.

—Lo vi. Yo lo vi. Venía siguiéndome desde la calle. Ladrón. Ladrón.

El pekinés se le prendió a la valenciana del pantalón. Los ojos y las bocas de los clientes casi le arañaban el rostro y la histeria de la mujer estaba a punto de dar con él en el suelo. Arturo intentó asirse al borde del mostrador. Sus dedos tropezaron, entre los objetos, con algo pequeño y frío. Lo tomó y disparó: cuatro veces, cuatro ¡bum! sobre el cuerpo de la mujer que se hundió, silencioso, como un balón sin aire, entre las pieles...

CAJAS CERRADAS

> Sin embargo, somos como somos y la incertidumbre está
> en el corazón de lo que somos, la incertidumbre *per se*, en
> sí y de por sí, el sentimiento de que nada está escrito en la
> piedra. Todo se desmorona.
>
> SALMAN RUSHDIE, *Furia*

Mariaemilita empezó a trabajar como recamarera desde los quince años, aburrida de la escuela y de la estrechez económica en casa. Costurera la madre, conserje de noche el padre, era hija única y en realidad nunca le faltó lo indispensable, incluso disfrutó de las ropas "exclusivas" que la madre le confeccionaba con vistosos retales, aunque era justo esa exclusividad la que la alejaba, por vergüenza, de sus compañeras y posibles amiguitas. Fue el padre quien le consiguió el empleo en el Hotel donde hacía la vigilancia nocturna.

Menuda, rubia, ojos grandes color miel, regordeta ya para su edad, tenía aire de no quebrar un plato y de necesitar una protección que despertaba simpatía inmediata. Mariaemilita conocía bien esta característica de su personalidad y aprendió a sacarle partido bajo cualquier circunstancia. Pero tenía otros aspectos que hasta entonces le eran desconocidos.

"La ocasión hace al ladrón", reza el refrán popular. Ocurrió el día en que algún huésped no reclamó el reloj de pulsera que ella encontró debajo de la cama al barrer. Lo echó en el bolsillo del delantal con miras a entregarlo en la Recepción. Por la tarde, cuando dobló su uniforme de trabajo, el reloj le cayó entre las piernas —y vaya si era bonito, plano, plateado, con un fino extensible de acero—. No pensó en venderlo, pero sí consultó sobre su valor en una joyería con el pretexto de cambiarle la pulsera. El maestro relojero reprobó la tontería de

310

CAJAS CERRADAS

querer deshacerse de "esa joya". Fue la primera caja cerrada y envuelta que guardó, entonces, dentro del casillero reservado para ella en la ropería del Hotel. La "pérdida" de la segunda joya la preparó ella misma, no sin verificar la hora de salida de los huéspedes para el día siguiente.

La Dirección no se hace responsable por el extravío de objetos personales en su habitación. Bien clarito lo dice el letrero entre las recomendaciones a los usuarios. Existe en la Recepción un tablero de pequeñas cajas fuertes con el número de cada cuarto. Así que bajo advertencia no hay engaño, se justificó Mariaemilita cuando tiró la cadena de oro bajo la cama. El albur se lo jugaba ella a fin de cuentas porque qué tal que la dueña sí la buscaba, entonces mejor que la encontrara, ¿no? Mas ahí quedó y ahí la halló por la mañana cuando hizo la limpieza. Le tomó gusto a la aventura, en especial seleccionar el objeto en caso de que el huésped fuese desordenado o de que hubiese comprado demasiados regalos y no fuera a echar de menos la falta de alguno a la hora de empacar. Esas cajas cerradas las almacenó tal cual, sin averiguar el contenido, y siempre cuidando que fueran pequeñas.

Con el tiempo el reto consistió en adivinar, a primera vista, la personalidad de los huéspedes: quién era desprendido y quién no; quién sucio y quién escrupuloso en demasía; quién desconfiado y hostil y quién crédulo; quiénes en viaje de amor y quiénes en el de la reconciliación; qué pareja era "legal" —según le dio por clasificar— y cuál no. Aprendió a reconocer al solitario en desasosiego y al que gustaba de su soledad; a la mujer decepcionada y a la ansiosa de compañía; a la aventurera y a la mojigata que, por lo mismo, poco se diferenciaba de la primera en cuanto a expectativas; a los que tomaban cuartos separados pero pasaban la noche juntos; al huésped onanista, al vicioso, al vergonzante; a la procaz y a la prudente; al borracho glotón, al alcohólico bajo control. Inclusive empezó a leer libros de divulgación, ella que aborreció el estudio y las clases.

Poco antes de morir, el padre la colocó, ya con veintiún años y bien experimentada, en un Hotel de primera clase en la zona más lujosa de la ciudad. Para entonces, el sueño de Mariaemilita era procurarse su

311

propio departamento, y todas sus economías estaban invertidas en él. Así que, después del deceso, con una mínima ayuda de la madre y una mayúscula deuda bancaria, logró realizarlo. A partir de ahí dio comienzo lo que ella consideró "su carrera", la época plena, sin temor a ramificar sus hurtos hacia sofisticados objetos como adornos del mismo Hotel o de cualquier sitio a donde entrara: el salón de belleza, una tienda de ropa, la perfumería, el restaurante. Siempre lugares grandes y abarrotados de gente, siempre sin intención expresa, dejándose apenas sorprender por el alborozo del descubrimiento y aguzados los sentidos como gato frente a ratón. Nunca aceptó cómplices aunque bien sabía que otras recamareras igual robaban. Tampoco las denunció. Eran menos hábiles: o terminaban por ser descubiertas o se iban antes de que las echaran. La táctica de Mariaemilita consistía en devolverle al huésped, justo en el momento de su partida, en la Recepción, el dinero contante y sonante, cartera, monedero, chequera o tarjeta de crédito que se hubiese dejado en la habitación. De ese modo su honestidad era incuestionable.

El departamento era sencillo, típico de los que se consiguen bajo crédito hipotecario: además de la cocina y la estancia donde acomodara el comedor y la minúscula sala, solo contaba con otra pieza —la recámara— que incluía el cuarto de baño, de todos los espacios el mayor, de modo que había instalado ahí el gran armario de sus tesoros. De algunos buscaba sacar provecho, cierto, pero no era un provecho material en el aspecto de ganancia económica pues en contadas ocasiones vendió algo; tampoco alcanzaba, digamos, el grado de ganancia estética de un coleccionista, de un *connaisseur*. Era más sutil. Una suerte de revancha, de envidia velada y, a la vez, el sentido de estar colaborando en el restablecimiento de un equilibrio justo. Literalmente nunca habría comprado ninguna de las bagatelas que hurtaba pero hacia las que terminó por experimentar un deseo abstracto, una pasión desprovista de propósito, pura por su misma intensidad, inocente. Su avidez no era codiciosa ni caía en el dominio de las tentaciones. Era la simple determinación del niño cuando decide apropiarse de lo que considera suyo o le apetece: extiende la mano, lo toma y pasa a otro asunto sin más. Tampoco era capricho: la presa entraba en el campo de su visión y, a la manera del pelícano, caía sobre ella, puntual, precisa. Esa era su satisfacción, el orgullo personal en la exactitud del logro. La estrategia resultaba efectiva porque no se embrollaba en consideraciones emocionales o morales. Se trataba de operar dentro de un campo "estéril", sin dejar huella, sin crear consecuencias. Parecía guerrero en batalla: ningún descuido so pena de perder la vida. Es decir, extrema concentración en su habilidad para luchar y sobrevivir sin sufrir el mínimo daño corporal.

Hasta no tocarlo, es imposible conocer el propio límite, y cuando se toca, a veces, ya no nos reconocemos, algo hemos traspasado que no es más nosotros mismos, como si el "yo soy" que creíamos ser se hubiese desplazado, perdido contacto con su imagen habitual y solo quedara la vaga sensación de una nostalgia, de algo que no llegó a cumplirse, a completarse del todo, algo que, de hecho, fue una especie de error. Mariaemilita no supo determinar qué empezó a causarle una indefinible zozobra. Al sentimiento de estar instalada, segura, vino a infiltrarse una suerte de incertidumbre, un malestar que se le agitaba en la boca del estómago en cuanto abría los ojos por la mañana — "barriguita desconsolada", decía su abuela Ernestina y le preparaba un tecito de canela con manzanilla y anís—, o la asaltaba por las noches al regresar a su departamento, como la primera vez en que, al abrir la puerta, le pareció que estaba parada en el aire porque las paredes habían desaparecido. Una distorsión. Del control detallista sobre la menor eventualidad, pasó a los pequeños tropiezos, una ligera impaciencia donde antaño el cálculo frío del riesgo a perder el objeto determinado formaba parte del juego. Incluso podía, en el último momento, decidirse por otra cosa solo por aumentar el poder de su asertividad. Un observador abstracto. Se diría que su pasión magnetizaba a los objetos y que, ahora, de pronto, un eco los hacía rebotar como si el espacio entre ella y ellos se hubiese solidificado. "Perdí el hilo", se dijo un buen día sin saber de dónde le vino el pensamiento, la certeza mejor dicho. El mundo entero y sólido en el que se sintió vivir se resquebrajó. Tuvo la vaga noción de dar por terminado un sueño que ni siquiera había soñado. La pasión, dicen, es una textura, y es a través de ella que experimentamos la vida. Y Mariaemilita perdió la pasión, la fuerza de su intensidad terminó por convertírsele en una cárcel. Se tornó hosca, puntillosa. "Necesitas un hombre", le decían burlonas las otras recamareras. No, galanes no faltaban, ni huéspedes que pagaran generosamente sus fugaces favores acordados cuando venía a arreglarles el cuarto. Su cuerpo —revolcones y manoseos, el placer escueto, pleno, sin compromiso— formaba parte de sus estrategias metódicas, del hipnotismo en que la tenía su fascinación por el hurto y al que se entregaba sin reparo. Pero de ahí a compartir con alguien su preciado secreto, ¡ni hablar! A Mariemilita no le pesaba vivir sola, al contrario. Su departamento era una extensión de sí misma y lo mimaba como a su propia persona: limpio, donoso, reluciente de adornos siempre renovados (tenía de dónde escoger, ¿no?). Visitas no recibía, mucho menos las de sus pretendientes o compañeras de trabajo con las que nunca se amigó pero a quienes no negaba ayuda o salir de tanto en tanto al cine y al café.

Ya en el colmo de su zozobra, harta de ese nosequé viborino, decidió buscar refugio en sus devociones de infancia. La Parroquia de los Mártires, cercana al Hotel, le gustaba particularmente por el primor de sus capillas barrocas siempre con flores frescas, la intimidad que da su bóveda alta y una penumbra relumbrante de cirios. No es que fuera religiosa, pero tenía las convicciones heredadas de su madre y abuela, y dejarse consolar por la oración no habría de traerle ningún perjuicio, incluso el confesarse, por ejemplo, la aliviaría. ¿Culpa? Ninguna. ¿Qué daño en llevarse lo que a otros sale sobrando? Igual en un viaje se pierden tantas cosas. Para ella el límite entre Bien y Mal era práctico, no un asunto de conciencia, y el hecho de que la pureza de su pasión por los objetos en sí y los juegos para hacerse de ellos se viera de pronto empañada por fallas y vacilaciones la irritaba sobremanera causándole ese oscuro desconcierto que la ponía en peligro de ser descubierta, humillada, temor que le dejaba un amargo sabor de boca casi permanente.

—Robar es pecado mortal —sentenció el confesor sin apelación posible—. Tu penitencia consistirá en llevar al empeño todo lo que adquiriste y hacer caridad con el dinero que te den. Después regresas conmigo y veremos que busques otro empleo.

El golpe la dejó atontada, sin aliento: ¿ella una vulgar ladrona?, ¿un enemigo público casi casi? Se arrastró hacia la banca más cercana y quedó de rodillas con la cabeza entre los brazos apoyados sobre el reclinatorio. Ni fuerzas para llorar. Le pareció que la condenaban a la guillotina. ¿Y las cajas cerradas? Las cajas que aún no tuvo ocasión de desenvolver, de penetrarles la sorpresa. ¿Y las que sí abrió y cuyo contenido seleccionó con miras a ocupar el lugar de los adornos que ya le aburrieran la vista? Se sintió despojada, alevosamente saqueada, víctima de una injusticia, de un castigo sin proporción con el supuesto delito. ¿Arrepentimiento? Ninguno. Perplejidad. Furia sorda. Empezó a temblarle el cuerpo, llena y vacía de sí misma. Sudaba, creyó que iba a desmayarse, pero más bien le subió al pecho el espasmo de la rabia contenida, de una furiosa aversión que terminó por centrarla y devolverla, tranquila ya, al silencio impasible que percibió reinaba en el recinto.

¿Cuánto tiempo había transcurrido? Alzó la cabeza. Sus ojos quedaron fijos en el altar mayor frente a ella. Respiró hondo, voluptuosamente. En la Parroquia no había un alma. Se levantó con suavidad y se aproximó a la mesa del altar. De dos posibilidades, una: o la ira del Señor caía irremisible sobre ella, o Su Gracia la redimiría. Alargó el brazo, firme, sin titubeo. Tomó con delicadeza el cáliz de oro en la mano y lo deslizó, sin prisa, en su bolso. Sin prisa, también, salió de la iglesia.

Afuera la tarde empezaba a oscurecer, humedecida y brillante después de la ligera llovizna. Las calles rebullían de gente con alborozo de principios de primavera. Volvió a respirar voluptuosamente, traspasada por la diafanidad del cielo y la tibieza del aire. Se encaminó hacia un café concurrido. Cuando le trajeron el espumoso chocolate caliente Mariaemilita ya tenía tomada su decisión. Al empeño, de ninguna manera... Pero no era mala idea buscarse un empleo distinto...

DESCANSE EN PAZ

Naquele tempo eu pensava que tudo
o que se inventa é mentira.

CLARICE LISPECTOR,
"Os desastres de Sofia"

El amor hacia el hermano se transformó en odio y, más tarde, en una implacable ira vengativa. Es común leer en libros, revistas o periódicos las historias sarracinas que ocurren entre parientes, pero uno tiende en general a pensar que han exagerado bastante, inclusive en películas o telenovelas; al fin y al cabo, se dice uno, estamos en el ámbito de la ficción, aunque el argumento pueda estar tomado de entre los hechos de la vida real. Hay un punto, sin embargo, en que no logra uno distinguir el límite entre lo que es real y lo imaginario, y sé que no estoy diciendo sino sandeces y banalidades, mas en este caso yo soy, o fui, amante de ese hermano y sé muy bien de qué hablo, nadie me lo platicó: lo viví en carne propia.

Cuando nos conocimos —el cómo ya vendrá en su momento— pensé que Luís exageraba, de por sí tan alharaca y susceptible, inteligentísimo, eso sí, y ahí estaba su problema: demasiado analizar y darle vueltas a cualquier argumento o situación por nimio que fuera so pretexto de que en tanto escritor todo le era importante y había de consignarlo. Y, en efecto, si de consignar se trataba no se le iba un detalle, una palabra, un gesto, según yo mismo comprobé cuando intimamos y me mostró sus diarios, unos cuadernillos en cuadrículas, como los que se usan en la escuela para los ejercicios de matemáticas, donde cada día anotaba literalmente, y comentaba, con su letrita apretada y recta, en tinta roja o verde, y a veces azul según el bolígrafo que quedaba a mano —o, ahora que lo pienso, y dada su manía por la minucia, a lo mejor el color tenía también una clave—, los acontecimientos de la jornada, charlas, lecturas, paseos, estado del clima, cartas que recibía, llamadas telefónicas y hasta las monerías de su gato, tan parecido a él. Para mí esa escritura era ilegible, por eso, tal vez, haya querido transcribirlos en la computadora aunque para entonces nuestra relación ya se había deteriorado y ese gesto suyo, sin duda para reconquistarme, me dejó frío y ni siquiera conocí el *password* para acceder a esos archivos que, por otra parte, puedo jurar nunca concluyó pues los cuadernillos eran demasiados, de muchos años atrás, y tampoco estuvo nunca tan seguro de querer compartir conmigo todos sus secretos —sus máscaras, diría yo—, máxime que así me tenía, en un principio, a su merced, embobado bebiéndome sus historias como un niño ante la del genio de la lámpara maravillosa. Esos cuadernillos desaparecieron y yo juraría que fue la hermana quien, sin tocarse el corazón y porque sin duda ya los conocía desde las adolescencias de ambos, simplemente los incineró junto con el resto de los papeles, ropas y demás objetos que se halló en el departamento después de que lo enterraron. Porque, eso sí: no fue ella quien encontró el cuerpo sino la metiche de Paula, mi conciudadana brasileña, que tenía la llave para ir a hacerle la limpieza una vez por semana. Dijo que el cuerpo estaba tirado en la cama, bocabajo, en pijama, y que no se veían señales de violencia o desorden en el departamento salvo una increíble cantidad de colillas, natural según yo para lo que de por sí Luís fumaba con el muy claro fin de ayudarle a su enfisema pulmonar a avanzar lo más rápido posible, otra de sus excentricidades que debí haber tomado muy en serio y no como una broma macabra para hacerse el interesante y mantenernos a la expectativa, en especial a la madre, para quien Luís era la niña de sus ojos y con quien se carteaba religiosamente cada quincena —páginas y páginas manuscritas— cuando recibía el cheque pero a la que poco enteró de su vida privada a pesar de amarla con celo denodado, o quizá por eso mismo. Yo nunca entendí esas relaciones entre ellos y la hermana, que era la que se ocupaba de la madre más, supongo, para alejarla del hijo pródigo y controlarle las finanzas no fuera a quedarse a merced de la caridad del hermano, aunque él siempre aseguró que su hermana se casó con un millonario viejo nomás por enrabiarlo, a Luís, y vengarse de su "viciosa traición" según le llamaba Amélia, la hermana. Y perdón si empiezo a enredar la historia, pero es que las dos tenían el mismo nombre, Amélia, y por su nombre hablaba con la madre en una suerte de intimidad sospechosa para mis cánones de católico educado en el respeto y temor absolutos hacia la figura materna, viuda como la de Luís que era, por contraste, librepensadora, pues mi madre se talló el lomo para sacarnos adelante a los ocho hijos que le procreó mi padre, un santero al que asesinaron por cobrarle un trabajito mal cuajado, y yo mejor me le escapé para que no me cargara a mí con el paquete de la "paternidad sustitutiva", asunto que Luís sí llevaba a cabo con cabal orgullo pues ocupar el lugar de su padre, muerto, por cierto, de enfisema pulmonar cuando el hijo tenía once años, frente a ambas Amélias, le daba no sé qué clase de ascendente sobre ella con todo y vivir en otro país y visitarlas apenas una vez al año. No digo que yo me desentendiera totalmente de mi familia, pues aquí soy yo quien envía el cheque mensual, no tanto por concernimiento como por descargarme la conciencia y poder vivir mi vida a mi aire y no tener que ir a pasar revista, al igual que Luís, anualmente. Digo entonces que la Paula encontró el cuerpo de Luís, bocabajo, tirado en la cama; ni lo meneó, asegura, algo le advirtió de inmediato desde que abrió la puerta del departamento, no exactamente un olor pues el del tabaco cubría todos los rincones por completo, sino un frío especial, un silencio gélido, amén de que el gato, *Musti*, no se le arrimó como de costumbre cuando llegó. Nunca apareció, por cierto. Un silencio, ése de la muerte, que detiene incluso a las motas de polvo en el aire: yo lo conozco, yo lo escuché cuando fui a buscar a mi padre a su Consultorio —así lo clasificaba él para no entrar en argumentos ociosos sobre sus actividades, y además se hacía llamar Doutor Sales con ingenua solemnidad—, donde ya nada se movía, ni sus animales propiciadores, ni la flama de las veladoras, nada, pero olía a sangre, eso sí, un olor inconfundible y familiar, un poco más dulzón quizá que el que se desprendía de las gallinas y chivos degollados por mi madre con un tajo único y certe-

ro, idéntico al que llevaba mi padre en el cuello, solo que su sangre no
había sido recogida en una cazuela sino que la dejaron derramársele
por el pecho, las rodillas y los pies donde se detuvo y coaguló. A él lo
hallé sentado en su viejo sillón de consultas, tal vez lo sorprendieron
por detrás, apenas inclinada la cabeza hacia el hombro izquierdo. Ni
para qué alertar a la policía. Un colega suyo y compadre me ayudó a
limpiar todo, a amortajarlo y certificar que había muerto de un ataque fulminante al corazón. Con Luís sí hubo policía y averiguaciones
—llevaba un par de días muerto—, pero el diagnóstico fue el mismo:
muerte natural. Según la Paula el marido de la hermana vino a hacerse cargo y pagó las averiguaciones, y solo cuando el forense, después
de la autopsia, dio permiso de enterrar llegó Amélia chica, y ahí es
donde yo pienso que volcó su rabia con saña fratricida digna de mejor
causa porque, veamos, a menos que los comentarios de Luís hayan
sido pura invención, y, la verdad, a estas alturas ya no sé: dos niños
que se quedan huérfanos de padre y empiezan a dormir en la misma
cama, temerosos, sobre todo él un año menor que la hermana, obse-
sionados por la muerte, el *dolor estoico* (la palabra la utilizó Luís siempre que hablaba de Amélia madre) de la esposa que ya perdió una hija
primogénita bastante mayor que los dos siguientes y de quien Luís no
tiene un claro recuerdo, salvo por las fotografías; dos niños, entonces, que terminarán por conocerse "bíblicamente" como hombre y
mujer, pegados como chicle a las faldas de la *mater dolorosa*; la mía, si
a esas vamos, lidiaba con ocho bocas a cuál más hambrienta y male-
diciente, con dos camas *king-size* donde nos revolvíamos al buen tun-
tún, mis hermanas menstruaban, nosotros eyaculábamos, y no por
eso, dijera lo que Luís dijera en su manía y prurito analítico, mis preferencias perturbaron nunca la relación familiar ni escondo yo cómo
me vienen los dineros, aunque sin duda sí fue esa la razón por la que
salí de donde me conocían y puse mar de por medio como él hizo, aunque no tengo claros sus motivos que tampoco serían tan difíciles de
adivinar si recuerdo el lugar donde nos conocimos, es decir, donde
descubrí que se trataba de él pues es ley en esos baños turcos que los
clientes estén detrás de las cortinillas mientras la *mercancía* se expo-

ne y expone sus juegos múltiples en una semioscuridad que impide reconocer los rostros de quienes se entrelazan y acoplan para deleite de los mirones que no pagan poco por la sesión tomando en cuenta que no tienen derecho de gozar de ninguno de los chicos que ahí han escenificado, el cuerpo desnudo y expuesto, pero él tosía, y tosía bastante a pesar de ahogar los carraspeos en la ritual bufanda de lana que para esas ocasiones utilizaba, imagino que para cubrirse la cara, en parte también. Yo sé que llamé su atención desde la primera vez, y así me lo aseguraba muy serio cuando una tarde me quitó de trabajar ahí y empezamos a hacer vida de pareja: mulato, pelo semicrespo azabache brillante como mis ojos, bien proporcionado; no quiero presumir de muy viril pero sí de ninguna manera afeminado, nunca, ni en mis modales ni en la voz pausada de bajo; el acento, que Luís calificaba de *chupáo y saudoso*, con un dejo coquetón gracias al cual ahora vivo como cantante de fados y *modinhas* acompañándome a la guitarra Nandinho, el amor de mi vida, y no lo digo en un rapto de romanticismo sino porque así se dio, tan naturalmente que el propio Luís mejor hizo mutis con una elegancia y una discreción que, mis respetos, no esperé de él, no por otra cosa sino por lo posesivo y acechante, nada difícil frente a mi natural pasivo y complacero, incauto inclusive, tanto que tardé en identificarlo con ese señor amable y metódico que bebía su café cortado invariablemente a la misma hora de la tarde, se sentaba en la mesa que el patrón del bar en persona tenía separada para él —cómo averiguó que yo estaba de mesero ahí, nunca me lo confesó—, y pasaba largos ratos escribiendo en esos cuadernillos que tan familiares se me habrían de volver y de los cuales me habría gustado rescatar aunque fuera uno de los de aquellos días, o tardes, pero según la Amélia hermana no existieron ningunos cuadernillos ni archivos, salvo una serie de cartas obscenas inauditas por la pornografía y la cantidad de disquetes que de ellas sí encontró, me dijo muy digna cuando me enteré de la muerte de Luís y me decidí a llamarla por larga distancia. Le aseguré que desconocía lo de los disquetes y cartas, y es verdad, que lo que esos cuadernillos contenían eran apuntes sobre una novela de suma importancia para su hermano y en la que invertía todo su tiempo y esfuerzo. Nos acusó, así en plural, de pervertidos e inútiles, a Luís lo tachó de ser un impostor que le mamaba el dinero a la madre a cuenta de sentirse artista mientras que ella, Amélia hija, era quien se fletaba cuidándola, afirmó que en el departamento de su hermano no quedaba ni un alfiler, que todo lo había quemado para ahorrarle la vergüenza a la Amélia anciana pues ya bastante insoportable era la suya propia. Me prohibió volver a llamarla u ocuparme de la memoria de Luís que para ella ya estaba muerto antes de haber nacido. Y colgó. Quedé temblando por el impacto de sus palabras, por la carga de insidia, de dolida impotencia rabiosa. Averigüé por mi cuenta el lugar donde lo había mandado enterrar y fui con Nandinho a visitar la tumba que el velador del cementerio señaló en un área arbolada. Nos acercamos despacito, yo temeroso de toparme con la evidencia irrefutable, entre las sepulturas adornadas en su mayoría por alegres jardineras con geranios y pinitos enanos, hasta una mole de cemento gris levantada mínimo un metro más arriba de las demás lápidas como una suerte de vigía de mal agüero. No pude convencerme de que dentro de ese monstruoso catafalco yacieran los restos de mi amigo, de un ser humano que amó y fue amado, que tuvo una vida plena y propia, pero lo que me derrumbó sollozante, aniquilado, fue que sobre la enorme superficie pelona, gris plúmbago ceniciento, no habían grabado más que su nombre y apellidos, y sus fechas de nacimiento y deceso.

Ni siquiera un obligado, piadoso, *requiescat in pace...*

LOS NAVEGANTES

Et qu'est-ce qui en ce monde existe vraiment
sinon ce qui n'est pas de ce monde?

CRISTINA CAMPO, *Les impardonnables*

Pensaron que del propio mar les venía el retraso, y decidieron voltearle la espalda.

Uno de los nativos, viajero sin tregua y guía de caravanas a través del desierto con la certera experiencia de alcanzar cualquier villorrio por lejano o escondido que se encontrara, aconsejó que movieran las chozas hacia el próximo oasis, pero los viejos se negaron. Recelaban: sería traicionar a los antepasados pues la Ley prohibía sacar los huesos de su lugar de sepultura. No pensaban agregarle al retraso la maldición de los ancestros.

El viajero se desentendió y continuó por los caminos hasta que no se supo más de él, aunque fue gracias a su testimonio como se conoció parte de esta historia.

Los viejos, pues, se dieron a la tarea de concebir la forma de aislar al mar del pueblo, como si no existiera: su vaivén, sus humores variables, su olor, sus criaturas. De todas maneras, no se trataba de una comunidad cuya supervivencia hubiese nunca dependido del mar: no eran pescadores, ni marineros. El que vivieran frente al mar en aquella vastedad de arenas tuvo su origen en el origen de los tiempos cuando a los antepasados se les avisó que aguardaran ahí la llegada de la Nao que habría de transportarlos hacia la tierra prometida de un nuevo mundo allende las aguas. Y en esa espera habían fundado su existencia, el orden de su cotidianidad. Y no era asunto de leyendas, sino de actitud pues la consigna era escueta: aguardar la llegada de la Nao Guía.

Así, vivían en lo inmediato, en el corazón de la realidad, y cualquier construcción era apenas provisional. De ahí que no quede vestigio alguno de sus casas, por ejemplo, obelisco, estela o caligrafía. Solo era testigo de esa profecía la tumba, mojón de tiempo condensado, de un santón sin nombre sobre el promontorio de la colina situada al este del pueblo y a cuyas faldas se había extendido el cementerio.

Esa tumba —un túmulo vacío— era una construcción abovedada de piedra lo suficientemente amplia como para haberse convertido en el sitio donde se llevaban a cabo las actividades trascendentales de la comunidad: reunión del Concejo de Ancianos, acuerdos sobre almacenamiento y distribución de los víveres, sobre uniones y separaciones, nacimientos —el nombre del recién nacido se daba con base en minuciosos cálculos matemáticos y astronómicos— y, en épocas de escasez (tanto de mujeres como de alimentos, armas o mano de obra), la estrategia para llegarse a otros pueblos y procurarse lo faltante.

No se crea, sin embargo, que se tratara de gente guerrera amante de trifulcas y combates. Los nativos eran sembradores de estrellas, escrutadores del cielo y de sus diversos fenómenos: astros, cometas, nebulosas, constelaciones, meteoros (por cierto muy abundantes en esas latitudes, al igual que los arcoíris, pero nunca cayeron en el error de idolatrizarlos), cuyas vidas y conductas anotaban minuciosamente en largos rollos de papiro traído desde el lejano Nilo y que eran leídos en voz alta y cantada durante las noches de los equinoccios y los solsticios. Eran prácticos ante todo y no tenían reparo alguno en procurarse lo que habían menester para subsistir, así fuese por medio de la violencia si no cabía remedio más pacífico.

Trocaban sus conocimientos entre los pueblos de la ingente comarca a cambio de lo que les era indispensable. Y no es que fuesen misioneros o maestros. No. Andaban en grupos de siete, como las Pléyades, y llegaban, una vez al mes, con sus pronósticos del tiempo, sus cartas astrológicas y efemérides, cálculos y comentarios. Se concordaban con los dirigentes y según las conclusiones de lo que conferenciaran, se actuaba en consecuencia.

Su mercancía era útil, funcional y exacta —eclipses, conjunciones, cuadraturas, tiempos para sembrar y tiempos para segar, para fertilizar a la tierra y a la mujer, para dejarlas descansar, para embarcarse o permanecer en tierra—, nada que se prestara a vagas conjeturas, enigmas, supersticiones o mistificaciones. Y raramente se equivocaban: tormentas, granizo, desbordamientos, heladas, sequías, lluvia de estrellas, cometas, seísmos. Sus creencias las guardaban para ellos. Nadie sabía cuál era su fe. Nadie conocía el secreto de su espera, de su tremenda fuerza. No buscaban hacer prosélitos, pero quien pasaba a formar parte de la comunidad era iniciado, y nunca se conoció a ningún desertor. Todos tenían el mismo nivel de conocimiento y a todos se consideraba de igual mérito. El Concejo de Ancianos era una autoridad cambiante por cuanto se accedía a él por edad, y se le abandonaba por causa de muerte, y el muerto iba a parar al mismo cementerio en cuyas lápidas no se inscribía nada pues era claro que en el momento de la llegada de la Nao todos los que habían esperado, vivos y fallecidos, subirían en ella rumbo a la tierra prometida de un nuevo mundo.

Pero un día, de pronto, aunque es un hecho que los signos y señales se fueron acumulando ineluctablemente, algo cambió en la cotidianidad, no solo de este pueblo sino en la de los demás alrededor y en muchas millas allende la región donde empezaron a llegar conquistadores de tierras lejanas que alteraron la geografía de los lugares, las costumbres, los idiomas. Arribaron con sus propios métodos y formas de conocimiento, de modo que los de la comunidad de la Nao Guía empezaron a no tener qué trocar, amén de que sus armas eran inofensivas frente a las sofisticadas de los invasores que, desde luego, no tuvieron el menor interés en ese pueblo sin bienes materiales ni organización militar. Y se olvidaron de ellos, es decir, los aislaron.

De ahí, pues, el proyecto en desespero de los viejos. Mas fue entonces cuando ocurrió lo tan anunciado.

Se dijo que bajo la tumba abovedada había un santuario de donde partía un ancho canal de aguas subterráneas hacia el Océano, y que desde ahí se embarcaron todos, finalmente, surcando mares nunca antes navegados, en la Nao enviada al efecto...

Ninguna crónica o evidencia histórica, sin embargo, salvo la bóveda sobre el promontorio de la colina, queda hoy en día de aquel sitio a orillas del mar...

EL CEMENTERIO

Aux lisières du soir, nul ne demande plus
à l'ombre d'où elle vient ni qui elle est.

EDMOND JABÈS

Uno de mis cuerpos está enterrado aquí. Ahora no me cabe la menor duda. Es solo cuestión de buscar con calma en el antiguo cementerio. Paciencia. Primero crear costumbre, el hábito de dejarme ver en los mismos lugares, el café, el almuerzo, el paseo, la misa en domingo. Sin sobresalir, sin llamar la atención. Que a fuerza de verme siempre en idéntica rutina terminen por ignorarme del todo. Un oscuro jubilado común y corriente, ni mal vestido ni demasiado bien. No ostentar presencia alguna, gestos apresurados, voz chillona. Quizá un poco caído de hombros, como vencido apenas por el peso del tiempo, cabello entrecano, gafas de regular grosor, andar cansino pero mano firme, un portafolios algo ajado antaño de fino cuero, no en total decadencia. Zapatos de largo uso aunque lustrados con esmero. Traje gris topo a rayas que no hable de estrechez ni tampoco de holgura económica, un par de camisas color crema con cuello y puños almidonados, sin mancuernas, botones simples, dos corbatas. Una *bordeaux*, lisa; la otra, verde musgo con reflejos tornasolados, más bien luida. Tirantes con broches de níquel para sostener los anchos pantalones que se diría son de una talla mayor que el saco. El sombrero me parece indispensable, fuera de moda aunque de ningún estilo particular. Pensé que podría cambiarle la cintilla al tono con la corbata en turno, pero eso denotaría ya un prurito de acicalamiento, de cuidado de mi propia persona, de coquetería inclusive, así que deseché la idea.

El cementerio está rodeado por altos muros y solo tiene una entrada. La puerta es una verja de gruesas barras, no tantas ni tan juntas que

no permitan ver al interior el arracimado de lápidas, muchas fuera de
su supuesto emplazamiento, otras francamente añicos. El trazo entre
las tumbas no existe en la mayor parte del terreno invadido, como es
de suponer dada la antigüedad, por hierbajos y raíces que se han salido de la tierra empujando las piedras, en especial las cabeceras donde figuran el nombre y las fechas de nacimiento y deceso. Cuando fui
a informarme al Ayuntamiento y a solicitar permiso para visitarlo, me
aseguraron que muy pronto se emprenderían las obras de restauración gracias a generosos donativos y al interés de la comunidad mun-
dial por rescatar ese sitio histórico en tanto patrimonio de la humanidad, pero que aún se esperaba la autorización del Ministerio de Salud
y, lo más importante, de las autoridades religiosas que debatían ardua-
mente, con base en las Escrituras, sobre si sería profanar la santidad
del lugar y perturbar el eterno reposo de los difuntos meterse a remover la pedacería como si se tratase de un mero sitio arqueológico.

La ventaja para mí es que el cementerio se encuentra como un pre-
dio intrascendente en una calle donde los escasos edificios que quedan, vetustas casas afectadas por el Gran Terremoto, también esperan ser restaurados, de modo que solo es transitada de vez en cuando
por turistas, gente del barrio que la cruza de carrera y para cortar camino. Tránsito de vehículos no hay. Solitarias y sin uso las oxidadas vías
del tren dan testimonio de lo apartado que siempre se halló el cementerio del centro de la ciudad y de cómo esta creció poco a poco sin terminar de ocupar las más alejadas colinas. He seguido a pie el trayecto
de las vías: un amplio óvalo que termina donde empieza. Ahora en la
deslucida estación de falso estilo morisco hay una cafetería que conserva los altos ventanales con su herrería barroca y el remate en cristales azul añil y oro, el piso de grecas negras sobre mosaicos en tono
marfil, y algunos arcos de crestería con azulejos. También la zona guarda su viejo trazo original, los nombres de las callejuelas y bastantes
fachadas detrás de las cuales en vano me esfuerzo por identificar mi
posible morada de aquel tiempo cuando tenía el cuerpo que hoy busco. Mi certeza nace de ciertas penumbras y humedades que me suben
a la memoria con un ligero calosfrío, y de los olores, esos olores que

traspasan las paredes, los dinteles, a las horas del almuerzo nocturno, guisos recalentados de los que se repegan al asiento de las cacerolas y cuya costra contamina con su sabor añejo cualquier otra comida que se prepare ahí. Y, por la madrugada, de ciertos ruidos, el chirriar de las duelas aunque pise uno de puntillas, descalzo, para no despertar a los otros que duermen en la misma y única habitación, un tropezón apenas sofocado. Pero sobre todo de los arrullos, esa murmurada canción de cuna, somnolienta, que apacigua y ayuda a recuperar el sueño. Mi certeza es fruto maduro de lo Invisible de donde procedemos, de donde somos todos, una paciencia de buscarme penetrante, viva, serena, sin poner énfasis ni pasión por encontrar, sin idea preconcebida, aunque sí con una vaga alerta en la piel, una suerte de radiación sonora como la que dicen hace enderezarse a la serpiente. Todo puede existir en su totalidad al mismo tiempo, simultáneo y ubicuo.

Algo en esas madrugadas me recuerda el mar. Un vaho salado en la ligerísima nube de rocío que cubre a la ciudad antes del amanecer. Hay un río, es cierto, pero el mar aún queda lejos. Al principio, cuando llegué, no me fue fácil colarme a esas altas horas de la noche fuera de la Pensión donde me hospedo. Temía despertar sospechas, hacerme evidente. Pero pronto cedió mi cautela pues el portero me preguntó —afirmó en realidad— a la tercera o cuarta ocasión en que intenté escurrirme fuera sin alertarlo, si también yo, al igual que él, y de ahí su oficio de conserje nocturno, padecía insomnio y, sin esperar respuesta, me puso al tanto de sus inútiles esfuerzos por combatirlo amén de la sabia decisión de sacarle provecho, como era el caso. Así que ya no necesito pretextos y hasta cuento con su complicidad. No así con la de la recamarera. Descubrí que esculca mis cajones y los bolsillos del saco que queda en el ropero. No sé qué querrá encontrar entre tan escasas pertenencias. Leer no lee, de eso estoy seguro, así que este diario y los otros papeles con las acotaciones sobre mi minuciosa pesquisa quedan intocados sobre la mesita de noche. En cuanto a dinero, tengo la suma precaución de utilizar el mínimo contante y sonante, además de que no hay mucho en qué gastar. La ciudad es pequeña y sus librerías mal surtidas para mis necesidades. Se trata de una mujer ya madura, de buen ver todavía, fuerte, maciza, y con quien he evitado cualquier trato salvo el escueto saludo, el pago que le corresponde por lavar, planchar y almidonar la camisa en turno (la ropa interior, y esa es una costumbre inculcada por mi madre desde la adolescencia, la lavo yo mismo por las noches) y darle las cumplidas gracias al respecto. No guardo nada de comer en la habitación. Mis implementos de aseo personal —jabón, rastrillo, peine, tijerillas, crema y loción de afeitar— siempre están limpios y ordenados. Procuro conservar las toallas lo menos sucias posible y tengo el hábito de no dejar las cobijas revueltas cuando salgo por la mañana. Es decir que soy metódico y previsible y que no entiendo el empeño de la mujer en escudriñar, como no sea para llamar la atención, pero eso sí que es tiempo perdido: no es ella quien va a conocerme circunciso. Ya se fastidiará, supongo.

El río corre a un lado de la ciudad y no es caudaloso pero la impregna de una sutil humedad largamente acumulada, no desagradable al olfato, con un leve dejo a hierbas. El trazo de las calles parte de él, del largo paseo que desde el mirador lo recorre en su trecho más recto ornado con vetustos árboles de ancho tronco y amplia fronda verde perenne que durante el verano se tupe de grandes flores blancas como copas vueltas del revés. Más arriba está la plaza de la iglesia principal —una de las muchas plazas con su respectiva iglesia—, lo que queda de los claustros del antiguo convento adecuados como tiendas de comercio —paños, lencería, objetos religiosos, numismática, cerámica y alfarería, zapatos, herboristería, pastelería, un anticuario que también vende viejos mapas empolvados—, pequeños cafés y alguno que otro bar, lo que le da aspecto de mercado en miniatura y escenario de representación medieval. "Ya nada es como antes", me dicen. Sin duda así es. No tengo nostalgia de lo que no conocí y me basta lo que ahora queda de esta pequeña ciudad antaño rica y famosa. La gente, o nada más habla de sí misma o de alguien, y casi siempre para quejarse. Como mi natural es tranquilo y poco pierdo escuchando, no falta quién se me siente a la mesa en el café, o que algún viejo se me cruce cuando ando distraído en mis caminatas y con cualquier pretexto, o sin él, inicie el relato de su pasado. La imagen del burro con la zanahoria colgándole enfrente. No me excluyo: vivo igual mi diaria rutina con miras a lo que espero conseguir, olvidado de lo que no sea el aquí y el ahora. Aunque no lo pretenda, sin embargo, también estoy atado a un tiempo que ya viví con la desventaja, en relación con la gente que se lo repite y vuelve a repetir con escasas variantes, de que yo no recuerdo detalles precisos de él, no hay rostros, nombres, un hilo conductor al cual aferrarme.

Parto apenas de un sueño. Un vívido sueño que se repitió constante e idéntico cada tercer día durante un mes y, de nueva cuenta, cuatro meses después, puntual, análogo, antes del amanecer. Me hallo dentro de una habitación de techos altos acostado en mi lecho de muerte, agonizo. Respiro a estertores cortos y roncos. La cama, en el centro de la pieza, está coronada por un baldaquín de gasas oscuras que caen hasta el suelo y la cubren. A través de ellas distingo a la ronda de mujeres caminando de puntitas, una vela encendida en la mano, rezando. Un dolor agudo me oprime el pecho y estoy perfectamente consciente de mi próximo tránsito. Llamo —imposible retener el nombre que pronuncio con suavidad— y de inmediato descorre la gasa un joven alto, delgado, casaca y pantalones negros, camisa blanca —tan blanca como sus manos largas y el rostro circundado por el castaño cabello ensortijado—, y un discreto solideo en la coronilla. No es mi hijo, pero sí el alumno favorito que recibirá la sucesión de mi cargo. Esta escena en la que soy espectador presente y protagonista terminó por revelarme la trama a medida que fue repitiéndose. El personaje a punto de expirar es el dirigente de una comunidad que empezaba a ser hostigada de nuevo por el odio popular y a la que él tenía decidido desplazar hacia tierras más hospitalarias. (Me sorprendió descubrir en los libros de historia que los Autos de Fe, por ejemplo, se practicaron hasta el siglo XVIII cuando ya no existía la Inquisición.) Cuento con el apoyo secreto del Rey y del Obispo que han recibido la mayor parte de nuestras tierras, joyas y pertenencias, pero la fuga debe hacerse en el más completo sigilo, y por etapas, a través de los túneles que existen bajo la catedral y el palacio episcopal y que conducen a las afueras de la ciudad más allá de las murallas. Sin embargo, y casi por cumplirse el objetivo, un ataque al corazón me postra y es justo ese el momento preciso en que viene a mí mi yo mismo a través del sueño. No tardé en darme cabal cuenta de que no se trataba de un sueño común o de un caso de posesión por transmigración del alma. Es el momento culminante de otra vida y la angustia de la irrealización. Aclaro que no soy judío, no en esta vida de ahora, y que el resto de la historia me fue llegando a través de los libros hasta encontrarme con este lugar del todo opuesto a mi lugar de nacimiento y donde vienen a confluir datos, fechas, circunstancias similares y, para mi asombro, idénticos apellidos tanto del lado materno como del paterno. Por desgracia mis padres ya no viven, pero logré establecer contacto con un pariente lejano que no me desengañó: descendemos, en efecto, de conversos, *anusim*.

Siempre trabajé como empleado de oficina sin más pretensiones que las de cumplir con un horario fijo pero elástico que me dejara el tiempo libre suficiente para escribir y enviar, bajo seudónimo, mis colaboraciones semanales a la sección cultural de un periódico de amplia circulación. Reseñas de libros de viajes, de antropología, de historia antigua, de botánica a veces. Nada, pues, relacionado con esoterías, teosofías o misticismo. Lo del seudónimo, Paulo Pedro Mendes Belamonte, formado con los segundos apellidos de mis padres, empezó por ser inseguridad y luego se convirtió en un juego cómodo para pasar inadvertido. Incluso cobraba en tanto secretario particular del reseñista y nadie entró en averiguaciones. Las aventuras fueron mi pasión desde niño, aventuras reales como los descubrimientos, la vida de los pueblos nómadas, los relatos de hallazgos arqueológicos, la geografía y, por ende, algo de astronomía. Conocimientos generales, científicos, digamos. Y reescribirlas después, aunque sin ánimo literario, como si fuesen mías, aventuras vividas por mí. Fue lo que me atrajo, durante los años escolares, la enemistad o el alejamiento de mis compañeros de estudio que terminaban por fastidiarse. Desde entonces nacieron mis hábitos, de por sí solitarios en tanto hijo único. Eso es todo, así de simple y escueto, y así me lo repito a menudo para convencerme y estar seguro de no haberme convertido en un soñador, en un Quijote que ha penetrado en una ficción tejida de cabo a rabo por sus propias herramientas de trabajo y búsqueda.

Fueron lentos preparativos de varios años hasta lograr mi total independencia económica, liquidar mis asuntos en mi ciudad natal y desplazarme hasta aquí. No llevo prisa. Y dejo este testimonio escrito de mi puño y letra por cualquier avatar que pudiese ocurrir, nunca se sabe. No llevo prisa, repito, pues puedo darme el lujo de estar a la espera en esta suerte de espacio sin obstáculos donde todo lo que se percibe es luz, la fuerza de una aspiración a reunificarse. Podría esgrimir mis conocimientos de historiador y arqueólogo y ofrecerme para dirigir los inicios de esas dichosas obras de restauración del cementerio, y así entrar sin subterfugios —y no a hurtadillas y de madrugada con una linterna de bolsillo en mano que no me hace más fácil hurgar entre las piedras rotas las letras apenas reconocibles en ese idioma que debió serme familiar y que con trabajos reaprendí antes de llegar aquí— a buscar la lápida que se elevará con dos manos abiertas para darme la bienvenida y llevarme a reposar con mis antepasados ahí donde reside la Divina Presencia y me reconcilie con todas mis partes faltantes... Creo, sin embargo, que aún no es el momento adecuado... Que ya llegará... por sí solo...

LA ANTICIPACIÓN

> El hombre que se inventa a sí mismo necesita
> a alguien que crea en él para demostrar que ha
> conseguido lo que se proponía.
>
> SALMAN RUSHDIE, *Los versos satánicos*

Se acordaba poco de él. Por eso inventaba: para olvidar que, en realidad, en ese "poco" hubo odio y hubo miedo.

De ahí también que insistiera tanto en mirar y remirar las fotografías de la familia, la lejana y la más próxima, rostros desconocidos sepia o blanco y negro, y en escuchar las historias y genealogías hasta llegar a él, el padre muerto cuando Manuel apenas contaba siete años. Alto, adusto, distante y con un inalterable tufo a nicotina en las ropas, las manos y el cabello. El mismo olor que ahora le reventaba a Manuel las costuras de su eterno saco roído por la ceniza que cae al encender un nuevo cigarro con la colilla del anterior fumado hasta el último milímetro. No soportaba que se hubiera ido así, sin algún aviso que pudiese abrirle al niño un resquicio de ternura, de compasión, una heridita por donde llorarle la tristeza y supurarle la pus de ese resentimiento sordo que le envenenaba el cuerpo. Hoy ya era demasiado tarde. Pero consoló su desabrigo imitando los gestos del padre, poses y dichos que la madre le transmitiera poco a poco adivinando en el presente estupor del niño su propio vacío de recuerdos a futuro.

Así se apegaron ambos a la imagen de ese hombre seco, sensible como cristal resquebrajado, quejumbroso.

Entre la madre y el hijo, el mismo hilillo de rencor sin confesar, la desconfianza tras la parquedad de mimos y el exceso de fórmulas y zalamas, cómplices en la voluntad de no trasminar la mínima gota de esa amargura represada. Cambiaron su lugar de residencia a una ciu-

333

dad de provincia anodina de por sí. Ella cobró buena fama de costurera y él se colocó en la redacción del periódico local. Vivían con lujo sin ostentarlo. Manuel organizaba veladas quincenales en las que la madre no participaba. Después él le pormenorizaba los detalles de la reunión. Tampoco Manuel asomaba la nariz en el taller de costura donde trabajaban varias aprendizas. En lo cotidiano parecía unirlos un mutuo escrúpulo por la asepsia y el horror a ser perturbados por ruidos —torturante, inagotable e inconmensurable sentimiento de peligro en el más leve crujido. Una irritabilidad a flor de piel disimulada tras el velo de la ironía ríspida, incisiva, era el distintivo social de Manuel. La madre, en ese terreno, actuaba con austeridad no fingida. Carecía de expectativas: le bastaba el respeto que su laboriosidad imponía. Él, en cambio, llevaba en secreto un exhaustivo diario y aspiraba a deslumbrar al mundo literario con una obra original, única, incuestionable. Sus veladas incluían el propósito de alimentar el inmenso fresco balzaquiano que se proponía realizar. Las noches eran su coto sagrado: a solas en su estudio vertía en grandes cuadernos los sucesos diurnos, el sutil tejido de sus consideraciones, una red impresionista en cuyos escondrijos se imantaban dolorosas limaduras, el polvillo hosco de un desaliento rabioso, el cansancio de una fatiga de vivir, de imaginar los años mediatos, su carga de semanas y meses, el monótono ir y volver de días laborables y días festivos, monotonía que, no obstante, Manuel respetaba con devota intensidad. En efecto, algo místico tenía su inquebrantable obediencia a los mandatos del reloj y del calendario, a la rutina morosa en la cual su vida se erosionaba con la pulcritud del escultor que desmorona un gigantesco bloque de piedra merced a un diminuto cincel. De hecho, vivía sitiado, en la voluntaria abstención de cualquier sentimiento, sin más emociones que las transcritas en su nocturna mazmorra, sin otro sobresalto que la esporádica visita de algún presunto colaborador cuyos talentos él calibraba por ver si formaría o no parte de sus veladas donde a veces consideraba pertinente remover la atmósfera musgosa —domesticidad amenazante— con un soplo de aire fresco que poco tardaría en empantanarse. Pero era gracias a sus lecturas, al irónico desprendimiento con que se miraba a sí mismo y a lo que le rodeaba, como conseguía darle siempre a su aspecto, a su charla y a sus reuniones el matiz de que cualquier acontecimiento inesperado podría estar a punto de ocurrir, actitud que provocaba en sus interlocutores —ciegos inermes— una leve sensación de golpeteo bajo los párpados y en la nuca.

Una tarde, después del almuerzo, Manuel y la madre bebían su habitual copa de licor, y la sirvienta que desde años atrás se ocupaba del quehacer y la cocina informó que regresaba a su pueblo para no volver. Decidieron no sustituirla y encargarse ellos mismos del aseo y la comida. La madre manifestó que, igual, despediría a las aprendizas y únicamente se ocuparía de zurcidos menores pues poco gusto le encontraba ya a la cháchara insulsa de su clientela. Además, ese dolor lumbar la torturaba incluso durmiendo. Por otra parte, nada iba a alterar el rutinario embozo de su cotidianeidad, ¿de acuerdo?

¿Por qué no le sorprendió? ¿Por pura pereza de sentir? ¿Por el enorme fastidio de reacomodar sus costumbres? El caso es que Manuel tampoco quiso enterarse de cómo, poco a poco, imperceptible, empezó el polvo a acumularse en muebles y rincones, y la madre a pasar las horas en que no iba a la iglesia —ella tan atea como el padre— encerrada en su habitación. Cuando finalmente lo dejó solo a la hora de comer no es improbable que ambos descansaran de esos silencios entre sus incipientes conversaciones cargados del viejo odio que, justo porque se sentían ya inadecuados y fluctuantes uno frente al otro, había roto su complicidad y amenazaba con desbordarse: en Manuel a cuenta del refugio que ella se permitió tomar en la religión; en la madre, a causa de la máscara del padre que ella misma le impusiera al hijo, cada día más exacta y grotesca, espejo puntual de su propia decadencia, de su falta de amor y compasión.

Pretextando las fuertes jaquecas de su madre, Manuel suspendió las veladas. Fue un alivio inesperado para él, y aunque no logró desprenderse de la máscara, ni siquiera cuando también abandonó la redacción del periódico, al menos pudo relajar su dura corteza y permitirse ciertas improvisaciones —romper el horario de comidas, sueño, aseo personal, paseos—, salvo para el rito de la escritura y el acoso de los ruidos.

Manuel y la madre empezaron a vivir con cautela, a escabullirse, a desencontrarse, a establecer límites ficticios en los espacios de la casa, a crear barreras reales en su mutuo comportamiento. Aguzaron el oído al máximo, la calidad gatuna de sus desplazamientos, amortiguaron sus signos vitales para que el uno no supiera del otro. Una contagiosa devastación no saciada se instaló entre ellos. Como arena en la arena parecían moverse las orillas sin reposo del asedio. No exactamente hostilidad, sino acecho de por sí, con la crispación de una garra —o de un hocico— a punto de asir. Los pequeños rumores atizaban una sorda cólera común que paulatina adquirió una clara diferencia: la madre se convirtió en la presa. Se sometió al comprender cuán insoportable le resultaba a Manuel la sola idea de que ella pudiera sobrevivirle dueña y señora de toda la memoria y verdad sobre su identidad, ese ser-él-mismo que se le quedó en la infancia usurpado por la presencia ausente del padre, por la minuciosa labor materna de irle apilando, uno tras otro, los signos genealógicos de familiares muertos, hasta transformarlo en una suerte de administrador de vidas y rostros ajenos.

¿Fue, entonces, inevitable ese salto feroz, impremeditado, que dio la noche en que ella vino a atisbar tras la puerta de su estudio? La garganta de un pájaro no habría estado más indefensa en la concavidad de sus manos, y como ni por un instante intentó debatirse, él, venciendo la repugnancia que esa piel le producía, apretó en un solo espasmo hasta doblegarle la cabeza. Aflojó cuando el cuerpo entero de la madre se le hundió contra el pecho. Lo último en caer fue el misal, único sostén al que, sin duda, ella se aferró. Al dar de bruces en el piso se le desprendió la dentadura postiza. Manuel llevó el cuerpo de la madre hasta su habitación y la tendió en la cama. Vio que llevaba el abrigo puesto y botines para salir a la calle. Apenas lo desconcertó encontrar cajones y armarios vacíos, como si ella se hubiese preparado con anticipación y, en su apetencia de señorío, le otorgara la libertad que se le otorga a un esclavo.

LA ANTICIPACIÓN

Por la mañana, Manuel envió una carta al único pariente cuya dirección recordaba. Compró en la farmacia, so pretexto de deshacerse de las ratas, acónito cristalizado de Duquesnel —la idea le vino de Pío Baroja—, y retornó a su estudio donde, hasta el amanecer, quemó sus papeles, cuadernos y objetos personales.

Cuando la carta llegó a su destinatario, ambos cuerpos se encontraban ya en franco estado de descomposición...

SU MUNDO EN LA CAMA

Ninguém é feliz sozinho,
nem mesmo na eternidade.

MIGUEL TORGA

Llegué a la Residencia una mañana del mes de junio. Llegué por mi propio pie y por mi propia cuenta. La decisión la tomé para evitarme más problemas con mis hermanos ya de por sí intolerables en vida de mi madre que tantos dolores de cabeza me dio con ocuparme de su enfermedad y luego con lo del dichoso testamento de mi padre que no logró anular y en el que me dejaba los terrenos codiciados por ellos y que ni eran la gran cosa pero que después del juicio y los trámites de venta me permitieron instalarme en esta Residencia Casa de Retiro, sin lujos pero con comodidades que desde la muerte de mi padre difícilmente gocé pues mi madre me mandó a trabajar para sostener los gastos de la casa (esa sí estaba a su nombre y se le dejó a Raúl, su consentido) —Para qué necesita una mujer estudiar, ya tienes bastante con la secundaria. Que estudien tus hermanos, contigo ya cargará alguien más tarde o más temprano aunque sea de caridad— que eran muchos, pero tuve suerte y luego luego me coloqué como cocinera en una casa de buena paga, ahora que ni para mi madre ni mis hermanos nunca fue suficiente mi sueldo hasta que Raúl se enredó con una fulana y se puso a trabajar, eso sí, sin dejar de venirle a extorsionar a su mamacita cuanto dinero ella conseguía escamotearle a lo que yo le pasaba para el gasto diario. Cheto es menos mala persona y, al irse Raúl, también se puso a trabajar y a ocuparse de sus cosas, aunque sí se quedó en la casa, de gorrón. Empezó a trajearse con camisas de cuello duro y corbatas de seda, traía los zapatos siempre boleados, quesque esclava de oro, un anillo con pie-

338

dra azul y reloj de los caros. Las vecinas decían que andaba en malas compañías, pero como también ahí le dejaba sus centavitos a mi mamá esta ni chistaba hasta que se entrometió la codicia de Raúl, se hicieron de palabras con el Cheto y mi madre prefirió echarlo de casa con tal de no perder a su primogénito adorado. A mí no me corrió por pura conveniencia —nadie mata a la gallina de los huevos de oro dos veces, ¿verdad?—. Nunca me quiso, y creo que mis hermanos tampoco, porque yo fui la consentida de mi papá, no solo porque nací la última, tuve polio y quedé con una pierna algo más corta, sino porque si había Dios en el cielo y en la tierra ese Dios para mí era él y yo su ángel de la guarda que le leía los pensamientos pues desde que tuve uso de razón yo ya sabía qué pasaba por su mente y por su corazón incluso antes de que regresara de la oficina, pobre oficio de recepcionista en una dependencia de gobierno que era su orgullo y sufrimiento cotidiano, pero también su fuente de sabiduría —Tú mi santita nunca permitas que te compadezcan o te sobajen. No le des explicaciones a nadie y mejor espera que los otros enseñen su juego, así no hay pierde. Cuídate de tus hermanos que son machos, eres bonita con todo y tu defecto y van a querer engatusarte así que guarda tu modestia por encima de cualquier otra cosa—, sencillo, hones- to, enamorado de mi madre que se aprovechaba para mandarlo a buscarse trabajo extra con el pretexto de que los niños necesitába- mos esto y aquello. La verdad eran más los caprichos de Raúl y sus berrinches los que la ocupaban, más que la flojera del Cheto para estudiar o mi constitución enfermiza que a fin de cuentas me salvó de las fregaderas de mis hermanos, de verme involucrada en sus plei- tos y en sus porquerías cuya vista no me ahorraban, eso sí, desde las competencias por ver quién tenía el pito más largo o quién se hacía la paja más rápida, hasta traerse a las vecinitas para bajarles los cal- zones y toquetearles la coliflor —tú, mucho cuidado con ir a soplar, santita de mierda, porque te cortamos la lengua—, no que a mí me importara o me asustaran sus amenazas, pero luego ninguna de las niñas quería ser mi amiga y en la escuela me evitaban, así que no tuve más remedio que crecer a solas, estudiar bien y devorarme los libros que traía mi papá y que le regalaban las otras oficinistas para mí o él compraba de segunda mano cuando recibía alguna propinita. A cocinar me puse yo desde chica para prepararle a mi papá sus gustos, y eso sí que me enseñó mi madre con tal de pasar más tiempo en el chisme o en los remates y rebajas de donde a veces me traía vestidos bonitos para que mi papá no respingara con tanto gasto y consentimiento a Raúl a quien traía entre ceja y ceja por "vago, trotacalles y pésimo ejemplo para tu hermano". Pero un día, antes de que pudiera enderezar a mis hermanos o acompañar mi adolescencia, a mi papá le dio un infarto masivo en la oficina, de ahí se lo llevaron al forense y cuando volvimos de la escuela ya nomás lo vimos en la caja rodeado de veladoras y de gente rezándole. ¿Cómo no presentí que eso le fuera a pasar? No me lo explico. No estuvo enfermo ni tuvo achaques. Sus tristezas sí, la pena de ver a sus hijos varones tan desperdiciados y a mi madre sin responsabilidad, las humillaciones que pasaba en su trabajo. Todo eso yo lo sentía. Su muerte, nunca. Me tomó desprevenida y eso no me lo he perdonado. ¿Fue por eso que ni quise casarme? No sé. La vida empezó a enredarse en pretextos. Primero mi madre no se recuperó de la postración en que cayó después del entierro. Luego Raúl vino a dejarle al niño de la fulana que se murió de parto y que terminé criando yo para que luego viniera la nueva cuñada estéril a llevárselo, la misma que ni se acordaba de mi mamá y solo venía para pedirme dinero a cuenta del sobrinito que me derretía el corazón. Y no es que no tuviera pretendientes, pero la verdad no me daba abasto con el trabajo, mi madre, el chiquillo. No en todas las casas me aceptaban de entrada por salida y en los restaurantes no siempre me convenían los turnos, además la cocina, de por sí agobiante, conllevaba compañeros y compañeras encajosos, metiches, envidias, chismes. A veces preferí pasármela sin trabajar, hasta que agarré callo y me arrimé a casas ricas, a extranjeros, que pagaban bien y me apreciaban mejor. Nunca pasé aprietos serios gracias a San Juditas Tadeo, no me fallaba, ni me falló con los líos del testamento que tantos años me llevó arreglar, ni me fallará aquí en la Residencia con esta historia de Doña Martita que para mi sorpresa no causó el revuelo que supuse. Ni siquiera el pariente me preguntó nada. Tampoco la Yola y Merce con todo y ser enfermeras y barruntar perfectamente cómo murió y por qué causas. Isela la Seca hasta me sonrió, y la gorda Claudia hace como que le habla la Virgen y ni me conoce. El Director juró y perjuró que mañana mismo nos entrega a cada una el cuarto privado al que tenemos derecho y por el cual cada quien cubrió debidamente sus cuotas. No dejaba de excusarse y pedir disculpas por habernos mantenido tanto tiempo a las tres en esa habitación compartida (que ahora resulta van a convertir en biblioteca y sala de lectura a cargo de La Seca y a nombre de la Doña Martita gracias al donativo del pariente) a causa de los arreglos de albañilería en el ala que nos está destinada y que de buenas a primeras ya está lista. En cuanto a las otras residentes de la Casa pues no les cae de extraño que alguna se muera máxime si, como fue el caso de la Doña, ya llegó casi en las últimas, dicen. Bueno, en realidad no, pues en esta Residencia no aceptan enfermos, ancianas sí, pero no enfermas. Ella empezó a deteriorarse aquí, según me dijo la gorda Claudia y fue el pariente el que sugirió bajarla a la sala compartida, con la anuencia del Director que seguro recibió su tajadita, dizque para no estar tan sola, pero ella ni cuenta se daba ya de lo que pasaba a su alrededor, ¿o se hacía la sueca? Yo llegué y me instalaron ahí con ellas. No me incomodé ni siquiera cuando La Seca —Ya tenemos una más y con cara de mosca muerta. Con tal que no ronque o nos resulte ladrona— soltó sus improperios a manera de recibimiento. El cuarto es agradable, grande, se ve que debe de haber sido una suite elegante. Tiene dos ventanas que se abren al jardín, sala de baño completa, saloncito para ver la televisión o tomar la merienda que nos traen del comedor donde se desayuna y almuerza. Cenas no dan, pero uno puede meterse a la cocina y prepararse algo ligero, o de plano salirse a la calle. Los cuartos privados tienen cocina integral con estufa, refrigerador, fregadero y despensas. Escogí este lugar porque aquí trajeron a la suegra de una de mis patronas al quedarse viuda y no querer ir a dar en casa de ninguno de sus hijos, y con toda razón pensé yo aunque no recuerdo si fue entonces cuando tomé la decisión de hacer lo mismo en cuanto se resolviera lo de los terrenos. Mis hermanos no saben que estoy aquí, piensan que me crucé la frontera, y tanto mejor, así puedo moverme como me dé la gana y hasta salir a ganarme un dinerito de vez en cuando. Mi cama quedó junto a la de Doña Martita que estaba arrinconada cerca de la puerta, mientras que las otras dos están al lado de las ventanas. Lo primero que me llamó la atención fue la cantidad de bolsas de plástico y de paquetes amontonados contra la cabecera, la pared y debajo de la cama, de modo que no distinguí el cuerpo de la señora enroscado en la parte de los pies con la cabeza sobre una gran almohada de terciopelo violeta bastante raído. La gorda Claudia se me acercó —Duerme casi todo el día. Ya verás el aquelarre que se arma la condenada después de la media noche. Con eso de que es sorda, o se hace, no ha habido forma de hacerle entender que no son horas. Como que perdió la brújula. Solita baja de la cama para ir al baño, pero durante el día las enfermeras tienen que cambiarle el pañal, darle de comer en la boca como a niño chiquito, y sus friegas con agua fría porque a la regadera no se mete. Pero de noche como que es otra. Se pone a rebuscar entre sus bolsas qué tragar, por eso le dejan pan o bizcochos para que no le entren los nervios y le dé por llorar— y mientras me transmitía los pormenores de la convivencia me ayudó a meter mis cosas en la cómoda y el buró que me correspondían y me mostró en el cuarto de baño mi botiquín y el lugar para mis toallas. Trataba de ser amable, pero me resultó empalagosa, no sé... En cambio La Seca —Yo cuando llegué ya estaba aquí, antes que la Martita que nos cayó como bomba hace un par de meses, y así le dicen las otras, La Seca, por flaca, arisca y porque habla poco, pero cuando despega la boca, ya la oíste. Nadie la visita y nunca la he visto salir o llamar por teléfono. Todos le tienen muchas consideraciones pero ella ni en cuenta. Le gusta mucho el jardín, ya verás lo chulo que está, y andar en la cocina. Dicen que fue maestra— no volvió a dirigirme la palabra aunque muchas veces la sorprendí con los ojos clavados en mí, y podría jurar que me miraba con simpatía, como lo hace ahora abiertamente. A mí me da lo mismo, o no sé, creo que no.

SU MUNDO EN LA CAMA

Por ahorita tengo otras cosas en qué pensar y además cada cual va a pasarse ya a su propio cuarto así que las posibilidades de reencontrarse se reducirán al comedor (en caso de ir), al jardín, a la sala de convivencia (también en caso de ir) donde no digo que no hagan buenas veladas —cine, un concierto, alguna plática interesante—, pero cuando se ponen con los jueguitos de baraja nomás no lo aguanto. No sé, digo, después de mañana todo va a ser distinto, así que mientras esperamos que se termine la misa de cuerpo presente y se llevan a enterrar a la Doña Martita voy a repasar muy bien mi "discurso" por si decido confesarme – No temas, hasta los cabellos de la cabeza están contados, nada ocurre sin la voluntad de Nuestro Señor, repetía el padrecito Don Dimas ya desde que era yo niña—, o a la de malas al pariente le da por averiguar y se trae a la policía: "Llegué a la Residencia una mañana del mes de junio. Llegué por mi propio pie y por mi propia cuenta. Soy huérfana y no tengo familiar vivo cercano o lejano" —lo cual es cierto pues ni siquiera llevo el mismo apellido que mis hermanos. Quién sabe qué le dio a mi papá que cuando me llevó a registrar me puso el nombre y el apellido de soltera de su madre, Leticia Carrasco, y a ese mismo nombre puso los terrenos, por eso no me los pudieron quitar—. Era raro mi papá, buena persona, triste, no sé si porque su trabajo era triste o porque pasaba tanto tiempo fuera de la casa y cuando sí estaba nomás eran pleitos con mis hermanos y discusiones con mi mamá que la verdad no siempre acababan mal porque él cedía y luego, me imagino, era bueno en la cama porque amanecían muy amartelados. Él me puso "santita", no sé si también por su madre, porque decía que salí a ella y seguro por eso tampoco me soportaba mi mamá, aunque yo nunca vi a esa abuela, ni a ninguna otra, y mis hermanos no la recordaban. Foto de ella había una con mi papá en brazos, y nada más. Que algún misterio encerraba la vida de esa otra Leticia Carrasco, no me cabe duda. A lo mejor de ahí le venía la tristeza a mi papá, su apuro por cuidarme tanto y repetir "No te me vayas a echar a perder", por mantenerme alejada de mis hermanos y hacer tanto hincapié en que estudiara yo una carrera. Tal vez presintió que moriría pronto, no sé, o sabía que

343

estaba enfermo del corazón y no nos dijo nada, ni siquiera a mi mamá, de otra manera ella no se habría vuelto tan insoportable y majadera conmigo y con el Cheto, y a veces hasta con Raúl a causa del niño al que no toleraba y que si no hubiese sido por mí lo deja morir de hambre. Y ahí fue donde yo le agarré a ella odio de a deveras, a los dos, y harto coraje a la esposa que vino a quitarme al sobrino ya de siete años, y no porque ella lo maltratara, no, hasta eso, se llevaban bien y el chiquillo estaba feliz de haber recuperado a su papá aunque este no le hiciera mucho caso, sino porque hizo lo imposible para que se olvidara de mí y de alguna manera casi lo consiguió, pero tenía que traérmelo para sacarme dinero, muy bien aleccionado, eso sí, y más rabia me daba, era como el juego de las escondidillas para que ni mi mamá ni Raúl se enteraran de que venían a visitarme. Luego vino el accidente de mi mamá y los meses que se la pasó en el Hospital dizque en coma hasta que un buen día le volvió el ánima y ahí voy de regreso con ellas a casa, inválida de medio cuerpo, problemas para respirar, un humor de todos los diablos y unas ganas infinitas de cobrarme a mí no sé qué cuentas con su vida, así que encima de mi trabajo tuve que estar al tanto de ella y soportarle las quejas y reproches. Doña Martita, en cuanto la vi hecha un ovillo en la cama revuelta y llena de cachivaches, me la recordó como una calca, incluso el olor a meados y a caca a pesar de las friegas con loción, con el agravante de que la Doña, además, apestaba a naftalina en cuanto empezaba a rebuscar entre sus bolsas o debajo de la cama en sus petacas, luego regresaba al colchón, se acomodaba a la cabecera junto a la lamparita de noche y daba comienzo a la increíble variedad de ruidos, gruñidos, murmullos, siseos, toses, bufidos, rechinar de dientes, eructos, crujidos, restriegos, rasguños, deshilachaba telas, rasgaba papeles, chupeteaba, mascaba, descascaraba cacahuates, tronchaba pepitas, desenvolvía dulces, soplaba, gemía, abrir y cerrar de tapaderas en las cajitas donde removía sus joyas de bisutería o qué sé yo de qué, botones, monedas, jalar de zíperes, de bolsas, bolsas de plástico, de celofán, estraza, nailon, cómo fui aprendiendo a reconocer y a adivinar cada objeto, cada material, cada movimiento y su procedencia ni yo misma entiendo, tal vez de tanto libro que leía de chica, de mi profesión en la cocina o del pendiente en que me tenía mi mamá durante las noches, el chirriar de su cama, a todo se va acostumbrando uno, o revienta, no sé, dicen que la cuerda se rompe por lo más delgado. Ni con todo y los tapones para las orejas que me trajo la Merce, la enfermera esmirriada con su sonrisita cínica, se me colaban los ruidos hasta la médula del cerebro como quien dice, y cuando discretamente se lo comenté a la otra enfermera —esa Yolanda grandota, mustia, que bien que le restriega las tetas al pariente de Doña Martita, le hace zalemas al Doctor Cedeño, el Director, y a cuanto visitante macho se descuelga por la Residencia— nomás se encogió de hombros: "Tómese sus valiums, hijita, o qué quiere, ¿que la asfixiemos?" y se dio la media vuelta. Decidí hablar con el mentado Director y reclamar mi habitación privada que muy solícito y comedido me mostró justo en el ala que estaba en reparaciones —Usted sabe, la humedad del jardín, el salitre, las cañerías, estamos instalando todo nuevo y de primera calidad, sí, sí, no le dijimos nada cuando vino a hacer su solicitud porque ya dábamos por concluidas las reparaciones pero desgraciadamente ya sabe cómo son los albañiles, un día trabajan de sol a sombra y luego se desaparecen cuatro, y agréguele feriados, pero despreocúpese, señorita Carrasco, esto va a quedar que ni Versalles—, y así se fue alargando mientras la gorda Claudia hacía sus avances para amigarnos —Te veo desmejorada chulita, más vale que te lo tomes con humor, mírame a mí, gracias a mis ejercicios ya ni me fijo. Te enseño respiraciones fáciles para relajarte, yo ya estoy muy curtida en estos lances, ¡imagínate!, me llegaba cada clienta al salón de belleza y luego con las empleadas, tuve hasta señoras de diputados, tenía que estar como seda, aguzar el olfato para no meter la pata confundiendo a las esposas con las movidas, y bien pilas para no permitir que las manicuristas se enredaran con los guaruras o los choferes, aquello fue para volver loca a cualquiera, de ahí me vino la diabetes y luego los extrasístoles. Doña Martita no tiene remedio pero puedes sobreponerte y no permitir que te chupe la sangre—, y a mí empezaba a cansarme la paciencia, no que me las quiera dar de blanca palomita pues también tengo mis prontos y hubo veces en que ni cuenta me doy y ya me salí de las casillas como aquel día en que la patrona tuvo que quitarme a la recamarera de entre los brazos y el cuchillo de la mano porque ya merito y la degüello —¿Usted, Leti? ¡Quién lo diría! Tan santita que se ve, mejor tómese unas vacaciones y busque quien le ayude con su mamá—, pero como le caía yo bien me mandó con su doctor, me compró los tranquilizantes y las inyecciones de Bedoyecta, corrió a la recamarera y hasta me dio un aumento para pagarle a la vecina y que viniera a darle sus vueltas a mi mamá mientras yo andaba trabajando, y ahí me cayeron todavía más problemas pues mi mamá empezó a quejarse de que si la querían envenenar o de que si le esculcaban sus cosas o la jaloneaban o la dejaban sentada horas en el váter, en fin, el cuento de nunca acabar cada que yo regresaba, así que mejor le di las gracias a la vecina y me busqué un trabajo más cercano y con menos horas solo para llevar la fiesta en paz lo cual es un decir porque de plano ya no hubo forma. De no dormir acaba uno por alucinar y de seguro ahora con Doña Martita me pasó lo mismo que con mi mamá, el mismo sueño que parecía pesadilla donde floto en una como vacuidad inmóvil e infinita, y no estoy tratando de justificarme y que parezca yo una santa de veras, yo siempre me hice cargo de mis acciones y si, por ejemplo, preferí quedarme virgen eso es mi asunto, ¿para qué probar si nunca me enamoré? Tampoco le echo la culpa a las indecencias a las que me acostumbraron mis hermanos o las de la gente de las cocinas, me daba igual, no me hago ilusiones, punto, y allá cada quien con sus gustos y su conciencia. Cuál sea el parentesco del tal pariente con Doña Martita no me importa, siempre le habló de Usted y por su nombre y era él quien le suministraba lleno de mimos los cacahuatitos, dulcecitos y toda la escandalera de paquetitos de celofán, y sin duda sobornaba a las enfermeras y al Director, a Isela no me consta pero a la Claudia la trata de tú y cuando le trae algún perfume lo obvia delante de todas quesque porque le presta servicios. Y sí, también, alguna que otra huésped le compensa a la Claudia sus cortes de pelo, el tinte, el manicure o las consultas, con algún regalito que luego me viene a presumir seguro con intenciones de insinuarme su ayuda que ni quiero ni pido. O sea que, volviendo al tal pariente, se la lleva suavecito con todo el mundo y como no es de mal ver pues lo reciben bien. A mí ni fu ni fa pero él me saluda de "Señorita Carrasco" muy atento. No sé si él conoce el relajo que Merce y Yola se recetaban con la Doña, el caso es que una de las mañanas en que ya ni me acuerdo para qué regresé al cuarto a la hora en que la bañaban y normalmente cierran la puerta, entré de frente sin pensarlo y lo primero que escucho son sus sollocitos y las carcajadas de la grandota Yola deteniendo por los sobacos a la viejita desnuda sobre la cama mientras la Merce le lava la coliflor y de peso se la soba y resoba. Ni se detuvieron al verme ahí paradota —Órale m'hijita, ¿también quiere su terapia? Así verá qué bien duerme—, muertas de la risa las tres porque estoy segurísima de que la tal Doña Martita estaba en sus cinco sentidos y de sorda o mensa nada, bien despierta como cuando la sentaban a ver la televisión y hasta hacía sus comentarios no como mi mamá que se quedaba dormida y mejor no apagársela porque respingaba de inmediato, hasta en las noches había que dejársela encendida como somnífero y bien alto porque con el ruido de las burbujas del inhalador de oxígeno decía que no escuchaba nada. Menos mal que yo tenía mi cuarto aparte y ya al final de plano si regresaba yo cansada del trabajo o se aparecía Raúl me encerraba a piedra y lodo y ni iba a darle sus vueltas. A veces la oía gritarme hasta desgañitarse a insultos, pero terminaba por arrimarse sola el cómodo —buena señal, pensaba yo, todavía no le llega el agua a los aparejos—. Si me pongo a analizar ya a fondo para encontrar una "explicación plausible" según me pidió el padrecito Don Dimas que me confesó cuando murió mi mamá que no tenía para cuándo irse, ni modo, eso sí, no lo hice a propósito, ni siquiera recuerdo cómo fueron a darme las manos en su pescuezo, creo que tiene que ver con una especie de sofoco, de ahogo que me viene al sentir que me falta el aire como cuando se arrimaban a abrazarme, y empiezan a zumbarme los oídos, a tronarme las sienes; una suerte de sometimiento de mi voluntad a la voluntad de un espacio ajeno, un estar a merced de un vacío donde una parte distinta de mí surge de algo ciego, brutal, encerrada dentro de un espejo desde el que me veo mirándome dentro de otro espejo, igualito que en un sueño, desesperada por quitarme una como gruesa bufanda que me asfixia. ¿Se podría achacarlo al sonambulismo? No sé. El caso es que lo mismo me pasó así anoche con Doña Martita. En cuanto a mi mamá, Don Dimas me lo dijo: "Eutanasia, santita, a eso se le llama eutanasia...".

ROJO MENGUANTE

> La naturaleza de todo fenómeno, de toda aparien-
> cia, es similar al reflejo de la luna en el agua.
>
> BUDA

Tsering era un monje nuevo. Es decir que hacía solamente un par de años que formulara sus votos y vistiera el hábito de la Orden. No fue empujado por ninguna crisis mística o una urgente devoción. Tampoco habría dicho que lo hizo por comodidad. ¿Miedo? Sin duda. Verse lanzado, a causa de sus acciones, en el Reino de los Infiernos Abrasadores no era una perspectiva esperanzadora para sus próximos sesenta años, en caso de morir. El Lama a quien le confesó sus temores, y el origen de ellos, viendo su sincero arrepentimiento, le sugirió esa opción —provisoria sin embargo— para que pudiera ponerse a prueba, dado que nada hay en la vida de un ser humano que esté irremisiblemente perdido, ningún rasgo de carácter que la voluntad y la motivación pura no puedan transformar. Pero ese Lama, un viejo sabio pleno de compasión y verdadero conocimiento de las flaquezas humanas, no sin cierto espíritu malicioso, lo envió a presidir los rezos y el servicio ritual en un pequeño templo recién edificado para una comunidad de adeptos en su mayoría extranjeros y de la cual él era Lama Guía.

Tsering creció en el seno de un budismo condimentado por las diferentes prácticas a los dioses hinduistas, sincretismo amable al que se habían habituado los exiliados que vivían en los alrededores de la gran ciudad, con la particularidad de que su madre era devota del culto a Kali la Terrible, la Oscura. Sin embargo, él siempre fue dejado en la libertad de hacer de sí mismo lo que su excepcional belleza le dictara. En efecto, tenía un porte majestuoso, una suerte de timidez espontánea en los gestos, de asombro infantil en la mirada, de desamparo aquiescente en la sonrisa, que le ganaban de inmediato el corazón de la gente. No es que hubiese abusado de ello —parecía no tener conciencia cabal del alcance, desastroso o benéfico, de esos rasgos en su persona— con deliberada intención, pero, ahora, al hacer el recuento de su vida hacia atrás, comprendía cuánto fue el daño que causara, en especial entre las mujeres, aunque también hubo una época en que se dejó seducir por hombres maduros y ricos capaces de proporcionarle los medios que iría a dispendiar en los burdeles más exquisitos o en los suntuosos regalos con que compraba al padre, o a la madre, o a ambos, de la *daikini* que quería hacer suya. Sí, su pasión eran las vírgenes a punto de entrar en la adolescencia, pero con el cuerpo ya formado, y exuberante.

Ahora bien, como le dijera el viejo Lama, ese no era el pecado, por supuesto: la pasión erótica, la capacidad de vivirla y hacer de ella un Arte, pertenecía al Reino de las Divinidades y feliz el ser humano bendecido con ese don. El aspecto condenador habría sido la facilidad con que Tsering agotaba el fuego de esa pasión, la avidez de hambriento insaciable con que pasara de un cuerpo a otro sin medir consecuencias. "Hasta los ríos que se salen de madre vuelven a su lecho y regulan el ímpetu de su caudal", le dijo risueño. "Tú vives desbordado, ajeno a los estragos que causas a tu paso", concluyó el venerable sabio al cabo de las largas sesiones en que Tsering hizo el recuento de sus correrías. Después siguieron varios periodos de ayuno, de meditación y de paulatino entrenamiento en las secuencias y contenidos de los rezos que iría a presidir. El Lama lo seguía de cerca en este proceso con la paciencia de quien observa el brote de retoños en un árbol ha poco podado. No se habló más del pasado y, cuando finalmente le aceptó sus votos de celibato, castidad y renuncia, le otorgó su nuevo nombre como a un recién nacido y lo envió a la comunidad de adeptos que se había establecido en un pueblo cercano al monasterio que estaba bajo su propia dirección espiritual.

Tsering fue bien recibido y entró en funciones sin ocuparse por establecer lazos personales con los adeptos que no eran particularmente constantes en la práctica y además variaban a menudo tanto en las asistencias matutinas como en las vespertinas. Por otra parte, había adoptado la costumbre de no mirar de frente a nadie y de tomar sus alimentos en soledad. El templo, de donde casi solo salía para recorrer a pie el trayecto hacia el monasterio en sus periódicas visitas al Lama, era un salón rectangular aislado al fondo del jardín que rodeaba a la residencia principal, un sencillo edificio de estilo local con algunas habitaciones comunes, otras para parejas, una sala de reuniones y meditación, y en el sótano, la cocina y gran comedor. Otro edificio más pequeño albergaba las dependencias donde se teñían telas y fabricaba papel, actividades de cuyos productos se mantenía la comunidad.

Corría el primer mes de su tercer año de ordenamiento cuando, una madrugada, despertó con la certeza de que alguien lo había estado observando durante su sueño. En el altar, inusitadamente, la llama votiva no ardía y el resto de las vasijas estaba volcado, las ofrendas regadas por todas partes. Desde las rendijas de la puerta corrediza la luz de la luna azafranada caía sobre las imágenes colgantes en las paredes. Se hubiera dicho que las divinidades respiraban, y las telas en que estaban impresas relumbraban chispeantes. El silencio era absoluto. Mas no el de una vegetación quieta o de bichos e insectos que duermen, sino el de un aliento contenido, a la expectativa, algo que de pronto enmudeció. Tsering permaneció en su jergón sin comprender, además, de dónde esa resaca de borrachera en su cuerpo y el intenso olor a resinas quemadas. Limpió y reordenó, y en cuanto terminó con los rezos matutinos, envuelto aún en un sopor de irrealidad, tomó camino rumbo al monasterio.

La mañana, por contraste, tenía una bulliciosa transparencia. El aire cargado de perfumes le cosquilleaba en la nariz y las orejas, y varias veces se enjugó del rostro un sudor pegajoso que le endulzaba los labios. Antes del cruce de la vereda que entronca desde el pueblo con el sendero hacia el monasterio, distinguió una larga y esbelta figura en sari rojo. Fugaz, le pasó, más a la altura del plexo que por la mente, la imagen de su madre cuando al retorno de sus rituales nocturnos a Kali, al alba ya, temblorosa y exaltada se abrazaba a él con un extraño suspiro. El sabio Lama lo escuchó con atención. Luego le preguntó por sus sueños —no, nunca los recordaba—, su salud —no tomaba alimento después del mediodía, y de beber, solo té de hierbas—, sus deseos —no, ya no sentía atracción por ninguna mujer, en consecuencia tampoco se masturbaba—, ¿algún acontecimiento que hubiese alterado la rutina en la comunidad? Nada. Al cabo, encendió varias varillas de incienso, se sentaron uno frente al otro en la postura tradicional y meditaron largamente.

De regreso a su templo Tsering iba aliviado y contento. Purificó el lugar según las indicaciones del Lama, removió una a una las estatuas de las divinidades, frotó sus zoclos para desprender el polvo acumulado, pulió las ocho vasijas de metal para las ofrendas, consagró arroz limpio, agua y aceite puro. Al sacar de su sitio la mesa del altar descubrió una madriguera de ratones a quienes atribuyó el percance. Incrementó ayunos y prosternaciones. Exigió de los adeptos mayor devoción, asistencia y constancia en la práctica e insistió en instruirlos en la secuencia de los rezos para que todos se involucraran en el ritual. Entonces apareció, entre los estudiantes, Sofía.

Dos horas de estudio hacia el atardecer, con la luz aún clara e intensa sobre el jardín donde acomodaron la mesa redonda y las sillas. Difícil adivinar su edad, su origen. Alta, delgada, caderas y senos opulentos, la cabellera cobriza ensortijada, la piel morena clara. Lo que encendía la sangre de Tsering eran los ojos verdes con destellos de obsidiana, profundos y singularmente duros, fríos por contraste con la sonrisa que desbordaba generosa de los labios carnosos. Discreta, aprendía rápido y con precisión. Durante los rezos ocupaba un lugar cercano a la puerta y desaparecía al término de la meditación. Una tarde, la luz aguamarina tamizaba rostros y plantas y el aire, ligero, parecía un murmurio de aguas escondidas, bajo la mesa, sintió la mano de ella, sus dedos larguísimos, escurrírsele por entre los pliegues del faldón a la altura de las rodillas. Ni siquiera se sorprendió aunque estuviera a punto de perder la conciencia de sí mismo. Inclinada sobre el texto, a su lado, Sofía recitaba con su habitual voz grave y pausada mientras los demás seguían la lectura por su cuenta.

Una semana después, durante la luna llena, en la madrugada, Sofía descorrió suavemente la puerta del templo. Tsering reconoció entonces la larga y esbelta figura del sari rojo, la misma que se olvidara de mencionar aquella mañana cuando fue a hablar con el venerable Lama al monasterio. Sofía se sentó sobre las rodillas y, así, empujándose despacio con las manos sobre el suelo de madera pulida, se fue acercando hasta el jergón. Ninguno habló...

En el trayecto rumbo al templo, junto al adepto que fue a buscarlo de mañana al monasterio, el viejo Lama va reconstruyendo mentalmente lo que Tsering le relatara en su última visita. Los miembros de la comunidad le aguardan silenciosos en el jardín. Ninguno entró al templo, ni siquiera cuando descorrieron la puerta extrañados al no escuchar el gong con que los llamaba habitualmente para el rezo. Desnudo, el cuerpo de Tsering yace boca abajo con los brazos extendidos hacia el altar. El recinto huele a resinas quemadas. La llama votiva está apagada. El resto de las vasijas, volcado. Al acercarse, el viejo prior descubrió la espada que Manjushri —El-Que-Corta-de-Raíz-La-Ignorancia— sostiene en alto, como si la hubiese lanzado certera desde su lugar que ocupa en uno de los nichos que se alinean en la pared sobre el altar, en el momento de la prosternación del monje fornicador y sacrílego, clavada justo en la base de la séptima cervical de modo que lo traspasó hasta la garganta. Alrededor de la cabeza rapada de Tsering hay manchas de sangre, y sobre el escabel de madera, a los pies de la divinidad, las huellas de dos manos con larguísimos dedos firmemente marcadas. El Lama las frota, hasta borrarlas, con el borde de su faldón...

Tsering fue incinerado según la costumbre y sus cenizas dispersadas en el río. Días más tarde, al término de los rituales y purificaciones, bajo una dulce, tibia, llovizna matinal, el viejo Lama, antes del cruce de la vereda que entronca desde el pueblo con el sendero en el que estaba a punto de internarse rumbo al monasterio, distinguió una larga y esbelta figura en sari rojo.

NUESTRA SEÑORA DE LA CHOZA

Détruisons le feu de notre vie par un surfeu, par un surfeu surhumain, sans flamme ni cendre, qui portera le néant au centre même de l'être.

GASTON BACHELARD, *La psychanalyse du feu*

In memoriam *Magdalena Ortega*

Habitada por lo invisible aguardo al Mensajero sin conocer para nada qué exactamente espero. Lo sabré, sin embargo, cuando su presencia se anuncie y debo, entonces, tener ya preparada mi vestimenta, malla de pequeñísimos caracoles, y el hogar pues los genios de los caminos convergen ahí donde el fuego eleva su canto de luz y sombra, danza la armonía secreta del universo y ata los mundos con ligaduras de chispas somnolientas que acechan el instante preciso de su despertar y que vendrán a ser mi propia tumba pues el fuego me abrió y él habrá de reintegrarme a la negra tierra de los orígenes, barro menstruo que recibirá mi cuerpo cubierto con la ceniza resplandeciente de estas nueve maderas que carbonizo, negra toda yo, bermejos los dientes, la lengua, uñas, cabello, para unirme al blanco Oeste región de la vejez ya que mi tarea ha concluido, los brazos no son más cuna, lecho de amor, odre, ninguna sed apaga mi sed, cumplido el cuerpo su servicio habrá de retornarse cuesco a la tierra fecunda para fecundarla a su vez. Llueve. El agua me devuelve a la soledad de los bosques, a la paciencia de la oscuridad en la raíz de cada árbol, cada hoja, al fondo de cada grieta en los montes, a las veintiocho casas de la Luna, al manantial de la sabiduría que me fue dada para bendecir con amor a los seres por mí creados pues todo ser celebra en sí mismo la perfección del Universo, sí, salvo el ser humano, ese inconforme cuyo viento fogoso aniquila los tiernos brotes por crecer. Ahora danzan allá afuera alrededor de mi santuario y esperan, también, a que el silencio se haga en mi corazón purificado de su pasión por la vida —tan frágil su soplo, tan poderosa su fuerza— o para que el espejo del Gran Uno me absorba y puedan proceder a la iniciación de la nueva Madre.

Lejos estoy, sin embargo, de la pureza, de poder mirarme en ese espejo sacro no oscurecido por pasión alguna, sino antes bien lo amarga un polvo que dibuja en su no silencio las palabras violentas de los ingratos hijos, las codicias que hirieron la superficie no quieta de sus aguas luminosas donde pierdo el trazo de mi rostro ensombrecido por el dolor. Y no es que esperara agradecimiento por el mucho servicio que se tomaron de mi cuerpo, de la resonancia de mis nombres senderos para el caminante que me buscó y vino hacia mí siguiendo las huellas de nadie, de nada, en tiniebla profunda, a mí, sombra de la Luz viviente, la Madre, el Nombre de todos los nombres, Innombrable germen de dioses y de seres —¿quién soy ahora?, ¿quién me conoce?—, la Puerta. Y sé que de no alcanzar por mí misma el silencio —y aunque lo alcanzara— vendrá el cuchillo y arderá mi cuerpo con la choza como si no estuviese dentro, como si nunca hubiese estado aquí pariendo a los hijos del sacerdocio, a las hijas de la lluvia, al grano fértil, grano yo, surco de agua, no existe gravedad opuesta a la gracia ni gracia contraria a la gravedad como no se encuentra el hijo por nacer fuera de las aguas y la piel del vientre materno, caparazón de tortuga, juntos unimos los hilos de la tierra con los hilos del cielo donde las siete Hijas de la Noche bordan nuestros destinos y nos designan un cuerpo altar de lo invisible, arpa donde ha de resonar la alabanza incansable pues eco somos de la Voz, ofrenda. Y añoro el golpe quieto, larga aguja de plata inserta en el mediastino, y no por cansancio de vida o por mis tejidos ahítos sino porque el dolor me fue secando la alegría de esta espera final, su promesa de libertad que conozco desde el inicio, cuando el espino blanco floreció y fui la elegida, la designada para abismar el afilado cuchillo según me instruyeron. Igual fue mi deber instruirlas, doncellas —aunque nunca sabré a quién le será entregada la fina aguja como tampoco lo supe yo hasta el último momento—, para la noche de la luz de Mayo en que la nueva Madre conocerá la lenta, pausada, sabia penetración de los sacerdotes vestidos de follaje que le vaciarán su simiente entre los muslos desplegados sobre el negro vellón sacramental, ebria Ella de elixires que la irán elevando hacia los vastos infinitos mundos de la Creadora Nutricia, la Puerta. Pronto terminarán los cantos, la danza, y la Luna Nueva asomará con su halo para comerse a las sombras. Así, en cuanto el silencio se haga tan tenue como la respiración de un recién nacido y la espesura de la noche tan densa que no alcance a mirarme la mano frente a los ojos, el cuchillo irrumpirá en mi carne y el corazón estallará partido en dos mitades y será tan súbito y ágil el golpe que nada se alterará. Entonces Ella, la Elegida, encenderá el fuego, y mientras consume este que fuera mi Reino, hurtará su propio cuerpo de las llamas bajo la piedra que cubre el pozo, el mismo pozo donde yo me escondí, sigilosa, para resurgir virgen, Nuestra Señora de la Choza. A fin de cuentas todo termina por resumirse en un sacrificio, en la ofrenda.

¿Es esta una espera diferente a otras esperas? Se dice que cualquier espera es un exilio, y siento que desde entonces lo he ido madurando, madurando a ensanchaduras lentas, despacio, como una semilla, tegumento a tegumento. El tiempo es meramente una larga germinación. Desciendo hacia lo divino, y paso a paso el corazón va encontrando su silencio, su luz, la certeza de hundirse, hundirse sin querer rescate alguno, nunca, nunca más, hasta la fusión en el alma de los mundos...

SUBRAMANYA, EL SANTO ENFADADO

Desnuda te reza el alma. De dolor y gozo
desnuda. Del placer desnuda te reza el alma,
Demiurgo, con sola esta voz increada.

ÁNGUELOS SIKELIANÓS, *Plegaria*

De pronto se rizaron las aguas, apenas el imperceptible olor de la hojarasca desmigajada sobre la superficie impávida del estanque, algo menos que un aliento cercano a su oreja, suficiente, sin embargo, para sacarlo de su reconcentrada quietud y hacerle saber, contra la piel desnuda, en la región lumbar, que la humedad frilosa aumentaba y, con ella, el aviso de las lluvias. Muy a su pesar Subramanya se sobresaltó. Muy a su pesar lo traicionaron las sensaciones del cuerpo, su conciencia alerta, la espera, la larga espera que lo mantenía sin rendirse, empapado de expectativa, al acecho. No necesitó abrir los ojos para saber, también, que las nubes tendían ya su campaneo oscuro en conciso orden bajo el cielo, de tan azul cristal de roca. ¡Ah el Dios travieso! Ahora iba a ocupar el tiempo en desbordar vientos y huracanes, la torrencial avalancha de su risa entre tifones, a socavar la raigambre de bosques y montañas por puro gozo de verlos resistir y escuchar el rítmico rebato de piedras y maderas respondiendo al llamado de Su divina flauta enloquecida, Sus divinos pies atronadores. El relámpago Lo anuncia y no está en el relámpago; chasquea y tampoco ahí crepita Su voz; incendia el toldo anubarrado y no deja huella. Pero ya la osambre del santo tiembla oriflama inerme, leve cuerda hueca aspirada por un soplo indescifrable, ringle de teclas donde la celeste baqueta cae a Su arbitrio. Más por cautela que por devoción, Subramanya cede. Conoce de sobra el juego y ya comprende que nunca es ni será el mismo juego, arpegios

357

y fugas sin límite, ¿acaso no es Él el *Dios-del-cabello-enmarañado*, el *Ávido-de-Diversidad*, *El-que-se-mueve-y-no-se-mueve?*
—Me raptas, *Señor-de-los-bucles-resplandecientes*, tus voces se ensortijan en mi oído, magra bruma espumosa, cada una de mis vértebras te escucha tamborilear en sus apófisis, qué necesidad tienes de meterles miedo cuando sabes que estoy a Tu merced, que no escogí mi soledad para expiar ningún pecado o asegurarme recompensa alguna, sino que —colmado de tranquila alegría— hice voto por la alegría del mundo, Tu mundo, para conminarte a la misericordiosa compasión y enderezcas de alguna manera lo tan torcido y triste; sabes que no he utilizado mis sacrificios para hurtar Tu poder u obligarte a otorgármelo con el don de los milagros y la veneración de los peregrinos incautos, tampoco he aguzado mi vanidad con prodigios similares a los vuelos o catatonias de otros *sidhis*; humilde sin jactancia he permanecido entre Tus columnas adosado al plinto como una más de las esculturas que te retratan, Oh *Señor-de-los-tres-ojos*, mírame, practiqué al igual que Tú la mendicidad del limosnero errante sin más abrigo que las serpientes enrolladas al cuello y la cintura, la escudilla y un indigno perro por único sostén, oh Bhikshatana, Tuya es la Fuente y Tuya es la Fuerza que gobiernan las corrientes del corazón y las venas, ¿qué se Te esconde? Cubierto de excremento también me viste cuando entré a la caverna sin otro alimento que el cuenco con las aguas de Tu bendito río sagrado, ciego en las penumbras el día y la noche, el crepúsculo y la aurora, el calor y el frío, perdieron su savia y su matriz en mis cinco sentidos borrándose poco a poco el antes, el después, el dónde, el dentro o afuera. Todo mi ser se desmoronó en el ahora: nada hubo que medir o apresurar, el fin y el principio se tocaron anillo aglomerado en mi médula, y el silencio me tomó en su lecho inmóvil. Entendí la lenta consunción de la ceniza en el enjutamiento de mi piel, minúsculos pinchazos invisibles horadando milímetro a milímetro cada poro hasta secar su raíz sebosa, herida tras herida en la oscuridad hiriente, los músculos enflaquecieron, se resquebrajó su urdimbre, a la dolencia se agregó dolencia, purulentos se llagaron los tejidos blandos sumisos a la mor-

dedura voraz de inmundos huevecillos hijos de mi propia inmundi-
cia, se me cansaron de reventarse las fístulas, los dedos protuberan-
cias informes, las extremidas bulto retorcido, la rabia detenida
impotente en el cuello, en los pómulos, gangrenado el grito entre las
clavículas, el llanto ahogado en un espejo de muertes sucesivas. ¡Ay
de la ira apaciguada en ardores de aceite en el fuego! ¡Ay del furor
sin suturas estallando entre los dientes corroídos, inútiles! Sobres
las costras de excremento vociferé mis lágrimas y blasfemé Tu nombre, "mendigo trapacero", "despojo asalariado", "ilusionista trai-
dor", *Señor-de la-garganta-azul*, te aborrecí en mi vientre hinchado,
en el naufragio de mis articulaciones, en mis humores a la deriva
adelgazados con el ayuno. Tanto agonicé en Tu espera que terminé
por no morir más: de Tu mano enjoyada bebí en el cuenco de un
sagrado cráneo mi propia sangre. Descalcificado, anémico, poblado
de amnesias y vacío de enconos llegué a la otra orilla del dolor hecho
una costra seca, pútrido el aliento, un coágulo en la memoria pur-
gada de su objetivo. Vi a la araña tejer retrospectivamente su tela
mientras vibraban espirales entre los hilos y ella humedecía sus largas patas en el sudor envilecido de mi miedo sonámbulo que vaciaba inmisericorde, diarrea tras diarrea, unos intestinos de por sí exangües, el capullo de un corazón en harapos donde, no obstante, la
última hebra, el punto inicial de todos los inicios, fulguraba en el
infinito fondo pulsátil de la conciencia de ser-un-estar-ahí pendiente de Tu Voluntad Incognoscible. Oh *Señor-de-las-permanencias-e-
impermanencias*, no me rescates, supliqué, no tengas piedad de este
ínfimo rebelde que aún reniega, al borde de la extinción, de su voto,
y no porque contrito reconozca su loco orgullo y demencial anhelo
—hueca fue la negrura donde lo concebí—, sino porque entiende ya
cuán fútil a tus ojos resultan nuestros empeños marchitos desde su
comienzo. En cada terminación nerviosa he escuchado la escabrosa
carcajada con que festejas nuestra osadía al convocarte, *Señor-que-
moldea-la Naturaleza-en-formas-divinas*, y si entre la pasión del amor
y la ferocidad del odio no hay otro límite que el de uno de Tus cabellos, ignoro cuándo traspasé el abismo y sus fauces me tragaron hacia

esta pocilga donde me hundo yo, estercolero en Tu santuario. Así, si
vinieras hoy a tomar el voto que antaño te ofrendé a cambio de ver
brillar Tu Justicia en este mundo de falsedad y escarnio, *Señor-de-la-
verdad-imperecedera*, no hagas mofa de este espectro inaplicado, y
calcina mi agonía para que pueda atarme a otra Rueda y, quizá, más
sabio, no retornar a cabalgar los nudos del error como quien mon-
tara a Kalki, caballo redentor, sino quedarme tortuga replegada en
su caparazón. Tú estás en nuestra entraña y Tú nos cercas por los cuatro costados, Toro Celeste, Nandi terrible, ¿hacia dónde huir? Tú eres
todas las voces, Aquel que me sigue continuamente sin invitarlo y
sin quererlo, Sombra perenne que luego se desvanece en lo recón-
dito cuando por fin me vuelvo para enfrentarlo, Aquel que llena de
temor y dicha a Subramanya, de humildad y grandeza, que me abra-
sa en apasionado Amor y del cual huyo con espanto mortal, que me
fascina irresistiblemente y me rechaza irrevocable...

Tan calladito el crepúsculo, tan quieto. El santo Subramanya había
vivido profundamente enfadado. Años rumiando su enojo como parte de sus devociones, tantos que no se diferenciaban ya entre las
cuentas de su rosario: en el mismo hilo terminaron por unirse el Dios,
sus demonios, los días, las noches, el sueño, las vigilias, festividades,
hambre, sed, calor, nevisca, en un fluir contínuo de aguas blancas
al encuentro de aguas negras, fuego que se funde en otro fuego, aglu-
tinación de tiempo y espacio en el nicho que Subramanya ocupa entre
dos de las mil columnas de la galería principal del Templo, la que conduce al *sanctasanctórum* morada de Su Lingam-Yoni, la galería de los
devotos que en las fiestas se engalanan para ofrecerse altar donde se
incineran las hierbas aromáticas que el Dios Danzante, Nataraja, aspira deleitoso en cada uno de los movimientos que sus iniciados eje-
cutan al batir de los tambores, palmas abiertas, yemas calientes, pies
en efervescencia... Hoy, solo tiritan las agujas en los pinos, incons-
útil tremolar de cristales, y sus risrás al caer, resonancia leve, comu-
nica a la tierra calosfríos gozosos. El contorno de las formas se diluye en un reverbero de colores cambiantes bajo la tenue respiración

del santo. Las aguas del estanque se ondean peces, líneas estriadas en respuesta a las lentas beatitudes del atardecer. Han desaparecido su necesidad de traducir las sensaciones recibidas del mundo exterior, su impacto, y la jactancia. Claridad y vacío han transformado al santo en una joya líquida.

Cuentan las historias que han perdurado y corren de boca en boca, que fue entonces cuando el Dios, *Señor-de-la-muerte-y-las-puertas-de-la-vida*, le habló con un rumor que no parecía venir de parte alguna sino, por el contrario, parecía retornar, reincorporarse, a su origen:

—Subramanya, no temas despegar los párpados. Yo he puesto un tamiz sobre tus ojos pues ya es hora de que vuelva la Luz a tocar tus pupilas y contemples Mi Rostro en su esplendor sonriente. Apacíguate, que tu ira apacigüé. Mis dones no están envenenados por la señal de lo visible; tú eres un sembrador más en Mi pradera, en el lugar donde te encuentres el cielo abraza a la tierra y fluye poderoso y raudo el río de Mi Santuario. Yo no oculto Mi Justicia, ni atrapo a nadie en las emboscadas de una esperanza inútil, mas, dime, si te atreves a responder, ¿dónde estabas cuando fundé los continentes?, ¿quién fijó a cordel sus medidas?, ¿lo sabrías?, ¿acaso disputarás conmigo, serás mi censor? ¿Conoces tú las leyes del firmamento? ¿Puedes anudar los lazos de las Pléyades o soltar las cuerdas del Orión? ¿Se remonta por orden tuya el águila y pone en lo alto su nido? ¿Me has adelantado algún servicio para que te pague? Antes bien eres Mi deudor eterno, carroña y polvo. Yo enciendo con deleite puro de celebración y gozo la chispa de Vida en el seno de todo lo viviente, y tú, ardilla depredadora, ¿quieres sustraer con tus uñitas semillas de Mi Fuego? Vamos, Subramanya, bebe a bocanadas el aire fresco empapado de lluvia. ¡Basta de arrogancia! ¿Querrías transformarte en un vestisquero de Mi Morada allá en los blancos Himalayas? Quizá entiendas finalmente algo sobre la cristalina desnudez, sobre el aleteo de la abeja en el néctar de la flor, o del chisporroteo intermitente de las briznas con que el pájaro moldea su nido. ¡Entrégate de una vez! ¡Despósame!

Y dicen que Subramanya, el santo enfadado, pasó a ser una gota más en el Océano del Ser...

VOZ SIN SOMBRA

... pues no es enteramente desdichado el que pue-
de contarse a sí mismo su propia historia.

MARÍA ZAMBRANO, *El hombre y lo divino*

Para Antonio Vera Crestani

Aquí estoy de nuevo... Siento como si todos mis muertos hubiesen finalmente terminado por morir, aunque el dolor, el profundo dolor, persiste. No sé qué espero y si espera se puede llamar a esta fatiga de estar que atenaza la boca del estómago con su ardor suave, imperceptible pero preciso, una turbulencia que se hubiese aquietado sin callar su necio giro primario, el resuello. No sé si me siento a mí misma o a otra que quisiera desperezarse por debajo de la vieja piel que ha caído, serpiente seca, sombra de muchas sombras fenecidas... Quisiera que todo terminara de callar en mí, a empezar por la sangre que me provoca sed, tanta sed de tonalidades verdes, muchos verdes; y después las pisadas, sí, unos pasos como de viento mojado que me corren en los oídos y en las sienes, se diría gotas que han perdido su fuerza y su grosor antes de caer cansadas al igual que mi cansancio, caer y golpear en sordina un suelo de pajas... Aquí estoy, sentada, quieta, y sin embargo me tambaleo, crujen los huesos como madera herida por un sol a plomo o ramas de tamarisco barridas por el huracán, pero todo esto es lento, en sordina, insisto, apenas humano, apenas diurno, una burbuja, nubarrón espeso, ceniciento, un balanceo de barcas varadas en el sopor veraniego... Abro los ojos y es como si se me deshilachara el horizonte en copos de nieve, y ni ánimo para extender las manos y frotar los párpados, que se desvanezcan los grumos, lentejuelas pinchadas de luz, relumbre de fuego fatuo. Somnoleo acunada por el silencio de las voces muertas, su dulzón resabio, oleoso desfallecimiento de los músculos, oscilación de girasoles mientras el sol los encandila... Vacía de esperas yo misma oscilo en el sueño, corola desmadejada en brazos incorpóreos, invisible urdimbre donde me tejo a mí misma como un despeñarse de cascadas inconclusas... Siento en la nuca el cosquilleo de un pestañear constante, trémulo: es la tristeza. Y no sé si quiero o no defenderme de ella, soltar los cabellos y cubrirla. Si pudiera pensar que soy otra, sería más fácil, pero el propio temblorcillo me cobija, me arropa en su soledad. Tampoco sé de qué, súbita, querría pedir perdón ni a quién, ¿o sí?, ¿a las sombras?, ¿acaso ellas sí estaban hechas para la felicidad?... Confundo. Me confundo en los entretelones de la vigilia y el sueño. ¿Qué fue de la belleza y el resplandor de los cuerpos? Por lo pronto solo esta resaca de tristeza feroz. Y no tengo antorcha con qué alumbrarle el camino a las sombras, aún no les pertenezco, delgado hálito de vida, delgado pero vivo, y es esa delgadez la que me aparta de ellas, pues por mucho que ande ya hilándome el sudario, aún respiro; por mucho que cruce los días como un despeñamiento, aún anhelo; por mucho que cargue la piel colmada de lejanía, aquí estoy, yo, Ifigenia, la resurgida de su propia tiniebla, atándome con collares de palabras los tobillos, las muñecas, la cintura, las orejas... Fermento de hospitalidad trenzo mis palabras para ellas, mis amadas sombras, incienso cautivo en los rescoldos de la frase, su ritmo resbala en el oleaje del Tiempo, eterna espiral coloquio de ausencias, deambulo ausente a mi propia voz bebiéndome los minutos en una exasperante avidez sin diálogo posible... Alejamiento, me alejo sin apartarme, sin desviarme de este lado de la orilla, de cualquiera de las orillas de un camino que no va a ninguna parte, bruma matutina sobre las aguas estancadas a la espera de que el mediodía las despeje, o evapore, tardío despertar... No tengo ningún Dios con quien luchar a mi lado pues todas las batallas están perdidas de antemano, huérfana de anhelos de victoria o corona de laureles, he renunciado a cualquier frenesí guerrero. No me contemplo tampoco en ningún espejo, rostro en vilo voy a contracorriente entre escombros de voces, trepadoras locuaces que piden cuenta, expiación por tanta inocencia sacrificada y tanto altar profanado en las ignominias de la guerra. Y nadie quiere hacerse responsable por esas sangres derramadas que huyen entre la hojarasca igual como escaparon veloces de este bosque los pies divinos que me han encerrado sacerdotisa al servicio de Su memoria para memoria de los mortales. Yo, Ifigenia, la sustituida por la cierva, la que ningún texto avisa cómo finalmente murió, eternizada entre sombras, sombra yo misma en el limbo, ni viva ni muerta, hablo para desahogar mis soledades aunque solo el viento escuche, y los árboles, en este lugar consagrado tan inhóspito como el mar que rompe en el precipicio harto de tanto golpear la roca muda... El mar... Me detengo en el atardecer todos los días a contemplar cómo su Nada inmensa se va hundiendo en las tinieblas, sombra entre sombras cada vez más densas, al igual que yo, hasta que todo se confunde en una oscuridad sin nombre: ni mar ni cielo ni noche... Nunca elevo los ojos para mirar las estrellas, y cuando la Diosa Luna se muestra me interno en lo más profundo del bosque para no ver cómo platea las aguas con sus galas de marfil ni percibir el deseo de compañía gotearme piel adentro, ciclamen medroso, tenaz no obstante en su osadía de asomar la corola entre los pedruscos de este peñón arisco. Huyo de la Luna durante su plenilunio, y huiría igual del Sol si no fuera porque he de procurarme el sustento recogiendo frutillas, hongos y otras vituallas que la generosidad del bosque me otorga. E igual preciso de leña, agua, resina para ofrendar en el ara de Artemisa, la Diosa que me consagró sacerdotisa, mi funesta bienhechora. Y no hay escapatoria posible pues Ella lo decidió así cuando mi padre acribilló a uno de sus ciervos sagrados y aun se enorgulleció, entonces Ella decretó que yo lo sustituyera y luego a mi vez fui trocada por otra cierva y traída aquí, sombra de una sombra, ni muerta ni vida, cosida a la tristeza y a la soledad, sin diálogo, sin presente ni futuro, vacío mi cuerpo, vacío mi corazón, y, vacías, al vacío van a perderse mis voces, mi voz sin sombra... No existe ni existirá tumba para recordarme. Dijeron que un viento divino me llevó. Dijeron tantas cosas, tantos ojos que miraron y ninguno vio nada, de hecho, apenas al cervatillo en mi lugar y ya inmolado mientras una luz cegadora se abrasaba a mí... Soy una barca encallada entre los arrecifes, haga lo que haga, el sol, el agua, el viento terminarán por convertir en ceniza esta vida suspendida del vacío esperando lo que no llegará, pues sé de cierto que no llegará, tal vez por eso mismo es tan intensa la espera, y desesperada, espera caduca, móvil como una lagartija que se mimetiza, no petrificada, no, justamente, movible y variada según el objeto según el cual se monte, es decir del cual se posesione, pues sí, sí, de hecho estoy poseída por la Nada de esta espera inútil, hostil, acechante, turbia... Aquí, segregada de todo y de todos, una Princesa hija de reyes cuyo padre sacrificó en aras de la guerra, muerte por muerte, cuchillo por cuchillo, sombra contra sombra, soy un túmulo vacío vaciándome día con día de luz, de esperanza, de vida, una vida que no termina por terminar de escurrirse pese a los intentos por deshabitarla de mis venas... Casi me atrevería a afirmar que la propia Diosa es quien la detiene y coagula igual al vano impulso de arrojarme contra los farallones escabrosos. Anclada estoy, mi propia lápida soy, piedra de sepultura sin nombre, sin fecha de nacimiento, sin origen, ignorada por padres y hermanos, huérfana, virgen estéril mancillada por miles de ojos ávidos, sedientos de la sangre que nunca fluyó, ni fluirá de mi cuerpo para satisfacción de la Diosa humillada en su divina vanidad... La detesto, y Ella lo sabe, por haberme otorgado una gracia no pedida, singularizado en un convite donde soy la única agasajada, espectro en eterno soliloquio hambriento de contacto humano... Se diría que a mis piernas les han brotado raíces, a mis brazos ramas, mis cabellos están erizados de diminutas astas, y temo cada mañana encontrarme de pie sobre pezuñas, bramando... De la blanca túnica ha tiempo que no queda hilo, de vástagos flexibles he retejido mi rala vestimenta y yazgo entre la hojarasca en una cueva como cualquier animalillo... ¿De qué tendría que estarle agradecida a mi aborrecible Señora?... Lúcida estoy y discierno. Mi historia ni siquiera es asunto de seducción celestial, de rapto, de retar al Destino, de rebelión trágica, de castigo por *hybris* o trasgresión: inocente soy, estúpidamente libre de culpa alguna, víctima de un capricho olímpico y una inconsecuencia paterna... Mi padre, héroe mendaz, falso progenitor investido de rangos y razones de Estado, despiadado y carente de amor salvo por su honor… Ay funesta condición la mía, antes y ahora, que es como decir siempre, a no ser por el breve lapso de mi niñez tan mimada y feliz… Quién habría de decirme entonces que entre su dulzura y la Nada el tránsito iba a ser instantáneo y brutal, tajante como la hoja del cuchillo que no profanó mi garganta, como el relámpago que me arrojó a este promontorio infestado de resacas marinas, excrementos y cáncamo… Si al menos pudiese ser arrebatada por un viento de locura y perder la conciencia de mí misma, transformarme en un insecto ponzoñoso o en un reptil, que hasta ellos se apartan de mí… Pájaro ni aspiro siquiera pues volar lejos de aquí es lo que Ella no permite, la gran perra cazadora, Artemisa, la gran puta virgen… Ni desvariar logro, insensata de mí, atada mi congoja a la espera de nada, inocente, ni de recuerdos consigo ya arroparme el vacío del alma… La fugaz presencia de Aquiles con su petulante solicitud, más bien voluntad de vengarse de Agamenón, que de hacer causa común con mi desventura… La no menos pretenciosa majestad abatida de mi madre la reina y su inútil litigio a favor de mi vida… De los fragantes días de juegos infantiles no me resta sino un tufillo cada vez más rancio. De las caricias y reyertas entre mis hermanos y yo, menos que un vaho. Del discurso con que mis lágrimas y palabras quisieron conmover el corazón del padre, no perdura en mi garganta eco alguno… ¿Y de qué me habría servido retenerlo si de tan poca ayuda fue en su momento?… Ay, que no fuera yo la raptada por Paris, o por el propio Aquiles… O, inclusive, por cualquier soldado raso de los de la guardia de mi padre para no ser sacrificada, y haber concluido mis días como cualquier mujer anónima los concluye: cargada de hijos, envejecida, harta de trabajo doméstico y desventuras conyugales, pero con su vida vivida de principio a fin, una vida utilizada, sólida. Yo, en cambio, aurora tras aurora me sobrevivo, huérfana, desmemoriada, ajándome sin tregua, descarnada, ¿quién osaría disputarle a la Diosa aborrecible esta presa maldita?… También mi enojo es pura pérdida, desesperación vana. Nadie me escucha. Todo me olvida. Invisible deambulo ceñida a un ritual invisible que mantengo por mantenerme a mí misma más que a los deberes sagrados para con la Diosa abominada de quien no he vuelto a tener atisbo alguno fuera de aquel brillo feroz en la mirada de Calcante el adivino cuando se aprestaba a inmolarme y que se tradujo en el relámpago que me secuestró... Desde entonces, ¿cuánto tiempo ha?, silencio y soledad, aunque silencio, no, no precisamente pues siento un como suspiro que me pesa, ininterrumpido, sutil cual una mano inmaterial, en los hombros y cuyos dedos quiméricos me cosquillean en la nuca su inexistencia... A nadie miro y nadie me mira. He terminado por no tener nostalgia alguna a fuerza de borrar las últimas imágenes, esas que me trajeron aquí anulándome para siempre del mundo vivo, sombra ya, inaccesible a cualquier ser humano o divino, despojo, no sé más qué soy, animal asustadizo tan hecho ya a su bosque, a su pedrusco, a la muda sobrevivencia... De la muchacha Ifigenia no queda rastro, no queda nada salvo un aliento apretado a la piel, una piel que precoz se corrompe apretujada a un cúmulo de huesos que solo ansían yacer secos, quebrados entre las raíces de estos árboles que tienen más vida y sustancia que yo... ¿Yo?... Yo que qué soy sino desabrigo puro, oquedad sin límite que el Tiempo va ahuecando más y más... Solo me pregunto, ¿cuándo vendrá por fin a desaparecer dentro este impulso que me empuja a decir "yo", a decir "siento", a esperar, a hablar? ¿Es la Diosa abominable? ¿Es el aborrecimiento el que alimenta esa Nada en que me deshabito día a día? No. No es... Fue él, el propio padre quien me convirtió en objeto invisible pues desde que llegué al campamento no puso nunca sus ojos en mí, desviaba la mirada y a duras penas me habló salvo para pedir que acompañara junto al altar los sacrificios propiciatorios. Así, el primero en traicionarme, en abandonarme a las sombras fue él. Él abrió en mí este hueco desterrado que soy, y este cosquilleo de pestañas que me aletea en la nuca es el cuchillo que él, mi padre, sostuvo sobre mi cabeza antes de tomarlo el adivino Calcante, antes de tomarme por los aires la Diosa... Todo fue tan nítido y súbito, tan claro e irreal... Allá quedó el cervatillo inocente en mi lugar, y aquí estoy yo disolviéndome, deformándome, ni animal ni vegetal ni piedra ni muchacha. En el canje, la Diosa me canceló, así, sencilla-

mente, y después me desamparó, se olvidó de que existo... ¿Existo?...
¿Ifigenia existe?... Aquí estoy, sentada, quieta, frente a la inmensa
Nada del mar... Atardece una vez más, el cielo se raya de índigo y malva, gaviotas cruzan el horizonte donde el sol ha desaparecido ya hacia
su nocturna morada y todo queda libre de su ardiente máscara, en la
pura desnudez de la penumbra, el contorno que se irá desdibujando
anegado de vacuidad, de ensoñación, hasta topar con lo que ya no es
ni tiene adentro o afuera, disuelto, informe, sombra, todo innombrado al igual que yo, voz sin sombra...

De
Escritos a mano
(2011)

HASTA QUE LA MUERTE NOS SEPARE

... il en ressort que quelque chose qui n'a jamais était
et ne sera jamais est tout ce que on possède.

AMOS OZ, *Seule la mer*

... Sí, Sebastiana, Sebastiana Enríquez Santiago, por San Sebastián, ¿por qué iba a ser entonces?, ¿a poco nomás pa machos sirve el nombre?, bueno, sí, a lo mejor me esperaban varoncito, pero desde ya le digo que ahí nunca hubo distingos y que mis apás a todos nos trataban igualmente parejos, qué iban a fijarse si fuimos dieciocho, creo, entre los vivos y los que se malograron, ya no me acuerdo, ¿mi edad?, ¡ah!, dicen que cuando nací cayeron aquellas heladas que dejaron el campo pelón y a los animalitos muertos, que a mí me destetaron a los dos años y compartía la chichi con mi hermano Sebastián, ese sí, Sebastián que porque parecíamos gemelos de tan cerquitas como nació, nacimos, ni sé quién primero, ¿para qué iba yo a preguntar?, todo lo hacíamos juntos y luego nos daba por cambiarnos las ropas, pantalones, sí, era más fácil que con las enaguas, correr, trepar, llevar a los animalitos, pocos, unos borregos y algunos chivos, a beber al fondo de un barranco no muy hondo por donde corría una semblancita de río que cuando las secas ni sus luces, por ahí había pasto y hasta flores silvestres, sí, también teníamos miel, no mucha, unos panalitos regulares que mi apá le armó a las abejas y que otro hermano Lorenzo cuidaba que porque lo respetaban más y nunca le hincaron el aguijón que dicen es bueno pa las reumas, sí, mi amá, Juana de Santiago, era la de los menjunjes, hierbera, amasaba las tortas blancas sin fermentar para la Pascua, cosía las mortajas, enseñaba las purificaciones, rezanderas y otras costumbres de mujeres, y ahí la acompañaba yo al parto de las vecinas, y hasta mucho más lejos, no, cual doctor en plena sierra, pues cómo, ahí cada uno se arrasca donde le pica pero nos ayudamos cuando se necesita y ya está, no, eso no se paga, compartimos el maíz, algún hiladito, la palma si sobra, la cera, sí, cuando amatamos al animal, muy de allá en casi nunca pues pocos hay, no vertemos su sangre en el suelo ni la cocinamos y claro que se le saca la lendrecilla al carnero, que eso es practicar ritos judíos dice usté señor juez, no lo sé, pero sí sé que cada día y día vida con apuro de alma vivimos todos, ¿las mujeres?, no, cada cual tiene la suya, así desparramados en el monte cada quien sabe lo que le queda cerquitas, ¡ah!, eso que usté llama *gibamia*, bigamia que sea entonces, qué le voy a decir si somos más las hembras, si hasta Jesús dicen tuvo bastantes, la Verónica, y la Marta, la Magdalena esa, ¿no?, usté se santigua, yo blasfemo y ya con eso tengo para pudrirme en un sótano, me amenaza, por mis palabras sospechosas contra la fe católica, yo solo digo lo que entre nosotros sabemos y nos dicen los apás que ya sabían sus apás y los apás que guardaban la Ley de Moisés y es la meritita verdá, la querencia que tomamos desde que tenemos uso de razón como quien dice, no tengo pa que darle vueltas en la cabeza ni poco ni mucho, ¿Que si nos juntamos en los velorios a escondidas?, no, ahí sí pa qué esconderse de quién si se necesitan los diez hombres pa rezarle al difunto muerto, que lo lavamos y amortajamos desnudo con lienzo blanco, sí, es la costumbre, y soltarlo en la tierra así nomás sin caja, también, tampoco la tierra se fija en quién es más pobre o más rico, no, crucifijos nada y menos nos va a dar por arrastrarlos o azotarlos, ¡qué idea tan rara!, el Padre Nuestro, sí, lechón no comemos, lentejas y huevos duros nomás los siete días del duelo, la vasija con agua es pa que se lave el difunto las manos y se bañe el alma el sábado como cuando ainda estaba aquí, que todos esos son indicios sospechosos reclama usté señor juez, como cortarle al cadáver las uñas de pie y manos, qué le apura si aluego le vuelven a crecer toditas, ¿o no?, pues que me lleve El Huerco que yo a usté no lo entiendo, pregunta mucho y conoce mejor que yo, ¿qué afrentas de obra y de palabra hacemos que parecen pecado?, desprecio a las imágenes sí, ¿a poco un fulanito o fulanita de piedra, o aunquele sea de madera por muy bien hechecitos, van a ser más poderosos que El Alto?, yo no creo en los santos sino en el Dios Verdadero, blasfemia dice usté de nueva vuelta y no acabo de pecar y caer en pecado y delito, yo solo acepto haber envenenado a mi hermano Sebastián por perjuro desde que se amancebó con la casquivana de Mencia, El Huerco la arrape, y conmigo se le secó el abrazo, no, su mujer no era, ella sí bien santiguada de salve y avemarías, dizque nada conocía de nuestras costumbres, lo embrujó, así que pasaban los días y las horas le echó el mal de ojo en cuantito lo vio en el mercado vendiendo sus velas, cera pura de nuestros panales, sí, ¡ah!, que ahora resulta que mi hermano Sebastián ya era reo de ¿qué tres formales especies de infidelidad?, pues claro que me fue infiel, ¿no a mí?, pues entonces a quién más y de qué apostasía y señora pagana me habla usté, yo no sé qué cargos cargaba mi hermano ni si era alumbrado o le quitaba sus pellejitos al miembro viril de los niños con las purititas uñas bien afiladas, ni si esas varias otras herejías eran más mujeres con las que me traicionó, ¿bautizados?, cuál si allá en el monte no hay parroquia, de vez en tanto un padrecito viene anda que te anda no sé si poco o mucho, si aprisa o no, quesque a dar la bendición y otros sermones que escuchamos calladitos y en silencio, recoge sus limosnas y aluego se anda para otros caseríos, sí, también nos trae noticias el tal Fray Gaspar Pereira, que nos quieren chamuscar vivos, secuestrar nuestros bienes, ¿se imagina?, que andemos muy avispados, no se dejen los varones crecer la barba durante el duelo, no saquemos los sábados el libro secreto y nos pongamos a rezar de cara al sol ni dejemos ese día que las velas se amaten solas, que cuidado con la limpieza de las casas y corrales antes de la Pascua, que sí nos acusan de judaizantes dice usté señor juez, será, yo no me meto en historias que no entiendo, a mí me agarraron por haber envenenado a mi hermano Sebastián, ¿ese inces...?, ¡ah!, incestuoso, pues si a eso se dedicaba tampoco supe, a mí me ardió como lumbre la boca del estómago aquella mañana con su mohín de disgusto cuando me le acerqué, de nada contentarle ya, de sentirme un estorbo echado a un lado, no me tembló la mano ni tuve empacho en verlo revolcarse tirando la espuma por la boca, ni se lo esperó de tan distraído como estaba llenándose el buche, veneno para ratas, sí, no sé a qué le supo, salado a lo mejor, me acusó Inés que ya me traía entre ceja y ceja, ésa que ni sabe atarse las bragas, una de mis herma-nas chicas, oscura rabia la disuelva a ella también, sí, esa si tiene o tuvo varios hombres y a saber si le cumplieron aunque quien quiere bailar poco tañer le basta, ¡ah!, ¿que denuncie a los otros yo y así no me van a quemar?, pues eso sí que no, pa que, arrieros somos y en el camino andamos señor juez, ¿o a usté no le tiembla la conciencia?, ¿no tiene sus secretitos ahí rebulléndole la memoria?, ¿no comparte lo mismo el pan y la sal con sus prójimos?, yo sin mi hermano ya estoy bien muerta, mustio el esqueleto, si es su gusto de usté achicharrar-me allá El Alto me ampare y me reúna lo más antes con mi Sebastián, al fin que no hay infierno y nos hemos de salvar todos, sí, señor juez, estas carnes y el cuerpo bien pueden padecer, pero el corazón estará con el Dios Vivo que lo crió, amén...

LA MENDIGA DE SÃO DOMINGOS

Por la nueva herida que me abrió el destino
el sol penetró en mi corazón
con tanta fuerza mientras se ocultaba
como por una repentina fisura entra
la ola en el barco que poco a poco
se hunde...

ÁNGUELOS SIKELIANÓS, *El camino sagrado*

In memoriam *Palmira Coelho*

Empieza a hacer frío y la gente se vuelve tacaña, recelosa; empieza a hacer frío y yo me vuelvo a mis olores de infancia —guayabas, azafranes, pimientas y canelas—, a las profundidades de mi viejo cuerpo cavernoso y carcomido por el tiempo, lacio ya su fervor de vida; empieza a hacer frío y los huesos duelen, se quejan las coyunturas, se oxidan los goznes de las puertas que ligeras permanecían abiertas al rayo del sol veraniego; empieza a hacer frío y la melancolía se instala en los rostros y las manos, polvillo cenizo como vidrio molido, luces de soledad en las pupilas, en las comisuras de la boca, arenas del desierto acarreadas por el simún, fina máscara de fino cedazo, más opaca mientras más se desparrame el invierno con sus nieves y sus trombas; empieza a hacer frío y Tú, Señora Piedra Negra de los Fundamentos, pareces olvidarte aún más de tus creaturas repatingada en la paz de Tus altas moradas, también yo estoy ausente de Tu mundo ahora, pero hubo épocas en que el sueño y este cansancio agobiado no cerraban mis párpados un segundo, ni se sustraían las carnes a las aguas y los vientos, días y noches de acuciosa expectativa, misericorde, burlona o cruel pero jamás indiferente, días en que envidié con furor los pezones erectos de las mozuelas cuando mis hombros no sostenían ya sobre el cuerpo esbelto el peso de unos pechos llenos como naranjas maduradas en soles de mediodía y ninguno vendría más a presionar su jugo, días en que también el calor de las marmitas en los hogares felices me arrancaba blasfemias de odio al topar con mi propia marmita vacía y una mesa solitaria, ¿recuerdas Señora cómo te suplicaba al arrojar en el agua hirviendo las hierbas y los menjunjes? "Óyeme, Señora de los Sueños y los Deseos Colmados, perfora los velos que cubren a mi Amado en su lecho de durmiente y desliza una a una mis lágrimas sobre sus párpados: que le arda en los ojos mi ausencia, que se le deslice hasta la garganta el fuego de esta ternura abandonada al silencio; quema, quema con tu rayo su voz y que me llame sollozando de amor, de devota ansiedad por acercar a mis labios sus dedos, a mi rostro sus manos; transpórtame en Tu negrura hasta las inmediaciones de su sueño y condúceme al umbral de su secreta aspiración, ahí empapa mi cuerpo con Tu esencia de heliotropo, Señora, y déjame penetrar apenas un suspiro donde ni él mismo sospecha que florece el tronco común de nuestras almas gemelas..." ¡Oh mundo poblado de ausencia cuán ferviente era mi ruego! Mas Tú tenías otros designios para mí, sacerdotisa en Tu Templo, vaso de todos y de nadie para verter en él el semen ofrendado, propiciación de la generosa cosecha que Tú habrías de otorgar a cambio, mientras nosotras cantábamos con címbalos y panderos: "Aléjate de mí porque soy Virgen/ Gózame porque abierta estoy para todos/ Ven, abrígate en mi seno maternal/ Muere en mí pues tengo sed de tu sangre", y claramente sabíamos que estaba prohibido enamorarse y que la máscara que todas portábamos no debía descender de nuestro rostro bajo ninguna circunstancia, oh Diosa Tricéfala vengadora y justa, pero Él me tumbó con tal dulzura sobre la esterilla consagrada que mi vientre se humedeció de inmediato y cuando me suplicó que le dejara tocar mis cabellos y mis mejillas la máscara ya había caído a un costado y mis muslos se avanzaban desprendidos del cuerpo, carnosos, blanquísimos, paraje ilimitado, en un trayecto sin retorno posible, y Él avanzaba entre ellos como quien abre alas o pide

sediento agua, y juntos nos recibimos el uno al otro cual dos relámpagos que contravenían todos Tus preceptos. Y sin embargo, conti-
nué cumpliendo con los ritos y deberes, espiando, sí, lo confieso oh
Hécate Guardiana de los Mundos Subterráneos, únicamente la llegada del Amado, por eso sin duda no me fue tan difícil dejarme arrancar a Tu servicio y huir un buen día sin más a petición suya, pobre pastor de cabras triscando por valles, montes, cañadas y bosques. Así dio
comienzo mi vida nómada y la posibilidad de recuperar Tu Gracia,
Gran Diosa de los Tiempos Primordiales, predicando Tu culto en cuanta aldea pisábamos, e invocándote en las cuevas y grutas que nos
servían de morada y donde fui rezagándome poco a poco mientras Él
partía con su rebaño por temporadas cada vez más largas y, sí, al fin
un día nos perdimos sin que ninguna de mis invocaciones fuera capaz
de reunir nuestra traza nuevamente. Entonces tomé el bordón del
peregrino y me encaminé hacia occidente, ligera, sin rencor en el pecho,
con la alegría pura y animal de estar como las flores silvestres vege-
talmente jubilosas bajo la luz del sol...

Empieza a hacer frío y yo me vuelvo parlanchina como si tanta palabra fuera a calentarme y, de hecho, pareciera que sí, de tan memorio-
sos los pensamientos son leña para mis recuerdos que chisporrotean
enveredados por senderos que nunca se cansan de transitar y trans-
forman cualquier paramera en robledal de tanto, tanto como he tro-
tado por aquí por allá cual gato con siete vidas que se diría Tú Señora
mantienes al tiro pese a los achaques propios de mi vetusto cuerpo
añoso reacio al frío que ya anuncia las heladas invernales y el final de
mi estancia aquí en el pórtico de São Domingos donde día con día vengo a pedir limosna igual como lo hice al pie de tantos otros pórticos,
ninguno tan majestuoso como el de La Gloria, es verdad, tan secreto,
lleno de misterio y leyendas, quién me diera volver ahí escondida bajo
el sayo y el capuchón que ni barruntarse fuera yo mujer, mozuelo o
anciano, y recorrer con mis dedos y la frente el pilar del Santo que da
la bienvenida, Santiago el *boanerges*, hijo del trueno cuya voz dicen
hacía temblar de espanto a los malos, sacaba de su tibieza a los perezosos y despertaba a todos con la profundidad de sus palabras. Bor-

dón en mano igual llegué yo hasta Compostela, tan antiguo santuario Tuyo Señora del Abismo Inescrutable, ese paraje de rías y acantilados donde viene a caer la Cabeza del Dragón, Tu alada montura que la gente habría de transformar en el blanco caballo del santo guerreador, así como transformaron Tus dones en milagros suyos pregonando que restablece la vista a los ciegos, suelta la lengua a los mudos, franquea el oído a los sordos, da movimiento a los cojos, concede liberación a los endemoniados, desata las ligaduras de los pecados, consuela a los afligidos, abre el cielo a los que llaman a sus puertas, puertas que fueron siete, una por cada estrella guía a Tu servicio, Señora de la Noche Radiante cuya diestra previene, acoge y bendice pero también seduce, hiere con saeta y apresa en el nudo del Deseo. Cómo voy entonces a negar que en mis andares ardía en el hueco del corazón la esperanza de dar con el amado pastor entre la larga fila de peregrinos, descubrir su rostro moreno, sus grandes manos de largos dedos suaves y fuertes y guarecerme entre ellos —aun si fuese esa mujer que algún maestro cantero esculpió en la jamba bajo el tímpano sosteniendo la cabeza decapitada ya putrefacta de su amante y que según la voz popular ha de besarla dos veces por día en castigo a su adulterio. ¿Acaso podría olvidar, oh Diosa del Placer, esa oscura flama que de tan intensa calcina —aunque tu enojo me condenare a vagar siglo tras siglo—, la forma en que Él dejaba fluir libre el vuelo de su imaginación entre mis senos, en los labios de mi vulva, los pliegues de la gruta sacra y su orificio de inigualables deleites, sorprendido sin cesar de la desmesurada apertura de cada rincón en mi cuerpo, del suyo, donde caíamos una y otra vez cascada ebria, temeraria, con un ritmo cada vez más sabio, más atento a sus desconocidas resonancias tan insospechadas? Él amaba su deseo y yo amaba ese amor que se descubría multiplicado en el goce que me proporcionaba espejo de mi propio deseo. ¿Por qué en las oscuridades de tus santuarios nunca a tus sacerdotisas revelaste el juego de esos enlaces y tuvimos que sujetarnos pasivas a recibir inmóviles, anónimas, lo que sí se permiten, arrebatados, desbordantes, los servidores de tu consorte Shiva, Señor de la Danza Cósmica? Insensata es mi pregunta, lo sé, resultado quizá de este frío que me penetra el esqueleto y despierta la nostalgia que me atenazan la memoria tan cansada ya y tan viva no obstante. Sabes bien que no le temo a la Hoz de Tus degüellos pues igual Tú recorriste la tierra llorando a Dumuzi perdido y por él descorriste los cerrojos de la Morada Infernal. Yo también soy Tu reflejo, Inanna Multiforme, y me reconstruyo luna cada noche, cada día semilla, centella, lamento cautivo. Y sí, tal vez ahí radique la razón de habernos mantenido ignorantes de ese ánimo que desboca los sentidos, desintegra el sosiego de la mente y distorsiona toda sabiduría: El Deseo es Lo Implacable... El mundo humano con sus encantamientos y sortilegios no es menos incomprensible que el divino y sus impenetrables secretos. Más allá de nuestros límites es inútil hurgar: no encontraremos sino aquello que seamos capaces de entender, y la verdad no es mucho. Limosnear me ha ayudado a no debatir con mi propia naturaleza opaca y mezquina, pocos son los que saben sostenerme la mirada o ni siquiera me miran, algunos se escabullen, otros de plano me desprecian, a veces un enfermo me pide rezar por él. A nadie le importó realmente pero mi presencia atestigua los muchos estratos en la indigencia de cada quien, la decanta, detona, redime, condena, acusa, repara, ¿acaso no es así, Lalita Consolante? Las solas palabras nunca son suficientes, en cambio un mendrugo de pan, una pequeña moneda, un trapo cualquiera con qué cubrirse, un cabo de vela, resultan persuasivos de más. Confinados en nuestras ralas percepciones y obtusas ideas, tanteamos confundidos confusos caminos y lo que nos mueve es el miedo a la muerte, a la perfidia del prójimo, sus artimañas y felonías, a nuestros insondables motivos personales. Tú eres la Substancia y la que no tiene Substancia, Eterna Sophia, ¿fue tu consigna no rendirnos al imperio de los sentidos, no deshojar la pureza y prostituirnos en el vano intento por colmar el vórtice donde estalla el Deseo en su instantánea culminación devoradora? ¿Cuántas de tus sacerdotisas, Señora del Rostro Azul, lo entendieron así sumisas a los severos rituales de fertilidad instituidos a Tu servicio y tan ajenos a las prácticas del amor? ¿Cuántas capitularon al igual que yo?...

Empieza a hacer frío, y pronto caerán los primeros copos de aguanieve me avisan las coyunturas acongojadas. Saturno, el Lento Vaga-

bundo del Cielo está por conjuntar a la Luna, Luna llena en la conste-
lación del Toro, la Sagrada Montura, en esta noche de otoño ya
maduro, noche de Todos los Santos. Habrá lluvia de estrellas, ánimas
del purgatorio dicen que son en busca de la Gracia. Tengo los pies entu-
mecidos, las manos tumefactas, el lumbago me taladra las asentade-
ras. Más me valdría entrar también a escuchar la misa, a poner mi alma
en paz y acogerme de una buena vez a la evidencia de que a mi pastor
amado se lo tragaron las aguas del lago Averno desde que yo partí de
Cumas en su busca y dio comienzo mi ingrato peregrinar. Quién quita y su alma me aguarde en el prado de los asfódelos y no haya cruza-
do aún, falto del óbolo, el Aqueronte... Todo plazo ha de cumplirse
necesariamente y a Tu clemencia apelo, Reina y Señora de Todo lo
Existente, acógeme sacrificio funerario en Tu bosque de álamos y sauces, y permite que se desprenda libre y gozosa mi alma hacia Tu Luz
mientras la nieve sepulta mi cuerpo en el seno de las sombras purifi-
cadoras... Amén...

Inédito

EL PROFESOR NICODEMO LAUSSEL

> Dada la condición humana, dadas las relaciones de fuerza,
> dado el estado de finitud del hombre, no se puede ser puro,
> obrar de una manera absolutamente coherente y límpida y,
> por ejemplo, convencer a los malvados de que son malvados.
>
> VLADIMIR JANKÉLÉVITCH, *Pensar la muerte*

Cuántas mentiras se fabricó para vivir cómodo, sin fracturas entre sus actos y lo que realmente pensaba, ni él mismo lo sabía. Era un hombre lleno de frases bellas, rimbombantes, bien construidas, citadas al pie de la letra gracias a su excepcional memoria, tanto que, frente a sus alumnos de filosofía, jóvenes y mal leídos, omitía el autor cuando no venía al caso dando por sobreentendido que la idea, el concepto, la hipótesis, eran suyos. Obvio que a los grandes reconocidos y a los estudiados en clase los citaba con todas las referencias de página, editorial y el resto. Era exigente con los flojos y laxo con los estudiosos que le seguían el ritmo sin chistar, pero a los rebeldes y cuestionadores los toleraba mal y llegaba a acusarlos de sandez, no fueran a sacarlo de su rutina mental y pedagógica que no había modificado en años con el lema de que lo bien aprendido de por vida dura.

El profesor Nicodemo Laussel era un impostor que seducía a sus alumnos con la máscara del contestatario, del hombre que denuncia lo convencional, que desconoce la frontera entre la franqueza y la maledicencia, entre la modestia y el impúdico exhibicionismo. Histrión en primera instancia, era desconcertante para quienes le escuchaban tratando de sacar en claro si lo que el maestro buscaba era "romperles el esquema", como gustaba soltar en medio de su engrudo verbal, o simplemente malabarear, con su enorme capacidad de sofista consumado. Porque, eso sí, que era astuto, sagaz, rápido para contradecir o sacarse argumentos de la manga, lo era, a nadie le cabía la menor duda, y en ello consistía el desconcierto.

"Este hombre desconoce el pudor", pensaba Elena, acostumbrada a sus maestros tradicionales, conservadores. "Me encandila, no lo niego, pero hay *algo* que no termino por tragarme completo y no sé en qué consiste ni por dónde va." Que él trataba de seducirla se veía a leguas, y que a nadie en la clase le importaba, también, demasiado ocupados los otros alumnos por entenderlo y sacar algo en claro entre las ideas chisporroteantes sobre paganismo, panteísmo, idolatría y sus diferencias, mismas que, en la casuística de los argumentos, resultaba difícil delimitar. "¿Es realmente un transgresor, un subversivo? ¿No esconde su descaro amargura, fracaso?" Elena se veía obligada a plantearse preguntas sin respuesta no solo sobre el maestro que la fascinaba —delgado, bien vestido, pulcro, guapo cincuentón, pelo negro entrecano, manos largas, expresivas, voz de múltiples registros que no dudaba en utilizar si de manipular emociones se trataba—, sino sobre sí misma, su autoestima, su vocación, el sentido de encontrarse a merced del sinsentido de lo que ya intuía sería una relación estéril —el profesor era casado, obvio, y se declaraba católico practicante—, la duda de si sería capaz de rectificar sus expectativas o dejarse empantanar por la indolencia y ceder al acoso de la seducción.

Después del primer tercio del semestre, de buenas a primeras, el profesor Nicodemo Laussel anunció que estudiarían completo el *Fausto* de Goethe: a grandes rasgos la primera parte, y de manera exhaustiva la segunda, que a su parecer ilustraba perfecto el tema de su clase. Elena se sintió aludida, oscuramente involucrada en el proyecto. Para entonces ya había enganchado los hilos de sus sentimientos en el entramado de madejas enmarañadas que el profesor ovillaba y desovillaba, y fantaseaba con llevárselo a la cama: "ha de hacer el amor con el mismo frenesí con que denuesta la idolatría y a los herejes" (su blanco favorito eran los cátaros).

Elena rentaba un estudio no lejos de la Universidad. Obtuvo una generosa beca del Departamento de Cultura de su estado de origen al interior de la república, amén de la ayuda que le enviaban sus padres.

Fue siempre una alumna sobresaliente y siempre le gustó estudiar, quizá no tanto por el amor al conocimiento como por matar de alguna manera las horas muertas de la vida provinciana y su poco interés por las reuniones sociales. Tímida, diligente, rutinaria, soñadora, tenía aún la actitud del niño que no ha metido los dedos en el contacto de la luz y en consecuencia ignora que la posibilidad de ser electrocutada existe, o por lo menos la de recibir unos buenos calambres. Sin embargo, sus inocuas aventuras sexuales la instruyeron sobre la voluptuosidad de su cuerpo y su ansia de placer sin más compromiso que el placer mismo.

Empezó, pues, la época de la segunda parte del *Fausto* de Goethe y sus ambiguas atmósferas que, paradójicamente, unificaron al grupo en una exaltación casi mística. Una tarde, por fin, Elena invitó al profesor a tomar cafecito en su estudio.

Cuando el cafecito se hizo costumbre, Elena hizo varios descubrimientos, no supo en qué orden o si fueron simultáneos. Ese Fausto de pacotilla divagaba en elucubraciones sin ser consciente de cuánto mentía. En tanto, Mefistófeles hedía un sulfuroso rencor contra toda Autoridad, a comenzar por la de su famoso y renombrado padre, también filósofo, a quien culpaba de sus prejuicios y de sus fracasos. En cuanto a ella, que no resultó ser la Helena que él esperaba, ¿acaso saber que él vivía en la mendicidad la hacía más honesta consigo misma? En realidad era su cómplice. Entrados en las confianzas de la cama, Nicodemo Laussel empezó a descarar confesiones demasiado personales para el paladar de Elena, en particular las concernientes a sus "transgresiones morales —él nunca las llamó *pecados* ni *adulterios*—, que cargó a cuenta del carácter puritano de su mujer —después del segundo parto, de gemelas, se negó a "cumplir con sus deberes conyugales"— y a la tiranía paterna que de niño lo persiguió inclemente. Incapaz de conectar con sus emociones y sentimientos, los traducía invariablemente en las fórmulas y frases tan bien seleccionadas de entre su inmenso bagaje de lecturas, un conocimiento que apenas si tocaba las fronteras del Ser. "Pone la mentira al servicio de lo verdadero, secretando ejemplos e imágenes que a la postre resultan huidizos, sin consistencia; todo lo que dice tiene un sonsonete fraudulento", empezó Elena a rumiar ahora que se quedaba a solas ya harta del personaje en su totalidad, de su pedantería de académico para nada fáustico; harta de no utilizar la cama sino apenas como prolongación de las clases y donde, para colmo, era *corregida* a la menor objeción o controversia que se suscitaba.

Al cabo, se cansó de verse obligada a representar el papel que Nicodemo Laussel le asignara —uno tolera con menos facilidad en otros lo que encuentra conveniente para sí—. La última tarde de cafecito, particularmente tediosa, Elena le dijo un poco como al azar que tendría que viajar a su casa por problemas familiares y que ni idea de para cuándo regresar. La despedida ocurrió sin nada memorable, salvo que, ya para irse a dormir, Elena descubrió en la taza del escusado de su baño un largo, inmenso trozo de mierda, tan grueso y trabado que le maravilló la posibilidad de que hubiese tenido cabida en el flaco y supuestamente ascético cuerpo del profesor Nicodemo Laussel...

LOS OTROS MUNDOS DE ESTHER SELIGSON

Se ha vuelto ya un lugar común asignarle la etiqueta de "autor de culto" o "raro", o incluso de "escritor para escritores", a no pocos prosistas y poetas mexicanos del siglo XX que publicaron obras bien recibidas por las voces críticas pero que pasadas las décadas prácticamente no circulan en librerías, o que son rescatadas cada cuándo sin que esas reediciones terminen por colocar en un sitio más visible la defendida valía del nombre en cuestión. El panorama parece entonces el de un México literario habitado por numerosos autores marginados o periféricos, a los que amigos, alumnos y un puñado de lectores reivindican, en un festival de monólogos de poca resonancia, como altísimas figuras de las letras. Y sí, en ese panorama, incurriendo en el lugar común, se encuentra la extraordinaria Esther Seligson.

Nacida en la Ciudad de México el 25 de octubre de 1941 de emigrantes judíos ashkenazíes —padre polaco y madre rusa—, la escritora falleció de un infarto al miocardio el lunes 8 de febrero de 2010, al mediodía. Incursionó en la novela, el ensayo, la crítica teatral, la poesía, el cuento, el aforismo, el microrrelato, el artículo político, la traducción... Salvo la dramaturgia, Seligson se adentró en todos los ámbitos de la expresión literaria —y aun aquí tendríamos que ir con cautela: varios textos de su narrativa han sido llevados a escena en su condición de monólogos dramáticos.

Seligson publicó su segundo libro de relatos en la prestigiada Serie del Volador de la editorial Joaquín Mortiz (*Luz de dos*, 1978) y en sus últimos años de vida el Fondo de Cultura Económica le editó, en la canónica colección Letras Mexicanas, tres antologías: una de ensayos (*A campo traviesa*, 2005), otra de narrativa (*Toda la luz*, 2006) y una más de poesía (*Negro es su rostro. Simiente*, 2010). Fuera de estos títulos, los demás que componen su obra se dieron a conocer en sellos universitarios o independientes, algunos de vida efímera y casi todos de escasa difusión: Bogavante (*Tras la ventana un árbol*, 1969), Novaro (*Otros son los sueños*, 1973), la Universidad Nacional Autónoma de México (*De sueños, presagios y otras voces*, 1978; *Isomorfismos*, 1991), Artífice (*Sed de mar*, 1987), la Universidad Autónoma Metropolitana (*Indicios y quimeras*, 1988), Páramo (*Cicatrices*, 2009) y, sobre todo, sus queridas Ediciones Sin Nombre, sello que bautizó y al que apoyó con entusiasmo desde que ahí publicara *Hebras* en 1996. Otras casas en las que concurrió fueron La Máquina de Escribir (*Tránsito del cuerpo*, 1977), Hoja Casa Editorial (la segunda edición de *La morada en el tiempo*, 1992), la Universidad Autónoma de la Ciudad de México (*Para vivir el teatro*, 2008) y Jus (*Escritos a mano*, 2011).

Retomo estos avatares de una tan disímbola trayectoria editorial para esbozar la naturaleza distintiva de esta compilación, la más amplia publicada a la fecha exclusivamente de la ficción breve de Esther Seligson. Aquí se hallan, íntegros, los libros *Luz de dos*, *Sed de mar* e *Isomorfismos*. Se han dejado fuera los textos brevísimos de la autora, es decir, sus aportaciones en el aforismo, el apunte, el pastiche, la minificción, el microrrelato, etcétera. Por esta razón, de *Hebras* y *Cicatrices*, "libros de varia invención" ambos, comparece únicamente una selección de sus cuentos y relatos. Al preparar la selección de *Toda la luz* —tomo en que aparecía solo un texto hasta entonces inédito, "Eurídice vuelve"—, Seligson reacomodó con ímpetu iconoclasta varias secciones de sus libros. En esta ocasión se ha recuperado el orden original de sus publicaciones para ofrecer un recorrido cronológico que permita apreciar de modo más diáfano la evolución de su escritura. Sin embargo, no en todo se ha desacatado la relectura que hizo de su obra Seligson para esa antología, pues ahí mismo introdujo modificaciones a los títulos y epígrafes de no pocos de sus textos. Por ejemplo, "Una infancia", de *Tras la ventana un árbol*, aparece incluido como "Evocaciones". Para estos *Cuentos reunidos* se han respetado los cambios en ese ámbito. Por otro lado, consigno aquí que la autora me dejó un ejemplar de la única edición de *Tras la ventana un árbol*, en el que escribió con lápiz otras variaciones a títulos de los cuentos. Siguiendo estas señales, "El encuentro" aparece como "El candelabro" y "Contorno" es ahora "Tras la ventana un árbol". Por último, esta compilación incluye "El profesor Nicodemo Laussel", cuento escrito por Seligson pocos días antes de su muerte y hasta la fecha inédito.

También sirve conocer el itinerario editorial de Seligson por las orillas del mundo mexicano de la edición para explicar una arista que atañe al temperamento literario de su obra: es congruente con el temple de su escritura que sus libros hasta ahora hayan circulado tan poco. No me refiero a que la propia Seligson, dominada por una mezcla de aristocrático orgullo y extrema timidez, no hizo nunca el menor esfuerzo por frecuentar los sellos trasnacionales ni por cabildearse premios aquí y allá; más aún, el carácter franco y retador de su persona poco hacía para dotarla de habilidad en el género literario que más ayuda la carrera de los escritores en México: las relaciones públicas. Me refiero, más bien, a las características de su narrativa. De entrada, su obra hace casi nulos intentos por dialogar con lo real inmediato, lo real político de todos los días, que le habría permitido establecer alguna afinidad con la conversación que a la mayoría de lectores en México, supondríamos, cree importarle más. Su mirada no estaba, o solo muy lateralmente, en lo social o lo histórico.

Estudiosa dedicada de saberes atípicos —la astrología, el tarot, la acupuntura, la gemoterapia, la Cábala y casi cualquier forma de discurso mítico y religioso—, Seligson fue también atípica en su ejercicio de la escritura. Fuera de sus textos ensayísticos y de crítica teatral, y centrándonos en la ficción, Seligson asume riesgos técnicos que podrían asignarle el talante de experimental. Renuente a la convicción aristotélica que pide organicidad a la creación artística, en buena parte de sus textos la autora actúa con insumisión ante aquello considerado usual o imprescindible en cierta franja más hospitalariamente recibida por el mercado, como el desarrollo de una historia, la construcción dramática y la psicología del personaje. A menudo no hay drama en su ficción: los hechos usualmente ya han ocurrido, y lo que se registra es la forma en la que la consciencia y la sensibilidad los reviven, explican o reconstruyen.

Esto se advierte ya en su debut literario de 1969, con *Tras la ventana un árbol*. Por ejemplo, en el relato "El candelabro", Adriana, una joven, entra al departamento en que se ha estado viendo con su amante. Él no está. Poco a poco irá quedando claro que esa visita es una silenciosa despedida: conforme transcurre la espera, y se despliega la prosa —de una punzante, envolvente belleza—, Adriana vuelve a vivir en su memoria algunos de los momentos de esa relación que termina. Cuarenta años después, en uno de los últimos relatos que escribió —"La mendiga de São Domingos"—, Seligson da la voz a una pordiosera lisboeta que, percatándose de cómo se aproxima la muerte, va hilvanando percepciones y recuerdos en un libre y riquísimo flujo verbal.

Lo que tildaríamos de "paja narrativa" no existe, pues en sus páginas predomina una voz que despliega colores, formas y olores, que difunde el ir y venir en la psique de la melancolía y la nostalgia, el amor y su ausencia, el dolor, la soledad. No importa aquí necesariamente lo que pasa, sino lo que permanece en forma de espesa resonancia en el lenguaje. Lo "desnarrativo" se deriva de la manifestación de otro tipo de sensibilidad, de un modo no-racional de apropiarse de lo que se halla por encima, o en los intersticios furtivos de lo "real", una figuración en que importa menos el sonido que su eco, menos el movimiento de un cuerpo que la sombra que deja al deslizarse. La historia de una pareja de amantes es rescatada no desde los meros acontecimientos sino desde la pluralidad de los sentidos en las diez prosas de *Isomorfismos*. La galería de personajes de un pueblo asturiano se va disolviendo en una riqueza olfativa, visual, táctil en "Por el monte hacia la mar", de *Luz de dos*. Ese temple desobediente a las convenciones vuelve afín su prosa de ficción a las de Virginia Woolf, Clarice Lispector, Elena Garro o Miguel Torga, autores a quienes leyó y comentó con sensibles dones exegéticos.

Seligson se resistía a concebir la escritura como una tarea disciplinada que conduciría cada tanto a redondear un proyecto y que podría ser programada a priori de acuerdo con líneas, estructuras fijas o fórmulas. No infrecuentemente se deslindaba de calificar genéricamente lo que escribía, y prefería recurrir a la escueta definición de "relatos" o, más incluso, "textos", sugiriendo ahí (desde la precisión de la etimología) que sus creaciones eran "tejidos" en los que hacía convivir los hilos y atributos de un cuento, una anécdota, un poema en prosa o un ensayo personal. Con lo anterior quiero decir que Seligson es una escritora no de proyectos sino de procesos. Tenía la costumbre de llevar consigo libretas en las que, a la manera de una bitácora, lo mismo deslizaba el recuento de algún hecho del día, o de un sueño, que aforismos, microrrelatos, citas de sus lecturas o simples metáforas. Varios de sus títulos, como *Indicios y quimeras*, *Hebras* o *Escritos a mano*, serían vistos como "libros de varia invención": la recopilación, hecha con ánimo recapitulatorio, de textos que, al haber sido escritos a lo largo de un distendido periodo, compartían una paleta de búsquedas y estados de ánimos, las señales distintivas de una estación de vida.

Pero no se trata de un fárrago diarístico vertido en un molde que oportunamente finge experimentación e hibridez. Seligson utilizaba aquello que surgía de sus cuadernos y podía elegir destinarlo hacia distintos moldes. Algunos textos, brevedades de origen, preservaban su forma y se veían agrupados en series. En otros casos, el flujo de escritura nacía mucho más generoso y, aunque en un principio no tuviese ella —según confesó más de una vez— claro el punto final, el ímpetu de la prosa la llevaba a desarrollar textos sustancialmente extensos, a los que luego hacía pocos cambios. Uno de sus libros más personales, *Todo aquí es polvo* (2010), tuvo un desarrollo paradigmático: sabedora de su probable muerte cercana, hacia 2009 la autora releyó y literalmente destazó páginas y páginas de sus diarios y su correspondencia a lo largo de las décadas y con esos fragmentos fue armando el magma verbal del que originalmente ella pensaba sería una novela pero que terminó exigiendo ser un libro de memorias.

En no pocas de estas circunstancias, sus textos narrativos despliegan una estructura libre, oblicua o irregular, que parecería el resultado de una trasmutación en palabras de lo que surge a través de asociaciones libres en la deriva del pensamiento, propio de quien ejercía la escritura con la compulsión de un proceso vivo, una deriva permanente que podría ir, partiendo de un impulso de introspección o autoexamen, hacia las escalas de la memoria, la imaginación —en el doble sentido de fantasía y producción de imágenes— y la reflexión. En muchos de sus textos, la autora buscaba en efecto la reactualización verbal de procesos interiores, es decir, que la estructura fuera adquiriendo la forma que toma la percepción humana en instantes determinados de la existencia, esos en los que se constata un irrefutable poder transformador actuando sobre la psique de los personajes. Su capacidad de desdoblamiento iba más allá de la consigna autobiográfica, pues la llevó a recuperar figuras de la mitología griega, como en *Sed de mar* y varios ejemplos de *Indicios y quimeras* y *Cicatrices*, o de la antigua historia judía, como en la novela *La morada en el tiempo* (aparecida originalmente en 1981), para refigurar el mito desde el prisma de la intimidad, explorando las franjas de la pasión, los celos, la soledad, el desamor, es decir, haciendo ver en las figuras arquetípicas de Penélope o Jacob las emociones en su inmediato suceder, y esto a través de una prosa de elevaciones líricas, audaz en su construcción metafórica, de una deslumbrante complejidad sintáctica y, por cierto, con una filosa penetración analítica.

Esta búsqueda de los pliegues no inmediatamente visibles de la existencia se relaciona con la "rítmica evasión hacia otros mundos", como se lee en un relato de su primer libro. La exploración que hace de los ámbitos de la ensoñación, la fantasía y el mito significa una ampliación de las capacidades sensibles, de modo tal que su prosa a lo que aspira es a no concentrarse solo en el presente, para así hacer ver la existencia humana en su multiplicidad de tiempos: el pasado, el presente y el futuro, pues por ello reúne la memoria, la experiencia y la especulación. A raíz de esto, tampoco es fácil extraer de Seligson posturas ideológicas explícitas, ella que conoció y discutió en profundidad el pensamiento de Lévinas, Jankélévitch y Cioran: más que conclusiones o visiones de la vida, su lectura actualiza la experiencia, el suceder de la vida en su incertidumbre, su ambigüedad desconcertante.

No es de extrañar así que la narrativa de Seligson sea asumida como una escritura densa y sofisticada, difícil o exquisita, la propia de una "autora de culto", pues pide concentración y detenimiento a los lectores. Esos adjetivos, esas advertencias —como han señalado sus estudiosos José María Espinasa y Alejandro Toledo— dicen menos de la heterodoxia de Seligson que de la estandarizada, poco exigente medianía que hay en mucha literatura circundante. Seligson es una experiencia de lectura llevada al límite, una creación radical inasimilable por una época apresurada y ligera. Nada menos complaciente que la narrativa de Seligson; nada más abierto al viaje hacia otras más amplias y poderosas realidades.

GENEY BELTRÁN FÉLIX

ÍNDICE

Impresión: Novoprint
Diseño de interiores: Sergi Gòdia
Imagen de cubierta: © bauhaus1000 / Getty Images

· ALIOS · VIDI ·
· VENTOS · ALIASQVE ·
· PROCELLAS ·